KB242196

꿈꾸는 비어

충북소설-2025-28호

꿈꾸는 비어

펴 낸 날   2025년 10월 30일

지 은 이   이영희 외 16人
발 행 처   충북소설가협회
펴 낸 이   이기성
기획편집   권희연, 서해주, 최인용
표지디자인   권희연
책임마케팅   이수영, 김정훈
펴 낸 곳   도서출판 생각나눔
출판등록   제 2018-000288호
주   소   경기도 고양시 덕양구 청초로 66, 덕은리버워크 B동 1708호, 1709호
전   화   02-325-5100
팩   스   02-325-5101
홈페이지   www.생각나눔.kr
이 메 일   bookmain@think-book.com

· 책값은 표지 뒷면에 표기되어 있습니다.
  ISBN 979-11-7048-929-0 (04810)
  ISBN 979-11-90089-96-8(세트)

충청북도 / 충북문화재단

※ 이 책은 충청북도 · 충북문화재단의 후원으로 예술창작활동지원사업의 일환으로 지원받아 발간
   되었습니다.

충북소설-2025-28호

꿈꾸는 비어

이영희 外

집
고 소설가_강준희

편소설 選
수길 / 전영학 / 문상오 / 김창식 / 이영희 / 이종태 / 오계자 / 이귀란
순희 / 김용훈 / 한옥례 / 박아민 / 이상훈 / 이근형 / 김애중 / 이강홍 / 김미정

생각나눔

여백을 생각한다

펼쳐 놓은 노트가 두려울 때가 있다. 소설가로 등단한 지 올해 삼십 년이 되었건만, 집필의 시작점에서 생각과 의도를 익은 술동이처럼 은근하게 발효시키는 과정에서 고민하고 갈등하는 것은 나 혼자일까. 아마도 나 혼자만은 아닐 거라고 짐작한다.

첫 글자도 시작하지 않은 여백을 한참이나, 길게는 하루쯤, 또는 사나흘 들여다보기만 한다. 소설이라는 세계에 어떤 사연, 무슨 이야기, 어떤 감동과 억울의 첫 글자를 찍어야 할까, 현실 같은 허구의 삶을 소설로 엮어내야 할까.

집필을 구상하며 문득 여백을 생각한다. 첫 글자를 찍지 못하는 여백은 분명 갈등과 고통일 텐데. 여백을 들여다볼수록, 여백에 펼쳐 놓을 구상의 순간에 아이러니하게도 가치를 생각한다.

백지를 놓고 소설을 구상함은 행복한 장면임이 틀림없다. 한 편의 소설을 백 명이 읽으면 백 편의 소설이 된다는 원로 소설가의 문학강연을 되새기면, 소설 집필이 결코 만만함은 아님을 자각한다. 집필의 어려움과 좌절이라는 허들도 소중해지는 것이다.

　나무가 자라기 전 태초에 산은 원래 여백이었다. 조물주는 여백을 주었고. 여백은 자연이라는 다양한 감성을 수용하였다. 흰 눈이 쌓인 겨울은 여백이 낳은 아름다움의 절정이다. 아름다움의 절정인 겨울보다 심오한 여백은 소설이다.

　원고지 80매 내외의 단편소설, 800매를 웃도는 장편소설에서 소설가는 페이지마다 빽빽하게 문장을 만들어내지만, 독자에게는 무한한 감성의 여백이 된다.

2025년 가을

충북소설가협회장 김창식

충북소설-2025-28호
17人 소설 選

부록

“특 집,,
작고 소설가_강준희

故 강준희 소설가

1935년 충북 단양에서 태어나 2025년 여름 타계하셨다.

1976년 창작집 『하느님 전 상서』를 출간하면서 세상에 알려지기 시작했고, 1980년 중편소설 「신(神)굿」으로 두각을 나타냈다. 이어 1983년 중편소설 「미구꾼」이 월간 한국문학에 발표되면서 강준희라는 이름이 한국 문단의 주목을 받기 시작했다.

한(恨)과 비판적 인식에 바탕을 둔 사회적 현실에 대한 풍자와 해학, 기지가 넘치는 선비정신의 작품 세계며, 인간 삶의 근본적인 목표와 현실적인 상황 사이에 놓일 수밖에 없는 모순의 간격을 들춰내면서도, 올곧은 삶에 대한 깊이 있는 애정을 그려냈다.

－1935 충북 단양 출생

－신동아 「나는 엿장수외다」 당선

－서울신문 신춘문예 「하 오랜 이 아픔을」 당선, 1개월간 연재

－현대문학 단편 「하느님 전 상서」 등 추천받고 문단에 나옴

약 력

－중부매일, 충청매일, 충청일보, 동양일보 논설위원

－한국선비정신계승회 회장, 한국문인협회 자문위원

활 동

－1983 대만 타이페이서 개최된 한·중 작가대회

－1989 네덜란드 마스트리히트에서 개최된 제53차 국제PEN대회

－1990 미국 LA에서 개최된 해외문학 심포지엄

－1996 멕시코 과달라하라에서 개최된 제63차 국제PEN클럽대회

－1997 중국 연길서 개최된 국제문학심포지엄

－1998 터키 이스탄불에서 개최된 한·터키 소설가 세미나

저 서

『하느님 전 상서』『신 굿』『하늘이여 하늘이여』『미구꾼』『개개비들의 사계』
『강준희 선비론 지식인들이여 잠을 깨라』『아 어머니』『염라대왕 사표 쓰다』
『상놈열전』『바람이 분다. 이젠 떠나야지』『베로니카의 수건』『지조여 절개여』

『절사열전』『그리운 보릿고개(상, 하)』『껍데기』『이카로스의 날개는 녹지 않았
다(상, 중, 하)』『그리운 날의 삽화』『사람 된 것이 부끄럽다』『오늘의 신화 – 흙
의 아들을 위하여』『길』『너무도 아름다워 눈물이 난다』『아 이제는 어쩔꼬?』
『강준희 문학전집 10권』『땔나무꾼 이야기』『선비를 찾아서』『강준희 메시지
이 땅의 청소년에게』『선비의 나라』『희언만필(戲言漫筆)』『이 작가를 한 번 보
라』『서당 개 풍월 읊다』『우리 할머니』『강준희 문학상 수상 작품집』『강준희
인생수첩 꿈』『촌놈 전 5권』『나는 조선왕조의 백성이다』이상 53권

수 상

   –충청북도 문화상 수상, 한국농민문학작가상 수상
   –강준희 문학전집 전 10권 미국 하버드대학 도서관 소장
   –제1회 전영택문학상 수상, 제10회 세계문학상 대상 수상
   –2015년 명작선 한국을 빛낸 문인에 선정, 앤솔러지에 대상 수상작
    「고향역」 수록 등
   –제57회 한국문학상 수상

연재 소설

  「촌놈」 충청일보에 연재. 「이단(異端)의 성(城)」이란 제목에서 촌놈으로
바꿈. 「학이 울고 간 세월」을 「아 어머니」란 제목으로 충청일보에 연재.
「개개비들의 사계」란 장편을 충청일보, 경인일보, 강원일보에 동시 연재.

————— ⚘ —————

故 강준희 소설가를 그리며

—

소설가 안수길

　　어제 당신의 부음을 듣고 철렁 내려앉았던 가슴을 이
내 진정시키기는 했습니다만, 아직도 속 빈 항아리처럼 허전한 마음은 여
전합니다.오늘 아침 서둘러 당신의 빈소를 다녀왔습니다. 충주에 닿기까지
한 시간 반쯤, 차 안에서 이 생각 저 생각 더듬다 보니, 당신의 평생이 남
달리 힘들고 고단하셨겠다 싶었습니다.그러나 한편으로는 '90여 년 세월을
심심치 않게 잘 보셨구나'하는 생각도 없지 않았습니다.어떤 부호의 삶이
당신만큼 극심한 고난을 견디고 이겨내어, 당신만큼 후손과 후세가 물려
받아 간직할 유산을 남길 수 있겠습니까?어떤 권세가의 삶이 당신처럼 잡
다한 유혹을 뿌리치고 지조를 지키며, 친지와 이웃, 그 외에 숱한 사람들
이 본받아 마땅한 청빈한 삶을 누렸겠습니까?인생 초년고생은 평생의 자
산이란 옛말대로 당신의 초년은 고단했었지만, 그걸 극복한 이후의 삶은
청빈 가운데 마음의 풍요를 누리고, 외로우나 작가라는 오직 한길을 지켜
온 별종의 삶이며, 누구도 따를 수 없는 독야청청의 값진 삶이었습니다.옛
말대로 초년고생에서 얻은 자산, 극기와 인내로 선비의 지조를 지키고 청
빈한 삶을 누리며 90년 평생을 마치셨으니, 그만하면 누구라도 본받아 부
끄럽지 않을 일생이 아닌가요?저간에 누려온 당신의 삶이 이러하고, 그간

남긴 당신의 글들이 그러한데, 이만한 삶이면 '심심치 않게 잘 보내신 평생'이고, 아무나 누릴 수 있는 헐거운 삶은 아니지요.그간 당신이 남긴 저서가 50여 권, 그 속에 담긴 당신의 소신이요 평생의 실천 덕목이었던 '선비정신'은 두고두고 많은 사람들에게 바른 삶을 안내할 것이고, 국내 각 도서관과 하버드대학 등에 소장된 저서는 한국문학의 긍지로 보전될 뿐 아니라, 당신이 수상한 각종 문학상은 문학 후배들의 의욕을 북돋우는 촉진제가 될 것입니다.또한, 평소 당신의 올곧은 성격대로 어른에게는 '쓴소리', 젊은이에게는 '매운소리'를 사양치 않으셨으니, 그 소리 들은 당사자들만 아니라, 그 이웃까지 거울로 삼는 보약이 될 것입니다.그러나 당신의 삶이 그렇게 완고하고 경직된 것만은 아니었습니다.문학동인회 '내륙문학회' 발족 초기, 어쩌다 합석한 자리에 취기가 넉넉해지면 발동이 걸리던 당신의 노랫가락이, 당신의 또 다른 모습이었습니다. 상 모서리를 치는 젓가락 장단에 스스로 도취한 당신의 모습은 올곧은 선비가 아니라, 근심 욕심 다 털어버린 풍류가객이었고, 거기에 수석(壽石) 얘기가 나오면 밑도 끝도 없이 이어질 만큼, 그 취향이 도인에 이른 듯했습니다. 이제, 이런저런 사연 다 접고 유명을 달리한 당신, 이승에서는 '작가'라는 오로지 한길에 온몸 온 정력을 다 쏟아부었던 외롭고 고단한 길, 살아있는 사람들, 살아갈 사람들에게 길을 열어주고 꿈을 품게 하느라 '나'를 내려놓고 사셨습니다.이승의 끝자락, 긴 강을 건너 터를 잡으신 그곳에서는 부디 여유로운 삶, 외롭지 않은 삶, 나날이 기쁜 당신의 삶을 누리시기 빕니다. 이승에서 많이 베푸신 만큼 그곳에서는 넉넉하고 여유로운 삶을 누리소서.

출처 : 동양일보(http://www.dynews.co.kr)

故 '강준희' 선생님 그리고 '나'

충주시장 조길형

1988년 성서동 허름한 주막에서 저는 한 분을 우연히 만났습니다.

당시 저는 음성경찰서 경비과장으로 재직 중이었는데, 친구와 술잔을 기울이고 있었습니다. 그런데 옆자리에서 웬 사나이가 큰 소리로 다소 시끄럽게 이야기하고 있었습니다. 그러나 자세히 들어보니 해박한 지식과 풍부한 어휘로 세상 돌아가는 얘기를 정의감 있게 설파하는 것이었습니다.

저는 점점 그 이야기에 빠져들었고 마침내 합석하여 술잔을 기울이고 있었습니다.

우리는 가게 문을 닫게 되자 자연스럽게 그분의 교현 주공아파트로 자리를 옮겨 계속 술잔과 이야기를 나누었습니다.

밤이 깊어 이제는 가봐야 하겠다고 하자 저에게 책을 한 권 제자를 하여 건넸습니다.

밖으로 나오니 비가 억수같이 쏟아지고 있었습니다. 그 소설의 맺음말처럼 비는 영원히 그치지 않을 것 같았습니다. 저는 그 소설,『신굿』을 밤새워 읽었습니다.

세월이 흘러 26년 후 제가 2014년 시장에 출마하여 활동하던 중 우연히 행사장에서 옆자리에 앉으신 선생님을 뵈었습니다.

88년도의 그 이야기를 드리니 반신반의하셨습니다.

그러나 선생님이 사시던 교현 주공아파트의 안방 문설주에 붙어 있던 당호(어초재)를 말씀드리니 깜짝 놀라시는 것이었습니다.

이후 10년의 인연은 다양하였으나 저에게는 여전히 통쾌한 작가요, 시대를 풍미한 사나이로 간직될 것입니다.

그분, 바로 충주의 문단 원로 강준희 선생께서 8월 5일 숙환으로 별세하셨습니다. 향년 90세입니다.

강준희 선생님은 1966년 신동아 공모에 「나는 엿장수외다」로 당선되고, 1974년 서울신문 신춘문예에 「하 오랜 이 아픔을」 당선을 거쳐 1975년 현대문학에 「하느님 전상서」가 추천되어 등단했습니다.

선생께서는 60여 년간 지조·청렴 등 선비정신을 지향하는 창작으로 세상에 가르침과 문학적 성취를 이루셨습니다.

선생님의 건강이 우려될 때부터 충주시는 선생님의 육필 원고를 비롯한 자료를 기증받아 도서관 부설 문학관에 전시하며 관리하고 있습니다.

선생님을 추모하며 기억할 수 있도록 시민들이 편히 즐겁게 읽을 만한 작품을 모아 추모집을 발간하면 어떨까 합니다.

작가를 사랑하는 최선은 그의 작품을 감상하는 것이라 믿기 때문입니다.

선생님의 명복을 빕니다.

단편소설

고향역 – 그 애젖한 그리움

—

故 강준희

내 어릴 적 고향역 이름은 남춘역(南春驛)이었다. 사람들은 그때 기차역을 기차 정거장이라 불렀다.

기차 정거장 남춘역!

남춘역을 글자대로 풀이하면 '남쪽 봄의 역' 또는 '봄의 남쪽 역'이 된다. 역 이름이 근사해 아주 낭만적이다. 그러고 보니 문득 생각나는 사람이 있다. 1960년대인가부터 시작해 1970년대, 아니 80년대 초반의 어간에 '남춘역'이란 이름을 가진 영화배우가 있었다. 물론 이는 예명이겠지만 예명을 남춘역으로 지은 데는 상당한 이유가 있었을 것이다. 가령 남쪽 역의 봄을 이상처럼 가슴에 담고 살며 어떤 인물이나 사물을 그린다든가 아니면 이렇게 되었으면 하고 바라는 이마고 같은 것 말이다. 그렇지 않고서야 왜 이름을 굳이 '남쪽 봄의 역'이니 '봄의 남쪽 역'이니 하는 남춘역을 예명으로 가졌겠는가.

그럴 것이다. 어쩌면 그는 남쪽 어느 조그마한 산골 역의 봄을 이마고로 가슴에 안은 채 살았을지 모른다. 개나리 진달래 흐드러지게 피는 고즈넉한 남녘 봄의 산골 역에서 설명할 수 없는 무엇인가를 안타까이 그리며 살았을지 모른다.

남춘역! 남쪽 봄의 역! 봄의 남쪽 역!

한없이 고즈넉해 적막하기까지 한 봄날의 조그마한 산골 역! 너무도 적요하고 단조로워 무료하기까지 한 산골 역, 남춘역!

이 남춘역이 바로 내 어릴 적의 고향역 이름이다. 이런 역엔 으레 새 물내 나는 무명 치마저고리에 피마자가 아니면 동백기름을 머리에 발라 쪽 찐 아낙이 있게 마련이었다. 시집간 딸자식 산바라지를 하기 위해 몇 십 리 산길을 허위허위 달려와 차표 끊어 손에 쥐고 대합실의 긴 일자 나무의자에 그림이듯 앉아 있는 풍경이 그것이었다. 뿐만이 아니다. 광목이나 옥양목에 물들여 입은 검정 치마, 흰 저고리의 댕기머리 갑순이도 만날 수 있었고 꺼먹 고무신에 보퉁이를 가슴에 안고 서울 가발공장으로 고향 친구 옥란이를 찾아 취직하러 가는 갑순이도 만날 수 있었다. 촌닭 관청에 잡아다 놓은 듯 겁먹은 표정으로 의자 한쪽 구석에 오도카니 앉아 개찰구만 하염없이 바라보는 갑순이! 그런가 하면 또 이런 풍경도 있었다. 죽을 힘을 다해 삼십 리 밖 읍내 장에 나무 져다 판 돈으로 포마드를 사 그때 한창 유행하던 리젠트나 올백 머리에 파리 낙상하게 번질번질 처바르고 구두 뒷굽에 징 박아 신은 채 무작정 상경하는 갑돌이며, 용케 미군 피엑스나 미 군수 물자 암매상을 통해 군복 사지(serge)를 구해 새카맣게 물들여 칼날처럼 줄 세워 입고 중국집 보이로 일하는 고향 친구 노마를 찾아 상경하는 금돌이도 볼 수 있는 풍경이었다. 그래 그때 한창 유행하던

　　"서울 가면 운이 터서 금송아지 생기는지

　　날마다 모여드는 종착의 서울역

　　농사짓던 금돌이도 중절모 쓰고

　　백양 담배 피워 물고 서울로 간다네

아아, 희망의 서울 서울로 간다네"

어쩌고 하는 「종착의 서울역」을 구성지게 부르며 서울로 서울로 올라갔다. 이는 그러나 총각만이 아니어서 처녀들도 크게 다르지 않았다.

"앵두나무 우물가에 동네 처녀 바람났네

물동이 호밋자루 나도 몰래 내던지고

말만 들은 서울로 누굴 찾아서

이쁜이도 금순이도 단봇짐을 쌌다네"

라는 「앵두나무 처녀」를 가슴 조여 부르며 서울행 열차에 몸을 실었기 때문이었다. 그러면 이러지도 저러지도 못하는 처녀 총각들은 앙가슴을 치며

"연분홍 치마가 봄바람에 휘날리더라

오늘도 옷고름 씹어가며 산제비 넘나드는 성황당길에…"

하고 「봄날은 간다」를 애달피 불러 제쳤다.

우리 마을에서 기차 정거장까지는 삼십 리 길로, 요즘 이수(里數)로 쳐 12km의 험한 산길이었다. 하지만 실제 거리는 삼십 리가 훨씬 넘어 14~15km는 족히 됐다. 촌길은 더욱이 촌사람들은 이수 개념이 없어 어림짐작으로 몇 리 몇 리 하기 때문에 십 리는 시오리가 넘었고 시오리는 이십 리가 넘었다. 그래 초행길의 누가 초간한 이수에 진력이 나 길을 물을 때 담배 한 대 피울 거리요 하면 십 리였고 한참 가야 하오 하면 이십 리가 실했다. 그리고 한참 미끈하게 가야 하오 하면 삼십 리 길이었다.

우리 마을에서 기차 정거장까지의 삼십 리 길은 산(재)을 넘고 물(개울)을 건너야 했고 중간중간 지돌이와 안돌이가 있는 데다 서덜의 돌닛

길까지 있어 진둥한둥 걸어도 얼추 한나절 길이었다. 때문에 사람들은 읍내 장에 가거나 기차를 타기 위해 정거장에라도 갈라치면 아침 일찍 서둘러 길을 떠나야 했다. 읍내도 삼십 리가 실해 장을 보고 되짚어가려면 진둥걸음질을 해야 됐다. 기차는 상 하행선이 아침 새참 때를 전후해 있었으므로 기차 시간을 맞추려면 해짐작으로 걸어야 했다. 시계가 귀하던 당시로써는 해와 배꼽시계가 시간을 재는 척도여서 사람들은 이 두 가지에 의지했다. 한데도 시간은 신통하게 맞아 큰 오차가 없었다. 나도 당연히 해와 배꼽시계로 시간을 점치며 삼십 리 밖 기차 정거장을 다녀오곤 했다. 나는 여남은 살 적부터 봄가을로 학교 안 가는 일요일이면 단짝 동무 길수나 동수와 함께 정거장엘 다녀왔고 어떤 때는 신랑 각시 놀이하던 소꿉동무 순녀와 함께 가기도 했다. 그러다 이 아이들이 무슨 일이 있어 함께 못 가면 나 혼자 걸어 타박타박 다녀오곤 했다. 점심도 쫄쫄 굶은 채로.

내가 먼 삼십 리의 기차 정거장을 찾는 데는 상당한 이유가 있었다. 봄이면 정거장 앞산이 온통 꽃대궐을 이뤘고 가을이면 정거장 뒷산에 단풍이 불바다를 이뤄 산 전체가 활활 불탔다. 우리 마을은 우복동(牛腹洞)처럼 산 속에 파묻혀 있어 봄이면 기화요초가 다투어 피고 가을이면 오색 단풍이 요란스레 수를 놓았지만 정거장의 그것만은 못했다. 정거장 앞 계곡엔 천행 입석(川行立石)의 돌개울이 주야장천 흘렀고 계곡 위의 산엔 개나리, 진달래, 산목련, 연산홍, 조팝꽃, 산벚꽃, 산철쭉 등이 차례로 피어 산 전체를 울긋불긋 물들였다. 햇살이 찬란하게 내려 눈이 부시면 꽃들은 더 현란해 어질어질 꽃멀미가 났다. 이럴 때면 산자락에서 영락없이 “부우꾹 부꾹 부우꾹 부꾹”하고 구슬픈 산비둘기가 울어 마을을 심란케 했다.

“야아!”

나는 꽃에 취해 탄성을 발하며 구슬픈 산비둘기 소리에 괜히 슬퍼졌다.

산비둘기 소리는 정거장을 오가는 산길에서도 수없이 듣는데 이상한 것은 바로 코앞 나무에 앉아 우는데도 아주 먼 곳에서 울 듯 아득히 들려왔다. 순녀도 이게 이상한지 “참 희한하다 그치? 부꾹새가 가까이서 우는데도 왜 멀리서 우는 것처럼 들리지.”

지난 일요일 순녀는 정거장을 가는 산길에서 묏등 상수리나무에 앉아 우는 산비둘기를 쳐다보며 말했다. 순녀는 산비둘기를 꼭 부꾹새라 불렀다. 부우꾹 부꾹 하고 울어서 그런 모양이었다.

“그러게 말이여. 나도 그게 참 이상해. 순녀 너도 저 소릴 들으면 슬프니?”

나는 한숨을 포옥 쉬며 말했다.

“응. 무지 슬퍼. 저 부꾹새는 슬퍼서 운대. 부우꾹 부꾹하는 소리는 계집 죽고 부우꾹 자식 죽고 부우꾹 하는 소리래. 그래서 슬프대.”

순녀는 별것을 다 알았다.

“누가 그래.”

“엄마가!”

“엄마가?”

그날 순녀는 그예 눈물을 글썽이었다. 산길을 걷노라면 장끼란 놈이 솔포기에서 푸드득 날아올라 키득거리며 등성이 너머로 날아가고, 다람쥐란 놈은 나무에서 쪼르르 내려와 바위에 날름 앉은 채 코를 벌름거리며 눈을 호동그래 뜨고 앞발로 먹이를 잡고 맛있게 먹어 귀엽고 재미났다. 이름 모를 산새들이 짝을 지어 날아다니며 “호르르호르르” “똑똑또그르” “왜지지왜지지” 우짖으면 신기하고 기이해 걸음을 멈추기 일쑤였다. 그러나 봄이 좀 더 무르익어 신록이 짙어지면 뻐꾸기, 꾀꼬리, 지쪽

새, 밀호-부리, 직박구리, 휘파람새 등이 제각기 소리쳐 목소리 향연을 벌이는티 이때는 산도 조용하게 엎드려 숨을 죽인다. 청아한 여러 새소리를 감상하느라 그런 모양이었다. 여러 새들이 한 타령으로 어울려 한바탕 요란하게 소리들을 지르고 나면 햇살은 더욱 찬란하게 나뭇잎에 내렸고 녹음은 화답하듯 바람에 일렁이었다. 사람들은 춘궁기 보릿고개에 먹을 게 없어 초근목피로 연명하며 삼순 구식하는데 새들은 춘궁기 보릿고개도 모른 채 벌레와 곤충을 잡아먹고 숲 속에서 즐거이 노래들을 불렀다. 청승맞고 구슬픈 산비둘기 소리를 들으며 정거장 남춘역에 갔다 돌아올 때는 배가 너무 고파 진땀이 바작바작 났다. 뱃가죽이 등가죽에 달라붙어 촌보도 걷기가 싫었다. 참꽃(진달래)을 따 먹고 찔레순을 꺾어 먹어 보지만 언 발에 오줌 누기였다. 옹달샘에 엎드려 물을 들이켜고 허리끈을 바짝 조여 매도 마찬가지였다. 송기(松肌)를 꺾어 먹고 잔대를 캐 먹고 더덕과 산도라지를 캐 먹어도 허기 면함의 초다짐은 되질 않았다. 오디와 산딸기라도 따먹으면 좋은데 이는 늦봄이나 초여름이 돼야 따먹을 수 있어 아직은 차례 멀었다. 하지만 가을은 먹을 것이 많아 삼십 리 정거장 길이 봄처럼 배고프질 않았다. 서덜과 산기슭에 개암과 보리수가 천지로 널려있는 데다 으름과 산밤까지 경성드뭇 있고 산 속으로 조금만 들어가면 똘배를 비롯해 좀 덜 익긴 했어도 머루 다래가 지천이었기 때문이다.

내가 여름과 겨울을 제외한 봄가을로 정거장 남춘역을 찾는 것은 봄꽃 동산과 가을 단풍산을 보기 위해서만은 아니었다. 아침 새참을 전후해 남춘역에 멎는 기차와 그 기차에 타고 내리는 사람들까지 보기 위해서였다. 아니 그 외에 또 그 무엇인가가 나타나 줄 것 같은 막연한 기대감이 있어서였다. "꽤엑"하는 기적과 함께 플랫폼으로 들어서는 기차를 보면 꼭 집어 설명할 수 없는 무엇인가가 있을 것 같은 설렘으로 가슴이 뛰었다. 그것은 부질없고 공허해 막연한 것이었지만 그래도 나는 오늘은 설마 오늘은 설마 했다. 그래 기차가 플랫폼으로 들어서면 괜히 몸이 달아 개찰구 쪽으로 달려가 내리고 타는 승객들을 하염없이 바라봤다. 하지만 아무리 바라봐도 내가 바라고 기다리는 그 무엇은 나타나질 않았다. 그러면 나는 그만 떡심이 풀려 개찰구 앞에 쪼그려 앉아 칙칙폭폭 떠나가는 기차만 속절없이 바라봤다. 그러다 기차가 시야에서 가뭇없이 사라지면 한숨을 포옥 쉬며 타박타박 발길을 돌렸다.

그날도 나는 오늘처럼 공중에 검은 연기를 남긴 채 가물가물 사라지는 기차를 하염없이 바라보다 타박타박 발길을 돌렸다.

지난 가을이었다. 물론 그날은 일요일이었다. 그 날은 길수와 동수가 집에 무슨 일이 있어 길동무가 안 되었고 순녀는 엄마하고 외가에 간다고 해 길동무가 못 되었다. 길동무가 있을 때는 심심하지 않고 길도 지루하지 않아 삼십 리 먼 정거장도 금방이었는데 길동무 없이 혼자 걸으면 심심하고 지루해 맥이 탁 풀렸다.

그날 나는 개찰구 쪽에 서서 플랫폼으로 들어서는 기차를 마음 졸이며 바라봤다. 기차에 오르는 사람은 여남은 명쯤 되었고 내리는 사람은 겨우 다섯 명이었다. 이 다섯 명 가운데 세 사람은 중년 남자였고 두 사람은 중년 아낙으로 모두 흰 무명 바지저고리에 흰 치마저고리 차림이었다. 광목이나 옥양목을 입은 사람은 한 사람 없었다. 나는 그날 바라고 기다리는 그 무엇이 또 허사구나 하면서 정거장 마당으로 나와 붉은 물감을 퍼부어 놓은 듯한 정거장 뒷산 단풍에다 눈을 주었다.

"야아!"

나는 늘 보는 단풍이지만 또 탄성이 나왔다.

아아, 단풍이 어쩌면 저리도 고울까!

나는 넋을 놓고 단풍을 바라봤다. 이때 멀쩡하던 하늘이 먹장구름으로 머흘거리며 갑자기 빗방울을 뚝뚝 떨어뜨렸다. 그러더니 이내 장대비를 퍼붓기 시작했다. 나는 비그이를 하기 위해 역 대합실로 들어갔다. 비는 패연히 쏟아졌다.

어쩌지? 어떡하지?

나는 몸이 달아 대합실 안을 왔다 갔다 했다.

비는 쉬 그칠 것 같지가 않았다. 그치기는커녕 더욱 거세게 쏟아져 얼마 후엔 벌건 황토물이 정거장 마당에 물마를 이뤘다.

어떡하지? 비를 맞고라도 갈까? 비가 이렇게 쏟아지면 개울물도 곧 벌창을 할 텐데.

나는 똥 마려운 강아지처럼 좌불안석 앉았다 일어났다 했다. 이대로 있자니 두 번씩이나 건너는 개울물이 불어날 것 같아 걱정이었고 비를 노박이로 맞고 가자니 너무 춥고 배고플 것 같아 자신이 없었다. 안 그래도 벌써 춥고 배고파 한기가 느껴지고 배에서 꼬르륵 소리가 나는데 어떻게 삼십 리 험한 산길을 비를 노박이 한 채 갈 수 있는가. 길도 어디 편편한 신작로에 밋밋한 자드락길이기라도 한가. 가풀막진 푸서릿길에 너덜겅의 안돌이 지돌이의 돌닛길이 있는 데다 싸릿재라는 높은 재까지 있지 않은가.

나는 문득 작년 봄에 있었던 일이 생각나 소름이 돋았다. 그날도 나는 길동무 없이 혼자 정거장에 가 꽃구경을 하고 설마 하는 마음으로 상 하행선 기차가 설 때마다 가슴 졸이며 그 무엇인가를 기다렸지만 그 무엇은 끝내 나타나질 않았다. 장대처럼 긴 봄해도 삼십 리 정거장을 걸어가 꽃구경을 하고 대합실의 일자 의자에 턱을 괴고 앉아 상 하행선의 기차까지 다 보내고 나니 어느새 한나절이 넘어 있었다. 싸릿재에 다다르자 배가 너무 고파 나무꾼과 길손들이 마시는 옹달샘 물을 벌떡벌떡 들이켜고 잿마루에 올라서니 해는 이미 서쪽으로 서너 발이나 기울어 있었다. 사단은 얼마 후에 일어났다. 재를 걸어 내리는데 바람결에 어디선가 더덕 냄새가 진하게 실려왔다. 냄새를 따라가니 길 위쪽 바위 밑 양지쪽이었다. 나는 나무꼬챙이로 애면글면 더덕을 캤다. 더덕은 돌 틈바귀에서 자랐는데도 무척 커 두어 뼘 길이에 낫자루 굵기만했다.

"야아!"

나는 뜻밖의 횡재에 손뼉을 쳤다. 어른들한테 듣기로 더덕이 낫자루만하게 굵고 장뼘으로 뼘 가웃이 넘으면 오십 년은 족히 자라 효과가 산삼보다 낫다 했기 때문이었다. 더욱이 더덕 속에 들어 있는 물은 영약 중의 영약이어서 죽을병도 살린다 했다. 나는 더덕을 반으로 분질러 곧추세웠다. 더덕은 속이 반나마 비어 있었고 그 빈 곳에 물이 그득 고여 있었다. 나는 더덕 물을 마시고 더덕을 우적우적 씹어 먹었다. 그러고는 얼마 후 꼬박꼬박 잠이 왔다. 봄볕이 따사로워 잠을 부른 모양이었다.

얼마나 잤을까. 몸이 선뜻해 눈을 뜨니 해는 이미 서산을 꼴깍 넘어가 사방이 컴컴해져 있었다. 그새 어슴막이 내린 듯했다. 나는 주위부터 살폈다.

아니 이건?!

나는 소스라치게 놀라 몸을 벌떡 일으켰다. 내가 누워있던 자리 바로 옆이 아이의 무덤 아총(兒塚)이었기 때문이다. 나는 걸음아 날 살려라 하고 뛰기 시작했다. 이때 어디선가 부엉이가 "부우엉 부우엉" 울어댔다. 나는 무서워 머리끝이 쭈뼛 하늘로 올라갔다. 부엉이가 우는 곳엔 눈 큰 짐승(호랑이)이 있다는 소리를 들어서였다.

이날 나는 서쪽 하늘의 개밥바라기가 이울어서야 집에 도착했다. 옷은 땀으로 흥건히 젖어 있었고 몸은 신열로 달아 있었다.

비는 상기도 줄기차게 쏟아졌다. 소나기는 보통 삼 형제여서 세 차례쯤 퍼부으면 그치고 설령 안 그친다 해도 산돌림으로 낮뺌을 하게 마련인데 어디 한군데 갤 낌새가 없었다.

어떡하지? 정말 어떡하지?

나는 몸이 달아 산매 들린 듯 대합실 안을 돌아쳤다. 이대로 대합실에 있자니 집이 걱정이었고 집으로 가자니 작달비의 산길 삼십 리가 걱정이었다.

에이 씨, 무슨 놈의 비가 이렇게 와 그래!

나는 애성이 나 하늘에다 대고 팔뚝욕이라도 하고 싶었다.

빗줄기가 가늘어지기 시작한 것은 이러고도 한 식경은 좋이 지나서였다.

가자!

나는 허리끈을 바짝 조여 매고 들메끈을 가든그린 다음 길을 나섰다. 시각이 얼마나 됐는지 알 수 없었지만 짐작으로 저녁 겯두리는 된 것 같았다. 사방에서 개샘이라도 터진 듯 홍수가 콸콸 쏟아졌다. 나는 뛰다시피 잰걸음질을 쳤다. 가을 해는 노루 꼬리처럼 짧아 기운다 싶으면 날이 저물어 서두르지 않을 수가 없었다. 비는 더 이상 놋날 드리듯 퍼붓지는 않았지만 아직도 우비가 있어야 할 만큼 추적거리고 있었다. 삿갓에 도롱이를 쓴 농부들이 논밭 여기저기서 삽을 든 채 분주히 돌아다니는 게 보였다. 싸릿재를 접어들자 난데없이 바람이 불어 몸이 덜덜 떨렸다. 나는 더욱 잰걸음으로 싸릿재를 추어 올랐다. 숨이 턱까지 차

올라 가빴지만 아랑곳하지 않았다. 자칫 날이 저물어 길이라도 잃으면 큰일이다 싶었다. 그리고 캄캄한 밤 잿마루에서 산꼬대라도 만나면 여간 낭패가 아니었다. 나는 이를 사려문 채 죽기 기를 쓰고 걸었다.

이렇게 천둥의 개걸음으로 집에 닿자 날은 이미 앞이 안 보일 정도로 어두웠고 몸은 파김치가 돼 해면처럼 가라앉았다.

아버지는 일 년에 한 번씩 방문하는 서울의 친구분 마중을 꼭 나보고 가라 했다. 아버지 친구분 월촌(月村)어른은 가을철에만 찾아왔는데 이는 초근목피로 연명하는 보릿고개 때를 피하기 위함이었다. 먹을 게 없는 보릿고개 때는 시집간 딸네 집에도 안 간다는 속담을 상기해서였다. 월촌은 아버지 친구분의 아호였는데 아버지는 친구분의 아호를 따 나에게 월촌어른이라 했다. 그래서 나도 언제부터인가 아버지의 친구분을 월촌어른이라 불렀다. 월촌어른은 소싯적 아버지와 한 서당 한 훈장 밑에서 동문수학한 동접간(同接間)으로 아버지와는 우의가 돈독한 지기지우였다. 월촌어른은 가을에 아버지를 찾아왔고 아버지는 봄으로 월촌어른을 찾아갔다. 아버지는 책상물림의 낙척한 시골선비로 조반석죽도 간신히 끓이는 애옥살이었다. 그랬으므로 월촌어른은 오곡백과가 풍성한 만가을에만 아버지를 찾아왔다. 아버지는 서울서 월촌어른이 온다는 편지를 받으면

"월촌어른이 며칠날 몇 시 기차로 오신다는구나. 그날 정거장에 마중가 잘 모시고 오너라!"

했다. 그러면 나는

"예, 아버지!"

하고 마치 내 친한 친구가 오기라도 하듯 좋아했다.

월촌어른이 온다고 하면 어머니는 그날부터 집 안팎을 깨끗이 청소했다. 방과 마루를 쓸고 닦고 마당과 골목의 풀을 뽑고 쓸었다. 뿐만이 아니었다. 놋그릇을 꺼내 마당에 가마니를 깔고 기왓장을 바수어 윤이 나게 닦았고 장독대의 된장독이며 간장항아리도 윤이 나게 닦았다. 심지어는 마루 밑의 허섭스레기까지 말끔하게 치웠다.

"오늘 낮 열한 시 반 기차로 월촌어른이 오신다. 늦지 않게 서둘러 가거라!"

서울서 월촌어른이 오는 날이면 아버지는 아침부터 한곳에 진득이 부접 못한 채 서성이었다. 나는 아버지가 월촌어른을 몹시 기다리는구나 싶어 경중경중 노루뜀을 했다. 왠지 신이 나고 즐거워 발걸음이 가벼웠다. 삼십 리를 왕복하면 육십 리 먼 길이어서 다리가 떨어져 나갈 듯 아파 티가 날 만도 한데 나는 개의치 않았다. 서울서 오는 아버지 친구분을 모시러 가는데 까짓 다리 아픈 것쯤 무슨 대수냐 싶었던 것이다. 아니 오히려 어떤 보람마저 느껴져 장하게 생각되었다. 여기다 또 불타듯 온산을 뒤덮은 정거장 뒷산의 단풍까지 볼 수 있잖은가. 그리고 오매에 잊지 믓해 염념불망 그리는 그 무엇이 꿈처럼 나타날 지도 모르잖는가. 아니 또 있었다. 월촌어른이 이번에도 그전처럼 정거장 앞 중국집에 데리고 들어가 꿀맛 같은 자장면을 사줄지도 모른다는 점이었다.

나는 자장면의 그 기막힌 맛을 도저히 잊을 수가 없었다. 입에 넣기만 하면 살살 녹아 씹을 사이도 없이 꿀떡꿀떡 꿀맛같이 넘어가던 자장면. 세상천지 이렇게 맛있는 음식도 다 있나 싶어 평생 중국집 일을 해주며 자장면이나 실컷 먹었으면 할 만큼 맛있는 자장면.

월촌어른은 해마다 만가을의 일요일을 택해 아버지를 찾았다. 일요일이 아닌 날 오면 내가 정거장으로 마중 나와 학교에 결석을 하기 때문이었다. 산길 삼십 리를 허위허위 달려 정거장에 다다르면 온몸이 진땀으로 젖어 있고 배는 등에 달라붙어 꼬르륵 소리를 냈다. 그러면 나는 왜 여태 기차가 안 오나 하고 연방 신호기만 바라봤다. 신호기가 뚝 하고 떨어져야 기차가 들어왔던 것이다.

눈 빠지게 바라보던 신호기가 떨어지고 기차가 서서히 플랫폼에 들어서면 나는 괜히 흥분돼 호흡이 가빠졌다. 그러다 회색 두루마기에 회색 중절모를 쓴 월촌어른이 금테안경에 단장을 짚고 손가방을 든 채 기차에서 내리면 나는 가슴부터 뛰었다. 더욱이 여덟 팔자의 콧수염까지 기른 월촌어른을 보면 범접 못 할 위엄을 느꼈다. 그런데도 월촌어른이 출찰구를 나오면 나는 코가 땅에 닿도록 인사를 했다.

"오냐 그래. 어디 보자. 네놈이 백야(白也)의 아들놈이구나!"

월촌어른은 이렇게 말하고 혼잣소리로 "허 그놈 참"어쩌고 하며 내 머리를 쓰다듬었다. 월촌어른도 아버지를 이름 대신 아호를 불렀다. 아버지 아호는 백야였다.

"그래, 춘부장께선 안녕하시냐?"

내가 월촌어른의 가방을 받아들고 정거장 마당을 나오면 월촌어른은 비로소 안부를 물었다.

"예에!"

"자당님께서도 안녕하시고?"

"예에!"

"아아, 그 단풍 참 곱다! 우리 저 단풍 좀 보고 가자꾸나!"

"예에!"

그러나 나는 배가 너무 고파 자꾸 정거장 앞 중국집만 바라봤다. 일찍 먹은 아침밥에 산길 삼십 리를 뛰다시피 달려와 배가 진작에 꺼져 있었던 것이다.

"오 참. 배고프겠구나. 보자 몇 점이나 됐는고."

월촌어른이 두루마기 속의 조끼주머니에서 회중시계를 꺼냈다.

"아이구, 벌써 오정이 다 됐구나. 우리 저 중국집에서 청요리 한 그릇씩 먹고 가자?"

월촌어른이 '북경반점(北京飯店)'이라 쓰인 중국 식당을 턱짓하며 앞장서 걸었다.

"예에!"

나는 귀가 번쩍 띄어 월촌어른의 뒤를 따랐다. 나는 작년과 재작년에도 월촌어른과 북경반점에서 자장면을 먹었다. 평상시의 식당은 산골 오지라 손님이 그닥 많지 않아 한산한 편이었지만 일 년에 두 번 봄의 꽃철과 가을의 단풍철엔 장사가 그런대로 돼 손님이 꽤 있었다. 그리고 중석광산과 휘수연광산이 여러 군데 있어 손에 쇠망치를 든 광산꾼들이 '당꼬바지'에 '도리우찌'를 쓰고 연락부절 드나들 때면 북경반점은 호황을 맞아 제법 문전성시를 이뤘다.

꿀맛 같은 자장면 한 그릇을 걸신들린 듯 곱빼기로 시켜 허발나게 먹은 나는 기분이 흐뭇해 세상을 다 얻은 것 같았다. 월촌어른이 자장면을 곱빼기로 시켜주며

"많이 먹어라. 돌도 삭일 나이 아니냐."

할 때는 너무 좋아 눈물이 나려 했다. 그런데도 월촌어른은 우동을 곱빼기 아닌 보통으로 시켜 반나마 남기고 일어났다. 나는 월촌어른이 남긴 우동이 아깝고 애젖해 발길이 잘 안 떨어졌다.

내가 월촌어른을 모시고 동네 어귀에 들어서면 아버지는 동구 밖 장승박이까지 마중을 나와 월촌어른을 맞았다.

"월촌! 어서 오시게나. 원행에 누지(陋地)까지 거동하느라 고생이 많으이."

아버지가 양팔을 벌려 월촌어른을 얼싸안으면 월촌어른도

"백야! 반가우이. 그동안 면식(眠食)은 무탈하셨나?"

하며 아버지를 마주 안았다. 누가 봐도 수어(水魚)의 정의(情誼)요 금란(金蘭)의 우의(友誼)였다.

이렇게 해 월촌어른과 아버지가 상봉하면 사흘 동안 서로 한 시도 안 떨어진 채 붙어살았다. 하루는 바둑을 두고 하루는 시회(詩會)를 하고 하루는 가까운 산하를 편답하며 산천경개를 구경했다. 이때 혼쭐이 나는 것은 어머니였다. 평생 재물이라는 걸 모른 채 책상물림의 선비로 살아온 남편 섬기며 구메구메 남의 전지 몇 뙈기 홀앗이로 얻어 부치며 밭매기 베낳이 물레잣기의 삯일을 하면서도 불평 한마디 없던 어머니. 이러느라 어머니는 아침부터 밤까지 허리 한번 펴지 못하고 봉두난발 돌아쳤다. 아버지는 이런 어머니가 딱했던지 사랑에 서당을 차려 훈장 노릇으로 곡식 가마니를 보탰지만 이도 길게 가지 못했다. 아버지가 서당을 차릴 때만 해도 한문을 숭상해 학동이 근동에서 스무남은 명 되더니 동네에 중 고등학생이 생기고 면내에 대학생이 건성드뭇 생겨 한글세대가 되자 영어를 잘해야 출세한다며 한문은 원두한이 쓴 외 보듯 했다. 이 바람에 아버지는 허구한 날 혼자 수불석권(手不釋卷)으로 책만 붙들고 사는 서치(書癡)가 됐다.

월촌어른이 묵는 사흘간은 어머니에게 있어 형벌의 나날이었다. 이 사흘 동안 어머니는 옷매무새 하나 흐트러뜨리지 않은 채 단정했고 어디서 구했는지 밥상엔 흰 쌀밥과 계란말이가 올랐다. 물론 어머니는 나를 시켜 아랫동네 주막거리에 가 술도 받아오게 했다. 여기에 또 별식으로 닭볶음탕도 상위에 올랐다. 나는 계란말이와 닭볶음탕이 먹고 싶어 문틈으로 방안을 들여다보며 군침만 꼴깍꼴깍 삼켰다. 그러며 월촌어른이 제발 계란말이와 닭볶음탕을 남겨주었으면 하고 간절히 바랐다. 어머니는 이런 나를 부엌으로 끌고 가

"이놈아, 이 무슨 배워먹지 못한 짓이냐. 어른들 진짓상을 문틈으로 훔쳐 보다니!"

하며 싸리나무 회초리로 아래 종아리에 피멍이 나도록 때렸다. 그런 다음 계란말이 부스러기와 닭볶음탕 국물을 떠서 안방으로 들여보냈다. 이런 가운데도 나는 월촌어른이 계란말이와 닭볶음탕을 남겨주길 바라며 밥상 나기만을 목을 빼고 기다렸다. 그러다 어머니가 계란말이와 닭볶음탕이 반나마 남은 밥상을 들고 안방으로 들어오면 나도 몰래 "야아!" 소리치며 밥상 앞에 앉았다. 월촌어른이 나에게 학용품값을 쥐어주는 건 월촌어른이 떠나기 전날 밤이었다.

"이걸로 학용품 사 쓰거라. 부모님 말씀 잘 듣고 공부도 열심히 하고."

월촌어른이 얼마인지도 모를 돈 봉투를 손에 쥐여주며 머리를 쓰다듬었다. 봉투가 제법 두둑한 것으로 봐 돈이 꽤 들어 있는 것 같았다.

대처로 시집간 누나가 일 년에 한 번씩 친정에 와 삼사일 묵다 가는 것은 마당질이 끝난 겨울철이었다. 남의 전지 몇 떼기를 얻어 부치는 터수였지만 홀앗이로 농사를 짓는 어머니는 된서리가 내릴 때까지 한 시반 시 쉴 틈이 없었다. 누나는 어머니와 많은 얘기를 나누기 위해 일손이 적은 겨울철을 택해 친정 나들이를 했다. 산골의 겨울은 빨리 와 마당질이 끝날 무렵이면 벌써 살얼음이 얼고 눈발이 날려 겨울채비에 들어갔다. 이때가 되면 누나는 으레 '부모님 전 상서'라고 쓴 편지를 보내왔고 이런 며칠 후면 바깥출입을 모르던 어머니는 반닫이에서 새물내

나는 옥양목 치마저고리를 꺼내 입고 삼십 리 밖 정거장 남춘역으로 누나 마중을 갔다. 외손자를 업어오기 위해서였다. 어머니는 그러나 며칠 후 다시 삼십 리 밖 정거장 남춘역을 가야 했다. 첫 번째는 외손자를 업으러 가는 것이었고 두 번째는 외손자를 업어다 주러 가는 것이었다. 삼십 리 먼 산길에 눈이 깔리고 매운 칼바람에 얼굴이 시퍼렇게 얼어도 어머니는 아랑곳하지 않았다. 입성이 부실해 홑속곳과 홑고쟁이 위에 홑치마를 입고 저고리는 명색이 솜저고리였지만 홑적삼 위에 입는 것이어서 보온과 방풍이 되질 않았다. 털신과 털장갑이 없어 꺼먹 고무신에 목달이 같은 버선을 신었고 아얌과 조바위는 더더욱 없어 무명천을 오려 목을 감은 게 고작이었다. 그런데도 어머니는 삼십 리 밖 정거장까지 누나 마중을 가 외손자를 업고 오는 걸 의무로 알았고 업어다 주는 걸 의무로 알았다. 어머니가 시집와 새댁시절에 겪었던 반보기의 안타까움에 대면 정거장으로 딸 마중을 가 외손자를 업고 오는 게 얼마나 즐거운지 몰랐다.

그랬다. 어머니는 반보기로서 친정어머니와 식구들을 만났다. 반보기란 시집간 딸이 시댁과 친정집 중간 지점에서 친정어머니나 친정 가족들을 만나 회포 푸는 해후를 말함인데, 이는 시집간 딸과 친정어머니만 하는 게 아니어서 오랫동안 만나지 못한 친척 부인네들도 두 집 사이의 중간쯤 되는 곳의 산이나 냇가에서 만나 장만해 온 음식을 나눠 먹으며 하루를 즐기는 풍습이었다. 그래 사람들은 이를 ‘중로(中路)’ 또는 ‘중로상봉(中路相逢)’이라 했다. 우리 집은 자손이 귀해 누나와 나 오뉘뿐이었다. 자손이 귀해서인지 어머니는 자식 사랑이 유난했다. 어머니는 우리 남매만 달랑 낳은 게 아니라 자그마치 칠 남매를 낳고도 겨우 우리 남매만 건졌다. 누나 위로 제일 맏이가 아들이요 그 다음이 딸이었는데 누나는 셋째였다. 어머니는 누나 밑으로 딸만 셋을 내리 낳고 맨 마지막으로 나를 낳아 누나와 나는 터울이 열 살도 더 났다. 이렇게 아들딸을 일곱씩이나 낳고도 우리가 남매만 남은 것은 명을 길게 타고나서였다. 당시는 웬만한 집은 아이들을 보통 일여덟 명 낳았고 연년생으로 낳는 집은 열 명에서 열두 서너 명까지 낳았다. 그런데도 아이들은 반타작이 안 돼 삼분지 이는 부모의 가슴에 묻었다. 그 흉악한 돌림병이 한 번 돌면 동네 아이들을 휩쓸어갔기 때문이다. 돌림병은 법정 전염병으로 염병이라 일컫는 장티푸스와 괴질의 호열자로 알려진 콜레라, 그리고 마마라 하는 천연두에 마진이라 하는 홍역 등이었다. 이 돌림병이 들어온 마을은 쑥대밭이 됐고 돌림병에 걸린 아이들은 거의 죽어갔다. 물론 우리집에도 누나 위로 두 사람과 누나 밑으로 세 사람이 돌림병에 죽어나갔다. 이런 참상은 우리집만 있는 게 아니어서 아이들이 많은 집은 예외가 없었다. 그래서 아이들은 호적 나이가 실제 나이보다 보통 서너 살씩 적었고 어떤 아이들은 너댓살이 적기도 했다. 돌림병만 휩쓸면 언제 죽을지 모르는데 괜히 출생 신고할 필요가 없었던 것이다.

누나가 친정에 와 묵는 동안 어머니와 누나는 메밀벌 마냥 붙어 있어 떨어질 줄을 몰랐다. 유념성이 많은 어머니는 남의 땅 몇 뙈기를 얻어 부칠망정 추수한 곡식을 올망졸망 자루에 담아 윗방 한쪽에 갈무리해 두었다. 살림이 간고해 따지기때의 해토머리만 되면 벌써 보릿고개가 시작돼 햇보리가 물알 잡히기 급하게 바수어 먹는 풋바심 때까지 명줄 이어가기가 준령처럼 아득하지만 그러나 아직은 마당질이 끝난 지 얼마 안 된 만가을 끝이라 이것저것 먹을 게 있었다. 어머니는 메밀을 물에 불리고 맷돌에 간 다음 체로 가루를 곱게 쳐 묵을 쑤고 차좁쌀로 밥을 해 절구에 차지게 찧어 대추 찰떡을 만들어 누나를 먹였다. 어머니는 그러고도 모자라 감주를 쑤고 수수부꾸미를 만들어 누나를 챙겨 먹이느라 궁둥이 한번 땅에 붙일 겨를이 없었다. 그런데도 모녀는 무슨 할 말이 그리 많은지 이야기가 그치질 않았고 입에서는 함박웃음이 떠나질 않았다.

모녀의 이야기는 밤이 되어도 그치질 않고 실꾸리처럼 이어졌다. 저녁을 먹고 설거지를 하고 밤이 이슥할 때까지 화롯가에 둘러 앉아 출출하면 묵을 쳐 감주와 부꾸미로 밤참을 먹었다. 대추 찰떡을 곁들인 채였다. 이때 아버지는 사랑에 책상다리를 하고 꼿꼿이 앉아 어머니와 누나가 정성 들여 차려낸 밤참을 접구만 한 채 호롱의 심지를 돋우고 경서(經書)를 읽었다. 나는 한도 끝도 없이 이어지는 어머니와 누나의 이야기가 진력나 강아지가 어미 품을 파고들 듯 아랫목의 이불 속으로 곰실곰실 파고들었다. 그러면 이불 속은 그렇게 따스하고 아늑할 수가 없어 딴 세상에 와 있는 것 같았다. 밖에는 바람이 윙윙 우듬지를 할퀴며 새된소리를 내고, 앙칼진 눈보라는 날카로운 발톱을 세워 문창살을 들이치면 따뜻한 아랫목 이불 속은 마치 어머니 품속 같아 바람 불고 눈보라 치는 바깥세상이 먼먼 전설처럼 느껴졌다. 그런데 이때 꼭 정한(情恨)을 토하는 게 있었다. '바르르 바르르' 울어대는 문풍지 소리였다. 문풍지는 뭐가 그리 서럽고 애달파 흐느끼듯 저리 울어대는지. 어린 소견에도 나는 문풍지 소리에 하염없이 눈물이 나 베갯잇을 적셨다. 이럼에도 어머니와 누나의 이야기는 그칠 줄을 몰랐다. 자다가 오줌이 마려워 눈을 뜨면 그때까지 이야기는 계속됐고 첫닭이 홰를 치며 자처울 때도 어머니와 누나는 두런두런 이야기를 주고받았다.

이러고 세월이 얼마나 흘렀을까?

아마 한 세대는 얼추 흘렀지 싶자 세상은 상전벽해로 천지개벽을 시작했다. 농경사회가 산업사회로 옮아가는 이른바 산업화 바람이 그것이었다. 젊은이란 젊은이는 모두 도시로 나가 농촌이 텅텅 비는 공동화(空洞化) 현상이 일어났고 그것이 흔히 말하는 이촌향도(離村向都)였다. 그러니 농사짓고 고향 지키는 사람은 당연히 나이 많은 늙은이들뿐이었다. 그래도 노래는 꿈과 낭만과 향수가 있어 나훈아의 「고향 역」이 이 무렵에 나왔다.

"코스모스 피어 있는 정든 고향역

이쁜이 곱쁜이 모두 나와 반겨주겠지

달려라 고향열차 설레는 가슴 안고

눈 감아도 떠오르는 그리운 나의 고향역"

산업화 바람은 마치 질풍노도와 같아 산을 헐고 내를 막고 공장을 짓고 길을 만들어 본디의 모습을 잃어갔다.

이렇게 또 세월이 얼마나 흘렀을까. 강산이 두 번 바뀐다는 이십여 년이 지나자 정거장 남춘역은 남촌 역(南村驛)이란 이름으로 바뀌었고 개나리, 진달래, 산목련, 연산홍, 조팝꽃, 산벚꽃, 산철쭉이 흐드러지게 피던 정거장 앞산은 여러 채의 웅장한 콘크리트 건물이 들어섰다. 그리고 오색 단풍이 불타듯 곱던 정거장 뒷산은 평지로 변한 채 누런 황토색 맨살을 드러냈다.

뿐만이 아니었다. 지돌이 안돌이의 삼십 리 돌닛길은 사차선의 아스팔트 길이 닦여 있고 가파른 싸릿재 정상은 어연번듯한 휴게소로 변해 있었다.

고향길은 희망의 길 산꿩이 운다.

서낭당 장승이 매양 그리워….

　아, 이제는 어디 가서 고향 남춘역을 볼 수 있을까. 봄이면 정거장 앞 산에 흐드러지게 핀 천자만홍(千紫萬紅)의 꽃대궐과 가을이면 온 산이 불타듯 곱던 만산홍엽의 정거장 뒷산. 그리고 아직도 찾지 못하고 만나지 못한 그리운 무엇이 내 가슴 속에 이마고로 오롯이 남아 있는데….

2010년 충북소설 13집 수록작

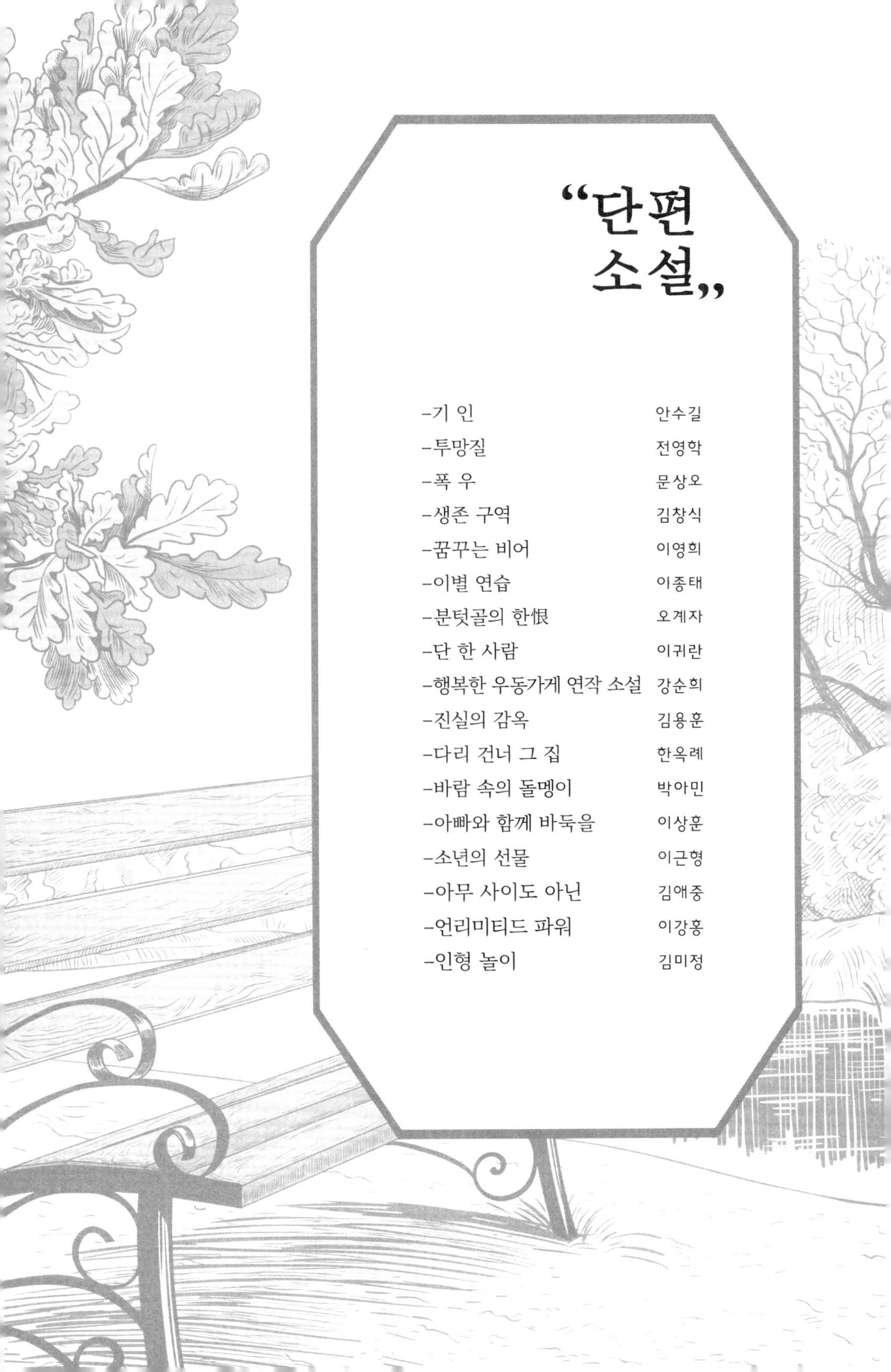

"단편
소설,,

단편소설

기 인(奇人)

—

안 수 길

"어이 기인(奇人)!"

내륙(內陸)에 몸담고 있는 사람 중에 사십 전후의 비슷한 또래들이 '그'를 가리켜 부르는 말이다.

그럴 때마다 '그'는 의례

"왜 그려?"

하고 답한다.

기인(奇人)이란 물론 그의 이름이 아니다. 그런데도 그는 그런 호칭에 아무런 불만도 저항도 느끼지 않는 듯, 언제나 여운이 긴, 태평한 대답 뿐이다.

"그 어깨 좀 펴고, 고개도 들고 폼 좀 잡고 걷지 그랴?"

알밴 볏모가지처럼 구부정한 그의 걸음새를 두고 탓하는 말을 해도 그의 대답은 여전히 태평하다.

"내비둬, 이래구 걷다가 혹시 동전 한 닢이래도 줏을까 하고 그라는디."

말투도 걸음새도 그야말로 어지간한 '무폼'이다.

감추거나 가리는 법 없이, 생긴 그대로를 통째로 드러내 놓고 사는 것이 바로 그의 생활이다.

알맞은 두상(頭像)에 이목구비가 뚜렷한 용모를 타고 난 터에, 조금쯤 멋을 두른다면 빼어난 미남행세를 할 법도 하건만, 그는 한사코 '내비 둬!'뿐이다.

우뚝한 콧날로 봐선 웬만큼 고집도 셀 법한데 이 또한 '내비두고' 살기로 작정한 탓인지 누구와도 언쟁(言爭) 한번 없이 살아간다.

자연히 그럴 수밖에 없는 것이, 그는 무엇이고 가리는 것이 없다. 그 자신과 접하게 되는 모든 것을, 접해 오는 그대로 받아들이고 수용하기 때문이다.

음식도 사람도, 술도 술자리도 가리는 법이 없을 뿐 아니라 화제(話題) 또한 가리는 법이 없다.

취중의 음담패설도 좋고 시론(詩論)이나 미학(美學)에 관한 토론도 좋을 뿐 아니라, 분재 수석에서부터 바둑 묘수에 이르기까지, 상대방의 취향이나 열린 말문에 따라 종횡무진이다.

그런 그가 딱 두 가지에만은 말문을 닫는다.

그 한 가지는 아직 한 번도 신춘문예나 문학잡지의 신인 작품 모집에 응모해 본 일이 없고, 나이 사십이 넘도록 장가를 들지 않는 이유에 대해서다.

그렇다고 그의 시(詩)가 흉년에 타작한 곡식처럼 쭉정이 뿐이라거나, 그의 중족(中足)이 내시의 그것처럼 가믐이 든 때문은 아니다.

오히려 그의 시는 한때 반짝이는 재치만으로 용케 관문을 통과한 어설픈 기성의 그것보다 알이 차 있고, 어깨가 구부정한 '무폼'일망정 검도로 단련한 완강한 육신에 중족(中足)은 차라리 우람한 편이어서, 이른바 '살다마치기'에는 수준급의 실력을 보유하고 있을 터이다.

그런데도 그는 여전히 써 놓은 시와 건실한 중족을 묵혀만 둔 채, 그 이유조차 함구하고 있는 것이다.

"그 시 좀 한편 내보지 그랴?"

누가 권유하면, 그는

"아직 들 영글었는걸."

남의 얘기 전하듯 한다.

"장가는 들 껴? 안 들 껴?"

누가 재촉하면, 그 대답 역시 시큰둥하다.

"아, 이 싸가지 읇넌 세상에 씨 냉궈놓으면 뭐햐? 그냥 그럭저럭 살다 마는 거지."

그러면서도 그는 여전히, 신들린 백정 칼 갈듯이 붓을 갈아 시를 쓰고 있다.

다만, 그의 말마따나 갈수록 정(情)이 메말라가는 '싸가지 없는 세상'에 시도 씨도 남겨 놓기 두려워선지, 그냥 그대로 '내비둬' 일관으로 묵히고 있는 것이다.

시름시름 석삼년을 삐치다가

눈치 삼 년 코치 삼 년 삐치다가

삼 년 동안 꺼먹꺼먹 눈 감고

눈발 탱탱한 겨울 아침

늦잠 깬 탱탱한 겨울 아침

虛虛한 소리만 흔들면서

마른 또랑을 건넜네.

지금은 검은 망령들이 떨고 있으나

아침 해의 핏줄기가 꽂히던 자리

　　몇 방울 눈물을 심는

　　마지막 삽질의 쇳소리

　　비낀 눈발 속에 스몄다가

　　한줄기 소나기가 몰아오면

　　雜木의 뿌리에 뼈를 갈아

　　팔팔한 잎으로나 피어나리

　그가 쓴 「還生」의 전문(全文)이다.

　드센 시어미 밑에서 시집살이하는 며느리처럼, 눈치코치 보면서 꺼먹꺼먹 힘들게 사는 것이 '싸가지 없는 세상'을 살아가는 현재의 그의 모습이라면, 마른 또랑을 건너듯 허무하게 죽은 뒤, 한줄기 소나기 몰아오듯 새 세상이 오면, 팔팔한 잎으로 환생(還生)하고 싶은 그의 소망이다.

　부조리한 세상, 싸가지 없는 세상을 힘겹게, 고생고생하고 살면서 시도 써도 내놓지 않으려는 것은 멋도 '체'도 거부하는 그의 생활처럼, 분수를 지키려는 감춰진 고뇌 때문인지도 모른다.

　그러나 그는, 팔팔한 잎으로 피어나고 싶은 그의 소망처럼, 언젠가는 위대한 시인으로 환생하여 각성한 새 사람들 앞에 나타날는지도 모른다. 그러기 위하여 그는 지금 참숯돌에 육칼을 문대는 백정처럼 썰렁한 독방에 앉아서 붓을 갈아 시를 쓰고 있을 것이다.

　그의 하숙방, 하필이면 온갖 장사치들의 잡담 속에 날이 새고 저무는 서문동 골목, 길갓집에 자리한 그의 거처를 나는 가끔 찾는다.

　퇴근 시간부터 대포 한잔 걸칠만한 시간을 보내고, 그의 하숙방 길가쪽 창문을 두드리거나,

“기인 있소?”

라고 찾으면 그는 어김없이

“으, 들어오지 뭘 그려!”

하는 대답을 보내온다.

방 주인의 소재를 묻고 방문 여부를 통고하거나 확인받는, 괜한 절차 따위를 뭐하러 밟느냐는 그런 대답이다.

오산부인과 앞 오거리에서부터 그의 하숙집까지는 불과 오십 미터 이내의 거리에 불과하다.

그러나 늘상 자전거를 끌고 다니는 나는, 잡다한 인파와 장사치들의 아우성이 뒤엉킨 그 오십여 미터의 험로를 통과하는 고역을 치러야 한다. 그 고역을, 나는 들어서면서부터 투정으로 쏟아 놓는다.

“제기랄, 무슨 초 친 맛으로 이런 법석 구덩이에다가 하숙을 하고 지랄인지 원…”

그러면 그는 방바닥에 배를 깔고 엎드려 하던 일을 밀어붙이며 받는다.

“흐응, 별소릴 다 햐. 워디는 별천지길래? 요런디서 배겨봐야 사람 살기 힘들다는 걸 알게 되는 거여.”

그가 하던 일이란 늘 정해진 몇 가지 중의 하나다.

원고지를 놓고 머리 씨름을 한다든가, 원서(原書)의 군데군데다 밑줄을 그어놓고 영한사전을 뒤적인다든가, 아니면 두툼한 한의서(韓醫書)를 보는 일이다. 언젠가는 두툼한 시론집(詩論集) 번역본을 놓고 한동안 열심히 읽다가 이렇게 실토한 적이 있다.

“빌어먹을, 번역이 엉터린지, 내 대가리가 먹통인지 무신 소린가 알듯 말듯, 알쏭달쏭 하단 말여.”

그래서 그는, 번역이 엉터린가, 대가리가 먹통인가를 확인하기 위해서 원서로 덤벼든 것인지도 모른다.

내가 들른 그날도 역시 그는 원서를 펼쳐 놓고 씨름 중이었다.

그리곤 또 예의 그 버릇대로 머리숱이 듬성한 장바구리를 벅벅 긁으며 푸념하는 것이었다.

"아이구 빌어먹을, 부애나서 죽겠네, 힛딱힛딱 읽어가자니 무언 소린지 머릿속에 쑥쑥 들어오는 기 즉고, 일일이 사전 찾고 읽자니 더디고…. 이래 가지구 뭘 해 먹겠어야지." 그럴 것이, 영어를 전공하긴 했다 하나, 전공과 다른 엉뚱한 일만 해 온 그의 이력이 벌써 이십여 년이나 되는 것이다. 방치해뒀던 영어사전을, 이제사 무슨 절실한 필요를 느껴 새 차비로 붙잡는 형편이니, 확인할 필요 없이 그의 '대가리가' 먹통이 아니래도 잊고 까먹고 모르는 말이 많은 것은 당연한 이치일 터다.

"그만해도 화수분이지, 뭘…."

내가 말하자 그는 고개를 설레설레 흔들며 다시 말했다.

"아니 답답해…."

답답하기로 칠 양이면 나는 그에 비할 바가 못 된다. 영어과 전공은커녕 고등학교까지만 배운 실력도 기껏 낙제점수나 면하면 다행인 처지였으니 말이다. 때문에 내 형편에 원서를 읽자면 그처럼 한 페이지에 두서넛씩의 단어를 찾는 것이 아니라, and와 the를 빼놓고는 모조리 사전을 찾아서 덧칠을 해 놔도 그 의미가 통할지 말지다.

그러니 그의 '답답하다'는 실토가 내게 실감 있게 전해지기는 어려운 처지다.

"아이구, 답답하거던 때려치워버려."

내가 통망을 주자 그는 떼거지 쓰는 어린애를 달래듯 내게 말했다.

아니 그것은 그 자신에게 하는 말인 듯도 하였다.

"그래도 해야 되어, 그래야 칼칼한 놈으로 시 한 편이라도 쓰지. 무작정 끄적댄다고 시가 되겠어? 그저 시 흉내를 낸다거나 아니면 말장난으로 그치고 마는 거지."

칼칼한 놈으로 몇 편의 시를 쓰기 위해서, 직장의 승진시험에도 나오지 않을 시론집을 번역해 읽느라고 이 고생이란 말인가?

나는 눈을 들어 수십 번 보아 눈에 익은 그의 책장을 바라본다.

보따리 싸 들고 이사를 자주 해야 하는 하숙생치고는 거역스러울 만큼 적잖은 책이 한쪽 벽에 켜켜이 쌓여 있다.

호화판 금박 표지에 키가 고른, 고급지의 월부책이라도 몇 질 있었다면 그 모양이 화려하기도 할 테지만, 이건 숫째 알록달록 우중충 일색이다.

장식용 '폼'으로 사들인 책들이 아닌 탓이리라.

시 공부를 합네 하며 땀을 뻘뻘 흘리고 있는 사람이니, 그 류의 책이야 물론 있는 게 당연하지만, 군데군데 끼인 낯선 책명들이 책장을 눈여겨보는 사람들을 잠깐씩 당황하게 한다.

美學入門, 哲學槪論, 近代西洋美術史, 東醫寶鑑, 분재, 수석 등의 책명은 그래도 고개를 끄덕일 일이지만, 마호멧이나 佛敎史硏究가 어깨를 맞대고 서 있는 걸 보면, 그가 도대체 무얼 찾으려는 사람인가를 판단하기 어렵게 만든다.

그러나 그는, 시를 쓸 수 있는 밑돌을 쌓기 위해서 그 모두를 읽지 않고는 안 된다는 투다.

그런 그가 언제쯤, 자신의 마음을 흡족히 채워줄 칼칼한 시를 쓰게 될른지는 모르나, 그래도 그는 초조한 빛이 없는, 언제나 같은 느긋한 얼굴이다.

대포 집에서 또는 길거리에서 만나는 사람들과 나누는 인사도 역시 언제나 같은 장단이다.

"재미가 어떻습니까?"

"흐흐, 그저 그래유."

그날도 역시 그랬다.

보다가 밀어붙인 책을 그대로 방바닥에 놔둔 채, 우리는 대포집으로 갔었다.

대포 생각보다는 싱싱한 회 안주를 한접시 하고 싶은 생각이 더 간절했지만, 피차 지닌 밑천이 그날따라 달랑달랑했던 터라, 횟집 문을 열기에는 좀 아슬아슬했던 것이다.

대폿집에 앉아서, 석쇠 위에서 지글지글 익어가는 닭똥집 안주를 뒤적이는 동안에 숱하게, 그와 안면 있는 사람들이 드나들면서 인사를 건넨다.

그때마다 그는 늘 같은 가락으로 인사를 받았다.

"네, 그저 그래유."

"흐흐, 그저 그래유."

비록 마음 속으로는 칼칼한 몇 수의 시를 건지기 위해 끊임없이 허한 속을 채우며 붓을 갈고 있지만, 겉보기에 나타나는 그의 생활은 아닌 게 아니라 '그저 그런' 상태다.

싸가지 없는 세상을 힘들게 사는, 삭막한 도시에서 메마른 거리를 이윽히 지켜보며 사는 그의 생활은 말 그대로 '그저 그런 것'이다.

반역하는 피뢰침 연통 위에서

퀴퀴한 지구의 냄새를 조금 맡고

감탕질이 한창인 빌딩 위로

조각달이 오른다.

…………

거덜난 우리의 머리 위로

움츠리고 오르는 조각달이여

三, 四월 명지바람도 간데없다.

 하늘 가득 물고

…………

조울증에 걸린 이 거리

달력장 위의 도막난 氷遠

………………

오줌 먹은 담벽을 더듬으면서

무엇을 찾느냐 조각달이여

  무쇠독의 터지는 이밤에

교외의 캄캄한 보리밭에서

봄바람은 천천히 크고 있느냐.

  「도시에 뜨는 달」

'그저 그런' 생활 속에서 '흐흐…'하는 헤픈 웃음을 뿌리며 살지만, 세상을 바라보는 그의 눈은, 그의 허술한 외양과 달리 맵고 차다.

움츠린 조각달과 함께 그가 바라본 거리가 역시 조울증에 걸린 '싸가지 없는 세상'임을 확인한다. '퀴퀴한 냄새', '거덜난 머리', '조울증', '서슬

푸른 직선', '오줌 먹은 담벽들'이 바로 그가 확인한 삭막한 도시 풍경이
며, 빌딩 속의 '감탕질'이나 보리밭에서 '무쇠독이 터지'는 부정과 불륜
은 거기 삭막한 도시에서 벌어지고 있는 한심한 역사다.

이러한 일련의 풍경과 사건을 이윽고 바라보고 있는 조각달의 차가운
시선은 곧 그의 시선이며, 추위를 타는 듯한 '움츠림' 또한 이러한 세태
에 당황하고 분노를 느끼는 그의 마음일 터다.

멋과 '태'를 모르는 그는 여기서도 역시 마음 속 깊은 곳에서 울어 나
고 있는 당황과 분노를 겉으로 드러내어 외치지 않고, 조용한 탄식과
체념으로 삭이고 있는 것이다.

'무엇을 찾느냐 조각달이여'

달에 대한 그의 이러한 속삭임은, 곧 메말라버린 서정과 차단된 진실
에 대한 일종의 체념적인 독백이다.

성당의 어두운 담벽에 등을 비비고 선 청춘들의 비밀한 행동을 보아
버린 소년의 아픈 마음을, 두렵고도 괴로운 마음을 그는 알 것이다.

마지막 연에서의 달에 대한 조용한 물음.

'봄바람은 천천히 크고 있느냐'

그것은 곧 자신에 대한 회유(懷柔)일 것이나 어쩐지 냉소(冷笑)를 느끼
게 한다.

그의 이러한 감춰진 냉소는 또 다른 그의 시 「보신탕」 속에도 매운 고
춧가루와 함께 들어 있다.

　　허연 배때기를 하늘로 향하고

　　죽은 미꾸라지

　　미꾸라지를 먹고 쥐가 죽었다.

죽은 쥐를 먹고 개가 죽었다.

죽은 개를 그슬린다.

풀 타는 냄새와

노린내 연기가 오르면서

…………

진땀을 닦아내며

마늘과 생강으로 보신탕을 마시는

우리들 머리 위로

까마귀가 날아간다.

…………

우리도 시름시름

자리에 눕는다.

누런 배를 하늘로 돌리고

　　「보신탕」

　이것은 오직 살덩이만 있는 인간들의 무지막지한 식욕(食慾), 곧 한량없이 잔인한 인간들의 욕망을 비웃는 철저한 냉소가 아닌가?

　'노린내 연기'처럼 무한히 피어오르는 욕망의 포로가 되어, '누런 배를 하늘로 돌리고' '시름시름' 자리에 눕는 인간들의 종말은 결국 '까마귀'로 상징된 자멸(自滅)의 늪 속임을 그는 알고 있고, 그것을 깨닫지 못하는 인간들에게 냉소를 풀풀 날리고 있는 것이다.

　그러고 보면

　'흐흐, 그저 그래유'라고 헤프게 날리는 그의 평소의 웃음 속에도, 어쩌면 싸늘한 냉기가 담겨 있는 것인지도 모른다.

그러나 그의 냉소는 어디까지나 감춰진 것이다. 겉으로 드러내어 상대방을 당황케 하거나 비참하게 하는, 그런 우매한 짓을 그는 결코 범하지 않는다.

왜냐하면 그는 약은 '대가리'를 달고 있기 때문이다.

어리숙하고 촌스러운 외양을 억지로 가꾸지 않고 '내비' 둔 채, 그대로 남에게 내놓음으로써, 내밀한 속에 감춰진 냉소를 그대로 들키지 않고 살아갈 수 있을 만큼, 그의 '대가리'는 약아 있기 때문이다.

'흐흐 그저 그래유.'

상대방이 얼마든지 안심할 수 있는 낮은 가락으로 얘기하는 그의 외양에서는, 그의 차가운 속내와 다르게, 사람을 안심시키는 포근한 냄새가 난다.

밤비 오는 날, 토방 구석의 술단지 속에서, 보글보글 알쌀을 삭이며 익어가는 전안이(동동주) 냄새가 난다.

고운 황토흙을 풀어 물맷질로 벽을 다스린 사랑방에, 동치미국물로 목을 축이며 짚신삼기, 멍석틀기로 밤을 지새던 선머슴들이, 겨우내 흙벽틈서리에 쟁여놓았던 봄 냄새처럼, 그렇게 클클하고 구수덥덥한 냄새가 난다.

맡으려고 코를 대어서 맡아지는 냄새가 아니고, 내보이려고 용을 써서 맡아지는 냄새도 아니다.

그 냄새는, 수십 리 눈 덮인 밤길을 걸어온 나그네가 짚신을 툭툭 털고, 불빛이 노오란 사랑방 문짝을 벌컥 열며 들어설 때 맡아지는 사람 냄새다.

때문에 까실까실 메마른 사람들이, 온몸에 독을 품고 살아가는 도회지에서의 그는 이방인이다. 아니 이방인처럼 보인다.

구부정한 어깨에 두어 권 시집(詩集)이 담긴 낡은 가방을 걸치고, 양 손을 바지 주머니에 찌른 채 걸어가는 그의 뒷모습은 영락없는 이방인이요, 낯선 객지(客地)의 간이역(驛)에 혼자 내린 손님 같다.

그러나 그 자신은 그것을 느끼지 않는다.

의연하고 오만하게 버티면서 독을 품은 사람들이 우글거리는, 살풍경한 도회지의 거리에서 주인으로 행세한다.

유행과도 멋과도 거리가 먼 양복바지에 낡은 구두를 신고서도, 유행으로 칠갑을 한 얄팍한 멋쟁이들을 경멸하면서 길모퉁이의 포장집 판자 곁에서 뜨거운 홍합 국물을 훌훌 불어 마신다.

쭉 뽑은 유행복에 잘 닦인 구두를 번쩍이며 외눈 하나 까딱 않고 걸어가는 것들이 신사라면, 그는 분명 신사가 아니다.

길모퉁이에서 뜨거운 홍합 국물을 훌훌 불어 마시고, 연탄 화덕에 볶아 파는 번데기를 우물거리며, 젓가락 사이로 빠져나가는 도토리묵을 손가락으로 거둬 먹는 그의 가식 없는 행동이, 미끈한 옷차림에 손을 탈탈 털며 사는 사람들에게는 어울리지 않는 것이기 때문이다.

그러나 그는 칼톱과 삼지창을 휘두르며 능숙한 자신의 양식 '매너'를 과시하는 신사들에게 이렇게 말할 것이다.

"얼 빠진 놈, 김치 냄새 잃어버린 놈이 제정신인들 올바로 가졌겠냐?"

토방에서 익어가는 전안이 같은, 사랑방에 들어 배인 선머슴의 몸냄새 같은 그런 구수텁텁한 냄새를 풍기지만, 그러나 그는 분명 산골의 우직한 촌부는 아닌 것이다.

내가 그를 처음 본 것은 七二년 봄 무렵이 될 것이다.

태동관 二층의 어느 방에서였는데, 그보다 늦게 자리에 도착한 내가, 자리가 거의 끝나갈 무렵에서야 비로소 그의 존재를 알 수 있었을 만큼, 그는 조용히 앉아 있었다.

그 며칠 전에 나는 ‘洪O里’라는 발신인 명이 적힌 엽서를 받았는데, 그 엽서를 받고 나는 이렇게 중얼거렸다.

“어떤 얼빠진 친구가 또 장난을 치는구먼…….”

엽서에는 문학동인회를 조직하여 同人誌를 발간할 계획인데, 그 첫 모임을 아무 날(날짜는 잊었다) 할 테니 나오라는 내용이었다.

그와 비슷한 통지를 여러 번, 나는 그전에 이미 받아 본 바가 있었고 그때마다 그것이 말짱 쓰잘 데 없는 헛짓이었음을 알고 있었기 때문이었다.

때문어 엽서를 받아 읽고 나서 나는 그렇게 중얼거렸던 것이고, 그때의 마음은

“댁들끼리 잘해 보셔.”였었다.

그러나 나는 역시 간사한 인간이었던지, 슬금슬금 원고도 준비해서 보내고 회비도 마련해가지고 그 첫 모임의 자리에 나가게 되었다.

“밑져봐야 본전이다.”

무얼 기대했던 것은 아니고, 그저 그런 ‘심뽀’를 가지고 나갔던 것인데, 나가 놓고 보니 엽서를 받던 때와는 달리, 모인 사람들의 얼굴이나 이름 중에 의외로 알려진 분이 많아서 나는 가위눌린 촌놈처럼 멍해 있었다.

궤짝 속의 ‘王子’로 알려진 충주의 노시인 박O륜씨 같은 분이 나를 가위눌리게 하였고 ‘엿장수’로 그 이름을 알고 있던 강O희의 달변이 나의 촌놈의식을 일깨워 ‘야코’죽게 만들었다.

정작 엽서를 낸 장본인인 홍O리는 그때 해사한 잠바 차림에 벌렁대며

리로 작은 체구를 하고 있어서, 주간지를 떠들썩하게 하던 그의 이름에서 보다 실망감을 느끼게 하였지만, 이질감을 풍기는 그의 용모 때문에, 검게 그슬린 피부에 추레한 옷을 걸치고 있던 내가 위축감을 갖게 하였다.

내가 홍ㅇ리에게서 느낀 이질감은 웬만큼 정확했던지 훗날, 시인 문덕수 선생의 부인 김규화 여사로부터도 '튀기 같은 인상'이란 박장대소할 촌평을 받은 일이 있었다.

그만큼 그의 인상에 특이한 데가 있었기 때문에 촌놈 냄새가 다분한 나를 위축시켰던 것이다.

그 후, 시인 양ㅇ영의 머릿속에서 '內陸文學'이란 동인지명이 창출 되고, 벌렁대머리 시인 홍ㅇ리의 극성으로 창간호가 나오게 되어, 엽서를 받고 중얼거렸던 나의 푸념은 쑥 들어가게 되었고, '본전'을 톡톡히 뽑는 셈이 되었다.

그 후, 대머리 시인 홍ㅇ리가 서울로 날아가 버려서, 목사 시인 강ㅇ형이 바톤을 이어받아 발바닥에 불이 나도록 설 뛰고, 동인들 각자가 적절히 협력하면서, 모자라는 출판비를 추렴으로 틀어막아가는 바람에 어느덧 九집이 만삭에 이르게 되었다.

이렇게 해서 나는 내륙에 몸을 담게 되었고, 그로 해서 또한 기인(奇人)을 알게 되었다.

처음 우리는 그를, 그가 세상에 나올 때 얻어 가진 이름을 점잖게 불러 주었었다.

그러나 사십이 넘은 노총각에, 나이와 걸맞지 않는 순진한 행동, 그리고 그의 글에서 풍기는 예리하고도 냉혹한 맛을 싹 제쳐 둔, 어눌한 촌뜨기 행세가 서로 걸맞지 않음을 눈치채게 되었던 것이다.

그래서 붙여진 별명이 기인(奇人) 이었던 것인데, 이는 어느 날 대포집

목노에서 홍ㅇ리가 우연히 뱉어낸 말이었다.

"하여튼 간에 당신 하는 짓은 기인여, 기인."

서점을 경영하던 이ㅇ원이, 종업원에게 젓가락을 달라고 왜가리처럼 소리소리 지를 때, 이를 보고 있던 그가 손가락으로 묵청을 덥석 집어 입에 넣으며

"아, 손은 뒀다 뭐 할겨? 아무케나 집어 먹음 됐지." 했던 것이다.

어깃장을 놓는 그의 그런 행동을 가리켜, 홍ㅇ리가 뱉어낸 '奇人'이란 말이 동석했던 여럿에게 묘한 공감을 느끼게 하였으므로, 결국은 그의 별명으로 굳어 버리게 되었던 것이다.

그저 그런 별명이 대단히 합당한 것임을, 훗날 그 스스로가 증명해 준 적이 있었다.

지금은 대학교수로 승격을 했지만, 그때 청고(淸高)에 재직하고 있던 윤ㅇ원이 詩文學엔가 1회 추천을 받았었다.

월간지 '詩文學'에서 그것을 확인한 몇몇이, 축하를 빙자한 '바가지' 씌울 작정을 하고 윤강원의 하숙으로 쳐들어갔을 때는 불행히도 장본인인 그가 없었다.

주인이 없는 빈방에서 뭉기적거리며 기다리던 일행들이 지칠 때쯤 해서 기인이, 그다운 억설로 봇물을 터뜨렸다.

"제기랄, 주인은 멀 기다려, 주인 없어도 갖다가 먹능 겨, 먹어 논 뒤에는 지가 어쩔 겨, 죽일 겨, 살릴 겨?"

뿌르르 뛰쳐나간 두어 사람이, 하숙집 앞의 상점에서 외상 맥주를 열 댓 병 끌어안고 들어왔다.

외상은 물론 윤강원 앞이고, 적어놓고 먹은 다음에야 제가 안 갚고 배길 것이냐 하는 배포들이었다.

건어포에 맥주 열댓 병을 대여섯 명이 처치해 버리고 나니, 어지간히 들 아래 사정이 급해졌다.

주인집 안마당을 거쳐가는 변소는 다니기 불편하고, 깍듯이 다듬고 사는 살림집이라 어느 구석에도 함부로 실례할 처지는 어렵고… 해서 탱탱하게 부어오른 아랫배들을 감싸안고 끙끙거리면서 잡담에 빠져 있을 때, 그는 벌떡 일어나서 아주 간단한 방법으로 후련히 해결했다.

구석으로 돌아서서 빈 병에다…… 옳거니, 너도나도 한 병씩 채워 놓는 바람에 새로 채워진 병이 대여섯은 넘게 되었다.

누가 그랬는지, 그 채워진 병에다 감쪽같이 마개를 달아 한구석에 밀쳐 놓았다.

"자, 이건 주인 몫이야. 우리만 먹어선 미안하니까."

그 지경을 해놓고 우리가 물러 나온 얼마 후에서야, 어지간히 곤드레가 되어 돌아온 윤ㅇ원은, 앞뒤 사정을 모른 채 그대로 잠이 들었다가, 이튿날 새벽 술 깰 무렵의 해갈을, 방구석에 밀쳐 놓았던 오줌 맥주로 고맙게 해결을 했던 모양이다. (훗날 윤ㅇ원의 말이니 사실 여부는 알 수가 없다.)

얘기를 들은 우리들이 박장대소를 하고 웃을 때, 윤ㅇ원은 그 특유의 어깨춤이 따르는 잦은 가락의 폭소를 터뜨린 뒤 이렇게 말했다.

"에이, 당신들 몹쓸 사람들이야. 그거 그렇게 사람을 골탕 먹여서 쓰나. 어쩐지 맛이 쓰다 했더니, 에이 사람들, 에이 몹쓸 사람들."

그런데, 기인은 비스가치 옆으로 고개를 돌린 채 곁눈으로만 윤ㅇ원을 쳐다보다가, 보채는 어린애 달래듯, 사근사근한 목소리로 말했다.

"뭘, 괜찮어 괜찮어, 먹어 두면 다 약이 되는 거, 뭣이라던가? 오줌을 끓여서 증발시키면 거 뭣이여, 백설탕 같이 하얀 분말이 나오는디, 그기 강장제의 원료로 쓰인다구. 그러니께 괜찮어, 괜찮어 뭘."

"에이 그래도 그래서야 쓰나?"

유난히 성격이 깔끔한 윤ㅇ원이 씁쓸한 입맛을 다시며 툴툴대자, 그는 그제서야 '흐흐흐흐….' 묘한 여운이 남는 웃음 뒤에 입을 열었다.

"제기 원, 그 오줌 좀 먹었기로서니 뭘 자꾸 그래여? 몸에 약이 되니 좋구, 친구한티 술 사주고 적선했으니 좋구…. 그러니 천당 갈 껴 당신은. 아 천당이란 거 머하러 있는 줄 알어? 내중(나중)에 당신같이 맘 착하고 넉넉하게 인심 쓴 사람덜 편히 모실라구, 그래서 있능 기여. 그걸 모르구 자꾸 그래면 쓰나."

여전히 보채는 어린애 달래듯 말했다.

그 바람에 입맛이 쓰던 윤ㅇ원도 키들키들 웃는 다른 사람들을 따라 웃어넘길 수밖에 없었다.

술 사주고, 오줌 먹고, 설교 듣고…. 윤ㅇ원은 되게 비싼 축하를 받은 셈이라, 모두들 조금씩은 미안해하는 낌새나마 있는 터인데, 그만은 아주 태연자약, 오만한 얼굴로 버티고 있었다.

어설프게 알고 지내는 사람에겐 한잔 술도 공으로 얻어먹는 것을 짐스러워하는 그가, 외진 구석에 숨겨두고 있던 또 다른 배포요 능청이었다.

그런 그가 내륙 첫 모임에서, 끝날 무렵에야 그의 존재를 의식 할 만큼 조용히 앉아 있었던 것은, 나처럼 멍해지거나 촌뜨기 같은 위축감에서가 아니라,

'몇 근짜리나 되는 인물들인가?'

하고 동석한 일동의 중량을 달아 보기 위한 관망 때문이었을 것이다.

언젠가는 그가 우리집으로, 횟간과 굴을 한 보따리 싸 들고 온 적이 있었다.

"이기 안줏감인데, 사모님 불러서 씻어가지구 술 좀 달라구 그래여, 어여."

"아니, 그냥 오면 술 못 얻어먹을 개비 이렁 걸 궁상맞게 들고 댕겨?"

내가 퉁바리를 주자, 그는 벌컥 화를 내듯이 말했다.

"아니, 사가주 오지 않음 우쨔? 이놈의 횟간이 먹고 싶어서 한 접시 달랬더니, 아 글쎄 고 싸가지 없는 것들이 한 젓가락내기를 담아놓고 그기 한 접시래여. 술집에서 이를 냉궈 쳐먹어도 분수가 있어야지. 한 근 사면 많이 벌어도 세 배면 될끼 아녀? 그런데 이것들은 열 배로 이를 늘궈 처먹을라고 들어. 장사를 해도 정당한 가치교환이 돼야지. 이 건 급부와 반대급부가 영 찌울어. 아무리 돈 벌 작정으루 하는 장사래 두 고따우로 해선 즈델 돈 못 벌어. 싸가지가 있어야지, 뭘 하더래도 말여. 그래서 부애가 나가지구 한 근씩 사왔지."

"허허, 당신 화풀이 덕분에 술 사는 내 돈만 닳겠네."

내가 느물거리자, 그는 앉은 채 문을 벌컥 열고 소리치는 것이었다.

"씰다리 없는 소리 집어치워, 저 사모님유, 이것좀 씨(씻어)가지구 술 좀 주세유."

뭉치를 받아 든 아내가 어리둥절해 하자, 그는 엉덩이 밑에다 자기 손을 밀어 넣으면서 다시 말했다.

"횟간이 먹고 싶어서유. 그렁께 어여 술 좀 주세유."

소주를 부어 놓고, 기름소금에 횟간을 찍어 먹으면서도 그는 화가 안 풀리는 듯, 끊임없이 '싸가지論'을 펼쳐 놓았다.

"가난하고 못 살고, 무식한 건 별로 문제가 될 거 없어, 부자보단 조금 불편하고 아는 것보다는 조금 불편하다뿐이지 크게 문제 될 건 없단 말여. 그러나 싸가지 없는 인간들, 요거는 구제불능이여. 소새끼 같으면 때리 잡아 먹어치우고 칼 같으면 불에 달궈서 베려 쓰기나 하겠지만, 인간 싸가지 없능 거는, 요건 참 아주 절망적이여. 남의 몫을 제 몫으로 챙기려는 욕심, 그게 세상을 어지럽고 힘들게 한단 말이지…."

"고런 싸가지 없는 것들이 있으니께 법이 있고, 감옥이 있능 거 아녀?"

"헤에, 법이 만능은 아녀, 원체가 싸가지 없는 거를 법이 우티게 하겠어. 법은 그저 인간이 지켜야 할 최소한의 도덕률을 규정한 울타리일 뿐이여. 그 울타리 안에서 얌체 짓하고 남을 속여 먹고 하능 걸 뭘루 제제를 하겄어. 고런 것들까지 모두 법으로 올가멜라면 선의의 피해자가 생기게 마련여. 그러니께……."

그의 '싸가지論'은 비단 그날에만 필요했던 화풀이는 아니었다.

그는 늘, 싸가지 없는 인간들이 우글거리는, 싸가지 없는 세상에 울분을 느끼면서도, 평소엔 그것을 깊이 감춘 채 싸늘한 시선으로 냉소를 풀풀 날리며 살고 있는 것이다.

그것은 그의 시에서뿐만 아니라 다른 글에서도 풍기고 있다.

"…사람의 입은 숙명적으로 닫아 두고는 못 견디는 기관이다. 얘기하는 사람과 듣는 사람의 관계에서 보면 그 내용이 얘기하는 사람의 소망과 자랑의 두 가지로 집약될 수 있을 것 같다.

여러 가지 자랑이 쏟아져 나오는데, 백이면 백 그 유형에 있어 거의 비슷한 자랑을 듣게 된다.

어떻게 많은 양의 물건을 위험을 무릅쓰고 감쪽같이 빼돌려 착복했는가, 어찌어찌해서 눈이 돌아가도록 두들겨 맞고도 끄떡없이 버티었는가, 귀신같이 남을 등쳐먹은 내용, 심술궂은 상사에게 어떤 아양을 떨어 녹여 내었는가 하는 것들인데, 일반적으로 부정되는 일일수록 신바람 나게 자랑을 늘어놓는다. 입에 게거품을 물고 목에는 힘줄을 불끈불끈 세우면서……."

「자랑」이라는 그의 수필의 한 부분이다.

이 글을 읽노라면, 언젠가 나도 그 앞에서 열을 내어 지껄이다가, 그 같은 냉소를 받으면서 관찰 당하고 있지나 않았을까 하고 섬뜩한 느낌이 든다.

그는 아마 남의 손을 빌어 자기 자랑을 늘어놓은 명사들의 'OOO의 立志傳' 같은 것에 절대로 감동하지 않을 것이다.

구수텁텁하고 허룽허룽해 보이는 그의 외양과는 달리, 속은 냉혹고 예리하기 때문이다.

그러나 그는

"흐으 그저 그래유."

하는 헤픈 웃음과 태평한 가락의 말씨, 그리고 구부정한 어깨 속에, 그것을 감쪽같이 숨겨놓고 있는 것이다.

"당신 산에 좀 댕겨 볼 텨?"

어느 날 막술집에서 대포를 마시다 말고 그가 불쑥 말했다.

"산? 산은 왜?"

"글쎄, 그냥 댕겨 보는 거지 뭐."

요즘처럼 건강을 위해서 산행 바람이 불던 때도 아니었다. 사지 멀쩡한 사람 치고 산악회 회원 아닌 사람이 드물고, 굳이 산악회 회원이 아니라도 뒷동산 산책을 일과처럼 지키는 사람들이 숱하던 시절도 아니었다.

"실성실성 하는개벼, 이 바쁜 세상에 목적도 없이 산엘 가자니."

내가 말하자 그는 웃었다. 그리고 혼자서 고개를 주억거리다가 다시 말을 이었다.

"가 보면 알게 될 겨."

"뭣 때매? 약초라도 캘려고?"

"아녀."

"그럼 바람 쐬러 등산 가자는 건가?"

"그것만도 아녀."

"그럼?"

"글쎄 가 보면 알게 될 겨."

그는 끝내 산에 가자는 목적을 딱 부러지게 대답해 주지 않았다.

나는 그가 직장에 출근하기 전, 새벽마다 검도장에 나가 죽도(竹刀)로 몸을 단련하고 있다는 것을 익히 알고 있었으므로, 그저 그와 비슷한 건강관리 때문이려니 생각하고 동행을 약속했다.

그 다음, 우리는 일요일마다 여름 땡볕에 얼굴을 벌겋게 익히면서 땀을 빼는 산행을 계속했다.

우암산 동쪽 비탈을 더듬고, 산성 주변의 계곡을 더듬고 낭성, 가덕의 높고 낮은 산들을 더듬다가 끝내는 버스로 멀리 원정을 해서 괴산 청천 부근과 속리산 부근의 상주 절경까지를 더듬었다.

뚜렷한 목적이랄 것도 없는, 그저 그렇게 그냥 다녀오는 우리들의 산행(山行)은 늦가을까지 계속 되었다.

그동안 그는 처음이나 마찬가지로 산행의 목적을 내게 얘기해 주지 않았고, 나 역시 그에게 다시 묻지 않았다.

그저 그렇게, 우리는 정말 실성한 사람들처럼 다녀올 뿐이었다.

소주 한 병, 건어포 두 봉, 식빵 너덧 개, 물 한 병씩, 산행에 필요한 물건은 그것이면 족했다.

오르고 내리고 걷고 기다가, 널찍한 바위 등판 같은 데서 컬컬한 목을 축이고, 출출하면 빵을 뜯는 우리들의 행각은, 화려한 유람객들의 그것에 비해 초라했으나, 산에 있는 동안 우리들은 세상에서 가장 큰 부자였고 걱정 없고, 거짓 없는 인간이었다.

산행 목적이 뭐냐고 물었던 내가, 그걸 까맣게 잊을 만큼 필요 없는 질문이고 대답 또한 필요 없는 것이었다.

산에서 우리들은 자라나는 풀과 나무를 보고, 익어가는 열매를 보고 기어 다니는 벌레와 놓여 있는 바위를 보았다.

그것뿐이었는데, 우리는 부자처럼 늘 풍성하고 철인(哲人)처럼 진지한 시간을 가질 수 있었다.

낭성 주변의 어느 산비탈에서였다.

그와 나는 산잔등의 넓은 바위 등판에 앉아 있었다.

종이컵에 받아 든 소주를 비우고 있던 내게 그가 말했다.

"당신 저거 봤어?"

그가 손가락으로 가리키는 곳엔, 바위 틈서리에 모질게 뿌리를 박고 있는 왜송(倭松) 한 그루가 있었다.

못돼도 수십 년생이 됐으리라. 밑등은 뼈 굵은 장정의 손목만 한데 가지와 잎은 잘고 마디게 퍼져서 키는 두어 자쯤에, 차지한 공간은 손수건 두어 장 쯤이었다.

"어지간히 독하게 사는구먼!"

종이컵을 건네며 내가 말했다.

"인간이 저쯤의 악조건에 놓여졌다면. 별별 원망과 저주를 다 퍼붓고 발광을 했을 거."

"……"

"결국 세상에서 인간이란 것이 가장 쉽게 살려고 하는 셈여, 뼛심 안 들이고 호강하며 살려고……. 그러다 보니 사기 치고 훔치고 물고 뜯고 싸우다가, 그도 지도 안 되면 자살한다고 지랄이지."

그는 받은 잔을 마실 생각도 않고 여전히 왜송 그루에 눈을 준 채 지껄였다.

"저게 조로케 왜소해도, 제 나름대로 얼마나 끈질기게 살아가고 있는지를, 인간들이란 건 도대체 생각조차 안 할려고 들거던. 분수대로 성실을 다해서 사는 그것이 참말로 엄숙한 일인데도 말여!"

우리는 새삼스럽게 그 왜송 그루에 다가가 마디게 퍼진 잎과 가지들을 쓰다듬었다.

그리고 2~3년의 가뭄과 땡볕으로 바위 틈서리에 남아 있을 성싶지도 않은 물기를 찾아, 얼마나 길고 가는 뿌리들이 힘들게 뻗어가고 있을 것인가를 생각하고 있었다.

산다는 것이 얼마나 엄숙하고 그리고 진지한 일인가를, 나는 그가 가리킨 한 그루의 왜송(倭松)에게서 본듯하였다.

화양동에 이르러, 맑고 찬 냇물에 잠시 발을 담근 채 할일없이 발장구나 치던 우리는, 왁자한 피서객들의 소란을 피해 솔멩이(松面)로 통하는 도로의 좌측 상봉을 타고 올랐다.

수종(樹種)에 따라 그 색깔이 다양한 잎이 서로 어울려, 마치 채도가 다른 초록색을 휘저어 그린 무늬처럼 아름다운, 맞은편 산의 경치를 완상하며 걷던 나는, 문득 한 곳에 눈을 준 채 발을 멈췄다.

초록의 숲 무늬가 문득 그쳐 버린 그곳엔 거친 암석층이 깔려 있었는데, 그 비탈 한가운데 작은 산처럼 불거져 나온 큰 바위 무더기가 있었다.

희고 푸른 옷을 얼룩처럼 뒤집어쓴 검은 바위들이 길게 눕거나 혹은 서서 묘한 조화를 이루고, 그 틈 사이에 각가지 떨기나무와 잔솔이 끼어 자라서 그야말로 절경이었다.

저걸 한 삽에 푹 떼내어 고스란히 옮길 수 있다면 얼마나 값진 보물이 될까?

삭막한 도시의 한복판에 저쯤의 절경을 옮겨 놓는다면, 그 도시 전체가 살아 숨을 쉬고, 거기 사는 사람들이 새롭게 눈을 뜨리라….

내가 그런 생각에 잠겨 있는 동안에 그도 벌써 그곳에 눈을 주고 있었다.

"좋지?"

그가 묻고

"좋은데!"

내가 대답했다.

"저걸 푹 떠다가 청주 복판에 고대로 놓으면…."

내가 말하자

"그, 암만 버릴 소리래도 함부루 하지 마."

토막 치듯 그가, 내 말을 잘라버렸다.

"저게, 저기 있으니깐 저렇게 좋아 뵈지, 제자리 아닌 딴 곳에 있었다면 또 달리 보일 거, 어디다 저걸 옮겨? 적제적소란 게 바로 저런 거거던, 하찮은 들꽃 한 포기도 제자리에 있을 때 아름답고 돋뵈는 거지, 제자리 떠나면 가치가 달라지게 마련여, 반 몫도 못하게 되거던, 사람도 제자리에 격이 맞는 작자가 앉아야 사람 꼴, 나라 꼴이 되지, 자리와 사람이 걸맞지 않으면 영 엉망이 되고 말잖어? 임금이고 재상이고 간에 자리에 걸맞지 않은 인물이 버티고 앉았으면, 그 시대 그 나라는 반드시 혼란을 겪게 마련이었지. 이조 말기에 주름든 우리 역사가 다 뭣 때미 그려, 적재적소에 자리에 걸맞는 인물들이 없었으니께 그랬던 거. 그중에서 이순신이나 김정호 같은 인물이 배출된 거는 기적여. 모두 공

자, 맹자나 찾으면서 입씨름이나 하던 유약한 인물들 뿐이었는디, 그분
들은 아주 과감한 행동 철학을 가지고 소신대로 사셨잖어? 그래서 미
움 받고 고초를 당했지만…"

그의 얼굴은 예의 그 '싸가지論'을 펼칠 때 만큼이나 진지해 있었다.

산을 내려와서 신작로를 걸을 때, 한 무리의 부녀자들이 취한 목소리
로 유행가를 부르고 장고를 치면서 엉덩이 춤을 추고 있었다.

그 옆을 지나치면서 그는 또 혼잣소리처럼 중얼거렸다.

"으이, 싸가지 없는 것들!"

    …………

    한줄기 소나기가 몰아 오면

    雜木의 뿌리에 뼈를 갈아

    팔팔한 잎으로나 피어나리

    …………

     「還生」

한줄기 소나기가 몰아와 흙먼지를 가라앉히듯, 이 세상에 '싸가지' 없
는 모든 것이 사라지는 날, '팔팔한 잎'으로 피어나고 싶은 그의 소망은
언제 영글지, 칼칼한 시를 써서 시인다운 시인으로 그가 환생(還生)할
때가 언제쯤일지, 나는 모른다.

그러나 지금도 열심히 참숯돌에 칼을 갈듯이 붓을 갈고 있는 그가,
실은 奇人도 아니요, 낯선 손님도 아닌 무서운 야심가라는 것을 나는
안다.

그는 혹시 정(精)과 정(正)과 선(仙)을 함께 지녔던 어느 옛 운객(雲客)

의 혼이 환생(還生)한 서민인지도 모른다.

이 글을, 요만큼 써 놓고 어떻게 마무리를 지을까 하고 담배만 죽이고 있을 때, 마침 그가 찾아왔다.

대문에 들어선 그는 주인을 찾기 전에, 쇠줄에 비끌어 매인 채 괄괄 짖어대는 개(犬)와 실랑이를 벌이고 있었다.

"한두 번 보면 알 텐디 왜 자꾸 그래여? 원 등치만 송아지 겉이 크다래 가지구 사람 알아보는 건 쑥이구먼!"

개는 그래도 요란히 짖어대고, 그는 그런 개의 코 밑에 달락 말락 한 손을 내밀로 어르면서 지껄이는 것이었다.

"어여 네 볼일이나 봐. 내가 한두 번 온 것도 아닌데 그르케 화내고 덤빌기 없능 겨, 어여 네 볼일이나 봐!"

현관에서 목만 내밀고 지켜보고 있던 내가, 할 수 없이 소리쳐 개를 들여 보내고 그를 나무랐다.

"먹구 할 일 없는 사람 오나가나 알아보겠구먼. 그 개 성질 사나워 지라구 자꾸 그랴?"

그러자 그는 또 예의 그 헤픈 웃음을 흘리고 다가오면서 말했다.

"쳇, 저게 무신 족보 있는 개라구, 싸가지 없는 놈 같으니라구. 지가 나를 멀루 보구 짖어대? 짖어대길. 저거 당장 몸뚱어리다가 초고추장 발라서 아궁이를 몰아 느라구. 굴뚝으로 나오면 쐬주 안주나 하게…."

방으로 들어온 그는 내 무릎을 다잡고 흔들며 재촉부터 하였다.

"어여, 갈 껴 안갈 껴?"

나는 도리질을 했다.

"왜?"

"글쎄!"

“거 무신 사람이 이려?”

그는 내 어깻죽지를 쿡 쥐어박았다.

방학도 되기 전부터 올해는 기어코 겨울바다 구경을 가자고 별렀었다. 많이도 말고 서넛이, 좋은 음식, 편한 잠 생각지 말고 그저 눈물이 날만큼 외로운 섬, 바위가 많은 바닷가에 가서, 슬프게 느껴 우는 여인처럼 몸부림치는 파도를 실컷 보고 오자고, 그렇게 별러 왔었다.

그래서 나는 멀리 울산에 사는 강(姜) 선생에게 고만한 섬이며 민박처 소등을 편지로 물어 회답도 받아 놓고 있었던 터이나, 정작 때가 되고 보니 이리저리 얽히는 끈이 풀리지 않아 떠날 형편이 못되었다.

“거 뭐, 서울서도 못 내려오는 모양이고 한데 그만둡시다. 나중에….”

“뭐? 아 서울놈 아니면 바다에 뚜껑을 쒸우고 뵈질 않는다? 셋 보담 둘이 더 좋으니께, 둘이서나 가자구.”

“둘 보담은 혼자가 더 낫겠지?”

“그래서, 영 안 갈 참여?”

“못 가 나는.”

그는 결국 혼자 떠났다.

수건 한 장, 칫솔 한 개, 그리고 몇 푼 여비를 넣고 달랑하니 그는 혼자 떠났다.

섬이 많은 서해 쪽으로 가겠다고 했으니, 그는 지금쯤 영하 십삼 도의 찬 바닷바람을 맞으며, 어느 섬의 바위 끝에서, 슬피 우는 여인의 어깨처럼 출렁거리는 서해의 파도를, 혼자 바라보고 있을 것이다.

무슨 청승일까도 싶지만, 굳이 찬바람 부는 겨울바다를 그토록 보고 싶어 하는 그의 마음을, 가슴을 나는 알고 있다.

마흔이 넘은 나이, 반평생이 지나도록 아직도 혼자 사는 그 생활이 서러워서는 물론 아니다.

가믐 든 해 겉보리 한 됫박만큼도 시세가 없는, 왈 '詩人'의 칭호를 달지 못한 지각 인생이 한스러워서는 더욱 아니다.

그는 채우고 싶은 것이다. 허허로운 빈 가슴, 그 안에 소년처럼 푸른 희망을 가득 채우고, 활기찬 의욕을 가득 채우고 싶은 것이다.

그리고 바위를 때리는 파도 장단에 맞춰, 바리톤처럼 우람한 목소리로 시 한 수를 읊어대고 싶은 것이다. 세상 사람들의 귀를 활짝 열어줄 맛이 칼칼한 시를….

어느 날, 가진 여비가 다 잦아들면, 그는 마지막 남은 동전 몇 닢을 털어 달랑하니 사든 차표 한 장으로 하숙에 돌아올 것이다.

그리고 겨울바다를 보고 온 소감이 어떠냐고 물으면 여전히 태평한 가락으로

"흐흐, 그저 그렇지 뭐!"

하고 말할 것이다.

훗날, 그가 이 글을 읽게 된다면 그는 아마 이렇게 말할 것이다.

"기인(奇人)? 세상 사람들 심뽀가 말짱 뒤틀린 기인인데, 씰다리 없이 이렁 걸 글이라고 썼어?"

아마, 그는 필시 그럴 것이다.

✎ 안수길

월간문학 등단, 충북예술상, 충북문학상, 유승규 문학상, 소설집『당신의 십자가』,『광풍과 딸국질』외, 장편대하소설『잠행』전 5권 외, 칼럼「비껴 보기 뒤집어 보기」외

단편소설

투망질

—

전영학

연못은커녕 웅덩이 하나 없는 이 언저리를 붕어못이라 불렀다.

어느새 붕어못에는 택시가 열 대도 넘었다. 서로 꼬리를 바짝 물고 촘촘히 서 있는데도 그 대열은 삼십여 미터나 됐다. 출근 시간대치고는 이르다 싶어 망정이지 곧 다른 통행 차량들의 욕바가지를 먹을 것이다. 그러기 전에 얼른얼른 앞쪽으로부터 손님을 태우고 이 줄을 헤쳐 나가야 한다.

그게 노상 쉬운 일은 아니다. 이런 대열로 늘어서 있다가, 손님을 모시고 떠나는 건 몇 대에 불과하고 아홉 시가 넘으면 제풀에 겨워 뿔뿔이 흩어지고 마니까. 길 뒤편 좁장한 공터로 차를 욱여넣고 번개 '섰다' 패를 돌리든지 아예 늘어져서 아침잠을 부르는 기사도 있지만 말이다.

서(署) 교통과에서 단속을 나온 적도 있었다. 어떤 특이 성격자가 신고했을 것이다. 아침마다 아파트 입구에 장사진을 치고 있으니 저거 처결하지 않고 뭣하느냐고 핏대를 올렸을 것이다. 그러나 택시들이 왜 이 붕어못에 아침마다 십여 대씩 몰려들겠나. 손님이 많아서라기보다는 개인택시 입장에서 편하기 때문이다. 다른 이면도로보다 한가해서 꽁무니를 달고 있어도 클랙슨을 빵빵거리는 경우는 드무니까. 게다가 버스 정류장이 오백여 미터나 떨어져 있고, 노후한 아파트에는 새출발하는 맨주먹 젊은 층과, 이제는 천천히 살고 싶은 노년층이 적절히 혼재해 있는 곳이니까. 럭셔리하거나 활기가 넘치지 않았지만 그래서 택시 수요는 다른 곳보다 제법 많은 편이 아닐 수 없었다.

서울은 몰라도 지방 소도시들엔 택시가 넘쳐난다. 이고만(李高萬) 씨도 지앤씨(GNC)를 정년퇴직하고 어렵지 않게 개인택시를 받을 수 있었다. 손수 운전대를 잡는 노동자지만 법적으로는 엄연한 소유주 즉 사장님이다. 사장님이 뭐 대단한 존잰가. 단돈 몇 푼을 투자해도 경영에 목을 걸어야 하니 그건 사장임에 틀림없다. 수레에서 호떡 파는 주인에게도 그건 목숨이다.

고만 씨는 지앤씨에서 '그린'과 '크린'의 모토를 붙안고 수십 년 탱크로리를 몰았다. 운전도 하면서 오물도 직접 뽑아 올리는 작업이다. 남들이야 뭐라든 직업에 어찌 귀천이 있으랴. 정화조에 인분이 차고 넘친다면 시민들이 어찌 쾌적한 삶을 구가할 수 있겠는가.

개인택시를 몰면 지앤씨보다 훨씬 수입이 좋을 줄 알았지만 뜻밖이었다. 앱을 통하여 호출받는 것도 못마땅했다. 손님 찾으러 가는 거리가, 목적지까지 가는 거리보다 멀 때도 있었다. 게다가 매번 수수료는 또 뭔가. 사납금이 없어서 좀 느긋할 수 있다는 게 매력이긴 하지만.

아침마다 출근길이 바쁜 아파트 손님을 다소곳이 기다릴 수 있는 곳이 여기 붕어못이다. 고만 씨도 그런 귀동냥 끝에 이곳을 찾아들었다. 선점하고 있는 기사들의 눈총을 이겨내고 지금은 제법 그들 축에 끼어 경쟁도 하며 때로는 협업도 한다.

오늘 아침도 그러했다.

"저기 한 마리 온다."

항상 입을 닫지 못하는 '장사'가 등 뒤에서 튕겼다. 말이 따발총처럼 이빨 사이를 튕겨 나오는 그의 목소리는 꼭 활시위가 우는 것처럼 팅팅거리는 톤이었다. 처음엔 꽤 거북하기도 했었다. 그가 좌장 노릇을 했고, 나름대로 이곳의 불문 규례를 유지하려 애쓰는 인물임을 알고 나서 그 목소리가 귀에 좀 순해졌다. 성이 장 씨라는 걸 알고 나서 '장사'라는 호칭도 이해되었다. 장 사장을 줄인 건지 장 기사를 줄인 건지는 불분명하나 의미는 제격이었다.

손님을 기다리다 재미가 없으면 기사들은 이렇게 차 밖으로 나와 두세 명씩 무리지어 있기도 했다.

"한 마리?"

옆에 있던 김사가 물었다.

"아냐 두 마리 같애."

또 누군가가 들떠 꼬리를 이었다. 동시에 맨 앞쪽 두 자리를 차지하고 있던 김사와 윤사가 손님맞이를 위해 싸게 운전석으로 돌아갔다.

온다, 와. 모든 기사들의 시선이 지금 막 횡단보도에 접어든, 앞서거니 뒤서거니 하는 행인 두 사람의 발걸음을 힘주어 따라갔다. 운동화 끈을 동여맨 중년 남자와 그의 몇 발자국 뒤 빨간 하이힐의 젊은 여성이다. 더욱이 오늘 이 여성은, 무슨 좋은 일이라도 있는지 마치 런웨이의 모델처럼 양어깨에 가벼운 율동까지 실으며 사뿐사뿐 다가오고 있었다. 그들이 점점 가까워졌다. 기대가 부풀어 올랐다. 과연 그 들 모두 택시 도어 손잡이를 잡을 것인가. 운전석에 앉은 김사·윤사는 긴장하는 기색마저 역력했다. 또각또각…. 운동화는 몰라도 하이힐은 틀림없으렸다. 하이힐은 두 발로 걸어 다니는 걸 결코 선호하지 않으니까. 오늘 운이 좋다면 운동화가 맨 앞 김사 차, 도도한 하이힐은 윤사 차다.

반신반의한 바대로 운동화는 택시의 긴 대열을, 무슨 파충류라도 흘겨보듯 인상을 쓰며 버스 정류장 쪽으로 사라졌다. 촘촘한 시선은 이제 하이힐로 쏠렸다. 그런데 하이힐도 기사들의 기대를 여지없이 뭉개버리고, 택시 꽁무니와 앞 범퍼 사이의 비좁은 틈새를 날씬 몸매라도 뽐내듯 요나하게 빠져서, 역시 버스 정류장 쪽으로 잰걸음을 놓는 것이었다. 진짜 붕어 같았는데…. 다들 허망한 시선을 그녀의 엉덩이로부터 거둬들였다.

"다 샜어?"

장사 목소리가 헛바람을 일구며 옆에 있는 기사들 귀에 꽂혔다.

"미꾸라지였구먼."

"아녀, 깨구락지여."

서로들 얼굴도 쳐다보지 않은 채 한 마디씩 뱉었다.

"투망을 좀 더 날씬하게 쳐 보라니깡."

정신을 수습하고, 우스개 같지만 결이 선 목성으로 장사가 뇌까렸다.

"오늘도 붕어란 놈은 없는 거여?"

누군가가 혼잣말을 뱉었고,

"붕어는커녕 가재라도 한 마리 잡혔으면 좋겠네."

결국 고만 씨도 한 마디 끼어들었다.

"가재가 이 아침에 뭣하러 기나온다냐?"

누군가가 핀퉁이를 주었다. 가재는, 타고 내리는 동작을 기사가 도와주어야 할 때도 많았다. 병원엘 가는 경우가 많았는데 병원치고 붐비지 않는 곳이 드물어서 고역이었다. 그래서 사지가 멀쩡하고 매너도 좋은 붕어야말로 기대하여 마지않는 일품이었다.

아홉 시가 지나자 장사를 필두로 각자 제 갈 길을 찾아 붕어못을 벗어났다. 붕어못에 붕어는 얼씬거리지도 않았다.

고만 씨는 앱 신호가 뜨기를 기다리며 정처 없이 차바퀴를 굴렸다. 백미러로, 마치 소방차처럼 헐레벌떡 후미를 좁혀오는 법인 택시가 보이자 얼른 길을 비켜주었다. 그런 식으로 무슨 발전이 있겠느냐며, 평생 똥차나 모는 게 나을 뻔했다고 안식구는 부르짖었다. 그래도 지금 어엿한 개인택시 사장님 아닌가. 세상일이 그렇게 앙앙불락해서 되는 게 아니다. 지금 그 붕어못 앞 골목길에서 '이사'라는 호칭까지 달고 있지 않느냐.

그나저나 오늘은 월드컵부동산 사 사장이나 만나러 가야겠다. 며칠 전부터 자꾸 전화도 왔거니와 뭐가 됐건 일을 저질러야 결말이 날 거라는 막연한 압박감도 있었다.

워낙 부지런한 사 사장은 역시 이 시각에 문을 열어놓고 있었다. 그는, 오늘 한 군데 더 보시게요? 하며 정월 초하루처럼 반색을 했다. 가게 앞 노상주차에 딱지가 붙을까 미심쩍어하는 고만 씨에게 그런 걱정은 붙들어 매라고 안심도 시켰다. 그리고 얼른 자기 휴대폰 액정을 밀어 새로 리스트에 오른 물목을 뒤져 나갔다.

"이번에 나온 택지는 전망이 무지하게 좋아요, 가격도 적당하고….."

"가깝습니까?"

"멀진 않지요. 택시를 하시니까 거리가 문제 되지는 않잖아요?"

"그럼 한번 가 봅시다."

고만 씨가 단정적으로 동의했다.

이미 서너 군데 후보지를 놓고 사 사장과 현장 답사까지 다녀왔었다. 임야, 전답, 택지 등 다양했다.

고만 씨가 퇴직금으로 받은 거금의 위력은 스스로에게도 눈부셨다.

자기로서는 생전 처음 만져보는 그놈이야말로, 나보다 못 가진 사람 앞에서 어깨를 쩍 펴게 하는 요물단지였고, 내 위의 풍요로운 부자들을 따라잡으라고 너울거리는 깃발이었다. 그냥 통장에 묻어 두었다가는 썩어 문드러지거나 누군가 냉큼 채갈 것 같은 불안감도 엄습했다. 정기예금은, 이자가 올랐다고는 하나 솟구치는 물가에 잡아먹히는 거고, 주식이나 채권은 솔직히 안목이 터무니없었다. 뭐니 뭐니 해도 젊을 적부터 침 흘려 왔던 부동산 투자가 왔다, 싶었다.

사 사장과는 솔직히 거래를 트기 전에는 유야무야한 사이였다. 코리아 월드컵 하면, 그 응원가로 어깨가 여전히 들썩이는 터에 그의 이름마저 사강진이었다. 훗날 개명한 건지는 알 바 아니지만 그 이름이 더욱 고만 씨의 눈길을 끌어당겼다.

그것 말고도 애초의 우스꽝스런 해프닝도 한몫했다.

마을 축제가 열리는 국화 만발한 늦가을이었다. 사흘째 되는 날, 축제의 하이라이트는 우리 동네 모범 가장을 뽑는 순서였다. 평소 이 축제를 무덤덤하게 바라보기만 하던 고만 씨가 무슨 바람을 탔는지 다된 오후 스렁스렁 행사장에 나가보았다. 그런데 평소 안면이 좀 있던 주최 측 사람이 헐레벌떡 다가와 괴상한 제안을 했다. 오늘 주인공으로 뽑힌 분이 공교롭게도 식중독에 걸려 입원을 해 버렸다며, 그분 대신 시장(市長)님의 모범 가장 패를 전달받아 달라는 것이었다. 그 주인공이 바로 지앤씨 사장님이었다. 고만 씨는 어이가 없었으나 무턱대고 펄쩍 뛸 입장도 못 되었다. 사장 대신 나가서 그 패를 받는 게 그다지 창피할 노릇은 아니지만, 사장님 식중독 사단을 사원으로서 미처 인지하지도 못하는 주제에, 느닷없이 대타에 찍혔다는 게 여간 곤혹스럽지 않았다. 정식으로 대리 수령을 하자면 지앤씨에 총무도 있고 부장도 있지 않은가. 만약 내가 여기에 나타나지 않았다면 어떻게 할 뻔했는가. 그만큼 엉성한 동네 축제였으나, 파장(罷場)이 가까운 지금 상황은 일사천리였다. 고만 씨에게 머뭇거릴 틈일랑 없었다. 주최자도, 꼭 개그맨 같은 얼굴로 옆에 착 붙어 서서는 동네잔치가 다 그렇지 뭐, 하는 식으로 팔을 잡아 끌었다. 그때였다. 거, 본인이 거북해 하잖소, 하는 소리가 꼭뒤에서 들렸다. 그를 돌아볼 겨를도 없었다. 고만 씨는 졸지에 지앤씨 사장 대리로 코가 꿰어 단 위로 이끌려 올라갔다. 관중이 많은 것도, 열기가 뜨거운 것도 아니었다. 옷자락의 먼지 터는 소리처럼 불규칙하게 조금 들렸던 박수 소리도 이벤트 업체의 팡파레에 금세 파묻혔다. 고만 씨는 패를 받아들고 단을 내려온 뒤 아까 자기를 채근하던 주최 측 인사를 찾았다. 이 애꿎은 물건을 얼른 돌려줄 생각이었다. 지금으로선 그렇게 하는 것이 이 어색한 짐을 벗어버릴 마땅한 방편이었다. 주위를 두리번거렸으나 그는 눈에 띄지 않았다. 고만 씨는 듬성듬성하니 이 빠진 곳이 더 많은 행사장을 피하여 마당 구석으로 자리를 옮겨야지 싶었다. 그때 다시 누군가의 말소리가 귀에 꽂혔다. 얼떨결에 대타 노릇을 하는 거 같던데, 보아하니 참 너그러우시오. 아까 그 남자가 분명했다. 고만 씨가 흘깃 돌아보았으나 아는 체는 하지 않았다. 그도 행사장을 떠나는 차였는지 금세 고만 씨와 나란히 걷는 입장이 되었다. 제법 위로하는 말을 건넸다. 저는 아저씨를 여러 번 뵙어요. 지앤씨에 다니시죠? 고만 씨는 이번에도 무관심한 척할 수 없었다. 그렇소만. 남자가 다시 말했다. 그 패를 사장한테 턱억 가져다 바치십쇼, 누가 압니까? 보너스가 두둑해질지. 비아냥처럼 들렸지만 전혀 틀린 말은 아닐지 몰랐다. 비로소 남자의 얼굴을 뜯어봤다. 눈에 익은 얼굴이었다. 여러 번 정화조 청소를 하러 갔던 가게 월드컵, 사 사장이었다.

그런 연유인지 뚜렷한 정년 룰이 없는 회사지만 회사를 나올 때 사장은 아닌 게 아니라 퇴직금 외에 남다른 금일봉을 베풀었다. 물론 삼십 년을 오로지 회사에 열의를 바친 공로일 것이다. 고만 씨는 그날 그 일도 정녕 이 사은에 플러스 됐을 거라고 굳게 믿었다. 개인택시를 받는 절차에도 사장이 알아서 척척 나서 주었으니까.

아침마다 붕어못에 정차하면서부터는 어쩐지 맘이 편치를 못했다. 장사를 비롯한 그 멤버들의, 아침마다 시시덕거리는 '가붕개' 때문이었다. 물론 택시 운전해서 먹고 살기 힘든 고충을 희화하여 엔돌핀이라도 충전하겠다는 장난질일 것이다. 이해 못하는 바는 아니지만 장사에게 슬쩍 지나는 투로 건의 비슷하게 말해본 적이 있었다.

"장사, 저기 말이죠. 손님들을 가붕개로 놀려먹는 건 좀 심하지 않아요?"

장사가 첨엔 못 들은 척했으나 잠시 생각해보니 열이 확 오르는 모양이었다.

"그럼 투망을 좀 잘 치시든가."

그 특유의 팅팅거리는 화살이 날아왔다.

"난 아직 투망질이 서툴러요."

"그럼 배우란 말요."

장사의 톤이 한층 높아졌다. 그가 다른 기사들의 얼굴을 주욱 한번 훑어보았다.

"눈빛, 이 눈빛으로 강렬하고도 애타게 그물을 치는 거요. 그게 싫으면 여길 오지 말든가. 여기가 원래 붕어가 득실득실하던 곳에요. 연못을 메워서 저 아파트 짓기 전에는."

장사는 침을 카악 뱉더니 제 차 문을 벌컥 열고 들어가 버렸다. 옆에서 윤사가 속삭였다.

"어제 장사가 호구 됐어."

"얼마나?"

"한 십만 원?"

윤사가 껄끄러운 비밀을 누설하고 말았다는 각성인지 입을 삐쭉 해 보이면서 서둘러 제 차 안으로 들어갔다. 십만 원이라면 하루 벌이를 다 말아먹은 것이다. 누가 땄어? 묻고 싶었으나 그만두었다. 자꾸 깊이 들어가다가는 자기도 그 판에 끼어들지 모른다는 불안이 엄습했다.

사 사장은 모닝커피를 한 잔 만들어 주더니, 손목시계와 탁상용 달력을 번갈아 보고 나서 얼굴에 난처한 기색을 드리웠다.

"오늘따라 오전에 스케줄이 빼곡하네요. 이따가 두 시쯤 움직이면 안 될까요?"

"사정이 그러시담 할 수 없지요. 나는 영업을 좀 더 하다가 오면 되니까."

고만 씨가 부동산을 나왔다.

다시 손님을 태우러 이곳저곳 차를 몰았다. 어쩌다 붕어못 친구들을 만나면 손 인사를 하거나 뜻이 일치하면 어디 한적한 곳에 차를 박고 객담을 풀기도 했다. 그런데 오늘은 그런 우연도 없었다. 괜히 비싼 가스나 태우고 돌아다니는 게 아닌가 싶어 맥이 빠지기도 했다. 그러나 사 사장 앞에서는 이 고충을 표 내면 안 된다. 부동산 사장이 매수 희망자를 눈 아래로 보면 그 거래는 이미 절반쯤 외통에 걸린 것으로 보면 되었다. 그래서 고만 씨는 손에 쥔 자금이 일억이라고 허풍을 좀 쳤다. 게다가 일억 정도는 손쉽게 더 동원할 수 있다고 통발도 깔아놓았다. 실제는 삼천밖에 안 되었지만 그건 자기에게 무엇보다 크고 귀한 돈 아닌가. 이 푼돈 가지고 요새 어딜 가서 남의 땅 냄새라도 맡을 수 있겠나. 생각이 간절하면 이루어지는 법임을 믿는다. 눈이 멀었거나 똥줄 타는 땅이 없으란 법이 어디 있는가. 하늘이 도울지도 모른다. 사 사장에게 헐하게 보여서는 제대로 된 물건을 구할 수 없다. 이건 평생 은인인 지 앤씨 사장이 훈수한, 부동산 흥정의 철칙 일 번이기도 했다.

이번 매물이 딱 이억짜리라고 사 사장은 말했다. 그렇지만 그 속은 모른다. 어떻게 이억이라는 정가가 매겨졌는지 도출해 낼 기준도 없다. 다만 매도희망자의 눈높이와 속사정, 그리고 그것을 중개하는 사 사장의 양심이 결합된 금액이 그것일 것이다. 그것의 진가가 그 반값일지 아니면 제값일지는 제삼자가 알 리 없다. 사 사장이 자기를 고급 고객으로 분류하는 눈치만 유지하면 그만이었다. 그래야 눈퉁이를 맞지 않는다.

두 시가 되어 재차 월드컵에 갔을 때에는 푹신한 가죽 소파에 어떤 남녀가 나란히 앉아 있었다. 그들의 시선을 피하여 한쪽 걸상에서 엉거주춤하자 사 사장이 요란을 떨며 소파 곁으로 끌어들였다. 다짜고짜 인사를 나누라는 것이었다. 그러면서 그곳, 지금 자기가 보여줄 그 택지를 이분도 맘에 들어 하니 함께 한번 가 보자는 것이었다. 물론 이 남자는 택지보다는 생산 녹지를 선호한다고 했다. 그런 물건이 있다면 한번 봐 둬 볼 일이고, 이미 선 희망자가 있으니 자신은 구경만 하고 기꺼이 양보하겠노라고 아량도 베풀었다. 이런 말들이 고개를 한번 숙이고 가볍게 악수를 하는 전후에 쏟아졌다. 그러면서 사 사장은 이 남자가 이 도시에 사는 건물주, 차 사장이라고 보탰다. 그가, 차단수요, 하고 고개를 한번 까딱 해 보이자 옆에 앉은 여자가 안식구예요, 하면서 얼굴에 부끄럼을 탔다.

현장으로 차가 달렸다. 미터기를 끈 고만 씨가 사 사장을 태웠다. 몇 번 그의 차를 타고 다녔으나 매번 흥정이 꼬라박히자 기름값도 안 나온다고 불평한 뒤부터였다. 자기 안식구를 태운 차단수의 육중한 외제차가 뒤를 따랐다.

"동원할 수 있는 총알이 이억이라고 하셨죠?"

사 사장이 새삼 확인하듯 물었다. 고만 씨는 순간 좀 움찔했으나 태연히 고개만 끄덕였다.

"그 물건 옆에 또다른 필지가 하나 있는데 그것도 사두면 삼 년 이내 두 배는 거뜬합니다. 제가 보증합니다."

사 사장은 이번엔 기어코 흥정을 성사시키겠다는 열의로 불타올랐다. 그 주변의 메리트를 과장하고 가격을 한껏 올렸다가, 필요한 것만 따악 내밀면 메리트는 남지만 가격은 아주 적어 보인다는 수법을 그는 잘 알고 있었다.

"그 필지는 얼마에 나왔습니까?"

"그것도 이억입니다."

"내가 여기저기 다 끌어모으면 그 정도도 가능하지요."

고만 씨는 다시 허풍을 내질렀다.

"아이구, 우리 사장님이 진짜 알부자셨구먼."

사 사장이 감탄에 겨워했다.

어느새 현장에 이르렀다. 약간의 경사 위에 앞이 탁 트인 남향받이였다.

"이런 기막힌 택지를 난 첨 보네."

뒤따라온 차단수가 따라붙으며 감탄을 날렸다. 이쪽까지 들으라는 소리었다.

"어때요? 저번에 본 것하고는 비교가 안 되지요?"

사 사장이 눈알을 반짝이며 물었다.

"얼마까지 짜를 수 있습니까?"

고만 씨가 뒤차에 추월당하는 엔진소리처럼 물었다.

"아, 그건 이미 말씀드렸다시피, 이억입니다."

"거기서 한 푼도 안 됩니까?"

"손톱도 안 들어갑니다."

"그래두 에누리 없는 장사가 어딨습니까?"

"정말 맘에 들기는 한 겁니까?"

"좀 비싸다 싶긴 하지만요."

고만 씨는 삼천으로는 땅뜀도 못하겠구나 싶었지만 사 사장에게 꿀리고 싶지는 않았다. 그때 곁에 와 있던 차단수가 끼어들었다.

"자고로 물건이란 좀 비싸다 싶어야 내 것이 되는 겝니다. 지금 비싸다고 하시는 걸 보니 마음엔 드셨단 말인데…."

그러자 그 안식구가 한마디 보탰다.

"어머, 저 앞 풍광 좀 봐. 꼭 내가 그리던 땅이네. 우리가 이걸 사자. 나두 이런 데 예쁘게 짓고 폼나게 살고 싶어."

"좀 잠자코 있어 봐. 이 사장님이 아직 결단을 못 내리고 계시잖아."

"땅 사는데 무슨 번호표가 있나? 먼저 계약 내지르는 자가 먹는 거지."

"그래도 상도의라는 게 있잖아."

안식구가 뾰로통한 기색을 보이자 차단수가 겸연쩍은 얼굴로 그녀를 구슬리는 척했다. 사 사장은, 조금 기다려 보세요, 하면서 이쪽에 우선권을 주겠다는 눈을 고만 씨에게로 향했다.

"내가 어떻든 이 사장님 물건은 책임지겠다고 처음부터 다짐을 했으니, 그럼 땅 주인하고 연락을 취해 봐서 등기료, 중개료라도 좀 빼 달라고 사정해 볼게요. 그 이상은 절대 안 될 거에요."

고만 씨가 고개를 끄덕여 주었다. 그리고 현장을 떠나기 위해 차가 세워진 공터로 돌아오는데 차 사장이 은근히 고만 씨를 따라붙었다. 그는, 저 땅은 오늘 안으로 결단을 내주세요, 라고 사 사장이 들리도록 큰소리로 외치고는, 저것 말고 물건이 또 있는데 시침 뚝 따고 따라와 보시겠오? 하고 속삭였다. 그게 무슨 영문인지 귀에 쏙 들어오지는 않았으나 월드컵 사장과 이미 얘기가 된 스케줄이 아닌가 싶어서 고개를 끄덕여 주었다.

물건지 주변을 벗어나 제법 널찍한 도로로 접어들었다. 이윽고 앞서 가던 차 사장의 차가 갈림길에서 갑자기 오른쪽으로 커브를 꺾었다. 사 사장의 얼굴에 순간 핏기가 돋더니, 이게 또 뒤통수여? 하면서 운전대를 잡고 있는 고만 씨 팔 안쪽으로 손을 뻗어 신경질적으로 경적을 울렸다. 차 사장에게서는 별 반응이 일지 않았다. 이게 아주 싹 쌩까네, 뇌까리며 사 사장은 차창 밖으로 팔을 뻗어 상하로 거칠게 흔들어 댔다. 그제서야 차단수가 브레이크를 밟더니 시퉁맞게 문을 열고 뒤를 돌아보았다. 사 사장도 차 문을 벌컥 열어젖혔다. 그리고 차단수를 향해 빠르게 걸음을 놓았다. 그들은 두 차 간의 중간쯤에서 맞닥뜨려 무슨 소린가로 열심히 톤을 높였다. 기어이 손짓마저 격렬해지더니 잠시 뒤 사 사장이 씨근덕거리며 돌아왔다.

"쉐키, 사장 사장 해주니까 간뎅이가 뿄네. 사장님 우린 그냥 갑시다."

고만 씨는 시키는 대로 할 수밖에 없었다. 차 사장을 앞질러 조금 나아갔는데 차단수가 고만 씨 택시를 앞질러 곧장 밀고 들어오더니 급정거를 했다. 사 사장이 이를 욱 물고 거칠게 문을 열어젖히며 내질렀다.

"바람이나 제대로 잡어 이 냥반아. 내가 핫바진 줄 알어?"

"내가 내 차 몰고 와서 내 물건 보여준다는데 니가 왜 ××이여?"

차단수도 핏대를 올렸다.

"그래두 안 돼. 정 그럴 거면 나를 내 가게에 데려다 놓고 니가 모셔가."

"알았어 임마. 이제 막 보자는 거지?"

차단수가 씨부렁거리며 제 차에 오르더니 횡 하고 달려나갔다.

"부부는 무슨…. 꼴값 떠는 불륜 커플, 요새 저 여우한테 어지간히 빨리나 보네."

사 사장이 혼잣말을 늘어놓았다. 그래도 성이 차지 않는지, 나는 저런 양아치들하고는 근본이 다릅니다, 하고 알아봐 달라는 눈빛이 되어 길게 한숨을 풀어냈다. 고만 씨는 이때다 싶었다. 좀 매몰차다 싶지만 사 사장을 겨냥했다.

"뭐가 뭔지 모르겠네요. 난 그냥 눈퉁이 안 맞고 적당한 물건 잡으면 그만이에요."

땅 주인이 얼마에 매물을 내놨는지 솔직히 까발리게 하려면 더욱 날카롭게 찔러야 한다. 월드컵 사강진, 너 사람 잘못 봤다. 고만 씨는 내심 쾌재를 부르면서 한 마디 더 얹었다.

"까놓고 말해서, 내 차를 내가 몰고 가는데 사 사장이 가라 마라, 하는 건 분에 어긋나는 거 아니요?"

"예? 아…."

사 사장의 허망해 하는 신음이 길게 흘러나왔다.

"하지만 저놈을 좀 봐봐요. 저거 완전 후까시나 잡는 사기꾼이라니까요. 전과도 있는 놈에요."

사 사장은 자기를 합리화시키지 않으면 여기서 무너진다는 생각인 거 같았다. 고만 씨는, 그런 사기꾼을 바람잡이로 쓴 너는? 하는 생각이 불쑥 치밀었으나 입 밖으로 내지는 않았다.

"저 여자, 저거 어디서 뭘 했던 쓰레긴지 내가 다 알아요."

"글쎄 나는 땅만 사면 된다니까요."

고만 씨가 선을 긋자 괴로운 빛을 띤 채 사 사장이 창밖을 내다보았다. 선뜻 먹이를 물지 않는 고만 씨에게 더 이상 기댈 게 없다는 뜻일 것이다. 더 매력 있는 신선한 미끼를 고민하면서 사 사장이 중얼거렸다.

"먹고 살기 힘들어요. 한 달에 한 건 올리기가 하늘에 별 따기니, 이 거 어디 해 먹겠어요?"

"요즘 여유롭고 택택한 사람이 어디 있습니까? 나 같은 놈더러, 쓸데 없이 땅이나 보러 다닌다는 비아냥 같아요."

"아니에요. 사장님은 전생에 악덕 사채업자를 때려눕힌 분에요."

"그런 사람이 평생 똥차를 몰았겠습니까?"

"지금은 어엿한 개인택시 사장님, 땅 보러 다니는 땅부자 아니십니까."

하긴 나도 자영업자는 맞지. 그러니까 사장님이고, 땅 보러 다니는 것 도 맞고…. 그리고 또 하나 비밀스러운 건 아침마다 가붕개를 투망질하 는 스릴도 누리고…. 고만 씨는 혼자 씨익 웃고 말았다.

차단수에게서 전화가 왔다. 그날 월드컵이 무척 무례했던 거에요, 첫 마디부터 그는 사 사장을 까고 들어왔다. 그러면서 그날 보려고 했던 매물을 편한 마음으로 한번 보지 않겠느냐고 물었다. 고만 씨는 한참 망설였지만 무슨 요행이 달라붙을지도 모른다는 생각이 들자 결국 오 케이를 했다.

오늘은 여자 없이 차단수 혼자 외제 차를 몰고 나타났다. 그리고 고만 씨의 택시를 어디 공터에 주차 시켜놓고 자기 차를 타자고 했다.

육중하면서도 조용한 엔진소리와 함께 외제 차가 굴러가기 시작했다.

"겉만 번지르르한 껍데기들이 부지기수예요. 이 사장님 같은 분이 진짜 근면 성실한 알부자시지."

그는 밑밥 냄새를 맡은 고만 씨 띄우기에 공을 들였다.

"오늘 가 보는 매물이 맘에 안 차면 다른 것도 있습니다. 이건 진짜 제가 소유한 물건이거든요. 그래서 중간에 거품이 없어요. 믿어도 된다는 말씀입니다."

"듣던 대로 엄청 부자시군요."

고만 씨가 추임새를 넣었다.

"운이 좋았다고 할까요. 한창때는 구멍도 많았고 다들 어리숙했어요. 땅 짚고 헤엄친 거지요."

"그 좋은 시절 난 똥차만 몰았어요."

고만 씨가 한숨을 쿠, 내쉬었다. 고만 씨를 위로할 양인지 차단수가 이어 붙였다.

"성실한 사람이 결국 복 받는 거 아니겠어요? 월드컵 그거, 불알 두 쪽만 달그락거리는 게 꼼수나 부릴 줄 알지. 그자가 중개하는 그 물건, 땅 주인이 얼마에 내놨는지 아십니까?"

고만 씨는 귀가 번쩍 띄었다. 정말 파 보고 싶던 정보 아닌가.

"일억만 손에 쥐어 달랬어요. 꽤 전에 한 말이지만요."

"내가 봉이었군요."

"사장님이 아니었다면 걸려들었을 겁니다. 냉큼 물지 않는 걸 보고 그때 내가 사람을 알아봤지 뭡니까."

"저는 부동산 세계에 밝지 못합니다."

"하여튼 사강진하고는 손을 끊으십시오. 제가 정말 괜찮은 걸 장만해 드릴 테니까."

차가 현장에 도착했다.

며칠 전 사 사장이 보여준 것보다는 훨씬 좋은 입지에 평수도 같았으나 가격은 삼천이나 덜했다. 고만 씨는 차단수에게 불현듯 신뢰감이 가는 걸 느꼈다. 하지만 허풍으로 지른 일억이 동시에 속살을 파고들었다. 또 퇴짜를 놓든지 차일피일 미루는 태세로 버텨야 할 계제였다.

"어떠십니까?"

차단수가 재촉했다.

"현찰이 당장 모자라시죠?"

그가 다시 캐물었다. 사강진보다 고수였다. 어쩌면 매수 희망자들이 대부분 능력을 허풍 친다는 걸 알고 있을지도 몰랐다. 그가 다시 고만 씨를 다독이고 나왔다.

"현찰 꽉 묶어놓고 땅 보러 다니는 사람이 어디 흔합니까? 우리 톡 까놓고 얘기합시다. 석 달 안에 동원할 수 있는 총알이 도합 몇 개나 됩니까?"

다 알고 있지만 확인하겠다는 눈이었다.

"큰 걸로 하납니다."

그 이하로 말한다는 건 정말 피라미 뼈 발라 먹는 소리 같을 것이었다.

"그러실 겁니다. 그 정도면 아주 거금입니다. 그러면 이렇게 하십시다. 우선 가계약이라도 하고, 본 계약 뒤에 중도금 내면, 잔금일랑 저 땅을 저당 잡혀 치르십시오. 절차는 내가 다 밟을 테니까."

차단수는 잡아챈 낚싯줄을 적극적이면서도 조심성 있게 이끌었다.

“그러실 거까지야.”

“망설이지 마십시오. 땅이란 놈에도 날개가 있어서 금방 휙 날아갑니다.”

차단수가 바짝 눈을 들여댔다. 고만 씨는 얼굴이 화끈거림을 느꼈다. 저당을 잡혀 잔금을 치른다고 해도, 그걸 언제까지 얼마씩 상환해야 하며, 이 땅에 집이라도 지으려면 건축비는 또 얼마가 들어가며…. 갑자기 머리가 띵해 왔다.

하지만 차단수는 꿀꺽 회심의 미소를 삼켰다.

“어떻습니까? 뒷일은 뒷일이고, 남자답게 확 내질러야 내 땅이 됩니다. 그래야 지구라는 땅덩어리에 내 소유라고 팻말 하나 꽂는 거 아닙니까? 어떻습니까? 싫습니까?”

여유를 주지 않고 팽팽한 낚싯줄을 끌어당기기에 골몰했다. 고만 씨는 유예하거나 거절할 틈새를 찾을 수 없었다.

“알았소. 그렇게까지 사정을 살펴주는데야 저질러얍지요.”

바람 빠지는 소리였고 곧이어 눈앞이 캄캄해지며 기도(氣道)가 칵 막혔다.

“하이구, 참 잘 결단했습니다. 남자는 모름지기 결단력이 있어야 별을 잡는 법이지요.”

차단수가 여유롭게 감탄을 발하고는 엄지를 척 들었다.

자기 건물이라며 손가락으로 가리킨 우중충한 상가 한구석의 부동산 중개사무소로 들어갔다. 차단수가 무슨 서류인가를 꺼내 테이블 위로 턱 던지며, 가계약금은 얼마나? 하는 눈빛으로 고만 씨를 얼러방쳤다.

“얼마나…?”

돈 무게에 영 감을 잡지 못하는 고만 씨가 어렵게 되물었다.

“그냥 뭐 백이나 이백…, 매물에 번호표 받는다는 취지니까. 카드로 찍으실 거죠?”

차단수가 카드 단말기가 놓인 테이블로 가면서 물었다.

고만 씨는 숨 쉴 틈이 없었다. 등에 땀이 진득거렸다. 그런데 이 순간, 혓바닥을 꿰고 있는 낚싯바늘을 떼어낼 방편이 번쩍하고 떠올랐다.

“카드를 그만…. 차에 깜빡 두고 왔네요.”

목소리 톤이 불규칙했다. 얼굴빛도 어수선했다. 하지만, 바늘에 홀쳐 꿰인 붕어가 어딜 가랴, 차단수는 망태에 주워 담기를 잠시 유예하면서 한술 더 떴다.

“너무 적으면 남이 치고 들어와 제껴버리는 수가 있으니까 사장님께서 이왕 하실 거면 묵직하게 거세요.”

어감은 유순했지만 협박으로 들렸다.

신용 카드를 가지고 오든 현찰을 쥐고 오든, 한 시간 뒤에 다시 만나기로 하고 그의 가게를 벗어났다. 목덜미 뒤로 진땀이 송송 돋아났다. 하늘이 잿빛이 아니었다. 볼에 닿는 바람도 뾰죽한 가시로 마음짝을 후벼댔다. 풀려났다는 안도감보다 도망쳐야 한다는 압박감이 더 컸다. 겨우 자기 차를 주차해 놓은 공터까지 걸어가서는 주머니에 고이 박혀 있는 신용카드를 꺼내 보았다. 붕어못에 쳐놓은 투망 사이를 갈팡질팡하는 가붕개들이 떠올랐다.

한 시간이 지나자 여지없이 차단수로부터 전화가 걸려 오기 시작했다. 얼마 뒤에는 문자들이 날아들었다. 늘 부르짖기 잘하는 마누라 앞을 더듬거리며 다가갔다. 어떻게, 좀, 처남한테 융통할 수 없을까? 고만 씨는 자기도 모르게 그런 어마어마하고도 뜬금없는 소리를 웅얼거렸다. 그리고 스스로도 어처구니없어했다. 얼마나? 마누라는 비웃는 기색이 역력했으나 고만 씨는 일말의 기대감을 놓지 못했다. 한 칠천 정도…. 칠천? 마누라의 흰자위가 삽시에 커지는 게 보였다. 그리고, 멀쩡한 집 유리창에 돌 팍 던지는 소리 하구 있네, 하며 돌아앉았다. 그 땅이 정말 잘 생기긴 했단 말야, 고만 씨는 중얼거리지도 못했다.

다음 날 눈을 뜨자 차단수의 문자가 또 날아들었다. 개새끼, 너, 좆도 없는 놈이 날 가지고 놀었지? 걸리면 주먹 들어간다.
이고만 씨는 택시 몰기에도 겁이 났다. 온종일 방에 누워 뒤척이기만 했다. 오금이 저렸다.

✎ **전영학**

충청일보 신춘문예, 공무원 문예대전, 한국교육신문 현상문예에 단편소설 당선.
소설집『파과』, 『시를 팔다』 장편소설 「을의 노래」, 「표식 애니멀」, 「맥궁, 울다」

단편소설

폭 우

—

문 상 오

핸드폰 화면이 번쩍했다. 노인이 기겁했다. 핸드폰을 집어 든 손이 덜덜 떨렸다. 캄캄했다. 노인이 눈을 비볐다. 이번엔 하늘에서, 번쩍하더니 번개가 일었다. 번개만큼 굵은 빗방울이 노인을 향해 쏟아졌다.

핸드폰을 움켜쥔 노인이 우산을 들었다. 번개와 우레를 동반한 빗줄기는 어느새 앞이 안 보일 정도로 세찼다. 떨리는 손으로 노인이 우산을 펴들었다.

"아니, 으르신! 이 빗길에 또 그 휴대폰 땜에 오셨어유?"

비에 흠뻑 젖은 박 노인을 장만수가 걱정스레 맞았다.

노인이 사는 중담에서 장만수의 집까지는 수월찮은 길이었다. 거리로야 오 리 정도에 불과했지만 고개 하나를 에움으로 돌아야 했다. 비만 오면 승용차도 갤갤거리는 너덜길이었다.

노인이 우산을 접었다. 말이 우산이지 댓살이 다 빠져, 건들바람에도 뒤집히기 일쑤인 비닐우산이었다. 장만수가 수건을 건네자 노인이 손사래를 쳤다.

"이거……, 이기 대체 뭔지. 아무래두 심상찮어."

핸드폰을 건네받은 장만수가, 핸드폰 대신 노인의 얼굴을 훑었다. 딱하다는 듯 혀를 차더니 노인을 자리에 앉혔다.

"내 참, 이거야 어디! 별일 아니니 이젠 고만 오시라구. 지가 시간 내서 내려 간다구 말씀 드렸잖유? 근데 이 빗속에, 저 비를 다 맞구 오셨어유!"

"눈이 어두워……. 당최 볼 수가 있어야 말이지."

"하! 그놈의 휴대폰! 어떻게 하든지, 뭔 수를 내야지. 이러다 으르신 먼저 일내겠네유."

참으로 답답했다. 곁에서 지켜보는 장만수로선 답답한 정도를 넘어 측은하기까지 했다. 문자가 올 때마다 찾아왔다. 이 늙은 처지에 소식 올 데가 어디 있겠나. 갸밖에. 무신 일인지, 무신 일로 했는지 한번 봐주게. 끄응……. 요새 고뿔은 되우 심해 잘 떨어지지도 않는다는데 그 어린것이 밥이나 굶고 댕기는 건 아닌지. 그래, 감기약을 샀어? 밥집서 밥 먹었단 소린 읎고!

핸드폰의 진동보다 더 크게 떠는 노인의 손을 잡을 때마다 장만수의 가슴도 미어졌다.

봄이었다. 석 달쯤 전이었다.

고추 모종에 물을 주고 있는데 고등학생쯤으로 보이는 소년이 찾아왔다. 좀 작은 키에 왜소했다. 행색이 초라해서였을까, 본 둥 만 둥 했다. 물뿌리개에 있는 물이 다 줄었지만 찾아온 소년도 노인도 말이 없었다. 그런 둘이 답답해 보였던지 노랑배박새가 '지지꾸리~ 지지꾸리'하고 한참을 조잘대다 날아갔다. 노인이 허리를 펴, 모판을 들려는데 소년이 좇아왔다. 노인 대신 모판을 하우스 안에 들여놓았다. 아마 노인이 하는 일을 먼 데서 지켜본 듯했다.

노인이 소년을 쳐다봤다. 도저히 믿기지 않는다는 듯 눈을 질끈 감았다가 떴다. 소년이 고개를 꾸벅했다. 해진 청바지에 줄무늬 낡은 셔츠를 입고 있었다. 멍하게 서 있는 노인을 향해 소년이 더듬거렸다.

"할 아 버 지!"

노인의 손에서 물뿌리개가 떨어졌다.

"니가……?"

노인이 떨리는 손으로 소년의 손을 잡았다. 멀리 날아갔던 박새가 대추나무 가지에 앉았다. 박새보다 소년이 먼저 말문을 열었다.

노인의 손자 '석'이라고 했다. 어머니가 한번 찾아가 보라고 해서 왔단다. 서울에 사는데 잘살고 있다며 말끝을 흐렸다.

할 말이 없어도 말문이 닫히지만 할 말이 너무 많아도 말문이 막혔다. 노인은 무슨 말을 어디서부터 해야 할지, 뭘 물어야 할지 그저 어안이벙벙할 뿐이었다. 소년이 하는 양을 한참 보고만 있던 노인의 눈시울이 붉어졌다.

"네가 석이냐……. 네가 내 손주 석이여?"

"네. 할아버지!"

"어디 보자 그래, 그래. 뭣 허냐? 어성 이 할애비한테 절해야지."

노인이 떨리는 손으로 소년의 볼을 쓰다듬었다. 벌겋게 충혈된 눈에선 눈물이 그렁그렁했다.

"그렇지, 그럼! 우째믄 니 애비허고 같은지. 난, 니 애비가 온 줄 알았다. 들어가자, 어여! 내 생전에 우리 손주를 만나다니! 허어…… 우리 손주가 왔어."

노인이 울먹이며 소년의 소매를 끌고 집 안으로 들어갔다.

노인의 손자가 나타났다는 소식은 금방 동네에 퍼졌다. 좁은 동네였다. 한때는 200여 호가 넘는 큰 동네였으나 가문 논에 가재 사라지듯 한집 두집 사라지더니 이젠 30여 호도 간당간당했다. 호구 수뿐만 아니라 땅덩어리도 마찬가지였다. '찬물내기' 훤하던 들판이 댐 담수에 묻혔다. '큰황새골'은 고속도로에 잘려나가고 볕 좋던 '양짓말'마저 태양광인가 뭔가 들어서는 바람에 한여름에도 발목이 시큰거리는 동네가 되고 말았다. 그렇게 누에가 뽕잎을 갉아먹듯 야금야금 줄어들다 보니 이젠 마을이라고 해봐야 됫박만 했다.

노인의 손자가 나타났다고 하자 제일 먼저 달려온 사람은 장만수였다. 아들 진배와는 동갑으로 단짝이었다. 초등학교, 중학교, 고등학교를 같은 반에서 보냈다. 대학교에서는 갈라지나 싶었는데 군대까지 해군에 동반 입대했다. 진배가 교통사고로 죽고 나자, 노인은 아들이 그리워서, 만수는 친구가 그리워서 아들 대신 아버지 대신, 친 부자처럼 지내는 처지였다. 노인이 의지할 데라곤 죽은 아들 친구인, 장만수뿐이었다.

"으르신? 지가 왜 왔는지 아시쥬?"

"그랴. 간만이네."

"갸 이름이 석이라 했쥬? 이젠 뭐 장성했겠네유."

장만수의 말투가 흐트러졌다. 축하하러 왔다기보다는 뭔가를 따지러 온 듯했다. 그러나 노인의 귀엔 '석'이란 이름만 들렸을 뿐이었다.

"그랴. 자네 올 줄 알았네. 그래두 삼촌인디. 읍내 보냈구먼. 옷가지 몇 벌 사 입으라구."

장만수가 노인이 벗어놓은 신발을 털었다. 흰 고무신이었다.

"동네 사람들이 으르신을 두고 뭐라는지 아세유?"

“……?”

노인의 신발을 탈탈 털던 장만수가 이번엔 바닥에 대놓고 후려쳤다. 신발에 묻은 흙보다는 자신의 뒤틀린 속내에 대한 화풀이였다. 그가 저렇게 골을 부린 적도 드물었다.

“박 노인 논물 보듯 한데유. 하, 참 세상에! 지 논에 물 댄다는 말은 들어봤어두. 그게 글쎄, 무신 말인지 아세유? 내 논은 놔두고 넘에 논 물부터 본다, 이 말이쥬. 좋은 말 같다구유? 내 참! 한껏 꽈대서 하는 말인 즐, 증말 모르세유? 요즘 세상, 내 것두 챙겨가며 실속있게 살어야 하는디, 으르신 하는 걸 보믄, 속된 말루 숙맥이다 이 말이유. 숙맥.”

“예끼! 사람 허군. 싱겁긴.”

동네 사람들이 그런 얘기를 하게 된 건 우연이 아니었다. 곡절을 파헤쳐보면 그 밑바닥엔 노인의 아들 진배가 있었다. 그러나 진배 얘기는 노인도, 장만수도 꺼렸다. 말도 꺼내기 전에 눈물부터 쏟을 게 뻔했고 눈물이 쏟아지면 걷잡을 수 없게 된다는 걸, 둘 다 잘 알기 때문이었다.

“시답잖은 얘긴 그만하고, 자네 장이나 좀 봐다 주게.”

노인이 잔치를 열겠단다. 20년 만에 찾아온 손자였다. 잃어버렸던 피붙이를 찾은 기념으로, 온 동네 사람들 불러다 잔치를 열겠다는데 누가 반대할 것인가. 그러나 장만수는 반대였다. 노인의 집안 내력을, 노인보다 더 잘 아는 그였다. 그런 그가 반대할 때는 그만한 이유가 있었다. 노인의 손자가 찾아왔다는 소식을 들었을 때부터 무언가 꺼림칙했다. 아무래도 예감이 안 좋았다.

그렇다고 내색할 수도 없었다. 철부지 어린애처럼 좋아하는 저 환한 얼굴을, 무슨 자격으로 일그러뜨린단 말인가. 20년이었다. 강산이 변하고 그 변한 강산이 또 변해버린 세월. 댐에 묻히고 고속도로에 잘리고,

그때마다 애꿎은 논밭전지가 떨어져 나가는 걸 보면서 쓸쓸했던 기억밖에는 없었다. 젊은 자신이 생각해도 그런데 자식 잃고 아내 떠나보내고, 하늘 어디에다도 하소연할 곳 없던 노인이, 뒤늦게나마 장성한 피붙이를 찾았다는데 어찌 그 인연을, 인연이 아니라고 몰아붙이겠는가.

　장만수에게 잔칫상을 부탁한 노인이 눈을 지그시 감았다. 잠깐 졸았을까. 말간 하늘 한가운데 한 점 비행기가 떠 있었다. 긴 꼬리구름이 가는 대로 노인도 거기 올라탔다.
　난생처음 타보는 비행기였다. 아들 덕분에 호강 한번 해보는구나.
　그러나 좋아할 일만이 아니라는 것은 금방 드러났다. 비행기에서 내리자마자 대기하고 있던 버스에 올랐다. 이층 버스였는데 위층에는 잠도 잘 수 있게 매트도 깔렸다. 둥실 떠 있던 비행기 길과는 달리, 버스는 비포장도로를 끝도 없이 덜컹거렸다.
　결혼중개업소 직원이 데리고 간, '락자'라는 곳은 조그만 시골 읍 정도 되는 마을이었다. 망고나무와 야자수 숲에 둘러싸인 마을은 낡고 헐벗었다. 나무기둥을 세우고 벽을 판자로 댔는데 허술했다. 띠풀로 엮어 올린 지붕은 곤충의 허물처럼 생기가 없었다. 일고여덟 가구가 띄엄띄엄 떨어져 있었다. 텅 비었구나, 그렇게 생각했었다. 마을에 들어갔을 땐.
　그런데 웬걸. 저녁 무렵이 되자 사람들이 몰려들기 시작했다. 온 동네 사람들이 몰려와 축하연을 벌이는데 어찌나 떠들고 신명을 내는지 정신을 못 차릴 정도였다. 취기가 돌자, 과묵하기 짝이 없던 진배 녀석이 색시 될 여자의 어깨에 팔을 걸었다. 며느리 될 여자는 어리고 참했다. 스물두 살이라고 했다. 이름은 '응우' 뭐라 했는데 하도 길어, 두 번인가 물어보곤 더 물어보면 실례일 것 같아 그냥 '아가'하고 불렀다.

아들 진배를 결혼시키고 난 노인은 그렇게 편할 수가 없었다. 아내를 저승에서 만난다 해도 내세울 게 있을 것 같았다. 좋은 세월은 마디도 없던지 서너 달이 훌쩍 지나갔다.

쌍무지개가 떴다. 새신랑 진배가 집안으로 뛰어들었다. 저렇게 아름다운 무지개는 베트남에선 볼 수 없었을 거라며. 한참이 지나, 무지개 다릿발이 무너질 즈음, 집안에서 진배가 나왔다. 무지개 다릿발보다 더 힘이 없어 보였다. 입이 얼었는지 말을 못 하고 버벅거리기만 했다.

아들을 따라 들어간 노인이 맥을 놓았다. 없어졌다. 며느리가 보이지 않았다. 집안뿐 아니라 밭이고 창고고 다 찾아봤지만 없었다. 동네 회관에서부터 웃말 종기네까지, 며느리를 봤다는 사람은 없었다.

"틀렸네유. 다 끝났어유. 패물이고 뭐고 돈 될만한 건 다 들구 간 거 보믄 몰러유. 지 발루 나간 걸 어째 찾는데유. 찾어봤자 오지두 않을 거구. 내 팔자에 무슨……."

눈물을 글썽이며 낙담해 있는 아들을 차마 볼 수 없어 노인이 슬그머니 자리를 떴다. 노인이 찾아갈 곳이라곤 뫼밖에 없었다. 아내의 뫼는 단정했다. 진배가 틈만 나면 벌초를 한 때문이었다. 장가들게 되었다고, 또 장가들어서는 제 처와 함께 성묘한 뫼였다. 노인이 산 사람에게 말을 걸듯 푸념을 했다. 당신이 부럽구먼. 이 꼴 저 꼴 안 보고. 뭐라? 간 기 아니라고? 허! 당신도 그리 생각하남? 그렇지? 그리 고운 갸가 도망갈 일이…… 아니지. 그려 그려. 다시 올 거구먼. 오구야 말지.

해가 떨어지고 날이 저물었지만, 노인은 몇 번이고 같은 말만 뇌었다.

"올 거구먼. 암! 오구야 말지."

그러나 노인의 말과는 달리, 떠난 며느리에겐 어떤 소식도 없었다. 가끔 들려오는 소식이라고 해봐야, 남 얘기하기 좋아하는 동네 사람들이

지어낸 헛소문이 전부였다. 한국 들어오기 전에 사내가 있었다는 둥, 중매업소를 통해서 하는 결혼은 대개 파투가 나는데 그건 결혼을, 한국 국적취득을 하기 위한 수단으로 이용하기 때문이라는 둥, 그 사람들 오는 목적이 돈인데 박 노인네같이 가난한 집엘 누가 있겠냐는 둥, 별 얘기가 다 돌았다.

노인이야 어찌어찌 견딘다지만 당사자인 진배는 속이 뒤집혔다. 그럴 때마다 장만수를 찾았다. 장만수의 주량이야 동네가 알았다. 약골인 진배하고는 비교가 되지 않았다. 많이도 먹었지만 흐트러지는 법이 없었다. 박진배도 장만수도 그저 그런, 평범한 촌사람들이었다. 그들에게 술을 퍼마시게 한 건, 세상이지 그들이 아니었다.

뉴스에서 '태풍'이라는 말이 나오기도 전에 비가 퍼부었다. 도로 한복판도 물길로 변해, 천지가 온통 물바다였다. 자정이 넘었는데도 나갔다 온다던 아들이 들어오지 않자 노인이 옆집 순실네를 찾아갔다. 진배가 여태 안 들어오는데 그놈 친구 만수한테 연락 좀 해보라고. 연락을 받은 장만수 하는 말이, 비가 하도 와서 길도 미끄럽고 해서, 오늘은 읍내엘 간 적이 없단다. 그러면서 제가 찾아볼 테니 아버님은 가만 계시라고 했다.

장만수가 읍내를 다 뒤졌지만, 흔적도 없었다. 단골로 들르는 '단방울' 여자 말로는 초저녁에 들르긴 했었는데 어디서 마셨는지 사람도 못 알아볼 정도여서 그냥 보냈다고 했다. 불길한 예감에 장만수가 마을방송을 틀었다.

손바닥만 한 동네였다. 빗속이라곤 하지만 사람 하나 찾는 데는 오래 걸리지 않았다. 뒤집힌 차가 보였다. 진배가 타고 다니는 흰색 소나타였다. 차는 길모퉁이 전봇대를 들이받고 튕겨 나온듯했다. 앞범퍼가 휴지처럼 구겨져 있는데 정작 운전사는 보이지 않았다. 혹시 살아서 빠져나간 건 아닐까 하는 마음으로 차를 살피고 있을 때, 건너편 길가 수로에서 사람들이 웅성거렸다.

진배였다. 수로에서 건져냈을 때는 이미 죽어 있었다. 이마가 조금 깨진 것 말고는 이렇다 할 외상은 없었다. 장만수의 생각으로는, 전봇대를 들이받은 충격으로 튕겨 나오면서 수로에 빠졌는데 거길 빠져나오지 못하고 익사한 듯했다. 그러나 노인도, 동네 사람 누구도 수로를 탓하는 사람은 없었다.

사건은 그렇게 끝나나 싶었다.

빗길 운전 부주의로 인한 사망사고. 경찰에서 내린 결론이었다. 보험회사에서도 그걸 바탕으로 보험금을 지급했다. 농협이나 면사무소 같은 기관에서도 위로금을 보내왔다. 장례가 끝나자 2억 원 가까이 되는 목돈이 모였다.

아들의 장례를 마친 노인은 넋이 빠져 있었다. 욱신거리는 다리만 해도 천근인데 가슴은 만근으로 내려앉았다.

낙심천만해 있는데 누군가 찾아왔다. 며느리였다. 며느리 혼자만 왔어도 놀랄 판에 갓난아기까지 데리고 왔다. 포대기에 싸인 아이를 보이며 당신 손자라고 했다. 노인이 좋다거나 싫다거나, 말이 없었다. 그저 아이와 며느리를 번갈아 볼 뿐이었다. 그렇게 한동안 아이와 며느리를 살펴보던 노인이 허허 웃었다. 좋아서 웃는 웃음도 아니요, 싫다고 웃는 웃음도 아니었다. 그저 공허하고 허허롭기 그지없는 헛웃음이었다.

"보나 마나 뻔하지유. 저게 지 남편 죽었다니께 보험금 노리고 왔겠지."

"말이라구 햐. 시살 먹은 애도 알겠네."

"낯짝두 뻔뻔하지. 워찌 사람 탈을 쓰고 그래, 일 년이 넘도록 소식 한 줄 없다가 지 남편 죽었다니께 와, 오길."

"누가 아니랴. 애는 또 뭐구. 진배 애라구? 숯가마골 까마귈 속이지. 하긴, 박 노인 앞이니까 그런 말두 하겠지."

달다 쓰다 말은 안 했지만, 노인에게도 귀가 있었다. 무슨 소문이 어떻게 도는지 알았다. 일부러 노인이 들으라고 집까지 찾아와서 떠들고 가는 사람도 있었다. 그렇게 묵묵히 갓난애와 며느리를 바라보고 있던 노인이 서류 한 뭉치를 들고 왔다. 사흘째 되던 날이었다. 장만수가 불려왔다. 사실 노인에게서 장만수는 아들 대신이나 마찬가지였다. 그가 자신 일처럼 일일이 챙겨줬기 망정이지 노인 혼자였다면 장례는커녕 보험금이고 뭐고 감당하기 힘들었을 거였다.

"자네 여기 도장 좀 찍어 주게나."

노인이 대뜸 내놓은 서류는 출생신고서였다. 장만수가 놀란 표정으로 노인을 쳐다봤다. 노인이 벽에 붙은 가족사진을 올려다봤다. 노인이 가운데 의자에 앉아 있고 양쪽으로 진배와 베트남 소녀가 환하게 웃고 있었다.

"출생신고네. 해줘야지, 내 앞으로. 신고 기간이 훨썩 지나 과태료를 내야 된다는데 그거 몇 푼 된다고. 면에 가서 알아보구 왔네. 병원에서 떼 준 출생증명서도 있고 보증인만 있으면 된다는구만. 허! 그놈 참. 이름이 석이랴. 밝을 석!"

듣는 내내 장만수의 귀는 먹먹했다.

"어르신……?"

장만수가 못할 말이라도 있던지 뜸을 들였다.

"기왕 늦은 거, 그 뭐냐? 친자확인 유전자, 그려! 진배 애가 맞는지, 유전자 확인부터 하시고 하시지유. 그래야 담에 뒷일이 없을 거구먼유. 지는 암만 생각해두 저 아이는…."

노인이 손으로 바닥을 탁, 쳤다. 얼굴엔 노기가 가득했다. 노인의 눈썹이 꿈틀하는가 싶더니 불똥이 튀었다.

자네도, 자네도 동네 나도는 그 해괴한 풍문에 동조하는가! 짐승도 제 품으로 들어온 새끼는 내치는 법이 없네. 나한테 남은 핏줄이라곤 쟈 하나뿐인 줄, 정녕 자네 몰라서 이러는가! 군말 말게. 유전자니 뭐니 얘기할라믄 당장 나가게.”

그렇게 본 손자였다. 동네 사람들 말대로 며느리는 돈을 챙겨갔다. 큰돈이었지만 노인은 괘념치 않았다. 며느리가 아닌 손자한테 준 거였다. 강보에 싸인 어린 것이 제 발로 걷자면 그 돈이, 적으면 적었지 많은 돈은 아니라고 생각했다. 비행기가 사라졌다. 그 뒤를 억척스레 따라가던 꼬리구름도 사라졌다.

잔치가 끝나자 봄날 한가운데였다.

새가 날자 꽃잎이 벙긋했다. 쪼로록 쪽쪽! 꽃은 여울에도 흐르고 바람에도 나풀거렸다. 7월에 피는 물망초까지도 어깨를 들썩였다. 어깨를 들썩이는 건 화초뿐 아니었다. 고추 모를 내는 노인의 어깨도 덩달아 들썩였다. 비닐하우스에서 모를 다 낸 노인이 먼산바라기를 했다. 참으로 오랜만에 누려보는 복된 나날이었다. 아늑하고 따스한 햇볕이 노인의 어깨에 내려앉았다.

곁에서, 노인의 눈치를 흘끔 쳐다본 그가 물뿌리개에 남아 있던 물을 비웠다. 호미와 모종삽을 창고에 갖다 놨다. 소매를 걷고 손을 씻었다. 제법 농투성이 티가 났다. 손을 씻고 세수까지 하고 난 그가 또 노인의 눈치를 살폈다.

“할아버지?”

"응? 오냐!"

"할아버지, 저어…."

"그래 아가. 할 말 있거던 어서 혀! 심들이지 말고."

서울에서 살다 보니 이런저런 어려움이 있는데 제일 힘든 게 돈거래라고 했다. 돈이 들어올 데는 없는데 나가야 할 데는 많아 늘 힘들다면서, 비상금 정도는 갈무리해 둘 통장이 하나 필요하단다. 자신의 이름이 아닌 다른 사람 명의로 된. 그게 뭐가 어려워 그렇게 뜸을 들이냐고, 노인이 오히려 역정을 냈다. 집을 팔아 달라는 것도 아니고 겨우 통장 하나, 할애비 앞으로 된 통장 하나 만드는 게 뭐가 힘드냐며 그 길로 농협출장소엘 찾아갔다.

용처가 뭐 하는 데냐, 어르신 지금 갖고 계신 통장만 해도 거래 한도가 백만 원이나 되는데 또 무슨 신규발급이 필요하냐, 하는 여직원에게 촌에 사는 늙은이는 통장 하나 더 갖고 있으면 안 되냐고, 어른한테 따지는 말버릇은 어디서 배워먹은 못된 버릇이냐고, 윽박지르다시피 해서 통장 하나를 더 만들었다. 만들면서, 가지고 있는 통장 잔액을 물었더니 삼백만 얼마라 했다. 촌에서 쓸 데가 어디 있다고. 삼백만 원을 새 통장으로 옮겼다. 노인에겐 그게 전 재산이었다. 그러나 아깝지가 않았다. 오히려 한 푼이라도 더 못 넣어주는 게 미안했다.

통장을 받아든 손자가 더없이 좋아했다. 노인이 희미하게 웃었다. 참으로 오랜만에 들어보는 웃음소리였다. 통장을 들고 좋아하는 손자에게 노인이 물었다.

"그렇게두 좋으냐? 맺 푼 되지도 않은걸."

"할아부지? 이거 내 맘대로 해도 돼요?"

"그럼 그럼, 그러다 마다. 여게 비밀번호 적어났다. 목돈을 옮겨다 노니께 카드도 만들어주더라. 어디 보자……. 그래 이기, 여가 있구나. 통장 읎이도 돈도 빼고 물건두 살 수 있단다."

덩실거리며 손자가 앞장을 서고 노인이 뒤따랐다. 핸드폰 가게였다. 늙은 나이에, 눈도 어둡고 어디 연락할 데도 없는데 핸드폰 같은 게 뭔 필요가 있냐고 했지만, 눈에 넣어도 아프지 않을 손자를 이길 재간은 없었다. 본인 인증인가 뭔가를 해야 한다고. 그러자면 '카톡'도 깔고 무슨 '앱'인지 '애비'인지도 깔아야 하는데 핸드폰이 없으면 안 된다는 거였다. 그래라, 그럼. 석이 니가 필요하면 필요한 게지. 우리 손주가 허투루 하겠냐. 그렇게 만들어진 핸드폰이었다.

쓸 데도 없었고 손에 댈 일도 없었다. 손자가 집을 떠나기 전까지는.

그렇게 봄날은 갔다. 꽃샘바람에 묻어온 민들레꽃이 명주바람을 기다리던 어느 날. 소년이 노인을 마주했다. TV에선 금년도 장마가 예년보다 길고 불규칙할 거라 했다. 지구온난화로 이상기후가 그 원인인데 극한 호우 피해도 예상된다며 재난에 대한 사전준비가 필요하다고 했다. 노인이 입맛을 쩝 다셨다. 오면 온다, 안 오면 안 온다. 둘 중 하난 디 그걸 하나 못 맞추구선 요란을 떠는감. 노인이 시큰둥해 하자 소년이 리모컨으로 TV 전원을 껐다.

"저어…, 할아버지! 서울 좀 다녀올게요."

"서울이라구 혔냐? 니, 살던데?"

"네. 급한 일이 좀 생겨서……. 일 끝내면 곧 내려오겠습니다."

"일이 있다믄야 가 봐야지. 그래 먼 일이냐? 이 할애비가 알아선 안 되고?"

소년이 머뭇거리더니 어머니 때문이라고 했다. 소년의 어머니라면 노인에겐 며느리가 되었다. 그가 온 후, 그러잖아도 궁금해서 몇 번을 물어본 적이 있었다. 그러나 손자는 그럴 때마다 "잘 계시니 걱정하지 마시라."며 자세한 얘기는 피했다. 이번에도 마찬가지였다. 그냥 어머니 때문이라고만 했지, 어디서 왜, 라는 말은 없었다.

소년이 떠난 노인의 집엔 다시 적막감이 찾아왔다. 그러나 예전과 같은 적막감이 아니었다. 예전엔 고요하고 썰렁했지만, 이번엔 썰렁하지 않았다. 집엔 생기가 돌고 그늘진 구석이 없었다. 다시 돌아올 것이라는 기대감과 무언가 새롭게 일어날 것 같은 예감이, 마치 새싹이 돋아나기 전에 땅거죽이 부풀어 오르듯 한 들뜸으로, 집안 곳곳은 생기가 돌았다.

노인에겐 이제 기다릴 것이 있었다.

하루가 저물어 이내가 아슴프레 다가왔다. 예전의 노인 같았으면 한숨이나 푹 내뱉고는, 긴 밤을 또 어찌 보내나 걱정했을 거였다. 그러나 노인은 이내가 몰고 오는 노을이 반가웠다. 손자가 쓰던 방에 들어가 책상도 닦고 바닥도 쓸었다. 옷을 빨아 차곡차곡 개어놓았다. 먼지라도 쌓일라, 그 위를 보자기로 덮었다. 요대기가 배기지는 않는지 앉아도 보고 헐거워진 베갯잇을 다듬을 땐 손자 머리를 쓰다듬듯 했다.

책상 서랍엔 뭐가 들었나 보려던 노인이 주춤했다. 불빛이 번쩍! 하는 게 아닌가. 핸드폰이었다. 손자가 가지고 간 줄 알았는데 서랍 속에 있었다. 핸드폰을 집어 들려던 노인이 또 흠칫했다. 불빛이 번쩍일 때마다 따르륵거리며 요동쳤다.

진동소음이 가라앉자 노인이 핸드폰을 집어 들었다. 이리저리 살펴보던 노인이 난감한 표정을 지었다. 아무리 뜯어봐도, 전화를 어떻게 걸고 받는지는 고사하고 그렇게 요동을 쳐댄 게 뭣 때문인지도 막연했다. 답답했다. 조바심이 나 견딜 수가 없었다. 이 전화를 아는 사람이라곤 손자뿐이었다. 그러니 전화할 사람 역시 손자 말고는 없지 않은가. 갸가 서울서 무신…, 화급한 일이 아닌 담에야 이 전화기를 쓸 일이…. 오죽 급했으면 전화기에 불이 나고 경기를 해댔을까.

노인이 핸드폰을 들고는 잰걸음을 쳤다.

노인을 맞은 장만수가 허허 웃었다.

"이 사람아! 사람 잡겠네. 뭔 일인지 어서 혀 봐. 그래 갸한테 뭔 일이 생긴 건 아니제? 올라간 지 울매나 됐다구."

"으르신, 이건 사람한테 온 게 아니라 문자네유. 요샌 뭘 사믄 이렇게 문자가 날아와유. 어디서 뭘 얼마나 썼는지, 쓸 때마다 날아와유."

"허! 밸 일두……."

"일종의 확인 절차쥬. 이래놔야 나중에 이의제기를 못 하거든유."

"그래, 뭐라 씌어 있나? 서울 같은 대처에서야 쓸 일두 많겠지."

장만수가 핸드폰 화면을 한참을 들여다보더니 슬그머니 껐다. 무슨 말인가를 하려던 그가 침을 꿀꺽 삼켰다. 놓친 게 있던지 핸드폰을 다시 켰다. 장만수가 눈살을 찌푸렸다. 글자가 작기도 했지만, 문자 내용이 꺼림칙했다. 이백만 원이 넘는 돈이 한꺼번에 지출되었다. 돈도 돈이었지만 지출처가 병원이었다. 잔액은 표기되지 않아 얼마가 남아 있는지는 알 수 없었다.

노인이 초조한 표정으로 장만수를 쳐다봤다. 장만수가 얼른 눈길을 피하며 핸드폰을 껐다. 또 한참을 머뭇거리던 그가 마른침을 꿀꺽 삼켰다.

"별 내용두 없네유. 마트 가서… 가만있자, 이게 얼마더라. 이, 이만 원 쓴 게 전부네유."

노인이 그제야 안심이 된다는 듯 마루에 앉았다. 노인을 바라보는 장만수의 눈빛이 흐릿했다. 가슴은 납덩이처럼 답답했다. 불쌍한 어르신…. 무슨 말을 더하랴. 속고 또 속고, 그렇게 속아왔으면 됐지 근본도 모르는 어린놈에게 '손자'란 허울에 또 당하다니! 말을 해줘야 하는데 이건 '아니다'라고. 그런데 그 한마디가 나오질 않았다. 아버지 같고 큰형님 같고, 그래서 더더욱 모진 말을 할 수 없는 그였다.

그날 이후 노인은 거의 매일같이 장만수를 찾았다. 그때마다 장만수는 똑같은 말만 되풀이했다. 걱정 마세유. 약국에서 타이레놀 하구, 이 뭐냐! 감기약이네유. 만칠천팔백 원. 으르신 이제 고만 오세유. 몸도 성치 않으시면서 우째 매일 오신데유. 매일.

사실 그랬다. 첫날 병원비로 목돈 이백 얼마가 빠져나간 거 말고는 많이 써봐야 삼만 원을 넘지 않았다. 컵밥이라도 사 먹는지 편의점 지출이 대부분이었고 더러는 슈퍼나 마트였는데 그 역시 소소했다. 곁에서 보기에도 안쓰러운 쓰임새였다. 노인은 그저 장만수가 읽어주는 내용을 묵묵히 듣기만 했다. 그러나 그 속을 어찌 장만수인들 모르겠는가.

노인의 발걸음은 늘 무거웠다. 경운기에 다친 발목이 욱신거려서가 아니라, 가끔가다 치받는 울화가 도져서가 아니라, 20년 만에 불쑥 나타났다가 홀연히 떠난, 손주 석이 때문이었다. 손주가 남기고 간 쇳덩이 핸드폰 때문이었다. 돈이 얼마나 쪼들렸으면 이천칠백 원이 뭔가 이천칠백 원이. 장만수 앞에서는 애써 버티던 눈물이 집으로 올 땐 기어이 바닥에 흘렀다. 차라리 한꺼번에 다 써버리고 연락이나 오지 말든지. 노인은 핸드폰 진동이 울릴 때마다 가슴이 덜컥 내려앉았다. 허이고 딱한 놈! 그렇게 심들만 속히 내려올 일이지.

"그래, 이번엔 뭔 말인가. 할아버지 잘 있냔 말은 없고?"

장만수가 노인의 핸드폰을 받았다. 속옷까지 다 젖었지만, 핸드폰만큼은 뽀송뽀송했다. 핸드폰 문자를 들여다보던 장만수가 눈을 찡그렸다.

"별일은 아닌데……."

마른침을 꿀꺽 삼킨 장만수가 수건으로 얼굴을 닦았다. 노인이 장만수를 뚫어지라 쳐다봤다. 비에 흠뻑 젖은 노인보다 장만수의 얼굴이 더 곤혹스러워 보였다.

"별일은 아닌데, 돈은 좀 썼네유."

"울매나?"

"이십만 원이 좀 넘네유."

이십만 원이란 말에 노인이 기겁했다.

"뭐여? 이십만 원! 일이 났구나! 일이 생긴 겨. 허, 갸한테 뭔 일이 생긴 겨."

"하이고 으르신도. 요새 젊은 것들 한자리에서 몇십만 원, 그거 돈도 아니구먼유. 양주 한 병값도 안 되는 이 돈 이거, 넘 걱정 마세유. 자세히 보니 한자리에서 쓴 것두 아니구 여게 저게 흩어져 있네유."

장만수가 다독거렸지만, 노인은 고개를 절레절레 저었다.

"그게 무신 말인가 이 사람아! 이십만 원이 돈이 아니라니! 갸가 지금껏 쓴 걸 보구두 그런 말을 하는가? 갸한테 이십만 원이, 울매나 큰돈인지 몰러서 하는 말인 겨!"

사실은 그랬다. 노인의 말마따나 지금까지의 지출문자엔 몇천 원 몇만 원이 고작이었지 단돈 오만 원을 넘긴 적이 없었다. 그래서 처음엔 액수를 줄여서 말할까도 생각했었다. 그러나 그러지 못한 건, 병원비 때문이었다. 처음에 지출된, 이백만 원이 넘는 병원비가 목에 박힌 가시처럼 늘 걸려있었다. 이렇게 해서라도 꺼내줘야 할 것 같았다. 무엇보다 노인은 알아야 할 일이었다. 언젠가는 알게 될 일이기도 했다. 노인의 말을 듣고 난 장만수가 더는 할 말이 없던지 애꿎은 핸드폰만 껐다 켰다 했다.

"가봐야겠네."

장만수는 노인이 집에 내려간다는 말로 들었다.

"가 봐야 쓰겄어. 야가 이거, 변을 당한 겨. 잘못됐어. 허! 어째 여적 안 내려온다 혔드니, 일이 난 걸. 이 늙은 것이 그것두 모르구."

그때야 장만수가 아차 싶었다.

"가시다니! 어딜유? 서울유? 저 비가 안 보여유. 비도 비지만 어디 사는지 알기나 하구유. 내 그놈 봤을 때, 딱 사기꾼 냄새가 나더라니."

노인이 장만수를 노려보더니 더는 보기도 싫다는 듯 휑하니 일어섰다. 장만수가 애걸복걸하며 말렸지만, 노인의 화만 돋울 뿐이었다.

노인이 기차에 올랐다.

비는 쏟아지는 게 아니라 퍼부었다. 기상청의 말을 빌리자면 '극한 호우'였다. 생물이 숨을 쉬듯, 아무리 억센 빗줄기라도 쉬어 가며 쏟아져야 섭리인데 요즘 날씨는 제멋대로였다. 그래도 저 엄청난 빗줄기를 뚫고 올 수 있었던 것은 장만수가 데려다준 덕이었다. 노인의 고집을 누구보다 잘 아는 그였다. 설득해서 될 일이 아니라는 것을 알았던지 1톤짜리 봉고 트럭을 댔다. 손자의 주소도 한몫했다. 핸드폰에다 본인 인증을 하면서 주소는 서울 거주지를 기재했는데 그걸 눈 밝은 장만수가 찾아낸 거였다. 주소를 적어주는 장만수의 손을 노인이 꼭 잡았다.

"고맙네, 이 사람아! 여게 앉아 속이 타서 죽는 것보담야 물에 빠져 죽는 게 훨씬 날 걸세."

"웬걸유 으르신, 지가 같이 가 줘야 하는디 해필 낼이 건강검진이라. 암튼 조심혀서 댕겨오시구. 뭔 일 있음 바루 연락 주세유. 지가 말씀드린 대로 허믄 연결될 거구먼유. 휴대폰에도 주소 적어났응께 잊지 마시구유.”

떠나는 봉고차를 보면서, 더 멀리 떠나야 할 노인의 눈빛이 흐릿했다.

기차는 긴 터널을 지나고 있었다.

끝을 알 수 없는, 음험하고 긴 여정.

노인기, 손톱에 피를 흘리며 후벼 판 세월이었다.

노인은 생각했다. 이제 그 지긋지긋한 터널을 나올 때도 되었다고. 그러나 노인의 생각과는 달리, 터널은 계속되고 있었다. 무리했나? 비 오는 탓이지. 발목이 욱신거렸다. 가슴이 답답하고 불안했다. 야가 이거, 별일 아니어야 할 텐데. 노인이 조바심하는 사이에 기차는 청량리역에 도착했다.

빗발은 수그러들었다.

서울은 서울이구나!

역이고 길이고 하다못해 길짐승 숨어든 골목까지도 환했다.

“기사 양반. 여그까지 갈 수 있겠나?”

노인이 쪽지를 건네자 택시운전사가 눈을 지그시 감았다.

“이쪽은 강동인데 비용이 꽤 나올 텐데요?”

“어여 가세. 빨리만 가주면 되네.”

다행히 길을 잘 알고 있었던지, 아니면 노인의 독촉이 어지간했던지 택시는 일찍 도착했다. 눈이 어두운 노인이 더듬거리자 택시운전사가 부축했다.

반지하 단칸방이었다. 온통 물바다였다. 그들이 내려서자 흥건히 고여 있던 물이 철렁거리며 문지방에 올라섰다.

“하디구야! 이런 데서두 사네.”

택시운전사가 문을 벌컥 열자 향초 냄새와 술 냄새가 확 풍겼다. 괴괴했다. 열린 문틈으로 노인이 뛰어들었다.

“아가, 아가! 어디 보자!”

손자였다. 장날 사 입은 반 팔 티에 카키색 반바지. 노인이 누워 있는 손자를 흔들었지만 축 처진 채 미동도 안 했다. 노인이 까무러치듯 손자를 안았다.

"어르신! 걱정 마세요. 술이네요. 하! 젊은 사람이 이거, 떡이네요."

택시운전사가 노인을 떼어냈다. 그제야 안심이 되었던지 노인이 방안을 둘러봤다. 노인이 눈에 티라도 들어갔던지 눈을 끔적거렸다.

상이 보였다. 사과, 배, 명태, 등속이 올려진 제상이었다. 제상 앞으로 노인이 갔다. 지방을 든 손이 덜덜 떨렸다. 촛대에 비춰보던 노인이 아, 하는 탄식을 뱉으며 주저앉았다.

〈아버지 박진배 신위〉

더 무슨 말을 하랴! 빗줄기보다 굵은 눈물이 노인의 볼을 타고 흘렀다. 노인의 흐느낌을 감추기라도 하듯 밖에선 폭우가 쏟아지고 있었다.

빗소린가? 노인의 울음에 따라 흐느끼는 소리가 들렸다.

구석진 곳에서 웅크리고 있던 사람이 쓰러지면서 내는 소리였다.

온몸을 미라처럼 붕대로 칭칭 감고 있었다.

며느리였다.

"아버님, 죄송해요…."

온몸이 마비되기는 노인도 마찬가지였다.

넋이 나간 듯 멍하게 있던 노인이 탄식처럼 내뱉었다.

"허어! 미련한 것들……. 가자! 고만, 집으루 가자."

✎ 문 상 오

충청일보 신춘문예 단편소설 당선. 새농민 창간기념공모 단편소설 당선. 한국소설문학상 소설집으로 『소무지』 『몰이꾼』(상,하), 『묘산문답』, 『야등』, 『도화원별기』, 『새끼』. 장편소설 「아! 시루섬」, 「알몸」

생존 구역

—

김창식

저승으로 데려가는 사자는 아득한 곳이 아닌 손에 잡힐 듯한, 하루에도 셀 수 없이 발을 딛는 바깥의 어느 굿, 책상 밑이나 베란다 어디쯤이나 책장과 옷장의 틈, 그러니까 모가지를 움켜쥐며 잡아낼 수 있는 거리에 숨었다는 믿음, 가슴이 먹먹한 신앙이었다.

마르고 나약한 편이라서 가위눌림에 시달리던 시절, 사람이 죽는 게 이렇구나, 모골이 송연하게 섬뜩했다. 가위눌리면 새까만 가루의 뭉치가 돌풍으로 휘돌며 좁은 방을 휩쓸었다. 산발한 머리칼을 가슴과 얼굴에 닿을 듯 미치광이로 흔들었다.

이런 와중에 의식은 깨어있다는 게 감당할 수 없는 공포였다. 몸통이 바닥에 눌어붙어 움직일 수 없었다. 소리를 질렀으나 목젖으로 넘어오지 않았고 혀가 굳었다. 갖은 애를 써도 팔다리가 꿈쩍도 하지 않았다. 고통은 오로지 깨어있는 의식의 몫이었다.

사람이 이렇게도 목숨을 잃는구나. 누워 있는 방의 문이 저승 문턱이라는 무섬증이 가슴에서 목젖으로 올라왔다. 아침에 엄마에게, 귀신을 만났다고 저승사자일 수도 있다고 말했다가 등짝 스매싱을 당했다.

가위눌림은 저승사자와 만남의 순간이라고 학습됐다. 저승사자 도포

자락에 붙들려 컴컴하고 끝도 모를 곳으로 갈 것이라는 두려움이 영역을 키웠다.

그런 후로 맨손 체조 동작에서 힘을 팍팍 주어 팔다리를 흔들고 목돌리기를 했다. 들길이나 강둑에서 아랫배를 두 손으로 누르고 목젖이 보이도록 비명 지르기를 반복했다. 연약했던 시절 생존을 위한 악바리 절규였다.

서른 살이 되면서 가위눌림에서 해방되었다. 남자를 만나 기차 연애에 맛이 들고부터였다. 그로부터 나는 KTX 역과 가까운 도시에서 살기를 희망했다. 남자는 KTX 역과 가까운 도청소재지에 살았고 KTX 여행을 즐겨서 나는 기꺼이 결혼했다. 부부가 택한 도시는 서울은 물론이고 부산과 목포와 포항과 여수의 국토 끝점 여행을 환승 없이 갈 수 있었다. 나는 KTX의 혜택을 톡톡히 누렸다. 부산은 용궁사와 누리마루 등으로의 일박이일 투어, 여수는 오동도와 향일암의 낭만 투어, 목포는 근현대 거리와 해상 케이블카 투어, 포항은 죽도시장 먹거리 투어를 남편과 다녀왔다.

이른 아침 KTX 역에 주차하면 어느 곳이든 두 시간이면 도착했다. 여행지는 주로 종점이었고 예약해 둔 시티투어 버스가 역에서 대기했다. 도시 여행을 마친 버스가 돌아오는 KTX 발차 시각에 맞추어 역으로 옮겨 주었다. 집으로의 복귀시간은 아홉 시나 열 시를 넘지 않았다. 하루의 알찬 여행이 가능한 이 도시의 혜택에 나는 행복했다. 동창을 만나면 KTX 투어를 권했고, 운전 부담 없이 멋졌던 순간들을 자랑했다. 남편과의 동행으로 얻는 행복이었다.

동행하던 딸이 KTX의 편리함에 익숙해졌다. 대학을 졸업하고 서울로 취직한 딸에게 남편이 비싸지 않은 외제차를 취업 뽀개기 축하 선물로 사주었다. 서울에 숙소를 마련했어도 집에 와있는 평일은 자가운전을 마다하고 KTX로 출근했다. 주말에 돌아오는 열차에서 호출하면 남편이 역으로 차를 몰고 나갔다. 평일도 서울로 출퇴근이 가능한 이 도시의 혜택은 KTX에서 비롯되었다.

비가 내렸다가 갠 날은 유난스럽게 노을이 붉었다. 빗물이 뜯어내 한 점 구름 없던 작약꽃 노을의 의미는 몰락이 아닌 희망이었다. 베란다로의 그런 장면은 남편과 마시던 포도주를 생각나게 했다.

종일 자동차 매연에 시달렸을 남편을 위해 오전에 한 번, 오후에 또 한 번, 청소기를 돌리고 물걸레로 닦았다. 창틀과 문틀의 먼지가 남아 있지 못했다. 황사가 예보되면 공기청정기를 두 대나 돌렸다.

"여보. 너무 깔끔하면 인정머리 없다고 오해받아."

남편이 속에 없는 말로 칭찬했다.

"이것 봐. 안 보인다고 없는 게 아니야. 우리집은 무조건 맑아야 해."

나는 빨간 신호로 돌아가는 공기청정기를 가리키며 의기양양했다.

결혼 전 다니던 직장을 그만두고 전업주부가 되면서 집에 대한 집착이 생겼다. 하루 중 머무는 대부분인 집은 그냥 쉬는 게 아니라 내 터전이랄까. 삶 자체가 되었다. 남편은 그런 나를 기특하다며 고마워했다.

슈퍼로 슬리퍼를 끌고 갔다. 실내복에 걸친 원피스를 두 손으로 여며 잡고 반달음질하다가 느긋하게 슈퍼에 다다랐다. 무슨 말인가를 주고받던 슈퍼 남자와 앞 동 여자가 내외하듯 얼굴을 돌렸다.

"무얼 드릴까요?"

슈퍼 남자가 평소 하지 않던 과잉 친절로 나를 맞았다.

나는 위로를 빙자한 과잉 행동에 넌덜머리가 났다. 남편과 딸을 참사로 떠나보낸 후 외출을 자제하는 이유였다. 여자가 흘끔거려서 나는 포도주를 사지 않기로 슈퍼 방문의 목적을 변경했다. 대체 구매 상품을 찾는데 뒷덜미가 가려웠다.

마주치면 무슨 말인가를 혀에 감은 입술, 등덜미로 닿는 시선, 수다스럽던 말을 뚝 끊는 동정의 표정들, 원치 않는 위로의 말들, 나를 옭아매는 그들의 방식이었다. 그럴수록 나는 외톨이가 되었다는 자괴감으로 짓눌렸다. 가스 활명수 10개가 든 상자를 들고나왔다.

이차선도로에 개인택시가 지나갔다. 나는 느닷없이 뒤통수를 맞은 듯 걷잡을 수 없는 그리움이 치솟았다. 비 오면 유독 헛헛해졌다가 가슴이 두 조각나도록 저렸기 때문에, 특히 그런 날 포도주을 마셔서는 안 되었다. 취하든 취하지 않든 포도주을 마시면 동여맨 서글픔의 꼬투리가 풀리고 말 것이라고. 절대로 마시지 않겠다고 어금니를 깨물었다.

그러는 날은 밤이 괴로웠다. 깊이 잠들지 못하는 토막잠의 연속이었다. 컴컴하게 앉아서, 아직 반도 더 남은 이 밤의 수면을 어떻게 할까. 거실로 나가야 할까. 누워 잠을 기다려야 할까. 눈을 뜨고 아침을 기다릴까. 외등으로 부유하는 밤의 입자가 무슨 말을 머금은 듯 가라앉지 않았다. 초침이 가슴에서 발딱거렸다. 버튼을 누르지 않는 리모컨을 손아귀에 쥐었다. 누웠다가 일어났다 반복하면서 기다렸다. 그날 돌아오지 못한 두 사람, 남편과 딸을 먹먹하게 기다렸다.

아침에 눈 뜨면 딸의 방으로 갔다. 흰색 조명등에 기대놓은 사진 액자를 바라보는 게 하루를 시작하는 규칙이 되었다. 탁상 달력에 딸이 기록한 칠월 십사일의 일정을 주시하며, 뻐근해지는 가슴을 움켜쥐었다.

그날 KTX를 타고 집으로 온다던 사진 액자의 딸에게 희미하게 웃은 후, 울컥한 눈시울을 손가락으로 문질렀다. 창으로 들어온 빛이 사진에 닿을 때까지 딸과의 기억으로 걸어 들어갔다.

딸이 의자에 벗어 놓고 간 바지와 셔츠를 그대로 두었다. 탁상 달력에 클립으로 동여맨 KTX 시간표, 마저 닫지 않은 책상 서랍, 자를 들고 닫히지 않은 틈이 그대로인지 점검했다. 진공청소기는 사용하지 않았다. 딸의 머리칼, 스낵 부스라기, 속옷 갈아입으면서 흘렸을 체모를 핀셋으로 집어 투명 지퍼 봉투에 밀봉했다.

거실로 나오면 딸의 방문과 대각인 구석에 웅크려 앉았다. 기억이 흐릿해질까 조바심 되었다. 무릎을 가슴으로 끌어안고 척추 곱삭은 짐승처럼 웅크렸다. 누구도 찾아와 문을 열지 못하도록 현관문 걸림쇠를 걸었다. 공기가 갇혀 퀴퀴해져도 실오라기 하나 빠져나감을 허락하지 않았다. 그렇게 오전을 보냈다.

정오의 냉장고 문을 열자 갇혔던 냄새가 훅 쏟아졌다. 밀봉하지 않은 과일 향과 커피와 팥빵의 시금털털함과 달큼함이 뒤섞여 코를 자극했다. 갇혔던 냄새가 기지개를 켜면서 딛는 걸음으로 따라다녔다.

일터에서 묻어온 불편을 손사래로 털어내던 남편의 기억. 옆구리 가방을 소파에 던지듯 내려놓고. 냉장고 문을 열어 감귤주스를 유리컵으로 원샷 하던 딸의 기억. 흐릿해질 기색이 돌면 눈을 감아 재생을 반복했다.

칠월 십사일. 사흘 전부터 장맛비가 멈추지 않았다. KTX로 오겠다는 딸의 알림톡이 왔다. 굵은 빗물이 바닥에서 튀어 오르는 밖을 내다보며 통화버튼을 눌렀다. 딸이 KTX에 승차하기 전이었다. 내일 오후면 멎는 다고 예보가 있었어도, 사흘이나 줄기찼던 빗줄기가 마음에 걸렸다. 침수된 하상 주차장으로 성난 흙탕물이 무섭게 흘렀다. 저 많은 물이 어디서 오는지, 오늘은 왠지 예사롭지 않다며 딸의 귀가를 만류하고 싶었다.

"엄마. 오늘 가지 않으면 감당하기 어려운 후회가 생겨."

딸이 내 만류를 듣지 않았다.

"출근 안 해?"

나는 말의 토막을 떠듬떠듬 잘라 물었다.

"엄마. 휴차 냈어."

금요일 오늘 아침에 오면 삼 일은 나와 머물 수 있겠다는 심정으로 반기는 마음이 있기는 했다.

"꼭 와야 한다면 어쩔 수 없지. 엄마는 못 가고 아빠가 역으로 나갈 거야."

장맛비에 굳이 오겠다는 것도, 와이퍼로 닦아도 소용없이 시야를 가리는 빗줄기를 뚫고 역으로 나가야 하는 남편도 불안했다. 뚜렷하게 드러나지 않는 불안이 마음 언저리로 뭉글뭉글 솟았다.

나는 잘 웃고 잘 우는 편이었다. 영화나 드라마를 보다가 책을 읽다가 애잔해진 감정을 남편에게 몇 번이고 말했다. 그런 내 감수성이 종일 운전으로 긴장된 남편에게는 애교가 자잘한 여인이었다. 남편은 그런 나를 사랑했다. 나는 남편의 목덜미로 팔을 감아 가슴에 안겼다.

개인택시 사업자인 남편은 세 식구가 먹고 살기에 부족하지 않은 수입을 유지했다. 살림 잘하는 현실적인 아내보다 애틋하고 몰랑몰랑한 감성을 좋아했다.

남편은 부유하지 못한 편모 가정에서 성장했다. 학벌도 재산도 미약해서 회사 택시를 운전하다가 개인택시 면허를 취득했다. 나를 만나 딸을 낳고 안정적인 삶을 꾸리게 된 바탕은 근면이었다. 유별난 자신감을 내비치지 않았고 재치나 유머가 있는 사람도 아니었다. 나를 만난 후부터 남편은 가정을 위한 안전운전을 신조로 검소하고 성실한 남자였다. 시모는 죽는 날까지 손자가 없어 아쉽다는 표정과 투정을 노골적으로 드러냈다. 난산으로 딸을 출산하고서 자궁에 자물쇠가 채워졌다. 시모의 시달림을 나는 남편의 위로와 딸의 재롱으로 버텼다. 우습게도 시모가 죽으면서 가정에 평화가 깃들었다.

나는 결혼하기 전 마땅한 벌이가 없었다. 지방에서 대학을 졸업한 후 취업 면접에서 번번이 떨어졌다. 가슴에 조리 있게 다듬어 놓은 면접 응답이 목젖으로 넘어오면서 토막 나고 넋두리가 되었다. 내성적인 성격으로 말 깡다구 없고 소심함을 곧잘 드러냈다. 착하고 근면한 외모만으로는 면접에서 선택받지 못했다.

취업을 포기한 나는 손님이 붐비는 기사식당에서 저녁 타임의 두 시간 설거지하고 세 시간 몫의 임금을 받았다. 설거지는 요령이나 결과를 설명할 필요가 없어서 우습게도 내게 딱 맞았다. 그러던 즈음에 부모가 두 달 사이로 세상을 떴다. 물려받을 거 없이 외톨이가 된 나는 설거지에서 떨어지지 않으려 열정을 다했다. 손님이 앉은 식탁에 나타나지도 아무 말 하지도 않았다. 있는 듯 없는 듯한 존재를 자처하며 삶의 폭을 좁혔다.

내가 설거지하는 식당에 법인 택시 기사 시절의 남편은 단골손님이 되었다. 부산행 KTX에서 알게 되었는데, 남편은 나를 보러 오기 위해서 저녁을 두 번 먹은 적도 있었다고 웃었다. 설거지가 끝난 나를 남편이 다짜고짜 택시에 태우고 강둑에 갔다. 굽이치는 강물을 말없이 바라보던 남편이 내 손을 말아쥐었다. 처음이자 마지막의 만남이 청혼으로 돌변했다. 허락받을 가족이 없던 나는 자그마한 목소리로, 네. 머뭇거리지 않았다. 말 깡다구도 없고 착하기만 한 내게 누군가가 절실했다. 결혼 후 나는 설거지하던 열정으로 난타를 배웠고 주민센터 소속의 노련한 강사가 되었다.

KTX가 출발했다는 딸의 알림톡이 왔다. 나는 도착 시간에 맞추어 남편과 밖으로 나왔다. 나는 난타 강의가 있는 날이라서 주민센터로 들러갈 것을 남편에게 요청했다. 남편이 나를 주민센터에 내려놓으면서,

"당신이 알림톡을 넣어. 빗방울이 굵어서 늦을 거 같으니. 주차장에 내려오지 말고 역에서 기다리라고."

남편의 택시로 빗물이 우두둑 떨어졌다. 나는 왠지 가슴이 섬찟했다. 남편이 역사로 출발했고 나는 수강생이 기다리는 난타 강의실로 들어갔다.

연속된 장맛비에 눅눅한 쇠가죽 북이 경쾌하지 못했다. 교육생도 사흘 전부터 흠씬 젖어서 긴장이 풀렸는지 박자가 느려졌다. 오십 대가 주류인 교육생이 스틱으로 중앙을 놓치고 테를 건드렸다. 리듬의 이탈이 잦아서 흐름이 끊겼다. 나는 난타가 멈출 때마다 밖을 내다봤다. 빗줄기가 가늘어졌다. 언뜻 보면 비가 멈춘 거 같기도 했다. 일부러 창가로 걸어가서 행인이 우산을 쓰고 있는지 살폈다.

"선생님. 오늘은 아무리 뚜드려도 영 아녀요. 스틱 접고 해장국 놓고 막걸리 어때요?"

강사와 교육생의 소통을 자임한 연장자 박 반장이 스틱을 가방으로 쑤셔 넣었다. 걸걸하면서 속을 잘 꿰뚫는 반장을 교육생이 잘 따랐다.

시계를 봤다. 오전인데 막걸리를 먹자고 하니. 마땅하지 않다는 표정으로 남편과 딸의 가족 소통방을 열었다. 딸이 도착을 앞뒀다는 알림

톡이 올라왔다. 남편이 알림톡을 읽지 않은 것으로 미루어 KTX 역에 도착하지 않았다.

"어르신 저는 딸이 온다고 해서요."

나 역시 강의 중단을 속으로 반기면서 스틱을 접었다.

"딸은 아들과 달라. 아들은 마누라밖에 몰라. 딸은 엄마를 자주 찾아서 기특하지."

반장이 막걸리가 혀에 돈 듯 마른 입을 쩝쩝거려 나를 잡아끌었다.

"맞아요. 키운 보람은 애지중지한 아들이 아니라 딸이거든? 딸은 지금이 아니어도 자주 볼 수 있어."

보름 남짓 전에 딸의 혼사가 있었던 교육생이 나를 잡아끌었다. 나는 시계와 소통방으로 흘끔거렸다. 딸에게 주차장으로 내려오라는 남편의 알림톡이 올라왔다. 나는 긴장과 걱정이 누그러져서 가벼이 웃었다.

"목젖 적시러 갑시다."

반장이 교육생을 재차 선동했다. 나는 서너 걸음 물러나 끌리면서 반장의 손을 뜯어냈다.

"그러서요."

마지못한 얼굴로 동참을 허락했다.

벚꽃이 흐드러진 봄날 딸이 남자 친구를 사귀었다며 나를 카페로 불러냈다. 딸이 처음으로 데려온 남자를 만났다. 딸을 따라온 그가 한눈에도 외모가 반듯했다. 가을볕을 쬐지 않은 풋사과처럼 성숙하지 못한 느낌에 나는 외려 안심이 되었다. 물어보지 않아도 스물아홉 살인 딸보다 두 살쯤 어리다고 직감했다. 그가 딸의 뒤에 서 있다가 내게 걸어와 목례하그 소리 나지 않게 웃었다. 허리 굽혀 인사하지 않았다고 버르장

머리 없거나 공연히 체면치레하느라고 허세 부리는 남자로 인식되지는 않았다. 묵례하고 하얀 이를 드러내며 웃는 모습에서 폭력적이거나 여자를 업신여길 막무가내로 판단되지 않았다. 정장을 입지 않았지만 꾸밈이 없으며 소박한 그를 나는 무표정하게 바라보았다. 딸에게 밝은 빛을 전도하는 맑은 품성의 소유자면 좋을 텐데. 나는 다행스럽기를 바라면서 처음으로 웃음을 주었다. 카페 구석진 곳으로 딸을 데려가 결혼하기에는 너무 이른 나이임을 말하려다 그만두었다.

첫눈에 인식한 그의 느낌에 나는 실망하지 않았다. 잘 정돈된 하얀 치아를 드러내는 그의 웃음이 나는 무엇보다 마음에 들었다. 색색의 꽃잎이 화려했던 곳들을 데려다주지 못한 딸에게 맑고 환한 웃음이 생겼다는 게 나는 기뻤다. 외동이라서 외로운 딸에게 촉수 높은 조명으로 나타난 그가 고마웠다.

그 후. 남편이 개인택시를 운전하며 시내 곳곳을 다니고 있을 오후에 딸이 그를 집으로 데려왔다. 냉동실의 망고와 냉장실의 유산균 음료로 망고 주스를 만들었다. 얼음 조각이 된 망고를 분쇄하는 굉음에도 찡그리지 않는 그의 표정, 망고 주스가 넘어가는 그의 목젖을 바라보는 딸의 시선. 두 개의 시선을 KTX로 보낸 후 나는 남편이 돌아오지 않은 낮임에도 포도주를 마셨다.

"괜한 근심일랑 요 며칠 인정사정없는 빗물에다 쓸려 보냅시다."
반장의 건배에 교육생 모두 잔을 들었다.
"목젖이 칼칼하게 한잔 쭉 들이키자고요."
목을 뒤로 젖힌 걸걸한 웃음으로 들이킨 표정이 각양각색이었다. 반장이 내 빈 잔에 막걸리를 찰찰 쏟아부었다. 나는 딸이 남편의 차에 탔는지 확인해야 했다. 반장의 눈총에 희미하게 웃고는 액정을 활성화했다. 손가락 브이 사이로 눈을 치켜뜬 딸이 남편의 차에서 셀카를 찍어 보냈다. 둘이 만나 출발했다는 알림톡을 읽고 액정을 덮었다. 반장이 두 번째 잔을 비우고 머리로 탈탈 털었다. 교육생도 반장을 따라 하고는 내게 재촉했다. 나도 단숨에 잔을 비웠다. 막걸리가 배꼽까지 자르르 내려갔다. 나는 남편과 식사 전이었음을 깨달았다.

늘 그곳으로 다녔으니까. 그 지하터널이 역에서 집으로 오는 길목이었으니까. 역에서 딸을 태운 남편이, 오늘 뭘 일이 있냐? 물었을 테고. 딸은, 비밀이라고 했던가, 빗속을 뚫고 내려왔어야 할 중요한 일정을 자세하게 설명했던가, 대충 요약해서만 말했던가.

조수석에서 강을 가로지른 교량을 지나면서, 불어난 흙탕물에 긴장했을 티고. 와이퍼를 작동해도 흐려지는 시야에 불안하지 않으려는 표정으로 아빠에게 이런저런 얘기를 했을 테고. 나는 취기가 슬슬 도져 귓불이 발개지면서 남편과 딸을 추정했다.

김치부침개 냄새를 환기한다며 문을 열었다. 열린 문으로 드러난 빗줄기가 굵었다가 가늘었다가 종잡을 수 없었다. 나는 가방에 넣어둔 스마트폰을 꺼내, 아빠와 오는 중이라는 딸의 알림톡을 읽고 안심했다. 금요일인 오늘부터 사흘 동안 같이 있을 거라는 기쁨이 취기를 재촉했다.

나는 스마트폰을 가방에 넣었다.

수건 뺏기 술래놀이처럼 술잔이 돌았다. 남편과 딸이 도착할 시간을 어림했다. 그만 일어나야 할 시간이었다. 비가 잠시인지 그쳤다. 빗속으로 운전하는 남편에게 딸이 떠벌떠벌 무슨 말을 했을까. 궁금했다.

"저게 어쩐 일이야? 큰일이 나 버렸네?"

파리채로 탁자를 때리던 식당 남자가 벽걸이 텔레비전으로 비명을 질렀다.

범람한 강물이 KTX 역에서 시내로 오는 지하차도에 들어찼다는 뉴스 특보 자막이 흐르고. 시내버스와 승용차가 침수됐다며. 대형 참사가 예고된다며 기자가 비명을 지르며 보도했다. 흙탕물이 발갛게 들어찬 지하차도를 배경으로 토막 난 말을 쏟는 기자가 빗물에 흠뻑 젖었다. 카메라 화면이 급박하게 떠밀리며 흔들렸다. 구조대원이 도착하고. 잠수부가 차량을 삼킨 지하차도의 흙탕물로 들어가고. 지하차도 천장으로 둥둥 뜬 시내버스를 클로즈업했다.

"아이고. 저기가 거기 아니야?"

반장도 비명을 질렀다. 술잔을 들고 더러는 놓고 텔레비전으로 모였다. 교량에 걸려 빠져나오지 못한 버스와 승용차가 흙탕물에 둥둥 떴다. 잠긴 차에서 탈출했다는 남자가 흙탕물에서 허우적허우적 헤엄쳐 맥없이 주저앉았다. 식당은 텔레비전의 참혹한 상황에 설마, 사실이겠어? 아니겠지, 쇳소리가 묻어나는 탄식을 쏟아냈다.

가방에서 스마트폰을 꺼내는 내 손이 바르르 떨렸다. 나는 스마트폰을 두 손으로 가슴에 쥐었다가 알림톡을 열었다.

"엄마. 물이 쳐들어와. 큰일난 거 같아."

급하게 쓴 딸의 알림톡이 올라와 있었다. 나는 발신 버튼을 눌렀다. 신호가 갔으나 연결되지 않았다. 남편에게 통화버튼을 열었다. 연결되지 않았다, 딸로 통화버튼을 눌렀다. 신호가 갔고 연결할 수 없다는 안내음이 들렸다. 뉴스에서 잇달아 참혹한 장면이 나오고 식당은 비명에 가까운 탄식을 쏟았다.

인재냐. 재해냐, 급박한 순간에서 식당의 의견이 엇갈렸다.

나는 딸의 통화버튼을 눌렀다. 남편도 딸도 연결되지 않았다. 택시를 잡으려 발을 동동 구르며 통화를 시도했다. 돌아오는 음성은, 연결할 수 없습니다. 뿐이었다. 가슴이 갈기갈기 찢기는 통증을 가누며 목젖으로 솟아오르는 울음을 삼켰다. 그런 나를 눈치챈 반장이 교육생에게 입 다물라는 신호를 보냈다.

역에서 시내로 오는 길목인 지하차도로 강물이 범람했다. 주행하던 차량이 흙탕물로 잠겼다. 정규 방송이 중단되었다. 버스가 떠올라 지하차도 천정에 닿고, 승용차와 택시가 출렁거리며 잠기는 장면을 재탕하면서, 버스가 택시가 차가 잠겼습니다. 차 안의 사람도 잠겼습니다. 비명을 질렀다.

"시내로 오는 차가 지하통로에 침수됐다네?"

웅성거림을 들으면서, 무사고 남편의 택시가 침수했다는 단어가 멀고 멀어서 나는 간절하게 되뇌었다. 남편은 절대 아니다, 성실이 기본인 남편이 그럴 리가, 화목한 우리에게 있을 수 없다며, 머리를 흔들었다. 손가락을 말아 쥔 주먹이 가늘게 떨렸다.

남편을 만나러 가야 할 텐데. 생각처럼 되지 않았다. 정신은 또렷했다. 어떻게 움직여야 할지 멍멍했다. 마음이 급했다. 머릿속을 밥주걱으로 긁어낸 것처럼 방법이 생각나지 않았다. 모든 걸 다 내려놓고 싶은 심정. 아무것도 생겨나지 않기를, 세상이 얼어붙어 멈춰 있기를 간절하게 원했다.

내가 택시를 잡기 위해 팔을 들고 허우적거릴 때, 반장이 남편에게 전화했다. 개인택시 기사인 반장 남편이 마침 근처를 지나가다가 달려왔다. 반장 남편도 개인택시 업종이라서 알고 지내는 사이였다. 남편이 딸을 데려오려고 달렸을 빗속으로 나와 반장을 태운 개인택시가 속도를 냈다.

가위눌림으로 귀신을 믿고부터 나는 정적으로 흐르는 미세한 흐름에 귀를 기울였다. 귀신이 머리맡에 앉아 있다고. 가위눌렸던 날들을 떨쳐

내려고 이를 악물고 주먹을 쥐었다.

심야에 독서실에서 돌아와 신발 벗던 현관, 늦은 밤 토스트와 오렌지 주스를 쥔 소파, 노트북 푸른빛으로 프레젠테이션을 수정하던 책상, 딸의 일상을 재생하려고 눈을 감았다.

반장 남편의 개인택시에 반장이 동석했다. 보도에 돌발 상황이 끼어들었고 듣는 이들은 깜짝깜짝 놀라고 탄식했다. 뉴스를 계속 들어야 하는지, 꺼야 하는지, 운전석에서 뒷좌석의 나를 흘낏거렸다. 강둑이 유실되면서 범람한 흙탕물이 삽시간에 지하차도로 쏟아져 들어왔다. 사백여 미터의 지하차도 터널이 거친 숨 두어 번 몰아 쉬는 순간에 육만 톤의 물로 채워졌다. 열다섯 대의 차가 빠져나오지 못했다. 양수기로 퍼내도 강물의 범람이 불가항력이라서, 희생자를 물에 두고 하룻밤을 넘겨야 할 상황이라며, 억장이 찢어지는 보도가 나왔다.

사고 장소에 도착했을 때 대책본부가 천막을 쳤다. 구급대원, 구경 나온 사람, 급하게 달려온 희생자 가족, 도청과 시청에서 나온 공무원. 취재 기자와 카메라 기자. 흙탕물이 들어찬 지하차도 입구가 우왕좌왕 난리판이었다. 잠수부가 들어갔다 나오면 카메라가 달려갔다. 생존자는 없고 희생자가 업히거나 끌려 나왔고 시내로 이송되었다.

사고 순간에 지하차도로 진입했을 차량이 CCTV 추적으로 속속 드러났다. 경찰이 조회하고 가족에게 통보했다. 현장에 도착해서 남편의 개인택시가 지하차도에 침수되었다는 통보를 받았다. 주저앉은 곳이 어느 곳인지도 모르고 칼로 찌르는 가슴을 쥐어틀고 오열했다. 젊은 시절의 가위눌림처럼 온몸에서 기능이 이탈되었다. 말은 나오지 않고 가슴에서 목젖으로 치받는 날숨을 깔딱깔딱 토해냈다.

도청과 시청에서 나온 공무원은 진한 연두색 점퍼를 입어서 구별됐다. 도지사와 시장이 도착하자 현장을 지키던 공무원이 귀를 쫓아가며 보고인지 비밀인지 전달했다.

잠수부가 흙탕물로 들어갔다가 시신과 나오면 구조대가 구급차에 실었다. 희생자의 성별과 나이를 추정해서 유족에게 알렸다. 유족이 구급차로 갔다가 자지러지며 오열했다.

노을이 KTX 역사로 드리웠다. 일몰이 다가오면서 양수기로 흙탕물을 퍼내는 구급대의 표정이 굳어졌다. 강에서 흘러들어오는 흙탕물을 몇 대의 양수기로 감당하지 못해서 허탈해졌다. 오늘 밤은 희생자가 잠겨 있어야 한다면서 구조가 느슨해졌다.

어두워졌고 잠수부의 수색이 중단됐다. 캄캄한 밤에 지하차도를 지켜봐야 소용이 없었다. 곁을 지키던 반장이 나를 부축했다. 두 손으로 무릎을 짚고 낮은 신음으로 일어났다.

그날 밤. 무릎을 당겨 얼굴을 묻고 울다가 지쳤다가 또 울다가, 까무러치듯 뒹굴다가, 먹먹하게 앉았다가, 온몸으로 덜컹거리며 울부짖다가, 남편과 딸의 사진을 가슴에 묻고는 흔적을 찾아다니며 어루만지다가 잠들지 못했다. 새벽녘에 잠깐 맹렬하게 잠들었다.

아침마다 눈이 초췌했다. 햇빛에서 토라지는 삶의 방식을 찾아 구석으로 피했다. 빛이 강한 한낮은 커튼으로 실내를 어둡게 했다. 누우면 육체가 진득한 액체로 바닥에 눌어붙었다. 정신은 또렷해서 기묘한 각성이 생겼다. 쏟아지지 않게 조심조심 일어나 외등이 스며드는 거실로 부엌으로, 바깥 공기의 진동이 감지되는 베란다로 걸어 다녔다. 감기약에 취한 듯 기묘한 각성을 유지했다.

밤은 도시에서 쏘아 올리는 조명에 너덜너덜한 잿빛이었다. 얼룩덜룩해지는 심정을 자처하며 베란다에 오래 서 있곤 했다. 깊은 밤의 바람은 좀처럼 불지 않았다. 가로등 조명이 후박나무를 통과하면서 누렇게 바랜 잎처럼 바닥으로 떨어졌다. 딸이 유치원에서 학교에서 서울의 직장에서 귀가하는 환영이 또렷해지면 나는 눈물이 볼에 진창인 채 엷게 미소 지었다. 남편이 주차하고 베란다의 내게 손을 들어 보이듯 주차 안내판이 컴컴하게 붙박였다. 스스로 닫은 공간에서 미세하나마 움직임은 나뿐이었다. 척추 굽은 짐승처럼 웅크려 앉은 공기가 목을 죄어와서 두 손으로 목덜미를 움켜쥐었다. 어쩌면 내가 내 목을 조르고 있는지도 분간되지 않았다.

이튿날 오전. 남편과 딸이 인양되었다고 사고 대책본부에서 내게로 왔다.
"딸이 나왔어."
반장의 말이 내 머릿속을 휘저었다. 무너지듯 주저앉은 흐느낌이 삽시간에 비명으로, 비명은 가슴을 뜯어 올렸다가 삼키는 오열로 변했다. 반장과 반장 남편의 부축으로 딸과 남편을 확인하러 가면서 다리에 힘이 풀려서 자꾸 주저앉았다. 흙탕물로 누렇게 퉁퉁해진 남편과 딸의 얼굴을 잠깐 보여 주었다. 나는 흰 천에 덮이는 가족을 끌어안고 몸부림쳤다. 그리고 지쳤고 우는 걸 체념했다. 위로하려고 공무원이 다가왔다. 나는 부릅뜬 눈으로 할퀴는 말을 내뱉을 것처럼 어금니를 깨물었다.
구경 나온 시민의 시선이 구급차로 실리는 남편과 딸을 거쳐서 내게 향했다.
남편과 딸을 잃었다는 아내면서 엄마라지? 가여워서 어떡해? 아마도 저렇게 동정했을 거라고만 짐작했다. 외동딸이면 가족을 모두 잃은 거네? 불쌍해서 어쩌나? 갑자기 혼자 남아서 살아갈 수는 있을까? 사람은 어떡해서든 살 게 돼. 눈앞의 세상이 서럽고 무서울 따름이지. 나는 구급차에 앉아서 그들이 걱정을 듣는 환청에 몰입되었다. 대상이 없는 배신감과 이루 말할 수 없는 울분이 주먹질하듯 가슴에서 치솟았다.

발인 후 사흘 지났다. 눈이 짓물렀고. 입이 말랐다. 밤에는 죽은 듯, 낮에도 기절한 듯 잠만 잤다. 나를 엄습한 우울증세가 심해졌다. 우울은 무기력으로 돌변했다. 내 일상에 검은 그림자가 드리웠다. 아는 사람과 마주치면, 위로의 말을 찾으려는 그들의 곤욕스러운 표정이 읽혔다. 나는 위로도, 그들과 마주치는 것도 원하지 않았다. 외출이 두려웠다. 자연스레 주민센터 생활체육 난타 강사를 사임했다.

거실에 엎어져 자다가 물 마시러 눈 떴다. 일 나간 남편이 점심 먹으러 들어오던 시간이었다. 나는 점심을 마련하려고 냉장고 문을 열었다. 차가운 냉기가 나를 휘감았다. 나는 현실을 깨달았다. 열린 냉장고 문에 매달려 바닥으로 무너져 내렸다. 그리고 오열했다. 그날 밤도 울다 지쳐 잠들었다. 자정에 눈떴을 때. 나는 너무 잤는지 잠이 오지 않았다. 먹지 않았어도 허기를 느끼지 못했다.

스마트폰 통화를 차단했다. 기운 내라며, 산 사람은 살아야 한다며, 시간이 약이니 악물고 버티라며, 나를 아는 사람으로부터 시도 때도 없이 걸려 왔다. 위로하고 걱정해 주는 모든 것들이 지겨웠다. 가까스로 동여맨 울음보따리 꼭지를 풀어낼 작정인지, 위로의 말은 오히려 가라앉는 슬픔을 되살렸다. 구질구질한 위로를 들어야 하는 것, 울음 삼키며 무어라 대답해야 하는 상황이 나는 싫었다.

혼자 사는 것이 쓸쓸해서 버텨내지 못할 줄 알았다. 외톨이를 자처한 쓸쓸함을 받아들이기로 했다. 시간의 흐름을 거부하면서, 이웃에서 이탈되기를 바라면서, 도시의 미로에 갇혀있기를 고집했다. 그래도 가끔 나는, 내가 지금 어느 곳에 있는가를 생각했다. 허허벌판? 저수지 빙판? 망망대해? 이런 곳은 개방되어서 내가 마음만 먹으면 벗어날 수도, 무엇인가를 할 수도 있는, 희망이란 게 있는 곳이었다. 어느 곳에 있을까를 곱씹어 보았자 부질없는 짓이었다.

딸이 KTX를 타겠다고 알림톡을 보내왔던, 장맛비 나흘째의 금요일 아침에 내 시간이 머물렀다. 익사로 수습된 남편과 딸의 합동분향소에 헌화와 향을 살랐고. 목련공원 화장터로 갔었던 기억이 버젓이 생생한데, 내 시계는 그날에서 일 초도 진행되지 않았다.

삶은 애초부터 결핍의 과정이므로 불안전할 수밖에 없었다. 어둠에 묻혀서 곤했던 숨을 고르듯이, 외톨이로 돌아앉으며 평안을 얻듯이, 나는 스스로 세상 밖으로 걸어 나갔다.

휑뎅그렁한 거실로 햇살이 숨죽여 쌓였다가, 하루를 거두어 가듯 어두워졌을 뿐. 손으로 쥐어짜서 바짝 말린 걸레처럼. 내 삶이 뒤틀렸다.

나는 내 말년이 두려워졌다. 들숨보다 날숨을 길게 쏟아내며 늙으면 살점이 빠져나가 저체중일까. 갈비뼈가 오롯이 드러나고. 뱃살이 없어서 기역 자로 구부러져 지팡이 없인 운신 못 하는 노년일까. 나는 노년을 생각하면 심장이 덜컥 내려앉았다. 마른 노인이 되어야 한다면, 남편을 곁에 둔 채 늙고 싶었는데, 남편 대신에 지팡이로 버텨야 할 노년이 끔찍했다. 남들처럼 남편과 기력이 다하도록 살다가 죽는 거. 말라깽이가 되든, 허리가 굽어 기역 자가 되든, 머리털과 이가 다 빠지든, 그게 어떤 모습이든 남편과 노인이 되었다가 저세상으로 가는 거. 그런 생각에 잠긴 나는 푹신한 침대가 아닌 거실 바닥에 바르게 누웠다. 척추 뼈마디가 균일한 하중으로 바닥에 닿도록. 세포 하나하나가 바닥을 느끼도록 누워 잠을 청했다.

아침이면 아파트 진입로가 아닌 하늘을 저릿저릿한 심정으로 바라보았다. 베란다에 널어둔 속옷이 바람이 양만큼 잘게 흔들렸다. 허탈과 슬픔이 잘게 흩날렸다. 속옷을 드러내놓고 널어둘 수 있는 혼자가 되었다. 허탈한 표정으로 넌지시 웃을 수 있게 되었다. 저녁이면 딸을 기다리던 내 눈빛이 베란다로 드리운 노을과 성글게 엉켰다.

참사의 책임을 떠넘기고, 서류를 조작해 발뺌하는 뉴스가 넌더리가 나도록 난무했다.

그래서? 나는 눈을 부릅떴다. 갑자기 창백해지는 얼굴로, 그래서? 되묻곤 할 때는 무기력한 얼굴의 눈동자가 날카로웠다. 참사에 무감각해지는 국민성에 화가 났다. 남편과 딸의 죽음이 희미해지는 게 가슴 저렸다. 딸의 표정과 웃음에 외로움을 가늘 수 없어서 오열했다. 할 수 있는 게 없었다. 기억하려고 되새기며 가슴이 뼈개지는 울분을 참는 게 전부였다.

어둠이 거실로 길게 눕는 것도, 외등이 베란다 빨랫줄로 곡예사처럼 매달리는 것도, 들숨과 날숨으로 나를 다독이는 것도, 우주의 개체들이 미서하게라도 서로를 감시하고 있다는 걸 깨달았다. 잠은 들숨을 따라 몸으로 들어와 중추신경을 마비시킨다는 것도 알았다. 그래서 잠들고 싶으면 공기를 가슴에 가두듯 숨을 천천히 들이마셨다.

가전제품의 소음과 어느 집인지 알 수 없는 물 내리는 소리가 청각을 자극했다. 일부러 깨어있으면 물먹은 솜처럼 형체가 무너지면서 바닥에 눌어붙었다. 그런 나를 느끼다가 잠들곤 했다. 일어나는 시간은 여섯 시로 고정되었다. 눈 뜨면 누운 채 미세했던 움직임을 되뇌면서 일곱 시까지 뒤척였다. 알람이 울고 계획된 행동이 시작되었다. 깍지 낀 두 손으로 목덜미에 넣고 곧게 다리를 뻗었다. 오른쪽 다리부터 시계방향으로 오십 회, 반시계 방향으로 오십 회 자동차 핸들 크기 정도로 회전했다. 깍지 낀 손을 엉덩이 아래로 옮겨서 다리를 가슴에 닿도록 당겼다. 오래 앉아 있으면 골반부터 발목으로 뻐근하던 것이 없어졌다.

화장실로 가서 입을 헹구고 목젖의 이물질을 토했다. 식사량을 줄인 목젖이 말끔했다. 미지근하게 데운 물을 컵 가득 따라서 마셨다. 이 같은 방식들은 남편이 권해준 것이어서 아침마다 실천했다. 그렇게 해서 나는 하루의 외톨이가 될 준비를 마쳤다. 베란다로 나갔다. 하늘은 휑하게 높았고 햇빛은 날카로웠다.

사고 책임자 처벌을 촉구하자는 집회의 메시지를 받았다.

붉은 글씨로 피켓에 쓴 살인마. 나는 단어가 아닌 글자 하나하나로 어금니를 깨물었다. 두 번 읽고, 세 번째 읽고, 눈물이 나오지 않았다, 두 조각날 듯 뻐근하던 가슴의 통증도 없어졌다. 가슴만 울컥거려 놓고 소용은 없어진 메시지. 그냥, 점차 덤덤했다. 눈물로 짓무르던 시력에 문제가 생겼다. 건조해진 눈동자가 쓰라렸다.

집회에 가족은 물론 이웃과 나오라던, 수염을 깎지 않은 남자가 남색 조끼를 나누어 주었다. 나를 불러서 몇 개가 필요하냐고 물었다. 나는 한 개만 받아 들었다. 희생자와 어떤 관계냐고 물었다. 남편과 딸이라고 대답했다.

동참할 가족이 더 있는지 물었다. 고개를 가로 흔들었다. 혼자 나오면 뭐가 되겠냐는 불만으로 들렸다. 남편과 딸의 이름에 참여의 수를 기록했다. 가슴이 먹먹하게 허전했다.

시민의 애도가 물밀듯 몰려왔다. 정작 잘못을 인정하고 사과해야 할 자가 침묵했다. 잘못이 있다고 고개 숙여 손잡아 주기를 바랐다. 카메라 렌즈로 머리만 조아리지 말고 진정한 애도를 원했다. 언제 장맛비를 쏟았냐며 말끔해진 하늘의 입장을 일관하는 그들, 집회가 반복되면서 내가 까맣게 작아지는 아찔함으로 전율했다.

　장맛비가 뜯어낸 하늘에 구멍이 뚫려 빛이 살인적이었다. 집회에서 돌아오는 버스의 뙤약볕이 강렬한 좌석에서 눈 감았다. 버스가 회전하면서 햇빛 드는 좌석이 바뀌었다. 사람들이 일어나 자리를 바꿨다. 나는 눈 뜨지 않고 길게 한숨을 내리 쉬었다. 가로수길을 지나면서 빛과 그림자가 나를 번갈아 뒤집었다. 나는 또 한숨을 내리 쉬었다. 집회를 마치고 돌아오는 가슴은 늘 허탈했다. 도돌이표를 밟고 있듯 한 걸음도 나가지 못하는 집회를 계속해야 하는가, 의심이 생겼다.

　남편과 함께한 시간이 많이 쌓였다고 해서 그것만큼 비례해서 서사가 있지 않았다. 개인택시 사업자인 남편은 새벽부터 밤늦도록 운전했는데, 점심은 나와 함께했다. 승객의 방향이 어긋나는 늦은 끼니도 많았다. 휴차인 날은 웬만하면 집에서 쉬거나 계절별로 KTX 투어를 다녔다. 나는 남편의 운행 일정에 맞추며 살았다. 내가 주관한 남편과의 서사는 드물었다. 그런 사실이 내가 홀로 살아야 할 날들의 걸림돌이 될 줄 예감하지 못했다.

　내가 어떤 사람이었던가를 생각했다. 외톨이가 된 나를 위해 어떤 부류였던가를 남편과의 서사에서 하나하나 짚었다. 나는 어쩌다 감동한 노래에 꽂혀 그 노래만 반복해서 들었다. 남편이 좋다고 하면 좋고, 싫다고 하면 같이 싫어했다.

　남편 생각만 해도, 남편과의 일상을 떠올려도, 서글픔으로 귀결되었다. 나만의 도드라진 삶이 없었다는 것, 남편 없으면 나약하다는 것, 늦은 깨달음이었다. 홀로 살아갈 수 있을까를 자문하면서, 편협된 삶의 범주에 갇혔음을 실감했다.

비가 밤늦게까지 내렸던 새벽에 현관문 걸림쇠를 벗겼다. 베란다를 활짝 열었다. 환기구를 모두 개방했다. 남편과 여수 투어에서 향일암으로 올라갈 때 발이 푹신했던 분홍 등산화를 꺼냈다. 나는 걷기 시작했다. 아침에 일어나면 공복으로 공원을 가로질러 도시를 가로지르는 하천까지 다녀왔다. 아침마다 식전에 오천 보를 걸었다. 저녁 먹고 나서 다이소와 대형마트를 다녀왔다. 어깨로 맨 헝겊 가방에 자잘한 일용품이 담겼고 오천 보를 더 걸어서 만 보를 달성했다. 비 오면 우산을 쓰고 걸었다. 걷는 것만이 일이었다. 먹고 살기 위한 일이 아니라, 내 힘으로 할 수 있는 게 걷기뿐이어서, 남들이 일하듯이 나는 걷고 걸었다.

허리와 종아리가 탄탄해졌다. 걷고 들어오다가 24시 김밥가게에서 달걀말이 김밥을 한 줄 샀다. 김밥가게에서 시간 알바로 일해보지 않겠냐는 제안을 받고 그냥 웃어주었다. 그렇게 두 달 동안 일하지 않고 걷기만 했다. 걸으면서 갖가지 생각이 생겨났다. 언제까지 걸을 수 있을까. 걷기 말고 뭐라도 해야겠지. 김밥가게 알바부터 해 볼까. 아파트로 들어오면서, 오늘은 뭘 먹지? 생각했다. 평소보다 멀리 갔다는 이유로 기력이 떨어졌다.

KTX 투어의 충동이 생겼다. 순간 울컥해졌고 눈물이 핑 돌았다. KTX 투어는 남편과의 서사를 재현하는 것이라서 급작스럽게 그리워졌고 서글펐다. 그날 그렇게 집으로 들어와 현관문 걸림쇠를 걸었다. 이튿날 새벽에 오천 보를 걸으러 나가지 않았다.

✐ 김창식

서울신문 신춘문예 단편소설 당선, 한국소설문학상, 무예소설문학상 대상, 소설집 『바르비종여인』, 『도미노 아홉 조각』 외 대하소설 『목계나루』 전 5권, 장편소설 『우아한 도발』, 『독도 쌍검』 외

단편소설

꿈꾸는 비어

—

이영희

　　물고기가 날다니. 푸르스름한 새벽의 날숨을 앙증맞은 파동으로 뿜어내면서 비어—, 아가미로 발음하듯 공기를 동글동글하게 일궈내면서 물고기가 가슴으로 날아든다. 눈을 홉뜨고 귀를 세워 쫓아가려는데 가위눌린 듯 육신이 바닥에 눌어붙어서 꼼짝할 수 없다.

　바닷속 같기도, 피톤치드 향이 푸른 안개로 들어차는 측백나무숲 같기도 한, 경험하지 못한 물컹한 장면에서 허우적거리는데 꿈이었다. 알싸한 새벽 공기가 이마로 서늘하게 스쳐 가는 듯 해서 은정은 소스라치는 비명을 가까스로 억눌렀다. 오십 년 전이 화드득 살아나는 꿈이 서릿발처럼 느닷없어서 등줄기가 후줄근하게 젖었다. 상체를 벌떡 일으켰는데 방금 꿈에서 날아가는 물고기가 비어—, 발음하는 순간이 생생하게 떠올랐다. 물고기가 가슴으로 날아오다니, 여인으로서 메마른 이 나이에 태몽은 아닐 텐데.

　비어와 인연이 닿던 오십 년 전, 그때 은정은 고등학교를 갓 졸업한 열아홉 살 가출 소녀였다. 배워야 한다는 일념으로 무작정 서울행 버스를 탔다. 가난했던 부모님의 반대를 뒤로 하고 버스를 급히 탔는데 출발 직전 경기도 광주행 버스임을 알았지만 머뭇거리다가 갈아탈 기회를 놓쳤다. 옆에 앉은 멋쟁이 여인이 묻는 말에 대답하다 보니 은정이 가출 소녀라는 것을 알아차린 것 같다. 눈 없으면 코 베가는 세상이니 자기를 믿고 같이 가자며 광주 k여중에 근무하는 미술 교사 강민주라고 신분을 밝힌다. 자기 남편은 이름난 도예가니, 물레질부터 배워보지 않겠냐며 너스레를 떨었다. 어차피 서울 가서 낮에는 일하고 야간 대학에 다닐 계획이었으니 은정은 일면식도 없는 여인의 제안에 솔깃했다. 금오산 가막골의 외가를 방문할 때마다 백토를 떡 반죽으로 주무르며 무엇이든 만드는 게 그리 좋을 수가 없었다. 불가마 아궁이에 통나무로 불을 지피는 외할아버지와 물레질하는 외할머니를 보며 눈독 들여 흉내를 내면 손재주가 있다는 칭찬을 듣곤 했다. 그때부터 어렴풋이 도예가가 되겠다는 꿈을 꾸었지 싶다.

70년대 농촌은 새마을 운동으로 통일벼를 경작하여 삶의 수준이 좋아졌다고 했지만, 시골에서 딸자식 대학 보내는 것은 언감생심이었다. 더군다나 은정이네는 돌아가신 큰아버지를 대신하여 큰집 오빠 셋을 학교에 보내야 했다. 장손 장손 하면서 사촌 오빠는 유학을 보내고 암탉이 울면 집안 망한다며 외동딸 은정은 고등학교도 과분하다고 여겼다. 그래도 고등학교를 졸업했음은 보수적인 부모에게서 은혜로운 일이다. 힘들게 추수해 봐야 땅 주인한테 가고, 도지 빚 갚으면 남은 곡식 쳐다볼 새도 없이 비룟값에 군경 원호비 등 징수해 가는 세금은 왜 그리 많은지….

말로는 비료도 균등하게 배급한다고 하면서 시장 상인들이 배급받아서 농민들은 몇 다리 거친 비싼 비료를 그들에게 사야만 했다. 우선은 비료의 약효가 빠르지만, 나중에는 토양을 산성화한다는 것도 모르는 목구멍이 포도청인 농투성이들이었다. 사촌들 등록금을 내려면 또 장릿벼를 얻어야 했으니 다람쥐 쳇바퀴 돌 듯 애옥살이 필 날은 까마득했다.

더군다나 큰아버지가 돌아가신 후 혼자 살던 할머니가 집에 눌러앉아 일일이 잔소리했다. 나중에 물도 못 얻어먹을 쓸데없는 계집애가 금똥 싼다니? 하며 온갖 악다구니를 쳤다.

"지가 비둘기야? 쓸모없는 계집애만 하나 내질러 놓고…. 고등학교씩이나 가르친 것도 감지덕지하지, 여자 팔자는 뒤웅박 팔자니 참하게 살림 배우다가 시집이나 가." 은정은 그런 말을 하는데도 큰 죄인같이 아무 말도 못 하는 어머니가 그렇게 밉고 싫을 수가 없었다. '잠시도 쉬지 않고 뼈 빠지게 일하면서 저렇게 사람대접 못 받고 살아야 해? 여자는 사람도 아니야. 나는 나중에 저렇게 안 살아. 우아하게 살아야지.'

이런 상황이라 도예가가 되고 싶다는 사치스럽고 배부른 소리를 차마 입 밖에 낼 수 없었다. 은정은 전교 일 이등을 다투었지만, 그때는 지역 균형 선발제와 같은 시골 학생을 위한 제도가 없어서 S대에 못 가리라는 생각이 들었다. 담임선생님이 집으로 찾아와 진학을 종용하다시피 했으나, 입시 고사장에 끝내 가지 않았다. 예비고사 점수표를 받으면 대학 가고 싶은 자기 마음을 통제할 수 없으리라는 소견이 들었기 때문이다. 은정은 지금도 그 생각을 하면 은사님께 죄스럽다. 우선 돈이 있어야 한다. 얼마 전 사촌 오빠 등록금 마련하느라 농사에 필요한 황소를 판다는 소리가 귀에 쏙 들어왔다. 돈을 어디에 두는지 눈독을 들이고 뒤져서, 엄마가 맨 아래 서랍 고지서 밑에 돈 넣어 둔 것을 얼른 알지 못하게 일부만 훔치기로 했다. 가슴이 두방망이질 쳤다. 몇 날 며칠 고민 끝에 공부하려고 서울 가니, 걱정하지 말라는 편지를 미리 써 놓고 시간을 저울질했다.

'할머니가 노상 그깟 계집애라 미워했으니 숨어 살아도 찾지 않을 거다. 서울로 가서 주경야독하리라.' 결심하고 서울행을 강행한 것이다.

　우연인지 필연인지 광주행 버스를 잘못 타고 도예가 아내인 강민주를 만난 거다. 그 집의 사랑채에 빈방이 하나 있어서 우선 세를 들고 운 좋게 회계사무실에 나가게 되었다. 대표가 강민주의 남편 정도형 친구인데 마침 직원이 퇴사해서 그의 소개로 들어갈 수 있었다. 물어물어 갔더니 사장하고 남녀 직원이 두 명이라 은정까지 모두 네 명인데 다른 회사나 공장의 장부를 기장하고 결산을 대신 해주는 곳이었다. 인문계 고등학교를 졸업했으니, 부기나 주산이 문제였다. 일이 끝나기 무섭게 소개해 준 부기학원과 주산학원을 거쳐 집에 도착하면 파김치가 되어 쓰러졌다. 어떤 때는 통금시간을 넘길까 봐 조마로웠다. 강민주가 놋그릇에 떠 놓은 밥을 아랫목에 묻어 두었다가 따끈하게 차려 가지고 들어와서

"두 명 밥이나 세 명 밥이나 하는 것은 똑같으니 하숙생이라 생각하고 어서 먹어. 안 먹으면 찬밥 돼. 미안하면 나중에 갚으면 되지 않겠어?"라고 하며 어머니 같은 인자한 표정을 지었다. 띠동갑이라 했으니 서른한 살인데 많이 배운 깍쟁이 같은 젊은 여자가 어찌 그리 인정이 많은지 은정은 목이 메고 눈물이 났다. 배도 고픈 데다 구경하기도 힘든 쌀밥이라 군침이 저절로 돌아서, 염치는 뒷전으로 하고 게 눈 감추듯 먹어 치웠다.

　강민주가 친엄마처럼 정성을 쏟는데도 은정은 가출하고 환경이 바뀐 데다 무리가 갔는지 심한 몸살감기로 한동안 출근하지 못했다. 강민주

는 출근하면서도 흰죽을 쒀서 아침을 차려주곤 했다. 은정은 무슨 복에 이런 은인을 만났나 싶어 감읍했다.

몸을 추스르고 내일은 출근해야지 하는데 강민주가 이야기 좀 하자며 마주 앉았다.

"회계사무실에 적응하고 학원 다니느라 몸살까지 났으니 이 기회에 정리하고 우리 도요에 가서 일하는 게 어때요? 어릴 때 외가에 가서 도자기도 만들어 봤다며? 그 회계사무실은 도형 씨가 잘 이야기하면 돼요." 첫날 버스에서 한 이야기를 아직도 기억하고 있어 은정은 인정받는 느낌이 들었다. 집에서 좀 떨어진 게 문제지만 늦으면 거기 가마 옆의 움막에서 자면 된다고 했다. 거기가 이 집 같지 않아 움막이라 하지만 혼자 있으면 마음은 더 편하리라고 했다. 은정에게 적극적으로 권유하며 꿈을 키우라 한다. 사실 일이 좀 익어서 여유가 생기는가 했는데 사장의 처남인 남 직원의 입이 거칠고 함부로 대해서 모멸감을 느꼈다. 선배 여직원은 은정 씨가 어리고 예뻐서 작업 거는 거라며 부러워했는데 보통 신경이 쓰이는 게 아니었다. 차라리 가발 공장으로 갔었더라면 하는 생각을 하고 있던 참이었다.

이참에 꿈을 좇아 보는 것도 좋지 않겠느냐고 마음속의 은정이 호기심과 도전 의지로 추임새를 잔뜩 넣는다. 토요일 수업이 끝나고 강민주랑 도요에 갔다. 그녀의 남편 정도형은 서른하나 동갑이라는데 수염을 기르고 볕에 타서 그런지 한 마흔 살쯤 돼 보였다. 예술가라서 까칠할 거라는 선입감이 있었는데 자세히 보니 차고 세련되어 보이는 강민주보다 푸근한 아버지 같은 인상이라 호감이 갔다. 경치가 좋다고 했더니

"도기를 굽는 가마가 도요인지는 알지요? 도요는 우선 흙이 좋아야 하고 증류수보다는 소금기가 좀 있는 물이 좋아요. 또 땔 소나무가 많아야 해요. 이 삼박자가 맞는 곳을 찾으니 대개 경치가 좋지요. 가마에 불을 넣는 할아버지랑 둘이 해 왔는데 은정 씨가 와서 물레질하며 배우면 좋겠어요. 근처에도 도요가 많이 있어서 무섭지는 않을 거예요. 시간이 되면 조소과에 진학해도 되고…"라고 친절히 알려준다.

남한산 밑의 도요로 출근이 시작되었다. 대개는 버스로 가는데 가끔은 정도형의 자가용을 같이 타기도 한다. 불가마에 불을 넣는 할아버지는 아랫동네에 사시는 분이라 움막 같은 방 한 칸은 주로 은정의 아지트였다. 사람 신경 쓸 일도 별로 없고 물레질이 손에 익어갈 무렵 정도형이 호암갤러리 분청사기 명품전을 보러 가자고 했다. 갤러리에는 세상에 나와 처음 보는 수많은 자기가 전시되어 있어 눈이 부셨다. 어떤 달항아리 앞에서 정도형이 우뚝 멈춰 섰다.

"세상에 저것 좀 봐요. 저 달항아리에 그려진 큰 물고기가 금방이라도 살아서 헤엄을 칠 것 같지 않아요?"

"정말 튀어나올 것 같이 생동감이 있네요." 강민주가 맞장구를 쳤다. 은정도 휘둥그레해 바짝 붙어서 보니 물고기가 은정의 가슴으로 쑥 들어오는 듯해서 깜짝 놀랐다. 조그맣게 표시된 것을 보니 「보물 787호 분청사기 철화 어문호」라고 쓰여 있었다. 역시 보물은 다르구나 싶어 물어보니 어문호는 물고기를 그려 넣은 항아리라고 한다.

"저런 달항아리 하나 빚는 게 내 평생소원이오."

정도형의 소망하는 눈빛이 참 간절했다. 정도형은 그 앞에서 붙박이가 된 듯 계속 서 있다가 갤러리 문을 닫을 시간이 되어서야 발길을 옮겼다. 사실 은정은 그때 그런 보물을 처음 보아서 감상하는 안목이 없었다. 부부가 감탄하고 평생의 소원이라니 가치가 높은 것이라고 짐작할 뿐이었다.

'그런데 내 가슴에 날아든 물고기는…'

생각이 많았는지 꿈을 꾸었는데 그 큰 물고기가 날아오르며 푸른 용같이 보였다. 가슴으로 날아들어 깜짝 놀라서 깨어 보니 꿈이었다. 찾아보니 태몽이라 되어 있어서 시집도 안 간 처녀한테 무슨 말도 안 되는 날벼락 같은 소리냐고 일축했다.

폭설이 쏟아져 들어붓듯 가마에 불이 계속 꺼졌다. 정도형이 할아버지한테 불 넣는 것을 그만하고 일찍 귀가하라고 했다. 그때 전화벨이 요란히 울렸다. 강민주가 지금 집에 오는 것은 위험하다. 집 주변에 벌써 큰 사고가 났으니 눈 그치면 둘 다 오라고 강권했다고 한다. 정도형은 아내 말에 두말하지 않는 사람이라 당연히 그런다고 했단다. 눈도 뜰 수 없이 눈발이 쏟아지니, 은정과 정도형은 세한도 속의 정물이 되었다. 첫날은 움막 두 칸에 나누어 잤는데 폭설이 그치지 않고 계속 쏟아져 쌓였다. 100년 만의 폭설이라는 라디오 방송이 나왔다. 완전히 발이 묶인 한밤중이었다. 호랑이 울음소리인지 멧돼지 울음소리인지 산이 떠나갈 듯 포효하는데 은정은 무서워서 소리를 질렀다. 옆방에서 정도형이 무슨 일이냐고 쏜살같이 건너왔다. 무서워서 덜덜 떠는 아가씨를 안아주다 보니 체온이 전이됐다.

물레에 나긋나긋 돌던 흙이 정도형의 숨결에 따라 점점 만월을 닮아간다. 이윽고 달항아리로 빚어져 면벽참선하듯 가마 안에 차곡차곡 쌓인다. 홍시 빛으로 활활 타오르던 춤사위 같던 잉걸불이 소신공양 마치고 잦아든다. 뜨거웠던 두 몸짓이 마침내 마침표를 찍으며 스러진다. 은정은 순간 달항아리의 비어가 달려드는 듯하다.

그렇게 조건이 맞아떨어지게 상황 설정하고 잘못을 유도하는 것을 미
필적 고의라고 한다는 문구를 나중에 책에서 보았다. 흙에 물과 불이 찰
떡같이 맞는 영화의 감독은 강민주이고 주연은 정도형과 김은정이었나.

폭설이 사흘 만에 그쳐서 강민주가 있는 집으로 돌아갈 수 있었다.
지은 죄가 있으니, 강민주를 바로 바라볼 수가 없다. 이대로 투명 인간
이 되고 싶었다.

'집도 절도 없는 나한테 얼마나 잘해 주었는데 인간의 탈을 쓰고 어떻
게….' 은정은 가시방석에 앉은 듯 강민주의 눈을 피하는데 그녀는 지금
오길 잘했다며 싱글벙글하여서 은정은 이해할 수 없었다. 나중에 들으니,
김도형과 강민주는 H대 미대 조소과 이름난 캠퍼스 커플이었다고 한다.

은정은 강민주를 보는 것도, 더 자주 얼굴을 봐야 하는 정도형을 대하
는 것도 쑥스러워 마음속에서 길을 잃고 헤매다 보면 하루가 지나갔다.
그냥 말없이 이 집을 떠났으면 좋으련만 월급도 우선 쓸 일이 없다고 강민
주가 재형저축을 들어 수중에 돈이 하나도 없었다. 이러지도 저러지도 못
하고 모처럼 일찍 귀가해서 저녁밥을 같이 먹는데 은정이 헛구역질했다.
체했나 했는데 그 이튿날도 또 그러니, 강민주가 병원에 가자고 한다. 산
부인과를 예약했나 보다. 청천벽력 임신이란다. 정신이 아득해진다.
"…."

지워야 한다는 생각이 드는데 여의사는 아이의 숨소리를 들려준다.
살아있는 아기의 힘찬 숨소리였다.

은정은 임신중절을 하는 것은 살인이라는 생각이 들며 소름이 돋았

다. 어릴 적에 엄마를 따라 성당엘 다녔다. 아직 세례를 받지는 않았지만, 천주교에서 엄격히 금하는 일이기도 했다.

"정말 잘됐네. 축하해. 이렇게 좋은 일이…"라고 강민주가 친정엄마 같은 표정을 지으며 행복해한다. 정말 이해할 수가 없다.

"…"

'처녀가 애를 가졌는데 애 아버지를 묻지도 않고 축하라니, 정말 어떻게 해야 하는 것인지….'

은정이 신기하게도 반세기 만에 같은 꿈을 꾸어 그 속에 빠져 있는데 전화벨이 울렸다.

"전화 괜찮지? 네가 옛날에 준 「나르는 비어」 기억해? 마침, 통합 청주시 출범 10주년 기념 제1회 청주 시민 소장전이 열렸어. 문화원 주최로 예술의 전당에서 했는데, 네 그림을 출품했지. 근데 내가 다니는 본당 신부님이 무척 마음에 들어 하셔서 끝나고 드렸더니 본당 입구 현관에 걸어 놓으셨더라고…"

"아니, 내가 어릴 적 호암갤러리 분청사기 명품전 보고 꾼 꿈을 그린 건데 그런 보잘것없는 그림을 전시하면 어떻게 해? 더군다나 본당에 걸었다니 부끄러워서 어쩌냐. 그리고 제목을 「나르는 비어」라고 했어? 그것도 잘못되었네. 「나르는 비어」는 '외갓집'처럼 문법적으로 맞지 않는 겹말인데…. 내가 그 이후에 다시 그린 것 가지고 가서 바꾸어야겠다. 제목도 「꿈꾸는 비어」로 바꿨어. 더 기이한 것은 어젯밤에 나도 그 꿈을 다시 꾸었다는 거야. 너한테 이 이야기 들으려고 그랬나 봐." 하마터면 그 태몽을 어제 다시 꾸었다고 할 뻔했다.

"뭐가 부끄러워? 우리 신부님 안목이 얼마나 높으신데. 재일 도예가 김은정의 초기작이라 하고 절친이라며 으스댔지.”

“뭐라. 내 이름을 가르쳐 줬다고?”

은정은 호흡이 가빠지며 전화기를 툭 떨어뜨렸다. 멀리서

“은정아~ 은정아~”하는 서영의 목소리가 들리는데 정신이 잠시 혼미해지며 숨을 쉴 수가 없었다. 가만히 있다가 전화기를 간신히 올려놓았다. 서영도 은정이 반세기 전 아이 낳은 사실을 모른다.

‘강민주랑 정도형만이 아는 비밀인데. 세상에 비밀이 없다고 하더니 혹시 서영도 알고 그 아이도 아는 것이 아닐지. 그리고 그 아이가 그 신부가 된 게 아닐까?’ 은정은 무척 혼란스럽다. 오사카에서 청주공항으로 가는 가장 빠른 항공권을 급히 알아보고 예매했다. 은정답지 않게 비즈니스적이지 못한 일을 저질러 버린 것이다.

임신을 확인한 강민주가 혹시 꿈꾼 것 있으면 이야기해 보라기에 같은 꿈이었는데 그때는 푸른 용이 산소를 내 뿜는 꿈을 꾸었다고 했다. 말은 그렇게 용꿈을 꾸었다고 해놓고 꿈을 그린 그림의 제목을 「나르는 비어」로 정했는지 아무리 되짚어 봐도 이해가 되지 않는다.

‘가출 소녀였으니 어떻게 하더라도 날고 싶은 푸른 소망이 있었겠지…. 프로이트는 꿈은 무의식의 발현이고 삶에서의 중요한 깨달음과 자기성찰을 요구한다고 했으니, 가출하고 호암갤러리 명품전을 보았기 때문일 거야.’

결혼도 안 한 처녀가 엉겁결에 태몽을 말하고 얼굴이 화끈했는데, 강민주는 만면에 미소를 짓고 용의 해에 용꿈을 꾸었으니 큰 인물이 태어날 태몽이라며 축하한다고 했다. 친정어머니가 임신한 딸을 위해 정성을 들이듯 강민주는 학교 일보다 은정에게 더 신경을 쓰는 것 같았다. 걱정하지 말라며 은

정 씨는 어리고 공부해야 하니 자기가 키우겠다고 낳을 것을 적극 권유했다. 자기는 RH 마이너스형이라 임신만 하면 하혈을 해서 이제까지 새 생명을 출산할 수 없었는데 얼마나 장한 일이냐고 존경하는 위인을 보듯 부러워했다. 이상한 것은 은정의 임신복을 사 오면서 자기도 똑같은 임신복을 하나 더 사서 입고 뱃속에 무엇을 넣었는지 은정이 같은 몸태로 매일 출근하는 것이다. 얼마나 부러우면 저럴까 싶어 은정은 더 민망하고 몸 둘 바를 몰랐다.

임산부도 살살 운동해야 한다기에 남한산에 올라갔다가 하필 미끄러졌다. 그 바람에 조산으로 아기가 인큐베이터에 들어가게 되었다. 이제 아기는 자기가 돌볼 테니 은정은 몸이나 잘 추스르라며 지극정성으로 미역국을 끓여주며 꼼짝도 못 하게 하고 자기 일인 양 쫓아다녔다. 은정은 인큐베이터에서 나오면 수유하려고 연신 불은 젖을 짜내며 온통 아기 생각뿐이다. 다행히 강민주가 전해주는 영양제라는 약을 먹었더니 젖이 나오지 않았다. 출산 일 개월이 가까울 무렵 강민주가 연잎차를 들고 들어왔다.

"미혼모가 아이를 낳았으니, 사생아 안 되게 하려면 정도형과 강민주 호적에 올려야겠지? 은정 씨는 대학 조소과에서 도예 배우고 싶다고 했으니 아기 보지 말고 눈 딱 감고 떠나. 그게 서로에게 좋아. 이 돈이면 충분할 거야. 졸업할 때까지 사립학교 등록금으로도 충분하니 새출발해. 인큐베이터 비용도 꽤 들었는데 우리가 처리할게."라면서 두툼한 흰 봉투를 내밀었다. 은정은 한 번도 생각 못 한 일이라 기가 막히고 살이 떨려서 봉투를 확 집어 던졌다.

"아니 제가 이 집 씨받이에요? 왜 내 새끼를 주고 돈을 받아요. 낳은 자식을 어떻게 모른 채 떼어 놓아요? 그러려고 젖 안 나오게 하는 약을 영양제라고 먹였군요. 살아도 같이 살고 죽어도 같이 죽을 거예요." 설움이 복받쳐 펑펑 울었다.

"이 철부지 아가씨야. 맹랑한 것도 분수가 있지. 너한테 들인 공이 얼마인데. 내가 착하니까 참는 거지, 따지고 보면 불륜이야. 간통죄로 너 콩밥 먹고 싶어? 무작정 낳아 놓고 그 아이가 평생 사생아 딱지 붙이고 살면 좋겠어? 또 너희 부모님은 네가 훔친 돈 가지고 가서 공부하는 줄 아는데 사생아를 낳았다고 내가 알리면 심정이 어떨지. 그리고 그 할머니는 어떻게 나올지 생각만 해도 재미있네."라고 일갈했다. 강민주는 이제까지의 태도를 돌변하여 당당하게 큰 소리로 위협했다. 문을 확 닫고 나가는데 은정은 예리한 칼에 찔린 듯하고 가슴속으로 뜨거운 핏줄이 터지는듯하다. 사람이 카멜레온처럼 이렇게 달라질 수 있나 싶어 은정은 꿈이 아닌가 꼬집어 보았다.

평소에 은정은 강민주를 레 미제라블의 미 리엘 주교같이 존경해 왔다. 그는 방에 침입한 장발장을 기꺼이 먹여주고 재워 주었다. 은혜도 모르고 수도원의 성물 중 귀한 은잔을 훔쳐 갔다가 잡혀 온 장발장에게 오히려 내가 선물한 은촛대는 빠뜨려 놓고 갔느냐며 그것까지 챙겨서 들려준 사제 말이다. 위기를 모면하게 해준 사제의 사랑이 그의 영혼을 깨웠다는 빅토르 위고의 장발장. 실제로 그렇게 성스러운 강민주가 내 곁에 있다고 믿었는데….

그녀는 이제 보니 자베르 형사였다. 그러나 눈이 붓도록 울며 밤을 새우고 생각해 봐도 강민주의 말이 하나도 틀린 게 없다. 출장 갔던 그녀는 광주행 버스에서 먹이를 발견하고 치밀한 계획으로 목표를 이루기 위해 한결같이 공을 들였다는 생각이 들었다.

'그녀가 밉지만, 아이를 사생아로 만들 수 없다. 아기가 어려서, 일할 수 없는데 생활은 무엇으로 하고 아기는 무엇으로 키우겠는가. 다행히

아버지는 친아버지이다. 강민주는 자식에 한이 맺힌 여자이고 배웠으니 나보다 나을 것이다. 또 돈을 훔쳤어도 잘 있다고 믿는 불쌍한 부모님과 극성 할머니가 알면 안 된다. 혼자 떠나고 참으면 아무도 모를 테니. 참는 것은 김은정이 가장 잘하는 일이 아니더냐.' 은정은 아기가 인큐베이터에서 나오기 전 안아 보지 않고 젖을 물려보지도 못한 채 떠나는 게 맞다는 결론을 내렸다. 밤새워 생각해도 뾰족한 방법이 없고 어쩌면 다행인지도 모른다는 생각이 들었다.

　은정은 원하는 대학에 들어갔으나 아기가 하도 보고 싶어서 아무것도 할 수 없고 밥도 넘어가지 않았다. 어느 날 그 집을 찾아가 대문 틈으로 들여다보니 강민주가 출근도 안 하고 아기를 안고 있었다. 유모가 화장실 가면 안고 도망이라도 가야겠다고 찾아갔는데 눈이 뒤집혔다. 당장 뛰어들어가고 싶은 것을 참으며 이웃의 슈퍼마켓에 물어보니

　"옆집 선생님 출산 휴가 하셨어요. 결혼한 지 8년 만에 낳은 아기라 얼마나 좋아하시는지…."

　'아니 저 여자가 출산했다고? 이러려고 평소에 임산부 옷을 입고 출근을 했구나. 저 아기를 내가 안고 있어야 하는 건데 저 여자가 왜 내 자식을….'

　은정은 지구가 거꾸로 돌아가는 듯하고 모든 게 제 자리를 잃고 미치게 도는 듯하여 휘청하며 대문을 짚었는데 문이 확 열렸다.

　"네가 우리 집에 어떻게…." 하더니 아기를 마루에 내려놓고 뛰어와 잡귀 내쫓듯 악을 쓰며 다시 오지 말라고 소금을 뿌렸다. 소금에 맞으나 마나 은정은 쏜살같이 달려가 마루의 아기를 안았다. 제 어미인 줄 모르는 아기가 놀라서 내는 울음소리가 고막을 찢듯 한다. 강민주가 아기

놓지 않으면 유괴범으로 신고하겠다며 빼앗았다. 아기가 다칠 것 같아 정신을 차리고 아이를 놓을 수밖에 없었다. 아기를 안은 강민주가 배은 망덕한 년이라며 발길로 찼다. 집 밖으로 쫓겨 나왔다.

터덜터덜 얼마쯤 걸었는데 빽~하고 클랙슨 소리가 울리더니 지나가는 트럭이 창문을 내리고 삿대질한다.

"야, 이 미친년아. 누구 신세 망치려고 그래. 할 일 없으면 집에서 밥이나 하고 낮잠이나 자. 참, 재수가 없으려니…"하면서 침을 칵 뱉었다. 그제야 은정은 빨강 신호등을 못 보고 차에 치여 죽을 뻔했다는 걸 알았다. 이제 정말 미치는 거 아닌가. 생각날 때마다 바늘로 찌르며 참았지만, 어느 날 또 그 집 앞으로 발이 저절로 움직였다.

'이건 달리는 말도 아니고 내 발이니 자를 수도 없고…'

하는 생각을 하며 대문 틈으로 들여다보았다. 갑자기 강민주가 뒤에서 나타나 얼굴이 확 돌아갈 정도로 머리채를 잡고 눈을 부릅뜨더니 불이 번쩍 나게 뺨을 갈겼다. 금세 볼이 화끈하며 턱이 빠진 줄 알았다.

"너 때문에 힘들어 이민 갈 거야."라고 한다. 오지 말라는 소리려니 했는데 그 후에 다시 갔을 때 정말 이사 가고 없었다. 하늘이 노랗다. 사방에 수소문했지만 행방이 묘연했다. 강민주를 다시 보고 싶지 않지만 우선 그녀의 학교로 찾아갔다. 출산 휴가 중이라며 인적정보는 알려줄 수 없다고 한다. 울면서 사정하니 강민주한테 전화하고 나서는 빚쟁이 대하듯 가라고 했다. 경기도의 도요를 일삼아 차례차례 다 뒤졌다. 실성한 듯 전국을 헤매다 보니 발이 부르트고 피가 흐른다. 피를 닦으려고 구부렸는데 지나가는 오토바이에 치여 응급실로 실려 갔다.

수액을 맞으며 생각해 보니 정도형의 도예가 친구가 일본 에도에 있다고 하던 말이 번뜩 떠올랐다. 마음이 급해 링거 줄을 빼고 튀어 나가 미친 듯 일본행 비행기를 탔다. 에도에 정착하고 다 뒤졌지만, 사막에서 바늘 찾기였다.

그렇게 에도로 떠나온 게 얼마 전 같은데 벌써 삼십여 년이 흘렀다. 에도 인근에 있는 마시코 읍에 정착했다. 안 보고 거리가 멀어지면 정도 멀어진다더니….

마시코 읍은 임진왜란 때 포로로 잡혀 와 정착한 이삼평 도예가의 후손들이 뿌리내린 도예촌이다. 그들이 피눈물 흘리며 이룬 업적으로 대한민국의 달항아리는 일인들이 모두 탐내는 예술품이다. 점차 안정이 되어 가며 아이 생각으로 보육원에 봉사를 나가기 시작했다. 원장은 마침 고향이 금오산 밑 외가가 있던 동네라고 했다. 자연히 대화가 통하고 그가 항상 미스 김이라 불러서 은정은 골드 미스로 행세했는데 그의 청혼을 받아들일 수 없었다. 대신 그 아이에 대해 참회하는 마음으로 보육원을 인수했다. 언젠가 그 아이가 나타나면 조금은 떳떳해야 하지 않겠는가.

고혈압, 당뇨병, 고지혈증, 심근경색 등 성인병약을 한 주먹씩 털어 넣으면서도 오직 도예와 보육원, 아들에 대해 희망을 걸었다. 그 아들은 내 자식이기 전에 하느님의 자식이나 다름없다고 여겼다. 가슴으로 낳은 눈앞의 아이들을 내 자식이라 마음을 다지며.

버려진 한 어린애가 보육원에 새로 들어왔는데 눈매가 어디서 많이 본 듯하다. 한참을 생각해 보니 잊고 살았던 강민주의 눈매였다. 그렇게 보니 하는 짓도 강민주와 참 많이 닮아서 그 가엾던 아이가 싫어지고 미워졌다.

'김은정, 어른스럽지 못하게 이게 무슨 짓이야? 모든 게 마음에 달렸다는데. 신이 너를 시험하기 위해 이 아이를 대신 보냈다고는 생각지 않

니? 성자가 거지로 변신해서 찾아온 이야기도 있는데…’

하느님이 여러 곳에 같이 할 수 없어 어머니를 보냈다고 어느 시인은 노래했는데 나는 모성애도 없다. 그럴 때마다 은정은 두 손을 모았다.

“기도할 때 특별한 방법을 찾을 필요가 없다. 그저 단순한 말로 기도하여라. 무언가 다른 것을 청해야 하지 않을까 생각하며 그것을 찾느라고 시간을 낭비하지 말라. 단순하게 바라는 것을 청하고 다만 내 뜻대로가 아니고 당신의 뜻대로라고. 말하여라.”라고 한 샤를 드 코프의 말을 되새겼다. 생사와 국적을 모르는 아들, 새로 들어온 미운 그 아이와 보육원 아이들을 위해 기도하고 선하게 살게 해달라고 정성을 다했다.

은정은 비행기가 반은 왔다고 생각하며 다음에 열릴 한일 도예가 전의 도록을 펼쳤다. 옆의 노신사가 넘겨다보더니 도예가시냐고 묻는다.

“우리 친구도 이름난 도예가였는데 아깝게도 지난번 코로나 때 타계했어요. 정도형이라고 경기도 광주에서 가마를 가지고 공방을 운영하던 잘나가는 친구였는데, 아들 교육차 서울로 이사 왔지요. 한 십 년 후 사모님이 췌장암으로 먼저 돌아가신 후 아들한테 헌신했어요. 인간을 구제하는 훌륭한 사제가 되기를 바라는 아버지 뜻에 따라 신학교를 나와 신부가 되었어요. 아이를 못 낳는 줄 알다가 결혼 후 8년 만에 낳은 그 아이를 남겨놓고…. ”라고 묻지도 않는 말을 두서없이 한다. 정도형이라는 뜨끔한 말에 은정은 유리 파편에 찔린 듯 가슴이 내려앉으며 숨이 멎는 줄 알았다. 안색이 갑자기 창백했는지 그 노신사는 괜찮으냐고 하며 그 아들 좀 보고 가려니 청주공항에서 같이 내리면 되겠다고 한다.

‘아니, 이런 기막힌 우연이…’

가시고기는 암컷이 알을 낳고 둥지를 떠나면 수컷이 그 알을 부화시킨다. 수컷은 가시 지느러미를 계속 흔들며 수정란에 신선한 물과 산소를 공급한다. 다른 암컷이 유혹하면 등에 난 가시로 쫓아버리고. 오직 부화에만 정성을 쏟는다. 드디어 알에서 부화한 치어들이 독립하여 생활할 수 있게 되면 돌에 머리를 박아 생을 마감하며 치어들의 먹이가 된다. 자신이 도망간 암컷이라는 죄책감이 은정의 온몸을 독사처럼 휘감는다. 정도형이 가시고기 같은 부성애로 살았고 또 참회하는 뜻에서 자식을 사제로 키웠다는 생각이 들었다. 숭고함에 뜨거운 눈물이 폭포수같이 쏟아졌다.

'아 그랬구나. 그때 광주에서 서울로 이사 갔는데 괜스레 전국을 뒤지다가 일본으로 간 줄 알고 찾아갔으니. 그때나 지금이나 김은정의 확증편향증은 못 말린다. 그러면 그 본당 신부님이 그 아이임이 틀림없는데 지금 어쩔거나…'

그때 착륙했다는 방송 멘트가 나왔다.

기체에 이상이 있는지 비행기가 몹시 불안정하게 흔들렸다. 공항에서 기다리던 서영이 반갑게 다가와 와락 껴안는다.

"아이고, 우리 도예가님 잘 도착하셨네. 윈드 시어 현상으로 결항할지도 모른다고 해서 걱정했어."

"어머, 그랬어? 난 몰랐네."

"헬리콥터에 예수님 너트라 부르는 부품이 있대. 흔히 프로펠러라고 하는 회전날개를 기체에 고정하는 역할을 하는데, 이 부품이 고장 나면 기도 외에는 답이 없다는 뜻에서 이러한 이름이 붙었다잖아. 날씨도 부품도 우리가 살아 있는 게 다 기적이야."

"본당으로 먼저 갈까?"라고 서영이 말한다.

은정은 오늘 본당에 간다면 그 노신사를 볼지도 몰라서 서영에게 바꿔 게시할 「꿈꾸는 비어」 표구를 부탁하며 다음에 같이 가자고 했다. 좀 쉬어야겠다는 핑계로 그랜드호텔에 여장을 풀었으나 가슴속은 깨진 얼음 조각이 내리치듯 시리다.

고향에 오니 부모님 생각이 간절하다. 거기다 꿈에 그리던 그 아이를 볼 수 있다니 감격스러우면서도 뭣에 홀린 듯 정신을 차릴 수가 없다.

은정이 사방으로 검색해 보니 사진이 정도형과 비슷한데 정형민 토마스 신부라 되어 있어 몸이 움찔한다. 은정의 오그라드는 온몸이 거울에 반사된다. 천사 옷을 입은 악마가 그 속에 있었다.

철없이 낳아 놓고 어미 노릇을 한 적이 있었던가. 향학열로 위장한 타산적이고 현실적이며 비정한 여자가 자신이라는 데 혐오감이 일었다. 찾겠다고 급히 일본행을 택했던 것도 죄책감의 은폐가 아니었을지. 이제껏 양심도 없이 잘 못살아왔다는 죄스러움으로 은정은 오열한다. 그런 생각을 하자 토사곽란이라도 나서 쓰러졌으면 싶다. 그러면서 먼빛으로라도 보고 싶은 마음이 더 간절하니 무슨 모순이란 말인가. 한숨도 못 자 눈이 아픈데 부윰하게 먼동이 밝아 온다.

뭣에 씐 듯 발길을 재촉하는데 설경 속의 성당이 보이면서부터 은정은 가슴이 떨려 허둥거리기 시작한다. 간신히 벽을 짚고 발을 떼 놓는데, 입구에 「나르는 비어」가 걸려 있다.

"하느님은 선물을 고통이란 포장지에 싸서 주시고 모든 걸 다 알고 계시지만 그때그때 바로 알려주시지 않는다. 좋은 나무는 나쁜 열매를 맺지 않는다."

은정이 회개하라는 듯 신부님의 묵직한 목소리가 복도까지 선명히 들려온다. 그때 다음에 가자고 하던 서영이 그림을 들고 들어온다. 은정은 도망쳐야겠다는 생각뿐인데 발이 떨어지지 않는다.

모든 예식을 끝낸 신부가 걸어 나온다. 정도형이 환생해서 걸어오는 듯하여 은정은 얼굴을 가리며 휘청하고 쓰러졌다. 신부가 더 놀라서 괜찮으냐고 부축한다. 서영도 다가와 이 강추위에 웬 땀이 여름 물항아리 물 흘리듯 흐르냐며 땀을 닦고, 구급차를 부르겠다고 한다. 은정은 말문이 막혀 아무 말도 하지 못하면서도 제지한다. 사제관으로 옮겨진 은정은 가방 속의 약을 습관처럼 꺼내 털어 넣는다.

사람은 자신도 모르게 세상에 나가서 어떤 일을 하고 오라는 명령을 몸에 지니고 태어나 그 몫을 완수한다더니, 신부는 은정의 죄책감을 상쇄할 만큼 잘 성장했다. 그저 '감사합니다. 하느님 감사합니다.' 소리가 절로 나온다. 신의 은총에 감사하면서도 강렬한 햇볕에 형체도 없이 자신이 녹아내리는 참담함이 교차하는 이 순간.

어릴 적에 손을 호호 불며 만든 새하얀 눈사람이 햇볕에 흔적도 없이 녹아서 지지랑 물이 된 것을 어이없이 바라보던 은정이 보인다. 땅이라도 꺼져서 그렇게 사라졌으면 하면서도 한 번만이라도 안아 보고 싶은 이중성….

"희망은 우리가 믿는 것과는 반대로 체념과 같은 것이다. 삶은 체념하는 거다."라는 알베르 카뮈의 말을 액자 속의 비어가 넌지시 알려준다.

이영희

[흔맥문학] 수필 등단. 동양일보 소설 당선. 직지소설문학상, 충북수필문학상 외. 2022한국소설가협회 신예작가. 소설집 『메이저 아르카나 13번』 장편소설 『비망록, 직지로 피어나다』 외

단편소설

이별 연습

—

이 종 태

　　온몸을 하얀 시트에 덮인 채 떠나가는 사람들. 그들이 떠나는 시간은 낮과 밤이나 휴일의 구분도 없다. 하지만 그들은 마음속에서 쉽사리 지워지지 않는다. 그것은 어느새 내 몸에 숨어들어온 정 때문이다. 나도 모르는 사이에 소복이 쌓인 정은 슬픔을 넘어 서러움으로 남는다. 그들을 알았다는 것만으로도 아픔은 농도를 진하게 만든다.

　간단한 아침모임을 마치고 대기실을 나선다. 오늘은 또 누구와 이별을 하게 될까. 병실로 향하는 동안 여러 생각들이 머릿속을 점령한다. 날마다 아침 시간이면 반복되는 현상이다. 그리고 그 대상자가 누가 될지도 대충 짐작한다. 하지만 그건 나만의 짐작일 뿐이다. 내 예상이 빗나갔을 때가 얼마나 많았던가. 내일은 더 좋은 아침을 약속하고 헤어졌지만 다음날 아침에는 흔적도 없이 사라져버린 사람들. 잠시 자리를 비운 것 같았는데 그들은 한 번 떠나면 영영 돌아오질 않았다. 결국 그들이 남겨놓은 자리는 얼마 지나지 않아 새로운 환자들로 채워졌다.

　하루빨리 이 병실을 떠나야지. 집을 나설 때마다 결심을 하지만 그런 생각은 병원에 도착하면서 모두 사라진다. 가끔 병원에서도 그런 생각이 떠오를 때가 있다. 그럴 때면 그들을 보지 못한다는 것만으로 가슴이 답답해진다. 처음에 한 달을 하고 그만두었을 때도 그랬고, 지난 3년 동안 쉬는 날이 찾아올 때마다 밀폐된 공간에 갇힌 것처럼 답답한 가슴을 느껴야 했다. 인간이라면 누구나 그러하듯이, 나 역시 불확실한 미래가 모두 드러나 있는 사람이다. 그로 인해 한 인간으로서 불안과 공포에 쫓기고 있는 것은 아닐까. 그래서 직접 그런 현상들을 체험하고 점검하면서 언젠가 다가올 이별에 대한 연습을 하는 것인지도 모른다.

병실에 들어선 눈길이 모든 침대를 동시에 살펴본다. 이것 또한 날마다 반복되는 과정에서 자연스럽게 만들어진 습관이다. 침대는 출입문을 기준으로 좌측과 우측에 각각 3개씩 놓여있다. 나는 환자들을 구분하기 위해 침대에 번호를 정해놓았다. 출입문 좌측에 있는 1번부터 우측으로 창가에 붙어있는 6번까지 심연처럼 고요하다. 어찌 보면 참으로 평화로운 아침 풍경이다. 그러나 이 고요함이 누군가에게는 마지막 순간일 수도 있다. 마치 고요한 아침 시간을 스스로 선택한 것처럼.

아침 햇살에 환자들마다 매달고 있는 링거와 산소호흡기 줄들이 차갑게 빛을 낸다. 6번 폐암 환자 곁으로 간호사들이 몰려가더니 담당 주치의가 들어온다. 그리고 환자의 코에 붙어있던 산소 호흡기를 제거하고 급하게 커튼이 쳐진다. 6번 환자는 두 달 전에 들어온 폐암 말기 환자였다. 그런데 예정보다 한 달이나 빨리 숨을 거둔 것이다. 목사님이 들어와 간단히 기도를 마치고, 하얀 시트로 덮인 침대가 조용히 병실 밖으로 끌려나간다. 그때서야 가족들은 울음을 터트린다.

나는 6번 환자의 마지막 길을 배웅했다. 나와 함께 501호실 전담 호스피스인 경숙 씨도 병실 밖까지 따라 나왔다. 지난밤 귀가할 때 두 손을 꼭 잡으며 "내일은 더 좋은 아침"이라는 인사를 했었다. 그때 그녀는 가벼운 미소를 지으며 고개를 끄덕이고 있었다. 이런 일을 처음 겪는 것도 아니건만, 나는 매번 처음인 것처럼 흔들리며 당황한다. 한 인간으로서 마음속이 혼란스러운 것이다. 영안실로 향하는 승강기가 드르륵 문을 닫는데, 그녀가 누워있던 자리는 아무 일 없었다는 듯 다른 환자를 기다리고 있다.

이런 상황에서는 누구도 쉽게 말을 꺼내지 못한다. 다시 무거운 침묵이 흐른다. 나는 방금 전에 떠난 6번 자리를 제외한 다섯 개의 침대를 살핀다. 석 달 전쯤 들어온 5번 침대의 대장암 환자가 갑자기 눈물을 흘리며 흐느낀다. 마침 옆자리에 있던 경숙 씨가 재빨리 그녀를 감싸 안았다. 하지만 그녀는 경숙 씨의 손길을 거부하며 돌아눕는다. 말기 암 환자병실에서 흔히 볼 수 있는 현상이다. 그녀는 앞으로도 죽어 나가는 사람을 볼 때마다 계속 그럴 것이다. 하지만 나는 그런 모습이 싫지 않다. 오히려 내심 반기는 편이다. 그것은 아직 삶에 대한 의욕이 남아 있다는 뜻으로 해석되기 때문이다. 꺼져가던 불씨가 다시 살아나듯이, 그래서 그런 돌출 행동을 보일 때마다 더욱 반갑다.

새로운 침대 하나가 환자를 싣고 와 6번 자리를 다시 채웠다. 다시 여섯 명이 된 병실은 온통 가래를 토해내는 소리로 요란해진다. 삶을 마감하며 영원히 병실을 떠나는 환자가 생겼을 때, 이곳에 있는 사람들은 긴장과 스트레스로 갑자기 가래가 끓어오른다. 나는 경숙 씨와 함께 그들의 등을 톡 톡 두드려준다. 환자들 입에서 가래가 쏟아져 나올 때마다 시원하냐고 묻지만 그들은 시선을 외면해 버린다. 결국 4번 환자가 가래를 뱉으며 심하게 구역질을 하기 시작했다. 감정이 북받치다 보니 망가져가는 위장을 쥐어짠 탓이다. 올해 나이 50세로 위암 말기인 여자다. 그동안 주로 내가 보살펴온 환자였다. 내가 급하게 달려가 그녀를 부축해 일으켰다. 경숙 씨도 다가와 침대 밑에 있던 플라스틱 변기를 꺼내 들었다. 몇 번의 토악질로 누런 토사물이 변기에 가득 찼다. 그리고 각혈이 이어졌다. 어제보다도 양이 많아진 것 같았다. 비릿한 피 냄새가 병실에 가득 퍼졌다. 환자가 구역질을 멈추자 경숙 씨는 토사물을 가지고 처리장으로 나갔다. 경숙 씨는 다시 돌아와서도 4번 환자 곁을 쉽게 떠나지 못한다.

나는 다시 5번 환자를 살펴본다. 그녀의 희미한 눈동자는 무언가 속내를 토해내고 싶어 한다. 그녀는 처음 이 방에 들어올 때부터 유달리 입을 다물며 항상 눈을 감고 있었다. 아예 입을 단단히 봉해 버린 것 같았다. 그런데 오늘은 그녀의 태도가 좀 달라 보였다. "좀 어때요, 괜찮아요?" 경숙 씨가 조용히 물었다. 하지만 그녀는 아무런 반응도 보이지 않고 다시 눈을 감아버렸다. 무언가 말을 꺼내려다 포기한 듯 보였다. 그녀를 경숙 씨에게 맡기고 1번 침대로 다가갔다. 1번 환자인 정옥희 씨는 폐암말기 환자다. 너무 늦게 발견한 탓에 각종 장기를 비롯해 온몸으로 전이된 상태이다. 그래도 옥희 씨는 이 병실에서 가장 젊고 밝은 성격의 소유자이다. 병이 생기기 전에는 무척 명랑한 성격으로 얼굴도 예뻤을 것이다.

그녀 입에서 마스크를 벗기고 입안을 씻어냈다. 그리고 소변을 받아낸 후 물수건으로 몸을 닦아내고 새 환자복으로 갈아입히려고 커튼을 쳤다.

"아줌마, 내 젖가슴 좀 봐, 어제보다 약간 부풀어 올랐죠?"

옥희 씨는 가늘고 창백한 손으로 젖꼭지만 달랑 붙어있는 제 가슴을 쓸어 올리며 나를 보고 웃었다. "그래, 며칠 전보다 도톰해졌는데, 새로운 애인이라도 생긴 모양이지?"나는 어제보다 오히려 더욱 달라붙은 그녀 젖가슴이 안타까워, 마음에도 없는 농담을 하며 웃었다."어머나! 새로운 애인이 생기면 젖가슴이 커지는구나."

그녀가 살며시 미소를 지으며 말했다.

"그럼, 가슴이 마구 뛰니까."

"세상에, 난 처음 알았네!"

옥희 씨는 마스크를 벗겨내면 말이 많아졌다. 그동안 말을 제대로 할 수 없었던 탓도 있겠지만, 그보다는 자기를 도와주는 사람을 힘들게 하지 않으려는 나름대로의 배려였다. 내가 옷을 입혀주고 입안을 닦아내주고 구석구석 몸을 씻어줄 동안에도 옥희 씨는 내 손을 꼭 쥐는 것으로 인사를 한다. 그러면 나는 나대로 가슴에 불을 지핀 것 같은 고마움을 느낀다. 나를 받아들여준 고마움도 그렇거니와 자기의 길을 잘 예비하고 있다는 것에 안도한 것이다.

이런 사람들에게 아름답게 죽음을 맞이할 수 있도록 도와주는 사람이 호스피스라고 했다. 수년 전 처음 이 일을 해야겠다고 나섰을 때, 나는 겨우 한 달을 간신히 채우고 도망치듯 뒷걸음질 쳤다. 감히 내가 무슨 능력으로 그 어마어마한 일을 할 수 있는 가였다. 씻어주고 대소변을 받아내고 미음을 먹여주며 왔다 갔다 동동거린다고 해서 그들에게 아름다운 죽음을 맞도록 도움을 줄 수 있는 것은 아니었다. 그것은 영혼과 영혼이 만나 소통해야 한다는 것 때문이었다.

5번 대장암 환자 옆구리 주머니에서 경숙 씨가 변을 끌어내고 있다. 변을 다 끌어낼 동안에도 환자는 경숙 씨가 하는 일에 대해 의식하지 못한 것처럼 무관심한 표정이다. 변 주머니를 소독할 동안에도 역시 환자는 무표정하게 천장만 바라보고 있다. 창자 썩는 냄새가 무더운 공기처럼 퍼져나갔다. 두 달 전쯤에 들어온 3번 침대의 보호자와 그보다 먼저 들어온 2번 환자의 남편이 고통스럽게 얼굴을 찡그렸다. 그 사람들은 도저히 참을 수 없다는 표정으로 밖으로 나가더니 좀처럼 들어오지 않았다. 냄새에 익숙해졌을 법한 두 달째인 3번 환자 아내가 손으로 코와 입을 막고 슬그머니 밖으로 나가자 2번 환자 남편이 따라 나갔다.

"저 사람들 너무한 거 아니에요?"

경숙 씨는 굳은 표정으로 내게 속삭이듯 말했다.

"왜 무슨 일 있어요?"

"저 사람들 눈 맞은 거 몰랐어요?"

경숙 씨가 아직도 모르겠냐는 투로 말했다. 기다린 김에 조금만 더 참지, 앞으로 살아갈 날도 얼마 남지 않은 것 같은데, 나는 마음속으로 중얼거렸다. 사실 나도 벌써 눈치챈 일이었다. 그들은 휴게실에서 커피를 마시며 늘 이야기를 주고받고 있었다. 그리고 그런 광경은 흔히 볼 수 있는 환자 가족들끼리 어떤 정보를 교환하거나 서로 하소연하는 것 이상이라는 것도 금세 눈치챌 수 있었다. 그러나 그들을 충분히 이해할 수 있었다. 환자 이상으로 지쳐버린 사람들이었다. 3번 환자 아내나 2번 환자 남편도 처음엔 환자 곁을 떠나지 않았다. 외국 자동차영업소에서 일한다는 3번 환자 아내는 손님을 만나야 할 때만 호스피스 도움을 받았다. 그리고 자영업을 한다는 2번 환자 남편도 거래처에 나갈 때만 병실을 비웠다. 그들도 처음엔 서로의 처지를 교환하며 어떤 유명한 의사의 말보다도 서로에게 의지가 되었을 것이다. 그러던 것이 점차 시간이 지나면서 지친 마음을 기댈 수 있는 이성으로 발전했을 것이다. 지난날을 회상하며 여자는 남자에게서 옛날의 남편을, 남자는 여자에게서 옛날의 아내를 느꼈을 것이다. 분명히 그랬을 것이라고 나는 생각했다.

양 간호사가 6번 환자 쪽으로 가면서 나에게 손짓했다. 새로 들어온 6번 환자 역시 폐암말기 여자 환자다. 담배 한 개비 피우지 않았다는데 왜 여자가 폐암에 걸렸을까 라는 의구심은 이제 더 이상 들지 않는다. 그보다는 폐암 환자들의 고통이 대단히 무섭다는 것을 먼저 떠올린다. 정말 무서운 몸부림이었다. 그것은 사극에서나 볼 수 있는, 반란의 수괴 같은 중죄인을 고문할 때 시뻘건 인두로 살을 지지는 아픔인 듯했다. 말기라는 판정과 함께 그렇게 미친 듯이 통증에 몸부림치다 한두 달 만에 훌쩍 떠나기가 예사였다. 나는 앞으로 6번 환자가 겪어야 할 고통이 두려운데 호스피스 팀장 양 간호사는 나를 그녀에게 소개했다.

"아주머니, 이분께서 잘 돌봐주실 거예요. 뭐든지 어려워 마시고 부탁하세요. 그리고 이분은 책을 재미있게 읽어주시고 얘기도 아주 잘하신답니다."

그러나 사십 대 후반인 6번 환자는 귓등으로도 듣는 척을 안 했다. 나는 통과의례라고 당연하게 여기며 조심스럽게 그녀 손을 잡았다.

"아주머니, 앞으로 저랑 친하게 지내요. 제 이름은 이보은입니다."

"난 그런 거에 관심 없어요. 댁의 일이나 신경 쓰세요."

예상대로 6번 환자는 냉소적으로 쏘아붙였다. 나는 일단 그 자리를 물러나서 1번 침대 옥희 씨에게로 가서 책을 꺼내들었다.

"아줌마, 오늘은 마지막까지 읽을 수 있을까요?""아직 열 장 이상 남아서 오늘은 못 끝낼 것 같은데."

내가 그녀에게 읽어주기 시작한 소설은『매디슨카운티의 다리』였다.

"아줌마 그 주인공 여자가 남편과 아이들을 두고 사진작가 남자와 떠날 수 있을까요?"

"어때요, 옥희 씨 같으면 그럴 수 있겠어요?"

"글쎄요, 난 절대로 못할 것 같아요.

"그녀는 다음 말을 잇지 못한 채 무슨 생각에 잠긴 듯했다. 나는 가족들 얘기를 꺼낸 것에 대해 곧바로 후회했다.

"그런데 남은 사람들은 다 살아가게 마련이라죠?"

어느덧 그녀는 자신의 이야기를 하고 있었다. 나 또한 그녀의 말을 들으며 나를 생각했다. 나에게도 남편과 두 아이가 있다는 것과 그들과 나도 머지않아 헤어져야 한다는 것을, 그리고 그녀의 말이 곧 내 이야기가 될 수도 있다는 것을.

"그래 남은 사람들은 다 살아가게 돼 있어. 그리고 머지않아 그들도 가야 하고."

"그렇지만 남은 사람들이 떠난 사람보다 더 힘들 수도 있을 거예요. 도저히 만날 수 없는데 미치도록 그리운 건 무서운 고통이잖아요. 난 그걸 잘 알고 있어요…."

옥희 씨는 그렇게 말하며 무언가 생각에 잠겼다가 다시 말을 이었다.

"중학교 3학년 때 아버지를 교통사고로 잃었어요. 처음 한 6개월 동안은 어머니가 잘 견딘다고 생각했어요. 그런데 갈수록 어머니는 아버지가 그리워서 못 견디는 거예요. 걸핏하면 아버지 산소에 찾아가셨어요. 어떤 날은 사진을 붙들고 소리 없이 울기도 했고, 옷장에 가득한 아버지 옷들을 꺼내놓고서 잠이 들기도 했어요. 하루는 아버지가 마지막 날 입었던 와이셔츠에 코를 대고 냄새를 맡는 거예요. 보다 못해 외할머니께서 아버지 유품을 모두 불태워 없애버렸어요. 그래야 어머니가 아버지를 빨리 잊을 수 있다면서요."

며칠 전부터 옥희 씨는 마스크를 쓴 상태에서도 말이 많아지기 시작했다. 말을 많이 하면 안 된다는 의사의 주의사항을 무시하면서까지 말을 하고 싶어 했다. 나는 더 이상 말을 못하게 해야 한다는 생각으로 4번 환자에게로 옮겨갔다. 진통제의 효과가 끝났는지 그녀는 입을 다문 채 신음소리를 내기 시작했다. 이미 뇌에까지 전이가 된 상태로 복통뿐만 아니라 두통에도 시달리고 있었다. 그녀의 얼굴이 고통으로 일그러지고 결국 경숙 씨가 양 간호사를 불렀다. 양 간호사가 담당의사와 함께 들어와 진통제 주사를 놔주고 나갔다. 그런데도 환자는 얼굴을 펴지 못한 채 가벼운 신음소리를 내고 있었다. 그리고 동시에 후텁지근한 냄새가 안개처럼 퍼져나갔다. 나보다 3년이나 선배인 경숙 씨는 대변을 쌌다고 판단하며 옷을 벗겼다. 대변이 배꼽 아래까지 올라와 있었다. 나는 경숙 씨와 서둘러 처리하기 시작했다. 일을 끝내고 뽀송한 환자복으로 갈아 입혔지만 환자는 고맙다거나 미안하다는 표정을 짓지 않았다. 환자에게 그런 항변이 남아 있는 것은 아직 삶이 급박하지 않은 것이라고 우리는 안도한다. 한참 후에야 4번 환자 보호자인 남편과 시어머니가 들어왔다. 초췌한 남편과 시어머니가 길게 한숨을 쉬었다. 시어머니가 한 번 더 크게 한숨을 쉬며 다른 환자들을 둘러보았다.

　입을 봉해버린 듯이 말을 하지 않던 5번 환자가 갑자기 흑흑 울기 시작했다. 말기 암 병실에서 흔히 벌어지는 일이다. 그들의 감정 변화는 시시각각 달랐다. 무표정하게 한 곳만 뚫어지게 바라보다가, 느닷없이 화를 내다가, 갑자기 울기 시작하는 것이 일반적인 현상이었다. 이번에도 그녀의 입에서 각혈이 터졌다. 그녀는 가끔 각혈을 하는데 며칠 전부터 부쩍 횟수가 늘어가더니 오늘은 벌써 두 번째다. 내가 서둘러 피를 닦아주었다. 그녀는 내 팔에 머리를 기대며 이번엔 정말 무슨 말인가를 하고 싶어 했다. 나는 그녀가 이제 떠날 때가 된 것이라고 직감했다. 환자들은 갈 때가 임박해서야 마음을 열었다. 급사를 제외하고는 단 몇 초만 주어지더라도 꼭 하고 싶은 말을 하고 싶어 하는 것이 인간의 최후 소망인 모양이었다. 마지막에라도 마음을 연 사람들은 가족에게도 못다 한 속내를 실컷 퍼내고 실컷 울고 가는 것이 대부분이었다. 그것은 마치 육신의 암 덩어리처럼 영혼을 물고 늘어진 암 덩이가 뭉텅 빠져나가는 순간이었다. 그들은 하나같이 죽음 이상으로 고통스럽게 후회했다. 목숨 끊어지게 누구에겐가 용서를 구하며 미안해했다.

“그래. 무슨 말이든지 해봐요. 무슨 말이든지….”

“아줌마, 나 천하에 없는 죽일 년이에요.”

5번 환자는 3개월 만에 처음으로 입을 열었다.

“사람은 아무리 바르게 살았다 해도 좋은 일보다는 나쁜 일을 더 많이 하게 된대요.”

나는 그녀가 안심하고 말을 할 수 있도록 배려한다기보다는 솔직한 인간의 속성에 대해 말하고 싶었다. 그녀는 갑자기 울음을 터뜨리면서 폭포수처럼 말을 쏟아내기 시작했다.

“아니에요, 나는 아주 몹쓸 년, 짐승보다 못한 년이라고요. 어미가 자식에게 그럴 수가 없어요. 남편과 사별하고 2년이 지났을 때 친구를 따라 우연히 무도장에 갔다가 남자를 알았어요. 그랬는데 그 남자는 결국 나를 협박해 끌고 도망을 갔어요. 그것도 우리 아들 대학 수능시험 치는 바로 전날 밤, 한밤중에요.”

“아이고 세상에!”

나는 무의식적으로 놀람을 나타내고 말았다.

“남자의 협박 때문이라 말했지만, 사실은 내가 그 남자를 포기할 수가 없었어요.”

“도대체 뭣 때문에 자식을 버린단 말예요?”

나는 다시 목소리 톤을 올리면서 물었다.

“그 남자의 모든 것이 가뭄에 죽어 가는 풀잎을 일으켜 세우는 단비 같은 것이었어요. 남편과 아이를 둘 낳았지만 전혀 겪어보지 못했던 일이었죠. 하루라도 그 남자의 손길이 닿지 않으면 금단 현상처럼 견딜 수가 없었어요. 아이들 생각을 왜 안 했겠어요. 이러면 안 된다 했다가도 그 남자 손길이 내 몸에 닿는 순간부터 아이들을 새까맣게 잊어버리는 거예요. 그래서 나는 남자가 요구한 대로 2층짜리 건물을 팔아주었는데, 남자는 내가 가진 몇 푼까지 몽땅 뺏어 먹고도 나에게 돈을 벌어오라고 협박을 했어요. 나는 갈빗집에 나가기도 하고 술 파는 노래방에 나가 과일

깎는 일을 2년이나 했어요. 나중엔 남자가 내 몸을 더듬을 때면 소름이 끼치더군요. 남자 몰래 도망을 치기도 했어요. 하지만 그때마다 붙잡혀서 짐승처럼 두들겨 맞곤 했었지요. 어느 날 용케 붙잡히지 않아서 아이들을 찾아갔더니 두 남매가 어디론가 가고 없는 거예요. 나는 그 일이 있은 지 얼마 지나지 않아 쓰러졌고, 결국 지금 이 자리까지 오게 됐어요."

그녀는 기력을 거의 소진한 상태로 격하게 흐느끼느라 다시 각혈이 터졌다.

"아줌마 우리 아이들은 지금 어디서 어떻게 살까요. 나는 그래서 죽는 것이 두려워요. 죽어서 그 벌을 어떻게 받을지 그게 무서워요. 우리 아이들 어떡하지요?"

나는 화가 풀리지 않았지만 드러낼 수는 없었다. 꺼져가는 생명 앞에서 베풀 수 있는 것은 오직 위로라고 생각했다.

"이 세상에는 결점 없는 사람이 없다고 했어요. 그것뿐인 줄 아세요. 그걸 깨닫는 사람도 없다고 했어요. 그런데 화자 씨는 지금 깨닫고 부끄러워하고 있잖아요. 신의 이름으로 용서를 구하세요. 하나님은 우리 인간의 어리석음을 다 용서하신대요. 그리고 아이들을 위해 지금이라도 열심히 기도하세요. 살아있을 동안 단 한 번만이라도 말예요."

"휴우―, 지난밤 꿈에는 끝없이 넓은 강을 내가 건너가고 있었어요. 아줌마 죄송하지만 저 대신 우리 불쌍한 아이들을 위해서 기도 좀 해주세요. 제 입에서 어떻게 기도가 나올 수 있겠어요. 제발 부탁이에요."

그녀는 더 이상 할 말이 없다는 듯이 기진맥진한 채 유언하듯 말했다. 5번 환자는 그렇게 처음이자 마지막으로 실컷 속을 퍼내고 난 후 내 팔에 안겨 잠에 빠졌다. 나는 잠든 그녀 얼굴을 처음으로 오랫동안 바라보았다. 마치 강력본드로 붙여버린 것처럼 입을 봉했던 사십 대 후반의 여자, 내 나이 또래인 실패한 어머니의 서글픈 모습이었다. 세상의 온갖 실패 가운데 가장 처절하고 비참한 것은 어머니로서의 실패라고 했다. 내심 안타까워하고 있는데 그녀가 눈을 채 감지도 못하고 온몸을 풀었다. 자기와 아무런 관계도 없는 내 품에서 임종을 하고 만 것이다. 나는 쾌락이란 악마에게 짓이겨진 불쌍한

육신을 안고 짧게나마 기도를 해주었다.나는 오늘 6번 환자를 보내주었다. 그리고 1번 환자와의 추억과 5번 환자의 가슴 아픈 사연까지 가슴에 담아야 한다. 다시 하얀 시트로 머리끝까지 덮어씌운 5번 침대가 영안실을 향해 병실을 나섰다. 우리들은 또다시 엘리베이터 앞까지 배웅을 해야 했다. 엘리베이터가 내려가는 소리를 들으며 나는 그녀의 아이들을 위해 꼭 기도하리라 마음먹었다. 경숙 씨는 그녀가 떠나버린 빈자리를 계속 서성거렸다. 침대를 정리하고 나서도 선뜻 그 자리를 벗어나지 못했다. 그리고는 가을이 왜 이리 빨리 지나가는지 모르겠다며 자꾸 창밖을 바라보았다.

3번 환자 아내와 2번 환자 남편은 다음 날 병원에 오지 않았다. 3번 남자환자의 어머니가 병실을 찾아와 며느리를 향해 욕설을 쏟아 놓았다. 젖탱이만 커가지고 아무 놈에게나 다리를 벌리는 아주 잡년이라며, 가더라도 조금만 더 참았다 가라며 울분을 토했다. 병실에 있던 다른 환자 보호자들이 소리 없이 웃음을 흘렸다. 나는 3번 환자의 늙은 어머니 심정과 분노를 충분히 이해할 수 있을 것 같았다. 나는 다시 1번 옥희 씨에게로 가서 책을 들었다. 사진작가를 따라 길을 떠나려던 여자 주인 공이 갈등하며 몸부림치는 장면이 이어졌다. 그런 고통스런 과정이 끝나고 남편과 아이들을 위해 자신을 포기하는 것으로 소설은 끝이 났다. 듣고만 있던 옥희 씨가 "모두가 이별이네요, 이별은 어떤 것이든 슬픈 것이네요."라고 중얼거리며 창 쪽으로 머리를 돌렸다. 나는 "회자정리, 모든

만남은 이별을 동반하고 있어요. 관계를 맺은 것들은 언젠가는 반드시 헤어져야 한다고, 그리고 그것은 눈물을 징수한다고”말해주었다.

창밖으로 시선을 보내고 있던 옥희 씨가 창문을 열어달라고 손짓했다. 나는 안된다고 말하려다 창문을 반쯤 열어주었다. 시원한 가을바람이 기다렸다는 듯이 슬그머니 들어와 병실을 헤집고 다녔다. 각종 약품 냄새가 창밖으로 빠져나가고 새로운 공기가 들어왔다. 옥희 씨가 황홀한 듯 바람을 마시며 손으로 창밖을 가리켰다. 그녀 손끝을 따라 창밖을 바라보았다. 병원 마당 저편에 늘어서 있는 오동나무 가로수가 넓은 잎을 술술 떨구고 있었다. 사람들이 걸어가면서 넓은 잎을 줍기도 하고, 한가롭게 나무를 쳐다보기도 하고, 어떤 사람들은 나무 아래에 있는 벤치에 앉아 깊은 생각에 잠겨있기도 했다.

“저 사람들은 자기 미래에 대해 아무 것도 모르겠지요? 자신의 미래를 모르는 사람들은 얼마나 행복할까요?”

옥희 씨는 무덤덤하게 말했다. 나는 그녀의 어깨를 다독여 주었다.

“일찍 안 사람이나 늦게 안 사람이나 결국은 모두 마찬가지 아니겠어요.”

귓가에 속삭이듯 말해주자 그녀의 눈가에 눈물이 고였다. 그녀는 눈물을 닦으려고 앙상한 손을 눈가로 가져갔다. 봉숭아 꽃물이 손톱 끝 부분에 반달처럼 남아 있었다. 절반쯤 남아 있는 봉숭아 꽃물이 내 가슴에 예리한 비수처럼 꽂혔다. 나는 그녀 손을 잡고 언제 물을 들인 거냐고 물었다. 초여름에 초등학교 4학년인 딸아이가 들여줬다고 했다.

“아이는 이렇게 말했어요. 손톱에 남아 있는 봉숭아 꽃물이 다 지워지면 내 병도 말끔히 나을 거라고. 그래서 얼마 전까지만 해도 반달처럼 변해 가는 손톱을 바라보며 좋아했는데….”

그러나 그녀의 현실은 어린 딸의 소망과는 다르게 흘러가고 있었다. 그녀는 벌써 두 번째 재발한 환자였고 지금까지 살아온 것도 기적에 가깝다고 양 간호사가 말한 적이 있었다. 이제 겨우 30대 후반인 옥희 씨였다. 하지만 그녀 역시 봉숭아 꽃물이 다 지워지기도 전에 다른 대기자들처럼 이 방을 떠날 것이 분명했다. 옥희 씨와 처음 만났을 때, 그녀는 30대 후반의 나이답게 성난 짐승의 눈빛이었다. 첫날 호스피스 팀장 양 간호사 안내로 손을 잡으려 하자 완강하게 내 손을 뿌리쳤다.

"하나님이 나 같은 사람들이 불쌍해서 당신 같은 천사들을 보냈나요?"라고 소리치면서 얼음처럼 차가운 표정이었다. 당신 같은 사람들을 볼수록 더욱 화가 치민다고 했다. 왜 나만 이래야 하는지 억울하다고도 했다. 그리고는 등을 돌리고 입을 닫았다. 그때 나는 어쩔 수 없이 상의를 걷어 올려 가슴 밑에 있는 수술 자국을 보여 주었다. 나도 당신처럼 죽어가고 있다고 했다. 그러면서 나도 3년 전 수술을 하고 중환자실에 몇 달인가 누워있었고 옥희 씨처럼 똑같은 생각이 들었다고 말해주었다. 그때 주치의는 이삼 년만 무사히 넘기면 10년 이상은 살 수 있을 거라고 했다. 그 말은 이삼 년이 고비란 의미였지만 45세에 10년을 더해봐야 55세에 불과했다. 정말 그때 내 눈에 세상 사람들은 영원히 살아갈 사람들로 보였고, 온갖 아름다운 자연조차 그들만을 위해 존재하는 것으로 보였다. 가족들이 위로하고 태연한 척할수록 나를 기만하고 달래기 위한 것이라고 생각했다. 화가 치밀었다. 누군가 사고로 가족을 모두 잃고 왜 하필 나냐고 절규하는 것을 들을 때면 그 말이 못마땅하다고 여겼었다. 그런데 막상 내가 당하고 보니 그 많은 사람들 중에 왜 하필 나냐고 항의했다. 모두 다 재미있게 잘살고 있는데 나만 이 세상을 떠나버려야 한단 말인가였다.

죽음은 사라지는 것이 아니라 다른 세상으로 옮겨가는 것이다. 조금 먼저 가는 것과 조금 뒤에 가는 차이뿐이다. 종교인들이 말할 때마다 신물이 난다고 항의하던 옥희 씨처럼, 여유롭게 위로하는 모든 사람들이 마치 내 삶을 몰래 훔쳐내어 자기 것으로 만든 것 같았다. 모두들 쇼를 하고 있다고 생각했고 그것은 바로 분노와 공격의 구실이었다. 모든 것은 스스로의 변화만이 해결할 수 있는 문제였다. 온갖 몸부림이 끝나갈 무렵에야 비로소 오직 버리는 것만이 유일한 출구라는 것을 알았다. 나는 자신도 모르게 모든 것을 내려놓기 시작했다. 오직 혼자 가는 길이다. 재산도, 명예도, 가족도, 그 무엇도 죽음 앞에서는 속수무책이란 것을 알았다.

"호스피스는 가장 고독한 순간을 함께 나누는 삶의 진정한 도우미입니다. 아로마 치료실, 가족 휴게실 등 시설. 24시간 정성스럽게 환자를 섬기고 싶다는 마음을 한눈에 확인할 수 있는 곳. 각 병실마다 욕실 완비. 침대에 누워서도 바깥 풍경을 볼 수 있도록 유리창턱을 낮추고…." 사람들은 왜 하필 호스피스냐고 묻는다. 모든 것을 내려놓으면서 가슴에 파고든 것은 동병상련에 대한 연민이었다. 살아있는 동안 나 같은 그들을 직접 만나보고 싶었다. 그래서 그들에게 봉사한다는 명분으로 사실은 나의 길을 예비하리라 마음 먹었던 것이다. 그런데 그들을 통해 비로소 나 자신을 돌아보기 시작했다. 그때부터 왜 하필 나만 죽어가야 하는가라는 무모한 생각에 부끄러움을 감당할 수가 없었다. 왠지 타인에 대해 미안해지기 시작했다. 내 몸의 수술 자국을 바라본 옥희 씨는 뜻밖이란 눈치였다. 나는 용기 있게 옥희 씨 당신이 바로 나라고 말했다. 그리고 얼음장처럼 냉소적이던 그녀의 눈길이 조금씩 풀리기 시작했다.

옥희 씨가 잠든 것을 보고 잠시 병실 밖으로 나와 휴게실로 갔다. 경숙 씨도 뒤따라 나왔다. 우리는 자판기에서 커피를 뽑아 들고 사람들 틈새에 앉았다. 티브이에서 부산 사하구에 있는 을숙도 갈대밭을 방영하고 있었다. 여름에 태풍 피해가 난 후 찍은 것이었다. 하천 주변에서 살던 새들 중에 개개미가 갈대숲 사이에 집을 짓고 새끼들을 부화시켜 놓았는데 자꾸 물이 차오르고 있었다. 먹이를 물어온 개개미 어미 새가 새끼에게 먹이려고 애를 쓰지만 물에 젖어 떨고 있는 새끼 개개미는 먹이를 받아 삼킬 힘이 없었다. 그런데 설상가상으로 커다란 구렁이가 새끼 개개미를 향해 다가가고 있었다. 어미 새는 아무리 크게 울어도 새끼는 몸을 움직이지 못하고, 어느새 구렁이의 목 안으로 몸의 절반이 들어가고 있었다. 어미 새가 그 처절한 광경을 바라보며 자리를 떠나지 못하고 울부짖고 있었다.

경숙 씨가 쯧쯧 혀를 찼다. 뱀에게 잡아먹히는 새끼보다 그것을 빤히 바라볼 수밖에 없는 어미 새의 몸부림이 더 슬픈 것은 왜일까. 하루에도 몇 번씩 그런 쓰라린 이별을 바라봐야 하는 것이 나의 일상이다. 그때마다 느끼는 것은 슬픔이야말로 남은 자들의 처절한 몫이라는 것이었다. 경숙 씨는 미물이나 사람이나 다 마찬가지라며 커피를 마저 마시고 자리에서 일어났다. 그녀가 앉았던 자리에는 환자 보호자들이 털썩 주저앉으며 한숨 섞인 말을 쏟아내기 시작했다.

"앞으로 석 달이라는데 집으로 가는 것이 어떻겠니?"

"어머니 그 통증을 어떻게 감당해요. 환자보다도 성한 사람이 못 견딘다니까요."

"그래도 그렇지, 하루에 들어가는 돈이 얼마인데. 석 달이 될지 다섯 달이 될지 그것도 알 수가 없고 말이야."

"그래도 죽어가는 사람에게 도리가 없는 일이잖아요."

"죽는 사람은 어쩔 수 없다 해도 산 사람은 살아야 할 것 아니냐."

"길어야 세 달이라 했는데 내가 보기에는 한 달도 못 갈 것 같네요."

"낸들 이렇게 모진 말 하고 싶겠냐. 앞으로 살아갈 일이 막막해서 그러는 것이지."

4번 환자 남편과 시어머니였다. 남편이나 시어머니 되는 사람을 대충 봐도 어려운 형편이라는 것을 알 수 있었다. 두 사람 말이 다 옳다는 생각이 들었다. 가을 해가 서쪽 창문에 정면으로 젖어들기 시작하고 건물 앞의 가로수 나뭇잎들이 바람을 타고 있다. 해가 지면 드세지는 가을바람이라고는 하지만 그것은 마치 먼 길을 안내하는 것처럼 느껴졌다.

양 간호사가 옥희 씨의 혈압을 재면서 고개를 갸우뚱하고 지나갔다. 나는 느낌이 좋지 않은 표정으로 옥희 씨 곁으로 갔다.

"아줌마 나 꿈꿨어요."

뜻밖에 옥희 씨가 명랑한 목소리로 말했다.

"무슨 꿈인데?"

나도 불안한 마음을 애써 감추며 밝은 표정으로 물었다.

"조그만 배를 타고 강을 건너가고 있었어요."

순간 양 간호사의 눈빛이 나를 향했다. 나는 그 눈빛을 애써 지우며 다시 명랑하게 말했다.

"그건 기력이 떨어졌을 때 꾸는 개꿈이야."

"아무래도 이번엔 내 차례인가 봐요."

"그렇지 않아, 이렇게 상태가 좋은데 그럴 리가 없어."

너무나 태연한 그녀 앞에서 내가 오히려 당황해 더 이상 말을 잇지 못했다. 해는 벌써 서편으로 기울어져 있고 서쪽 창문을 향해 마지막 빛살을 쏘고 있었다. 환자들이 곧잘 선택하는 고요한 시간이 다가오고 있는 것이었다. 옥희 씨 혈압이 불규칙하게 오르내림을 반복했다. 나는 마흔 살도 되지 않은 그녀를 감싸 안았다. 바싹 마른 몸이 바람에 날아갈 것처럼 내 팔에 안겼다. 30대 후반의 젊은 나이에 이토록 의연할 수 있을까. 그녀가 장하고 고맙다는 생각이 들었다.

"아줌마, 나 목욕 좀 시켜줄래요?"

그녀가 예상치 못한 부탁을 했다.

"목욕을? 그건 의사 선생님께 여쭤봐야 하는데."

"아니요, 의사 선생님 몰래요. 양 간호사도 모르게요."

나는 안 돼 라고 말을 해야 하는데 물끄러미 그녀를 바라보고만 있었다.

"아줌마 내 마지막 소원일지도 모르는데 안 들어주실 거예요? 가능한 깨끗한 몸으로 아이들 아빠를 한번 만나고 싶어요."

나는 더 이상 망설일 수가 없었다. 곧바로 더운 물을 받아와 그녀의 몸을 닦아냈다. 비누를 묻혀 비누 냄새를 풍겨주었다.

"아로마 냄새가 나네요. 아로마 비누죠?""그래 피부가 맑아진다는 아로마 비누야. 옥희 씨가 좋아한다는 그 아로마."

"아줌마, 내 젖가슴 좀 봐. 애인 만날 생각을 하니까 가슴이 마구 뛰는가 봐요."

나는 옥희 씨를 바라보며 고개를 끄덕여주었다. 그녀는 나를 바라보며 희미하게 미소를 지었다. 대강 몸을 닦아낸 후 꽃무늬 새 환자복을 입히려고 했다. 그러자 그녀는 입히지 말아 달라고 했다.

"아니 그럼, 발가벗고 애인을 만날 참이야?"

"아줌마, 나 이 병실에 들어오기 전에 책을 한 권 읽었어요."

"무슨 책인데?"

"일본인 오츠슈이치라는 의대 교수가 쓴 건데 말기 암 환자 이야기예요."

"무슨 내용인데?"

"말기 암에 걸린 사람들이 죽기 전 후회하는 것 25가지에요."

"죽기 전 후회하는 것?"

"예, 그래서 나도 남편과의 사이에서 후회하는 일이 없도록 하려고요."

“25가지 중에 첫 번째가 무엇인데?”

“내 몸을 소중하게 다루지 않은 것이래요. 이제라도 내 몸을 좀 더 소중하게 관리하고 싶어요. 신혼 첫날 밤 같은 느낌으로 말이에요.”

나는 그녀의 말에 고개를 끄덕이며 침대 시트를 턱밑까지 끌어올려 몸을 덮어주었다. 서산에 걸쳐있던 해가 미끄러지듯 넘어가고 가을날의 어둠이 성큼성큼 다가오고 있었다. 창밖에는 수많은 불빛들이 반짝이며 전혀 다른 세상을 만들어갔다. 그것은 무엇인가 따뜻하고 평온한 휴식처럼 느껴졌다. 그녀는 창 밖 세상을 바라보며 남편이 오기를 기다리고 있었다. 창 밖 세상의 불빛이 하나도 빠짐없이 다 밝혀졌다고 생각되었을 때, 그녀 남편이 피곤한 표정으로 침대 옆에 섰다. 그녀는 남편에게 바짝 얼굴을 갖다 댔다. 남편에게서 가을바람 냄새를 맡고 있는 듯했다.

“오늘은 좀 어때?”

뻔히 알면서도 환자 가족들이 으레 하는 인사였다.

“여보 가을바람 냄새가 나요. 그런데 왜 이렇게 낯설까…”

그녀의 허물어져 가는 발음이 내 귀에는 너무 선명하게 들렸다.

“낯설다니, 요즈음 내가 병원에 오래 있지 못해서 섭섭했구나?”

그녀는 마른 팔을 뻗쳐 남편을 가슴 쪽으로 끌어당겼다. 남편은 엉거주춤 상반신을 약간 엎드렸다. 그리고는 아내가 잡고 있는 손을 풀어 바람 한점 못 들어가게 시트를 단단히 여며주고 있었다. 그녀가 다시 남편 팔을 잡아당겨 스스로 시트를 헤치고 남편 손을 바짝 마른 가슴 위로 가져가는 것을 바라보며 나는 커튼을 쳐주었다. 뼈만 앙상한 몸에 까만 젖꼭지가 드러날 것이었다.

“아니 왜 이래?”

남편의 놀란 음성이 새어 나왔다.

"당신 손길을 잊어먹어서요."

"나보고 침대에 올라오라니, 당신 미쳤어?"

남편 목소리가 놀란 듯이 새어 나온 후 잠시 말이 끊어졌다. 옥희 씨는 초저녁 잠시지만 남편과 함께 아주 달게 잤다. 그리고 밤 9시도 채 못 되어 하얀 시트가 덮였다. 나는 그녀의 손을 쥐고 손톱 끝에 가늘게 남아 있는 봉숭아 꽃물을 바라보았다. 봉숭아 꽃물은 아직 나는 젊다고 항변하는 것 같았다. 그녀 역시 영안실로 내려가는 엘리베이터를 탔고 나는 또 배웅을 해야 했다. 미래를 알지 못하는 사람들은 얼마나 행복할까요, 라고 했던 그녀의 말이 떠올랐다. 나는 다시 채워진 1번부터 6번 환자들에게 '내일은 더 좋은 아침'이라고 인사를 하고 병실을 나섰다.

어두운 밤하늘에선 별들이 초롱초롱 빛나고 있었다. 응급실 외엔 사람이 뜸한 병원마당을 가로질러 걸었다. 오동나무 가로수가 큰 가지를 천천히 흔들고 있었다. 벤치에는 오동나무 잎사귀가 툭툭 떨어져 자리를 잡았고 나도 따라 벤치에 앉았다. 나도 모르게 눈물이 흘러내렸다. 경숙 씨가 언제 나왔는지 내 옆에 앉았다.

"보은 씨, 또 울어요?"

"아니요, 나도 모르게 그만⋯."

"나라고 다른 감정일까, 새파란 사람이 훌쩍 떠나갔는데!"

"정말 너무 새파랗죠."

"그런데 정옥희 씨는 왜 그랬을까. 젊은 여자일수록 망가진 몸을 남편에게 보이지 않으려고 악착스럽게 감추는데, 심지어 머리카락 빠진 것까지도 그러잖아요."

"글쎄요⋯?"

"남편의 체온을 마지막으로 느끼고 싶었던 걸까."

"아니, 그 반대의 생각이 아닐까요?""보은 씨 그게 무슨 말이에요?"

"자기가 떠난 후 남편이 딸아이와 겪어야 할 고통을 생각한 거겠죠."

분명히 그랬을 거라고 나는 생각했다. 옥희 씨는 어려서 보았던 어머니의 고통을 생각하면서 일본인 의대 교수가 쓴 책을 읽었다고 했다. 하지만 그녀의 마지막 행동은 그 회상과는 정반대로 진행되는 것 같았다. 도저히 눈 뜨고 볼 수 없는 자신의 몰골을 남편에게 각인시킴으로써, 다시는 자기를 기억하지 못하도록 하고 싶은 어떤 간절함 같은 것이 아니었을까. 그리고 그건 남편에 대한 마지막 사랑이자 배려였을 거라는 생각이 들었다. 갑자기 경숙 씨의 손가락이 밤하늘을 가리켰다. 하늘엔 무수히 많은 별들이 눈이 시리도록 반짝였고, 그 별들 사이를 비집고 달이 떠오르고 있었다. 옥희 씨 손톱에 절반쯤 남아 있던 반달 모양의 봉숭아 꽃물이 솟아오르고 있었다.

이종태

동양일보 신인문학상, 소설집 『아름다운 추락』, 『벌레』, 『내 눈은 어디로 간 걸까』 외

단편소설

분텃골의 한恨

—

오 계 자

한恨의 강, 휘몰리는 여울목에 휩싸여서 일생을 허우적인 여인, 애간장은 흔적이나 있으려나. 한이라고? 달구새끼보다 못한 목숨뿐인데 한은 무슨 한인가, 한을 품던 가슴도 굳어버렸다. 이제 차라리 편하다.

"할머니 계세요? 할아버지 유골 모셔왔습니다."

말이 떨어지자마자 유골함을 향해 물걸레가 날아왔으나 때마침 옆에 있던 학생이 얼른 가로채서 유골함이 걸레를 뒤집어쓰는 불상사는 면했다.

"인자 간신이 이자뿌고 살 수 있는 시상이 대았는데 우짤라꼬 또 사람 오장육부에 소금을 치능 겨, 나 이 자리서 죽는 꼴 안 볼라면 어여 나가! 어여! 그거 도로 갖구가, 육실할 인간 썩어문드러진 삐다구까지 날 괴롭히능 겨, 철천지 휴~ 철천지 웬수여."

허공을 향해 사람이 할 수 있는 욕설은 다 퍼붓다가 갑자기 꼭 다문 입꼬리는 위로 향해 미소를 짓고 눈에서는 뭉텅이 눈물만 솟는다. 실제로 눈물과 미소가 동시에 표출될 수도 있구나. 바라보는 이들의 가슴은 는개가 내린다. 따라갔던 학생은 섬뜩하다며 직원의 팔을 당긴다.

말로는 짐승이 공포가 극에 달하는 순간 얼굴에 웃음을 머금는다고 한다. 그래서 고사 지내는 돼지머리들은 다 웃는 표정이란다. 사람도 그렇다고 심리학 시간에 들은 적 있다. 되돌아가는 유골에 그분의 영혼도 따라오실까.

"형 갑자기 궁금해졌는데요, 극단적 선택을 한 사람이 고층 건물에서 뛰어 내렸을 때 낙하하는 그 짧은 순간 어떤 생각이 들까? 소용없지만 후회일까?"

농담할 겨를이 아닌 분위기에 뜬금없는 학생의 말에 옆에서 직원이 궁금하면 뛰어내려 보라고 농담을 한다.

이 할머니는 얼마나 기가 막히면 입에서는 저절로 미소가 드러나고 눈에서는 소리 없이 눈물이 뭉텅이로 솟을까. 수십 년 맺힌 한, 누르고 누르던 한이 한꺼번에 폭발하니 본인의 의지와 상관없이 나타난 현상일까.

정부에서 과거사 청산 정책의 일환으로 보도연맹과 부역이라는 죄목으로 학살당한 분들의 유골을 충북지역은 충북대 박물관 팀이 발굴했다. 유족이 없거나 모시러 올 형편이 안 되는 유골을 직원들이 직접 모셔다드리는 과정이다. 되돌아오는 박물관 직원과 학생은 전국에 갈 곳 없는 유골이 많을 것 같다며, 이렇게 아픈 역사를 비로소 알게 되었다고 의아해한다. 승수 학생은

"있잖아요, 난 역사를 잘 모르지만 저 할머니 열아홉 살에 일어난 사건들이면 나는 태어나기도 전인데 왜 역사의 굵직한 페이지가 이제 나타나요? 내 나라의 홀로코스트는 모르고 히틀러의 유대인 대학살만 비난했잖아요. 그런데 가족들이 여태까지 왜 조용했을까? 나는 보도연맹이니 부역이니 도대체 뭐가 뭔지 모르겠어요, 국가 차원의 큰일들이 왜 침묵으로 묻혀 있었어요.?"

의문이 생길 법도 하다. 옆에 있던 직원이 자신의 추측이라며

"가족들은 빨갱이란 말에 기가 죽어서 억울하지만 입도 벙긋 못하고 정부에선 어두운 역사 들추기가 쉽지 않았을 테지."

"나 같으면 절대 가만있지 않을 거요, 가족의 죽음인데 옳고 그름은 확실하게 밝혀야지."

윤 학예사가 긴 숨을 쉬더니

"우리 민족은 조선 오백 년 동안 굽실거리고 눈치 보는 것이 일상화되었어. 원래 일본은 대륙과 소통하는 조선보다 후진국으로 살았지만 조선 후기부터 일본이 더 강해져서 우리가 점령당한 건 그 넘의 성리학이 양반의 나라로 만들었기 때문이야, 놀고먹는 양반들은 백성 위에 군림하느라 민생도 국방도 엉망이 된 거야. 백성은 굽실거림에 너무나 익숙해졌고."

한참 조용하던 분위기는 윤 학예사의 분통 터지는 속을 결국 깨트린다.

"나 개인의 생각이지만 온 나라 백성이 굽실거림에 익숙해진 탓에 일본에도 쉽게 굽실거리며 살았어, 고구려의 기백을 그대로 살려 내려왔으면 일본은 비교도 안 되는 선진국이 되었을 거야, 물론 당시 고구려보다 후진국이었던 일본에 점령당하는 일도 없었을 것이고. 고구려는 외교적으로도 좋았고 신분차별 없고 남녀 차별 없으며 기술과 문화예술을 중요시하는 수준이 달라. 그래서 난 조선의 양반이 나라 망쳤다고 생각해."

윤 학예사는 역사 공부를 많이 하면서 뼈저리게 느끼고 혼자 한탄하던 문제를, 후배들 앞에서 가끔 털어낸다. 할머니의 오열에 북받쳐 도사리고 있던 말이 나온 거다.

"한국전쟁은 21세기라는 지금도 총탄 없는 전쟁 중이지요, 생각이 다르다고 적이 되고 있잖아요."

학생의 말에

"휴전상태니까 전쟁 중이지만 우리 세대는 전쟁 중이라는 거 실감 1도

없잖아, 동포끼리 싸움이라기엔 좀 거시기하지만 틀린 말은 아닌데 민주주의와 공산주의 사상의 대립에 강대국이 개입해서 큰 전쟁이 되어버렸으니까. 순수 동포끼리 전쟁이라기엔 모순이 아예 없는 건 아니지.”

직원도 학생도 윤 학예사의 꿈틀거리는 속에서 더 나올 것을 짐작하고 기다린다.

“우리의 힘으로 해방한 것이 아니고 일본의 진주만 기습 공격에 분노한 미국의 후쿠시마 원폭투하 등 강대국에 의해 얼떨결에 해방은 되었지만 36년 지독하게 식민교육을 받은 국민의 우매함 때문에 정부 운영부터 교육 등 모든 커리큘럼이 전혀 안 된 상태라 우왕좌왕할 때, 러시아와 중국은 왕권과 양반세력 까뭉개고 평등하게 살자고 선동했어. 공산주의가 무엇인지도 모르고 평등한 세상이 된다니까 따르는 국민이 많았어. 당시 김구 선생님께서는 민족이 갈라지면 안 된다는 주장으로 임시정부 수립을 반대했지, 이승만의 고집 아니었으면 한반도는 인민공화국이 되었을 거야. 그래서 지금 좌익 세력들은 이승만을 원망하고 반공을 국시로 삼은 박정희를 원수같이 생각해.”

윤 선배의 말은 사실 처음 듣는 것이 아니지만 오늘은 깊은 공감을 한다. 윤 선배가 종종 걱정하고 한탄하는 말이 있다. 조선의 마지막 총독 아베 노부유끼가 남긴 말 때문이다.

그는 맥아더 사령부 심문에서

“한국인은 식민교육을 받았기 때문에 자신을 다스릴 능력을 잃었다. 독립된 형태가 되면 당파싸움으로 다시 붕괴될 것이다.”

이 말을 아주 많이 염려하는 윤 선배다.

“조선인이 제정신을 차리고 옛 영광을 찾으려면 100년이 더 걸릴 것이다. 총과 대포보다 더 무서운 식민교육을 심어놓았다. 서로 이간질하며 노예적 삶을 살 것이다."

속에 천불 난다. 우리들 가슴에 큰 바위를 얹어 놓은 것 같다.

정치판이 불안하고 두렵다고 늘 걱정하는 선배다. 마치 아베 총독의 예언대로 진행되는 것 같아서다. 발전을 위해서는 대립하는 양쪽이 어느 한쪽을 무조건 배제하지 말고 서로를 인정할 건 하고 상대가 내놓는 이론을 토론하는 참 민주주의는 불가능일까.

"그런데 형 우리의 능력으로 해방된 것이 아닌 건 존심 상하지만 사실이고, 일본이 진주만 습격만 아니었으면 원폭투하도 없을 거잖아 내가 궁금한 건 일본이 진주만 습격을 했을 때는 이유가 있을 거 아녀?"

"2차 대전 세계사 시간 되겠다. 중일전쟁 등 아시아 전역에 일본이 선을 넘는 과격한 군사적 행동을 하니까 미국이 일본에 석유금수와 철강 수출 제한조치를 했고, 그래서 일본은 미국의 아주 중요한 해군기지 진주만을 기습적으로 공격한 거야. 손실이 상상초월이래, 사실 미국이 세계대전에 직접 개입하지 않았는데 이로 인해 직접 개입이 시작되었고 후쿠시마 원폭투하까지 간 거야. 일본 천황의 공식항복 선언은 대한민국의 독립이 된 거고. 일본 자위대는 절대 자국을 벗어나지 않겠다는 조약도 맺었어."

"당시 일본이 안하무인이었구나."

역사 공부는 할수록 조선 오백 년이 아깝다. 비생산적인 양반을 위한 나라, 백성의 날개를 꺾어놓고 굽실거림만 익숙하게 만든 양반의 나라. 백성의 氣를 꺾어놓은 오백 년 동안 우리보다 후진국이던 일본은 세계를 넘보게 되었다.

다시 모시고 온 유골을 제자리에 모셔두고 할머니 이야기에 분위기는 무겁다.

　노무현 정부에서 과거사 청산 작업이 시작하면서 가장 선두에서 크게 대두된 작업이 한국전쟁 전후해서 부역자로 몰리거나 보도연맹과 관련된 죄목으로 학살된 양민들의 억울함이었다. 학창시절은 물론 수십 년 이 나라에서 살면서 듣지 못했던 한국의 대학살 홀로코스트는 나도 경악했다. 억울한 죽음은 충북만 해도 수천 명이라니까 어마어마하다. 무조건 억울함이라기보다 정부 입장에서도 사정이 있겠지만 너무나 야만적인 처사다.

　"그런데 형, 부역은 남로당 공비들을 도와준 좌라는데 이해가 가지만 보도연맹은 어떻게 된 거야?"

　"보도연맹의 구성 취지는 남로당에 부역은 어쩔 수 없이 했더라도 사상을 온새미 자유민주주의로 전향시키기 위해 정부에서 조직한 단체야, 당시 연맹위원장이 내무부 장관이었어. 그런데 그게 쉽지 않았지, 그러던 중에 중국과 소련의 도움으로 북에서 남침을 도발하니 한국전쟁이야, 정부 입장은 완전히 사상이 전향되지 않은 보도연맹원들이 북한군을 도우면 전쟁에서 국군이 크게 불리해진다는 판단으로 연맹원들을 제거하라고 명을 내렸다는 기록이야. 지시가 하달되는 과정에서 무조건 복종이 충성인 것처럼 과잉 충성이거나 또는 배당받은 명수를 채우기 위해 지역 공무원이 불법까지 저지른 불상사가 일어난 거야. 제거해야 할 연맹원을 몇 명 이상이라고 상부에서 배당한다는 것이 얼마나 한심하냐. 그 과정에서 사상 자체가 남로당은 아닌 애매한 사람들이 많이 사살 당한 거야."

　윤 학예사는 본인이 말을 해놓고 스스로 '제거'라는 단어에 섬뜩하다.

　"듣고 보니 이유는 어느 정도 이해는 되지만 방법이 잘못된 거네. 짐승도 그런 방법으로 사살할 수 없어. 잔인함을 넘어 사이코야. 쉽게 말해서 처리 곤란이면 군에 입대시키지."

생각이 깊은 편이고 말하는 게 어른스러운 승수 학생은

"군에 입대라구? 아군에 총질하게? 당시에 상황이 그들이 저지른 죄의 형량을 고려할 여유가 없었을 테지. 그래서 국민의 억울함이 분통 터질 지경이고, 무조건 대학살은 정부의 크나큰 잘못이지만 혼란기의 시대적 불행이야."

박물관 대학 강의시간에 다큐멘터리 형식으로 설명하시는 강사님께서 사살 방식을 말할 때는 짐승이라도 그렇게 잔인한 짓거리 못 하지. 어떤 말로도 적합한 표현을 할 수가 없었다. 당시 공무원이었던 주 씨 할아버지는

"국가도 사정이 있잖아. 그 많은 사람을 어디에 가둬 둘 형편도 아니잖아. 먹여줄 형편도 아니고, 무조건 정부를 원망하는 것은 좀 그렇긴 혀."

먼 산 불구경하듯 만고강산 주씨 할아버지다.

청원군 남일면 고은 사거리에서 미원방향으로 살짝 커브를 돌면서 오르막길 오른쪽 분터골이 그렇게 한 맺힌 곳인 줄 몰랐다.

커다랗게 구덩이를 파놓고 그 난간에 여섯 명씩 세워서 총을 쏘면 구덩이로 엎어지고 흙은 형식적으로 몇 삽 흙 끼얹고 다음 여섯 명도 총소리와 동시 또 그 위에 엎어지는 방법으로 서른여섯 명이 구덩이를 채웠단다. 이게 말이 되는가. 서른여섯 명을.

"그걸 어떻게 알아요?"

앞에 앉은 누군가의 질문에 강사님은

"발굴할 때 같은 방향 같은 자세로 있는 유골을 보면 알 수가 있어요. 두 손이 뒤쪽 엉덩이 윗부분 있는 것은 포박상태였다는 걸 알 수 있지요. 그리고 그날 용케도 살아 나온 사람이 한 명 있었어요. 아마 총 쏘기도 전에 얼떨결에 앞으로 넘어진 것 같다는데 본인도 상황을 잘 모르

더군요, 정신을 차려보니 아직 목숨이 붙어있는 사람도 있고 피범벅에 굳어버린 시신도 있는데 여기저기서 신음소리에 피비린내까지 미치겠더래요. 간신히 기어 나오니까 캄캄한 밤이더래요.”

그리고 그날 총 들었던 사람도 여남 명은 되겠지.

유족은 다 찾으셨는지 궁금하던 차에 하시는 말씀이 연락이 안 되는 경우도 있고 거부해서 전달을 못한 경우도 있단다.

“그리 크진 않지만 눈에 띄는 까만 비석이 하나 있는데 영동여고 출신이 신혼시절에 사살되었고 남편은 미국으로 떠났는데 발굴 소식 듣고 와서 아내의 유골을 매장해주고 세워놓은 비석이에요. 참 많이 울더군요.”

당시 여고 출신이면 상급 지식인 인텔리다. 학벌도 있고 소신껏 발언하다가 빨갱이로 몰린 경우가 많았던 것 같다.

그 강의 후, 우리는 앉으면 분터골 이야기였다. 분터골뿐이 아니라 멀지 않은 부근에 같은 슬픔과 한을 심은 골짜기가 여러 군데 있다는 사실도 이제야 알았다.

박물관대학에 초창기부터 다니는 수강생 중에는 유적발굴에도 관심이 많은 이들이 있어서 발굴 작업과 관련된 토막 이야기들이 많다. 소로리 볍씨 발굴 이야기부터 두루봉 흥수아이까지 관심 있게 대화하는데 어느 날부터 가덕 할머니가 주인공 되어 등장하기 시작했다.

“시집와서 아직 마을 분들과 익숙해지기도 전에 남편을 잃은 것도 억울한데 빨갱이 식구라고 말을 섞지 못하는 건 물론 시선까지 피하며 모심기 때 사람 손이 아무리 모자라도 절대 일을 거들지 못했대요.”

빨갱이 식구가 전염병도 아니고 누명을 씌우는 것도 아니지만 어울리면 면서기가 같은 빨갱이로 취급할까 눈치 보는 거란다. 드문 일이지만 신고하는 인간도 있었단다.

"동네 재수 없다고 울지도 못하게 해서 남편 제삿날 막걸리 한 병 들고 뒷산에 올라가 실컷 울다 보니 첫닭이 울더래요."

이방인 취급당하며 살아도 입에 풀칠은 해야 하니 고은 사거리서 반대 방향 멀리 떨어진 청주역 쪽에 식당서 설거지 일을 하니까 배부르게 먹을 수도 있더란다. 일 잘한다는 칭찬으로 기를 살려 주니까 나도 세상에서 칭찬을 받는구나, 더 열심히 일을 하며 살만하다 싶을 즈음이었다. 하필이면 우리 동네 아저씨가 그 식당에 오는 바람에 들켜서 빨갱이 식구라고 식당에서 쫓겨났단다. 터덜터덜 걸어서 오는데 고은 사거리 초상집이 최 씨네다. 그 댁 둘째 아들이 안 갈려는 것을 억지로 설득해서

"경찰서에 모이면 부역죄도 까뭉개 주고 쌀도 준데야, 어여 가봐."

등 떠밀어 보냈는데 그날로 총살당했단다. 아들을 사지로 몰아넣은 엄마가 평생 바위 같은 한에 눌려 고통받다가 돌아가셨다.

"그 엄마는 평생 속 골병들어 화병이 생기더니 결국 머리에 핏줄이 터져 죽었데야. 그 동네 길재하고 만수는 부역도 한 적 없지만 쌀 준다니께 쌀이나 한 댓박 얻어올까 하고 따라갔다가 경찰서로 출장 나온 동사무소 직원이 자수한 거 용감하다며 엄청 반기더라잖어, 그래서 길재는 눈치가 이상한 것 같아서 슬쩍 뒤로 빠져나왔고 만수는 갔녀."

당시 공무원들은 보도연맹 체포 인원수 채우려고 혈안이 될 정도였으니 쌀 얻으려고 갔다가 목숨을 주고 말았다. 그러잖아도 성적 부진인데 스스로 찾아 왔으니 명단에 올리고, 엄지에 인주 묻혀서 꾹 찍으면 자수 끝이다. 얼마나 아이러니한가, 이런 상황이 당시 우리나라였다. 민 여사는 웃을 수 없는 뒷이야기를 하나 꺼낸다.

"그해 가을에 아이들이 학교 끝나고 오면서 동네 앞 도랑에서 엄청나게 통통하고 굵은 미꾸라지를 신발 주머니와 양쪽 고무신 가득 잡아갔

는데 집집마다 엄마들이 꿀밤을 주기도 하고 빗자루로 때리기까지 하며 당장 내다 버리라고 난리가 났대요.”

동네 앞 도랑물이 분터골에서 내려오는 물이라는 말을 듣고 나도 비위가 상한 듯 속이 불편했다.

강의 끝나고 교수님에게 위치를 자세하게 듣고 분터골을 찾아갔다. 쉽게 현장을 찾을 수는 있었지만 바람도 구름도 없는 날인데도 소름이 확 솟구쳤다. 혼자 온 걸 후회하면서 그래도 정신 차리고 답사했다. 야트막한 산자락이 병풍을 쳐 놓은 듯 아늑했다. 서른다섯 귀의 원혼들이 모여서 한을 나누기에 좋은 장소다. 방금 닦은 것처럼 까만 비석이 반짝반짝 말끔하다.

“이분을 보면 당시 정부는 얼마나 많은 지식인들을 잃었을까 진짜 아쉽고 아깝다.”

평소 역사 공부를 하다 보면 안타까운 문제들이 너무나 많지만 이 나라의 홀로코스트는 가슴을 치는 분통을 느낀다. 유난히 수난을 많이 겪어야 했던 우리 민족의 아픔을 돌아보면서 이를 가는 것은, 정복자 일본이 속속들이 악랄하게 우리 국민 수준을 낮추기 위해 온갖 수단을 다 동원했다는 것이다. 가슴을 친다.

어차피 조선 오백 년 양반의 나라가 백성을 청맹과니로 만들어 놓았으니 조선 총독부는 쉽게 승승장구였겠지.

그나마 민 여사와는 정이 통했는지 할머니가 반갑게 맞아 주신다.

이가 아프셔서 볼이 통통 부어있다. 치과는 한 번도 생각해본 적이 없는, 아니 치과라는 의원이 따로 있는 것조차 모르는 할머다. 우리가 치과에 가자고 했더니

“무신 이빨 아푸다고 병원을 가능 거? 늙으면 당연히 이빨도 아푸고

빠지구 눈이 침침하지 뭘 그렁 거 땜에 병원엘 가?"

치과에 가고 안과에 가는 것은 호강스런 것들이나 하는 짓이란다. 할머니는 빨갱이 식구라는 단어만 안 듣고 살아도 살만 해진 세상이다.

"그래도 얼추 쉰이 넘어서부터는 사람들이 빨갱이라는 말을 안 하더라구, 나도 사람취급을 해주구, 동네 일도 같이 하고 들에서 밥도 같이 먹었어. 살만한 시상이 온 겨."

"그동안 얼마나 힘드셨을까?"

했더니 또 금방 눈물이 주르르 흐른다. 지난 설움이 솜솜히 떠오른 것이다.

우리나라 옛 여인의 일생이 그리 호락호락하지는 않지만 그 중에서도 분통 터지는 이 할머니는 애간장은 이미 녹아버리고, 태워 버리고, 남은 건 썩어 문드러지고 분노할 영혼도 없다. 속에 천불로 속은 이미 재가 되었고 이제 영혼은 뜬구름처럼 바람이 밀어주는 대로거나 바람이 없는 날은 꼼짝없이 허공뿐이다. 날아다니는 새도 없는 허허공공에 떠 있다.

"할머니는 애간장이 녹는 경험도 하셨고, 애간장 태우는 경험도 하셨군요?"

"당연하지 옛날에 처음으로 선을 봤는데 나는 안 보여주고 엄마랑 큰아버지단 보시고 무슨 말이 오갔는지 인사하고 나가는데 문구멍으로 내다보니께 옆만 보이더라구 그래도 가슴이 콩닥콩닥 뛰잖어. 그날 밤부터 그 총각 생각에 애간장 살살 녹았지. 한편 걱정도 생겼구."

"걱정요? 왜요?"

"아버지는 독립운동 땜에 만주 가시구 오라버니는 왜놈 따라 일본 가고 이런 거 알면 콩가루 집안이라고 파토 내면 어쩌나 혼자서 총각 생각에 막 설레고 애간장이 살살 녹더라구. 내가 별소리 다하네.”

할머니 얼굴이 상기되어 불그레 하신 데다 수줍어하시는 표정이 귀엽고 한편 딱하다.

“그럼 타는 거는 언제 타요?”

“경찰서에 갔다 온다고 나갔는데 동네 사람들이 감옥으로 갈지 모른다고 해서 진짜 애간장 태웠거든. 그런디 그 길로 영영 못 왔어, 그 웬수덩이가 자기 안식구까지 속이구 빨갱이 된 줄 모르고 나는 남은 세월 애간장 썩어 문더러진 겨.”

잠시 서로 할 말을 잃었다.

“죽고 싶어도 내 목숨 내 맘대로 안 되능거이 명줄이여 얼마나 질긴지 몰러.”

하시며 내쉬는 한숨에 만감이 실려 있다.

“내가 서른 되던 해여 식당 설거지 일 하다가 빨갱이라고 쫓겨난 날이여. 빨갱이가 뭔지 난 몰러 그치만 그 웬수덩어리가 새빨갛게 속이고 다녔네벼. 난 그렇게나 나쁜 인간인 줄 몰랐지. 사람들이 그러는데 우리나라를 반대하고 원수나라를 편드는 거랴. 남세스러워서 시상 살 수가 없잔녀. 식당에서 받은 돈으로 대병에 석유를 한 병 샀어. 몸에 뿌리고 성냥불 켜면 끝이라 생각했어. 오밤중에 동네 뒷산에서 산을 하나 더 넘었지. 앉아서 하늘 보고 지껄였어. 별이 엄청 많고 반짝이더구먼.

“하늘님 내가 지금 죽더라도 그 인간이 있는 시상 말고 다른 시상으로 보내주시유.” 기도를 하고 보니께 대병은 꼭 쥐고 왔는디 어디서 흘렸는지 성냥이 없잖어. 갑자기 무섭기 시작했어. 석유병이구 나발이구 어떻게 헤매고 달렸는지 집에 와서 보니께 신발도 한 짝만 신고, 치마도 찢어지고 발바닥에도 무릎에도 피가 나고 얼굴도 긁혔어. 이상하재? 올라갈 때는 하나도 안 무서웠거든, 미친 듯 뛰어 내려오면서 내가 나한테 미친년, 미친년, 했다구."

새카맣게 숯이 되어 있으면 시신을 봐도 누군지 모를 것이라 생각하고 쥐도 새도 모르게 떠날 생각이셨단다.

"집에서 농약 먹고 죽으면 뒤처리 누가 할 껴? 이웃에 폐 끼치기 싫어서 생각한 겨."

얼마나 절망적이고 난감했으면 그런 생각을 했을까. 지금에야 다 옛이야기로 말할 수 있지만 당시는 얼마나 막막했을까. 열아홉에 시집와서 두 달 간에 사달이 났단다. 그나마 초가삼간 몸 추스를 집이 있고 푸성귀라도 심어 먹을 마당이 있으니까 목숨 부지할 수 있었단다.

옆집 욱이네 형님이 명절이면 가끔 담 넘어 주는 음식 덕분에 고기 맛을 봤는데 크게 사단이 나는 바람에 종종 드나들던 앞집 할머니까지도 발걸음을 끊었단다.

"여름밤에 봉당에 누워서 뒤채다가 잠이 들었는지 갑자기 멧돼지 같은 큰 덩치가 날 찍어 눌러대면서 옷을 벗기잔여. 놀란 나는 나도 모르게 옷을 움켜잡고 소리 지를 수밖에 없었덩 겨. 그러자 이웃들이 모여들고 그 장정은 어느새 사라지고 없더먼, 나는 옷매무새를 고치고 있는데 욱이 엄마가 잠겨있는 대문 열라고 소리쳐서 열었는데 확 달려들어 내 머리채를 끄들면서 화냥년이라고 악을 쓰더먼. 이웃들은 모여들고 나는 뭐라고 변명해봤자 들어줄 사람 없다는 거 알잖어. 대문까지 안으로 잠그고 화냥짓 하면서 소리는 왜 질러댔느냐고 내 아랫도리를 발로 차더먼. 그날부터 나는 대문 밖 출입이 더 어려워졌어. 동네 남정네들 홀리느냐구 해서 여름에 반소매도 못 입었지. 내가 살이 하옜거든."

욱이 엄마가 조용했으면 그 장정이 욱이 아비라는 걸 나도 모르고 아무도 몰랐을 터지만 그날 후 온 동네 남정네들이 밤만 되면 마누라한테 감시당하는 사태가 벌어졌단다. 장터에 간 서방이 늦으면 젊은 과부 행방부터 살피는 화근이 되어 이중으로 고난을 당한 할머니다.

"할머니 친정 쪽으로 가족이 없어요?"

"있어도 죽었는지 살았는지도 몰러. 아버지는 왜정 때 독립운동한다고 만주 가셨는데 소식깡통이구 큰 오라버님은 왜정 때 왜놈네 머슴 살다가 해방되고 일본 따라갔어. 부모님 돌아가신 소식도 모를 껴. 엄마는 딸이 빨갱이로 몰리는 소식 듣고 화병을 얻어 시름시름 하시다가 돌아가셨어."

"시댁은요.?"

"시숙이 있었는데 육거리 시장서 장사 하면서 잘 살았지. 동상이 빨갱이 되니께 서울로 이사 하고 소식 끊었어. 며칠 전에 이장이 연락 받았며. 동상 유골 문제로 전화 왔더랴."

"어떻게 살았어요, 할머니."

"나도 몰러."

살리어진 삶, 지난날은 백지일까, 할 말이 너무 많아 기가 막혔을까, 암튼 나도 몰라가 정답이다.

산 넘으면 더 큰 산이요, 강 건너면 더 큰 강을 만나는 것이 인생이라면 세월은 하나, 하나 지워주는 지우개라면 얼마나 좋을까. 절절 끓는 모진 시간도 꽁꽁 얼리는 극한의 시간도 하룻밤 악몽으로 지워주는 지우개. 하지만 세월은 가슴이 찢어져도 애간장이 녹아 물이 되어 흘러내려도 눈 하나 껌뻑 않는 것이, 모질게 혼자 간 서방님보다 더 잔인했다.

할머니에게 가장 큰 고민과 소원은 짐 덩어리 자신의 몸이다.

"나 숨통 닫히면 누가 이 몸띵이 치워줄 껴. 동네 사람들 폐 끼치능 거 그거이 젤 힘들어. 저승사자가 몸띵이 채 데리고 가면 좋겠어.”

하시며 웃으시지만 속은 속이 아니다.

외롭게 살면서 외로움을 모르고 서럽게 살면서 서러움을 모르며 억울한 가시넝쿨 헤치지 못하고 그냥 찔리고 긁히면서 숙명으로 받아들인 할머니다.

그날 손에 들고 있던 물걸레를 던지고 욕설은 해댔지만, 가슴에 커다란 바위가 된 것이다. 그래도 다행인 것은

“이듬해던가 서울서 시아주버님이 이장님과 같이 오셔서 오늘 뭐라고 하는 공동묘지에 모신다고 가자는데 속마음은 고맙고 다행이지만 양복쟁이들도 많고 남사스러워서 안 갔어.”

우리는 이미 지역뉴스에서 행안부 주관으로 세종 추모공원으로 모셨다는 뉴스를 보고 찾아뵌 것이다. 무거운 바윗덩이는 내려놓았다.

이제 온세미 자신의 몸띵이 처리가 생각 보따리를 채우고 있는 할머니의 소원은 오직 저승사자가 할머니 모시고 갈 때 몸도 같이 사라지는 것이다.

“하늘이시여, 땅이시여 비나이다. 죄 많은 이 몸띵이 지발 쥐도 새도 모르게 사라지게 하소서. 서리서리 꽂힌 날벼락들 다 이자뿌고 가겠나이다.”

서른 살도 되기 전부터 한평생 죽음보다 주검이 걱정이었다. 한 맺힌 한뉘 온몸이 사리덩이일 것 같다.

✎ 오계자
....

한국문인 수필 신인상, 동양일보 소설 신인상, 충북문학상. 저서 『목마른 두레박』, 『생각의 궤적』, 『깊은 소리』. 소설집 『첩부』, 『차마 말할 수 없었다』, 장편소설 『내 노동으로』, 『연모와 흠모』. 동화집 『뱃속 동네 친구들』

단 한 사람

—

이 귀 란

'개 발에 편자지'

코앞에서 지켜보던 생선장수 아줌마가 하던 말이 퍼즐 맞추듯 들어맞았다.

차곡차곡 준비했다는 것이다. 그 여자의 빚은 대추나무 가지에 연 걸리듯 걸리지 않은 사람이 없었다. 누구는 몇천만 원에서 누구는 몇십만 원에 이르기까지, 어느 집은 '엘리사 2호점'을 개업할 요량으로 남편 몰래 집을 담보로 대출받고, 친정에서 빌린 돈까지 수억을 갖다 바쳤다고들 한다. '엘리사'는 그 집을 드나드는 사람에게 돈을 빌리고 갚기를 반복하다 쥐도 새도 모르게 사라졌다는 것이다.

시장 상가에 수입상품 가게가 개점하자 여자들의 눈이 휘둥그레졌다. 대를 거쳐 콩 거두고 감자 심고 살던 새댁들은 발걸음이 가팔라졌다.

그 여자가 일으키는 바람은 신선했다.

"팔아들 봐요. 우리나라에 처음 들어온 거예요. 더도 말고 덜도 말고 30% 떼어줄 테니까"

속이 투명한 비전 냄비 셋이며 용무늬가 새겨진 카펫에 넋이 나간 새댁들은 입술에 루즈를 바르기 시작했다. 틈만 나면 엘리사를 찾아가 경험하지 못하던 샐러드라는 걸 맛보고 턱을 높였다. 엘리사의 앵두같은 입술에서 흘러나오는 이야기를 한마디도 놓치지 않으려 두 눈을 반짝였다. 갈라진 발뒤꿈치에 연고를 바르고 마사지 월 이용권을 끊는 집도 보였다. 아직 연탄불로 요리를 해 먹는 집도 있고, 어느 집은 풍로 위에 양은냄비를 쓰거나 베란다에 LPG 가스통을 놓고 살던 그때, 엘리사는 신세계였다.

주부들은 이태리제 커피잔 세트나 제너럴 다리미, 소니 녹음기를 들여놓고 가슴을 내밀었다.

그 여자는 계주었다. 주부들을 상대로 낙찰계, 범랑 냄비셋계, 이불계, 반지계 등, 크고 작은 계를 만들어 장사 수완을 펼쳐나갔다. 놀이터 의자에서 무료하게 지내던 여자들은 피카소의 그림이며 클림트의 판넬을 걸어놓았다. 무엇보다 격조 높은 문화를 누릴 수 있다는 허세를 가지게 하였다.

우리는 이집트나 터키 유목민들이 직조한 카펫 위에서 피카소의 삶과 클림트의 사상을 이야기하며 턱을 높였다. '엘리사'는 가난한 주부들의 목에 스카프를 두르게 하고 옆이 트인 원피스를 입도록 부추겼다.

"은혜엄마, 점심에 우리 집에 국수 먹으러 와."

진영이 엄마는 두세 사람만 살짝 초대했다.

진영이네 집으로 들어서자 현관 입구에 걸려 있던 결혼사진이 없어지고 클림트의 판화가 우리를 맞았다. 요염한 몸짓에 젖가슴을 드러낸 그림은 우리로 하여금 키득거리며 눈을 마주치게 했다.

"방으로 들어가아."

진영이 엄마는 우리를 방으로 밀어 넣었다. 그녀의 발톱에는 빨간색

매니큐어가 칠해져 있었다. 안방에는 화려한 무늬의 카펫이 깔려 있었다. 우리는 그 위에 앉아 신문화의 맛에 물들어 갔다.

"엘리사가 생겨서 사는 거 같아."

"나도 거기 한 번 갔다 오면 뭔가가 뚫리는 거 같다니까?"

"마냥 바라보고 있었으면 좋겠어."

여자들의 눈동자가 반짝였다. 아래층에 사는 영희 엄마가 1번으로 돈 계를 타서 다시 엘리사에게 비싼 이자를 놓았다. 엘리사는 누가 누구에게 돈을 빌려주고 빌려 쓰는지는 비밀로 했다. 서로의 자존을 높여주자는 의미였고 자신은 중간역할만 하는 것뿐이라며, 우리는 몇 년이 지나면 한결 질 높은 삶을 살게 될 거라고 속삭였다. 여자들은 가슴이 부풀어 비전 냄비 세트를 들고 친척이나 친구들에게 소개하여 수당을 챙기기도 했다. 대형버스를 빌려서 서울로 고궁이나 박물관 나들이를 다녀오기도 했다.

나는 지금 보은 상주 간 고속도로를 달리며 사십여 년 전, 신혼의 갈피 속으로 들어간다. 우리가 살던 아파트에서 1킬로만 벗어나면 작은 강이 흘렀는데, 강물은 낙동강으로 흘러갔다. 그 물줄기에 기대어 농사짓는 부모를 가진 집들은 때마다 시골을 드나들며 온갖 농산물을 가져다 먹었다. 오직 직장에 매달려 살아야 했던 나는 부러웠다. 우리를 돌봐줄 어른들은 늙었고, 가난했다. 오히려 때마다 오르내리며 크고 작은 집안일을 도맡아야 했으니 그때마다 빚을 져야 했다. 보너스를 타면 아이에게 동화책을 사 주고 싶었고, 장난감 자동차를 멋지게 태워주고 싶은데 늘, 허망한 꿈으로 사라졌다.

정자 씨 남편은 대기업의 과장이었는데, 쌀자루부터 시작하여 찹쌀,

콩 등 갖가지 곡식과 채소가 그 집 현관에 자주 쌓였다. 나는 쌀자루며 오이, 호박, 고추, 가지, 흙이 그대로 붙어 오는 파들을 오래 바라보았다.

정자 씨는 파 한 뿌리도 나누어주었다. 철없던 나는 제비 새끼처럼 받아먹었다. 어느 날은 마늘 한 쪽을 얻으러 가기도 했다. 무작정 현관문을 열다 그의 남편이 부엌에서 목욕하다 서로가 놀라 황급히 문을 닫았고 대야에 담긴 물을 우당탕 쏟기도 했다.

위아래 층에 살던 우리는 남편들이 출근하면 점심을 함께 먹었다. 정자 씨는 내가 만든 총각김치를 맛있게 먹었다. 정자 씨가 손에 들고 오는 반찬은 거의 밑반찬이었다. 숙은 깻잎과 멸치를 함께 조려 구수한 맛을 내는 깻잎 멸치와 시어머니가 해마다 만들어 보내주는 참죽나물 장아찌였다. 찹쌀풀을 입혀 꾸덕꾸덕하게 말린 후에 양념으로 버무린 참죽나물 요리는 처음 경험하는 맛이었다. 하루는 내가 꽃게장을 담갔다. 맛있게 빨아 먹는 모습을 보더니

"이렇게 살아서 꿈틀거리던 걸 어떻게 먹어요?"

야만인을 바라보듯 했다.

"일단, 맛이나 한번 봐."

어찌어찌 맛을 보더니 그날 게장은 정자 씨가 다 먹었다. 그 사람 정자 씨는 일상적인 생활도 힘에 겨워했다. 그러면서도 일요일이면 아픈 몸을 끌고 교회를 다녀왔다. 이해할 수 없었다, 내 걸음으로 5분이면 가는 거리를 쉬며, 쉬며 1시간 걸려서 다녀왔다. 무엇이 그녀를 그곳으로 이끄는지 이해할 수 없었다. 교회가 끝이 나면 그녀는 언제나 우리집으로 먼저 와 빙그레 웃으며 말없이 교회에서 주는 주보를 놓고 갔다. 1년이 넘도록 빠짐없이 그러자 나중에는 주보의 내용을 읽기 시작했다. 교회에 가지 않아도 성경 속의 낯선 인물들이며 교회의 소식을 알게 되었다.

그녀의 시어머님은 그녀가 교회에 다니는 걸 못마땅해했다. 남편은 '나를 선택하든 하나님을 선택하든 결정지라'며 그녀를 다그쳤다. 그 여자 정자 씨는 차분하고 나지막한 목소리로 '미안해요, 죄송해요'를 말하지만, 교회만은 포기하지 않았다. 무엇이 그녀를 그렇게 만드는지 이해할 수 없었다.

1987년 11월 19일, 삼성그룹의 창시자인 이병철 씨가 사망했다. 저 80년 오월 광주민주화운동을 폭도라고 알아야만 했듯이 무장공비라도 내려온 듯 수군거렸다. 사람들은 심장 소리가 빨라졌다. 삼성의 계열회사나 그 하청업체에 다니는 사람들이 많았기 때문에 밀알 같은 정보라도 얻고자 발 빠르게 움직였다. 새댁들에게는 특별한 구심점도 없고 부모님께 다녀오는 일 외에는 만나면 목례만 하고 지낼 뿐, 사회현상에 대하여는 아직 마음들을 모으지 못했다.

우리는 가난했다. 가난은 희망을 짓눌렀다. 가난은 암담한 미래를 어깨에 이고 어스름 달빛을 걷는 것과 같았다. 농사짓는 부모를 가지지 못한 이들은 아파트 단지 내에 있는 식료품점에서 찬거리를 사다 먹고, 더러는 외상장부에 적어 놓고 월급을 타면 갚으며 살았다. 동화책이나 문학 전집, 요리책들도 할부로 들여놓고 수금 사원에게 다달이 갚았다. 아이들과 함께 놀이터에서 놀다 어스름 저녁 사 들고 들어가는 식재료는 거의 콩나물이나 고등어였다. 그래도 마른행주도 짜면 물이 나오듯 얇은 월급이나마 가난한 적금을 들어 미래를 설계했다.

우리에게는 이병철의 사망보다 그 여자의 야반도주가 더 큰 이슈였다. 소문은 밤낮없이 입에서 입으로 떠다녔다. 그녀가 버들잎처럼 하늘거리는 옷으로 온몸을 휘감고, 솔 톤의 목소리와 함께 흘리는 향수 냄새는 다른 세상이었다. 시장이 북적거렸다. 그녀의 명품 강의를 들으려고 시간 맞춰 모여들었다. 우리나라를 방문하는 퍼스트레이디가 들었던 가방이나 신발을 소개하고, 그만큼은 못 따라가도 중간 정도는 들고 신어야 하지 않겠느냐며 눈알을 굴렸다. 가난한 주부들은 주눅 들어 더러는 입을 삐죽거리면서도 '엘리사'를 드나들었다.

단 두 사람, 정자 씨와 나만 당하지 않았다. 정자 씨는 세상의 사치나 새로운 상품에 끌리지 않았다. 나는 오히려 이익을 본 셈이다. 빌려줄 돈은커녕, 계에 가입하기는커녕 법랑 냄비 세트를 할부로 들이고 아직 갚아야 할 돈이 몇 개월이 남았으니 이익일 수밖에.

그녀가 사라지자 남편들이 놀이터로 나와 줄담배를 피우기 시작했다.

"다 잡아 죽일 거야!"

아파트가 떠나가라 지르는 소리는 무서웠다. 벌건 얼굴에 울긋불긋 핏줄이 솟아 있었다. 그러다 자기들끼리 무리 지었다. 그야말로 대동단결하였다. 남편들은 그녀를 잡아 잃어버린 돈을 찾겠다고 수소문하였으나 한여름 소나기 같았다.

"죽여버릴 거야."

술에 취해 주먹으로 벽을 치며 울분을 삭이는 이도 있었다.

아파트는 잠잠해졌다. 누구는 남편에게 맞아서 한동안 문밖을 나다니지 못했다고 하고, 어느 집은 이사를 가고, 심지어 약을 먹고 자살을 기도하다 살아난 이도 있었다. 이런저런 소문은 꼬리에 꼬리를 타고 밤낮으로 흘렀지만, 그 여자 엘리사는 그 어디에서도 꿩 궈먹은 소식이었다.

우리는 엘리베이터가 없는 5층에 살았기에 계단을 오르내려야 했다. 그 사람 정자 씨는 5층까지 오르내리는 일이 버거웠다. 아이에게 동화

책을 읽어주는 일도 가족이 먹을 음식을 만드는 일도 버거워했다. 내가 아이를 업고 양손에 김칫거리와 생선이며 콩나물을 들고 가볍게 오르내릴 때 정자 씨는 계단마다 앉았다 일어났다를 반복하며 드나들었다.

가난을 운명처럼 떠안고 살던 우리에게 유목이 시작되었다. 몽골 사람들이 게르를 펼쳤다 접었다 하듯 우리도 세 살 아들과 1대의 트럭에 고단함도 같이 싣고 이사를 했다. 남편의 발령으로 충청도로 이사 와서 같은 회사 사람들과 어울렸다. 삶이 암담했다. 미래를 꿈꾸기에는 우리를 둘러싼 여건이 아늑하기만 하였다. 아이의 재롱을 보는 일이 유일한 낙이었다.

간혹 살다가 예기치 않은 일들은 어디에서부터 오는 것일까. 누가 준비한 선물인지, 우리나라는 최초로 올림픽을 치르면서 사람들은 발걸음이 가벼워지고 자동차를 타고 휴가를 즐기기 시작했다. 우리도 예외는 아니었다. 그보다 더 큰 선물은 그 사람 정자 씨도 2년 후에 공교롭게도 청주로 발령받아 오게 되었다. 우리는 다시는 떨어지지 않으려는 듯 같은 동네에 살면서 붙어 다녔다. 콩 한 쪽도 나눠 먹으며 아이들을 키웠다. 정자 씨의 입덧은 유난했다. 둘째 아이를 가졌을 때는 숟가락 들 힘도 없다고, 여름이면 숨쉬기도 버겁다며 앙상한 어깨를 들썩이며 울먹였다.

복더위가 기승을 부리던 날, 정자 씨 남편에게 전화가 왔다. 쭈뼛거리며 간신히 말을 잇는다.

"다이얼 돌릴 힘도 없답니다. 새우젓이 먹고 싶으니 사다 달랍니다. 미안합니다."

어찌할 줄 모르며 이야기하던 남편은 이제는 함께 늙어가는 친구이다. 그렇게 죽음의 터널을 지나며 낳은 둘째 딸도 연약했다. 젊은 엄마는 기력이 없어 아이를 제대로 건사하지 못했다. 어느 날, 집에 가 보니 엄마는 싱크대에 팔꿈치를 댄 채 설거지하고 있었고, 아장아장 걷던 3살 아이는 엄마의 발밑에서 생선을 뜯어 먹고 있었다. 엄마가 기운이 없어 생선 살을 발라주지 못했고, 아이는 생선을 들었다 놨다, 던졌다 하며 떨어진 조각을 주워 먹고 있었다. 흘리는 게 더 많았다. 싱크대 밑으로는 떨어진 생선 조각이 하얗게 널려있었다. 나는 눈을 동그랗게 뜨고 바라보았다.

"지가 저렇게 잘 뜯어 먹어요"

저러면서 알아서 먹는다는 거였다. 엄마의 가녀린 손목만큼이나 약했던 딸 아이는 고맙게도 잘 자라주었다.

'엘리사'보다 더한 충격이 몰아쳤다. 1997년 우리나라는 외환위기 속에서 휘청거렸다. 모 기업 과장이던 정자 씨 남편도 예외는 아니었다. 상부에서 부하직원을 줄이라는 명령에 눈물을 머금고 정리해야 했다. 며칠 지나자 더 줄이라고 하자, 남편은 결단을 내렸다. 언젠가는 자기도 잘릴 것이다. 판단하고 먼저 사직서를 냈다.

엄혹한 시절 그들은 일단 부산으로 내려갔다. 그리고 인간이 거주하기에 가장 쾌적하다고 하던 캐나다의 밴쿠버로 이민을 했다. 부산에서 이민을 결심하기까지의 세세한 내용은 하늘만이 아는 일이다. 분명한 건 여름이면 숨쉬기도 힘들어하는 정자 씨를 위함이 아니었을까 진단해 본다.

얼마나 많은 고민을 했을까, 얼마나 단단히 준비했을까. 고맙게도 먼저 이민 가 자리 잡고 사는 지인으로부터 여러 가지 도움을 받았다고 한다. 예기치 않은 충격은 또 그렇게 도사리고 있었나 보다. 도움 준 사람에게 가지고 있는 돈을 모두 빌려줄 수밖에 없는 상황이었다. 시간은 정자 씨네 편이 아니었는지, 한 푼도 받지 못한 채 떼이고, 이민 간지 얼마 안 돼 빈털터리가 되고 말았다. 살아야 하기에 일당을 많이 주는 노동을 했다.

"커다란 통유리를 온몸으로 받치고 서서 일을 했어요."

그때의 이야기를 할 때면 정자 씨는 피눈물을 흘린다.

신실하게 교회를 다니던 그녀는 거기서도 한인교회를 나가고 시간이 쌓이면서 신임도 쌓였다. 그렇게도 타박을 하던 남편도 그 교회의 사무장으로 일을 하다 퇴임했다. 후에도 후임자를 찾지 못해 3년을 더 일하고, 이제 부모님이 사시던 고향 집으로 돌아온 것이다.

우리는 다시 지척에 살게 되었다. 다시 돌아오기까지 30년이 걸렸다. 나는 그 가족이 처음 캐나다에 이민 갈 때 흘리던 눈물만큼이나 삐질 삐질 웃음을 흘렸다.

두 딸은 결혼하여 캐나다에 자리 잡았다. 내 딸 만큼이나 사랑하는 귀한 딸, 그 딸이 왔다. 손목을 가누지도 못하던 예전의 그 아기가 제 아기를 안고 친정에, 고국에 왔다는 것이다. 그러니까 나는 지금 새 사람도 만나러 가는 거다. 흥분으로 내장까지 떨린다. 온갖 풍파 지나온 이 손으로 아기의 포동포동한 미소를 안아야 한다. 마시멜로처럼 말랑 말랑한 아가의 볼을 만지면 천사인 양 미소 짓겠지.

정자 씨 남편은 자신의 태자리에서 부모님이 사시던 모습 그대로 살아간다. 우리는 어제 본 양이나 다름없이 가족이 되었다. 이리도 마음이 훈훈한 건 사랑보다 더한 그 무엇이 있는 거다. 그게 무얼까.

눈물을 글썽이며 인사를 나누고 안부를 묻고 우리는 나직나직 30여년 세월을 채워갔다. 얼마나 시간이 흘렀을까, 우리의 대화는 이제 우리와 아이들에서 사회현상으로 옮아갔다.

"돈이 말하는 세상이지 뭐, 그러니 너나 할 것 없이 온갖 비리로 앉은 자리에서 돈만 챙기는 거예요."

"사람이 같은 사람을 상대로 돈을 버는 건 잘못된 겁니다. 지금의 경제체제는 인간을 가장 하위에 둔 시스템인 겁니다."

정자 씨 남편은 경상도 억양으로 나직나직 말을 이었다.

우리나라 상황은 여기 있을 때보다 밖에 있으면 더 잘 보인단다. 객관적 시선으로 보고 판단하고 염려한다고. 그러면서 '노자'의 사상을 이야기한다.

치빙전렵(馳騁田獵) 영인심발광(令人心發狂), 즉 너나없이 사방으로 말을 달려 사냥하는 데만 여념 없어 모두가 미쳐 있다고, 우리는 모두 고개를 끄덕였다. 그러면서 함석헌 같은 어른이 살아계신다면 어떨까 가늠해 보기도 했다. 물론 처음 살림을 시작했던 아파트 사람들과 바람을 일으켰던 '엘리사'도 우리에게는 빼놓을 수 없는 긴한 이야기였다. 우리는 서로를 보며 말랑해져 갔다.

지금 세상은 계엄 병을 앓느라 극도의 혼란에 빠져 흔들리는 중이다.

계절까지 혹독하여 3월에도 눈이 오고, 사람들은 계엄의 충격으로 감기가 낫지를 않는다고 하소연을 한다. 누구는 민주화운동 하다 도망다니던 때를 기억하며 숨을 몰아쉬고, 누구는 고문의 여파로 다리를 절면서도 광화문으로 나가 윤석열 퇴출을 소리높여 외치기도 한다. 한쪽에서는 태극기와 성조기를 함께 흔들며 확성기를 높이며 휘청거린다. 세상은 19세기를 맞던 프랑스의 드뤠피스 사건 때와 같다.

나는 그간 몸도 마음도 지쳤다. 재미를 찾아보고자 악기를 배우기도 하고, 여행을 다니기도 하며 깜냥껏 문화를 찾고 만들기도 하며 살았다. 그러다 어느 순간 회의에 빠지곤 했다. 무기력에 빠져 살아가던 날들, 이유 없이 밀려나고 처지며 살아야 했던 날들이 서럽게 눈을 뜬다. 잘못하면 야단맞고 1등을 위해 밤을 새워야 했다. 2등으로 3등으로 떨어지면 가족들이 수치스러워하는 상황은 어린 어깨에 납덩이를 짊어진 기분이었다. 조실부모한 나는 가정 시간, 특히 수예 시간이 제일 곤혹스러웠다. 준비물 값을 누구에게 달래야 하는지, 마련해 가지 못하는 날은 손바닥을 맞아야 했거나 옆 반 친구에게 빌려서 시간을 보내야 했다. 묻어두었던 아픔, 서러웠던 날들도 스스럼없이 토로할 수 있는 단 한 사람. 그 사람 정자 씨가 비행기를 타지 않아도 될 거리에 있다는 사실만으로 배시시 웃음 짓게 된다.

가장 편안한 사람, 어떤 이야기이든 마음 놓고 할 수 있는 사람. 그 사람이 늘 아파서 숨도 못 쉬겠다던 날들은 늘 아쉬웠다. 해줄 수 있는 게 없었다. 새우젓을 사다 주었지만, 기력이 쇠한 그녀에게는 보신을 시켜주었어야 했다. 나는 더 가난해서 새우젓을 사다 주기도 버거웠으니까.

가난은 사람을 어리석게 만든다. 가난은 얼굴도 모르는 사람의 내장으로부터 끌어올린 가래침 뱉는 소리로 아침을 맞이하는 것과 같은 일이다. 가난은 저급한 사람들의 저열한 소리를 듣는 것과 같다.

나는 그때 염세주의에 빠져 있었다. 오금을 펼 수 없는 가난보다 더 힘든 건 반드시 내가 아니면 안 되는 일들 앞에 지쳐 있었다. 가난하고 대책 없는 시댁 어른들의 일방적인 통보들은 미래를 암담하게 했다. 아이의 맑은 눈망울만이 엉망인 나를 놓지 않았다. 아이에게 동화책을 읽히고 싶은 가난한 엄마는 무턱대고 할부로 들여놓았다. 한두 달 책값이 밀리다 보면 보너스 나올 때 해결하면 된다는 판매사원과 달리 수금사

원은 줄 때까지 가지 않고 버텼다. 그분에게 아무리 구입할 때 그랬다고
이야기를 해도 듣지 않았다. 서로의 주장으로 언성을 높여야 했다. 지
지부진하고 비루했다. 그 사람 정자 씨가 왔다.

"아저씨, 그럼 어쩌면 좋겠어요. 이 책을 도로 가져가시겠어요? 아니
면 사흘 후에 우리 월급날이니 그때 다시 오시겠어요?"

그분은 두말하지 않고 사흘 후에 오겠다며 돌아갔다. 가난한 오기에
찌든 나에게 그 사람, 정자 씨의 언행은 다른 그 무엇이었다. 낯선 사람
들이 끝도 없이 오가는 시장통 한가운데 서 있다가 골방으로 숨어든 느
낌이었다.

수없이 일어나는 예기치 않은 현상들, 저기 저 논에 놓인 볏단이 밥
이 되기까지, 얼마나 귀한 손길을 거쳐왔는지, 이제 막 흙 속에서 파낸
고구마가 나에게 양식이 되어 오기까지. 그건 모두 가늠할 수 없는 사
랑이었다. 그 사람 정자 씨는 숨쉬기조차 힘들어하면서 어디에서 그런
사랑이 흐를까.

앞으로도 가끔 그녀에게로 올 것이다. 오늘처럼 반찬 몇 가지 나누고,
아이들 소식이나 동네 이야기, 사회현상에 대하여 두런두런 얘기하다,
고양이 한 마리 지나가면 그 생명이 오기까지의 사랑도 이야기하겠지.
그런 시간이 소중하다는 걸, 우리는 이제 안다. 아니, 오래전부터 알고
있었는지도 모르겠다.

그녀는 여전히 연약하다. 오래 서 있으면 허리가 휘청거리고, 설거지
중간에도 숨을 고르겠지. 그럴 때면 나는 슬며시 다가가 지지대가 되어
주겠지. 그게 우리가 살아가는 방식이니까. 여전히 여름은 덥고, 가을
도 여준히 쓸쓸하고, 정치인들은 여전히 서로를 헐뜯어도 정자 씨는 여

전히 감사하다고 말하겠지.

커다란 결정을 해야 할 때, 살다 지치면 그를 생각했고, 전화기로 일상을 나누었던 때를 지나 이제 얼굴 보고 살 냄새 맡으며 이야기 나누니 더할 나위 없다.

유대인들에게 전해오는 이야기라는데. 누군가가 지독하게 힘들어 울부짖으면 천사가 '슬픔의 나무'로 데려가 슬픔을 적어 가지에 걸어 놓고, 다른 사람이 벗어 놓은 슬픔을 택하라고 한단다. 사람들은 자기가 제일 불행한 줄 알았는데 그게 아니었다. 돌고 돌다 결국 자기가 벗어 놓은 슬픔을 도로 가져간다는 이야기이다.

이병철 씨의 사망이, '엘리사'의 사라짐이, 국제통화기금을 까치발로 건너왔다면 정자 씨는 온돌방에 누워 잘 익은 홍시를 먹는 기분이다.

누구는 대통령의 권한이라며 계엄령을 내리고, 누구는 국회의 담을 넘어도 농부는 여전히 허리 굽혀 땅을 일굴 것이고 나 또한 여전히 텃밭을 가꾸고 꽃을 어루만지며 대화하겠지. 그러는 동안 민들레 꽃씨는 날아 먼지 속에 뿌리를 내릴 것이다. 내 삶에 있어서 단 한 사람, 죽을 만큼 수치스럽고 비루해도 지구별의 오늘을 살아가는 80억 사람 중 내 편이 돼 주는 단 한 사람. 그 사람이면 내 삶은 족하다.

우리의 남은 날은 민들레 꽃을 얼마나 피울 수 있으려나.

이귀란

국제문학예술대상, 한겨레 통일 문학상, 기독문학상, 소설집 『변방』, 『월정리 역』 외

단편소설

행복한 우동가게 연작 소설

—

강순희

백치 신문고

공원 느티나무잎이 어쩜 오늘 밤에 다 떨어져 버릴지 모르겠다.

바람 소리가 쏴악 나면 나뭇잎이 와르르 무너질 듯 떨어진다. 뜨거운 커피나 잔을 들고 공원에 앉아 바람이 나뭇잎을 쏴악 쓸어가는 기가 막힌 순간을 본다.

떨어지기 싫어서 나뭇잎은 우우 소리를 내기도 하고 아쉬운 표정으로 나를 쳐다본다.

학교 선생님으로 낯이 익은 남자가 나를 보더니 무척이나 반가워한다.

"아줌마! 오랜만이에요. 몇 년 만인가요. 벌써 3년이 지났어요. 청주로 발령이 나서 그곳에서 근무하면서 이곳을 많이 생각했어요."

우리집에 내 집처럼 들락거렸던 손님이라기보다 가족같이 지내던 선생님을 보고 왜 이리 반갑지 않을까.

“아줌마! 변하지 않으셨어요. 나 알지요. 토기장이에요. 그때 나랑 친했지 않아요.”

눈썹이 짙으며 쌍꺼풀이 된 남자는 자꾸만 아는 체를 한다. 그런데 나는 이 사람이 달갑지 않다. 이렇게 오랜만에 만난 사람을 살갑게 대해 주어야 하는데.

내 머릿속에 기억된 저 사람은 내 돈을 떼어먹은 사람이다. 한 번도 아니고 몇 번이나.

한동안 토기장이란 선생님은 우리집을 좋아해서 날마다 오다시피 했다. 같은 동료며 후배 동호회 모임 등 많은 사람을 몰고 와서 막걸리와 홍어무침, 부침개, 어묵탕, 정종 이렇게 코스 요리처럼 음식과 술을 시켜서 먹었다. 함께 온 사람들은 모두 지성인이었고 우리집을 좋아서 술을 마시고 또 마셨다. 함께 온 사람들과도 친해져서 오래오래 잘 지내고 있다.

가끔 선생님 사모님도 선생님이었는데 우리 가게 친구들과 함께 와서 가락국수와 막걸리를 마시곤 했는데 어느 날 선생님이 혼자 숨을 가쁘게 쉬면서 부인선생님이 어울려 음식과 술을 먹고 있는데 큰소리로 부인선생님에게 “이 시간까지 뭐 하는 거야.”

부인선생님은 당황한 얼굴로 “오늘 우리 학교에 송별회가 있다고 했잖아요.”

선생님은 부인선생님 어깨를 잡아당기며 동료 선생님이 보는 앞에서 질질 끌며 밖으로 나갔다. 여자 선생님이 어찌나 안 돼 보이던지. 비닐문을 밀고 밖으로 나가

“나 좀 봐요. 토기 선생님 왜 그러시는 거예요. 부인선생님도 사회생

활을 해야 하는데 이렇게 얌전한 선생님에게 망신을 주면 어쩌자는 거예요."

　말해서 득이 없다는 것을 알면서 울화가 치밀어 올랐다. 여자 교사가 얼마나 좋은 직장인데 교사 만들어서 시집 보낸 친정엄마 같은 마음이라 할까.

　토끼장 선생님의 온화하고 따뜻한 표정은 온데간데없고 질투와 분노가 들끓은 무서운 얼굴을 하고 있으면서

　"아줌마가 시인이면 시인이었지, 왜 우리 부부관계에 끼어드는 거예요?"

　토기장 선생님은 나를 노려보며 부인선생님을 차에 억지로 태우고 골목길을 따라 사라졌다. 그날 시인의 공원에 바람은 차갑게 내 가슴안으로 들고 싶었으며 인생을 노래하던 그 토끼장 선생님을 정말 토끼 똥이 소복이 쌓인 토기장으로 들어가 버렸다. 어린 시절 토끼를 키워 학비를 보탠다는 시골 순박한 남자가 왜 이런 행동을 하는 줄 몰랐다.

　며칠 지나서 또 토끼장 선생님이 나타나서 예전처럼 늘 웃은 모습으로 지인 선생님들을 모셔오니 특별한 안주 해 달라 졸랐다. 우리집이 편하고 운치가 있어서 좋으니 다른 지역 선생님들이니 특별한 안주로 우리집에 없는 삼겹살을 먹고 싶다는 말에 거절하고 싶었지만, 그놈의 정 때문에 낮에 아줌마 눈치를 보면서 상추쌈과 겉절이 김치, 된장찌개를 끓여 토끼장 선생님 마음에 흡족하게 대접했다. 손님들은 충주에 이런 맛있는 집이 있었느냐며 무척이나 만족해서 내 마음도 좋았다. 술과 고기를 듬뿍 먹고 받을 돈으로 따지면 십만 원 넘었지만, 정으로 준비한 음식이니 원가 오만 원만 받기로 했다. 토끼장 선생님은 아주 기분 좋게 웃으며

“아줌마! 아줌마 통장에 돈을 넣어드릴게요. 돈을 가지고 오지 않아서요.”

맨날 토끼장 선생님은 이렇게 내 통장으로 돈을 싸 준다고 말하며 먹었다. 몇 년 동안을 그렇게 통장으로 돈을 넣겠다 하면서 먹었기에 나는 단 한 번도 의심하지 않고 통장에 돈이 들어 아 있으려니 하고 믿고 확인하지 않았다. 그런데 그 후 토기장 선생님이 우리집에 나타나지 않아서 좀 이상하다는 생각이 들었다. 동료 선생님들이 마지막 우리집에서 삼겹살 구워 먹은 날이 그 선생님 마지막 날이었고 청주로 전근하였다는 것이다.

전근 간다는 인사를 안 해서 조금은 서운했지만 이미 부인선생님께 함부로 하는 모습에서 신의를 잃었기에 보고 싶은 얼굴은 아니었다.

어느 날 내 통장을 찍어보게 되었다. 마지막 오만 원이 입금되지 않아서 통장 전체를 몇 년 동안 확인해 봤더니 토끼장 선생님이 보낸 돈은 한 잎도 없었다. 아니 이럴 수가. 맞벌이하는 선생님이 돈이 없는 것도 아닌데 사람들은 맞벌이하는 선생님을 걸어 다니는 중소기업이라 하던데 이렇게 나를 속이다니 정말 화가 났다. 전화해서 마구 따지고 싶었다. 그러나 난 그런 용기가 없어서 마음속으로 묻어 버리기로 했다. 토끼장 선생님이 함께 와서 우리집을 자랑하며 데려온 손님들이 얼마나 많은가. 그 선생님 중에는 늘 토끼장 선생님이 끔찍이 사랑하는 후배분이라 추억했다. 어느 날 밤 불쌍한 제자가 있으니, 나에게 오십만 원 장학금을 주라는 식의 이야기를 들었지만 내가 좋은 일 하고 싶으면 본인이 할 것이지 왜 나에게 시키느냐는 마음이 들어 대꾸하지 않았다.

토기장 선생님이 몇 년 후 이 공원에 아주 친했던 사람으로 나타나서 나에게 왜 반가워하지 않으냐는 식으로 투정한다.

이런저런 이야기를 할까, 해버릴까. 외상값이 되어 버린 돈을 달라 대들어 볼까.

아무 증거도 없이 가버린 시간 속에 있었던 이야기를 꺼내어 싸우고 싶지 않아서 그냥 멀거니 먹던 커피를 마신다. 떨어지는 나뭇잎이 나에게 몰려온다.

아줌마! 신경을 쓰지 마세요. 아줌마는 잘 살고 있지 않아요. 다 지나간 이야기네 나뭇잎에 묻어 버리세요. 말하면 아줌마 마음이 더 아플 것이고 속상해서 가락국수도 못 끓일 것 같아요. 계산을 싫어하는 아줌마 책임이니까요.

느티나무잎이 떨어지면서도 끝까지 나를 위로하고 있었다.

저 남자와 함께 바라봤던 시간을 놓치고 싶지 않다.

그냥 커피를 마셨으니 정종두 잔을 느티나무와 뜨겁게 더 마셔야겠다. 느티나무가 숫자를 싫어하는 유에게 바보 아줌마라 웃는다. 그리고 그 토끼장 선생님은 시인의 공원 느티나무 앞에 나타나지 말게 해달라 큰 소리로 말한다.

꿈을 노래한 느티나무

(인연)

점심시간이 시끌벅적하게 지나가고 커피 한잔을 여유롭게 마신다. 여름이라 에어컨을 틀고 선풍기까지 돌려도 덥다. 냉메밀을 먹으러 오는 사람 중에 겨울에도 꼭 냉메밀을 먹어야 속이 시원하다 사람도 있다. 느티나무 잎은 푸른 바다 물결 빛을 하고 흐느적거리면 파도가 밀려왔다 밀려가는 느낌이다. 가락국숫집에만 갇혀 있어서 얼마나 답답하냐 하는 사람도 있지만 늘 여유롭게 삶을 살아가는 사람이라는 티를 내고 싶은 객기가 있어서 우리집 앞마당 시인의 공원을 바다라 한다. 푸른 바다가 보고 싶을 때 가고 싶어서 안달이 나서 함께 일한 달맞이꽃 아줌마랑 사랑에 실패한 청년이랑 정동진역을 가다가 교통 사고가 난 후. 즉흥적으로 바다가 부른다며 바다로 떠나지 않는다. 불명예로 죽고 싶지는 않으니까. 바다가 부른다. 이 시간에 모두 바다로, 산으로 떠나서 한가한데 가락국숫집을 지키니 사람들이 나에게 죽어서 가락국숫집 귀신 될 거라는 말을 할 수밖에 없다. 돈 벌어서 무엇하느냐 말하면 거침없이 준비하는 말이 가락국수 반죽해서 끓은 가락국수 가격 너무 아까워서 세상에서는 쓸 수 없어서 나만 죽어서 가지고 하늘나라에 갈 비자금을 만들어 놓으니 죽어서 나를 만나면 반드시 먹었던 가락국수 가격 정보를 돌려주겠다고 말하면 사람들은 이해가 가지 않은 엉뚱한 내 말에 고개를 갸우뚱하면서 좋아한다. 돈을 돌려주겠다는 말이 마음에 들기 때문일까 아니면 힘들게 번 돈을 쓸 수 없다는 나를 이해하는 것인지 모르겠다.

덥고 습기가 있는 오후 바다를 꿈꾸며 쪽방에서 잠이 들었는데 갑자기 전화벨이 핸드폰으로 울렸다. 잘 받지 않는 전화기다. 사람들은 내가 바빠서 전화를 못 받은 줄 알지만, 사실은 전화한다거나 받은 것이 언제나 어색하고 쑥스럽다.

바닷물에 빠져 허우적거리는 꿈을 꾸다가 손을 내밀어 전화기를 받았다. 아차 살아있었구나, 살 수 있어서 평소에 죽어도 괜찮다는 말을 종종 했는데 새빨간 거짓말이다. 나는 바닷물에 빠져서 살고 싶어서 지푸라기라도 잡았다.

(미안하다)

전화기 속에서 아련히 낯선 여자의 목소리다.

"여기 광주인데요. 혹시 이연규 선생님을 아세요?"

정신 반짝 들어서

"네. 고등학교 때 우리 국어 선생님이었는데요."

"아니, 아니 핸드폰에 댁의 전화번호가 찍혀 있어서요. 우리 동생이 죽었는데요."

"무슨 말씀이세요. 그 선생님이 봄에 이곳에 오셨다 가셨는데요"

기가 막힐 노릇이다. 아니 하늘이 무너진다는 표현이 맞겠다.

이연규 선생님이 광주에 어느 모텔에서 자살했다는 것이다.

뜬금없이 왜 죽었을까, 이해가 가지 않는다. 어젯밤 새벽 3시에 내 핸드폰으로 전화를 걸었다는 흔적이 맨 마지막으로 남아 있다는 것이다. 무슨 이런 난감한 일이 일어났을까. 핸드폰을 잘 받지 않은 나는 너무 무심한 사람이 되어버렸다. 선생님은 늦게까지 가락국숫집 문이 열려있어서 소통을 이루고 싶었겠지.

여고 시절에 국어 선생님이었던 그분이 가락국숫집에 갑자기 3년 전에 나타났다. 내가 기억할지 모를까 봐 고2 때 소풍 갔던 사진을 들고 가락국숫집에 들어섰는데 왜 그리 반갑지 않았는지 모르겠다. 설유는 중소기업을 경영하는 신랑 잘 만나서 충주에서 잘 먹고 잘산다는 이야기로 남기고 싶었다. 나를 아는 광주 사람들에게 이런저런 이야기를 안 하고 싶었다. 자신 있게 사는 삶이었지만 아는 사람은 늘 내 건강과 생활을 걱정해 주는데 그 관심과 사랑을 거부하고 싶었다.

그냥 평범한 아줌마, 일상적인 여자로 남고 싶은 것이 나에게 남아 있는 자존심이라 해야 할까. 지나간 세월에 만났던 사람들은 지금의 삶을 이야기하고 싶지 않았다. 이곳에서 만난 나의 소중한 사람들과 또 다른 나를 만나 살아가고 싶었기 때문이다.

밀가루 반죽을 하다가 날 밀가루가 털털한 손에 안기지 못하고 온몸에 가루 범벅이 되어 있는 모습을 여고 시절 내가 좋았던 선생님께 전혀 보이기 싫었다. 그리고 선생님의 모습은 예전에 봤던 멋진 모습이 아니라 덥수룩한 수염에 머리를 길어 뒤로 묶은 낯선 남자가 되어 있었다.

"설유야! 네가 쓴 하늘 연못에서 나온 행복한 가락국수 가게를 광주 영풍문고에서 우연히 사보고 이렇게 찾아 왔다. 그런데 너는 왜 나를 반가워하지 않은 표정이다. 다른 애들이 다 변해도 너는 변하지 않을 줄 알았는데."

선생님은 이십 년이 훌쩍 넘어 기억 속에서 아물거리는데 선생님은 여고생을 앞에 놓고 혼내는 말투다.

"선생님! 만나면 반갑지요. 그런데 저는 오십이 넘으면 선생님을 뵈러 가려 했어요. 그때쯤 되면 내가 여유가 생길 것 같아서요."

"이놈아! 무슨 여유를 따지니 나도 글을 쓰기 위해 국어 선생 때려치우고 소설을 쓰고 있다."

"아니, 선생님 뭐라고요. 말도 안 되어요. 무슨 소설을 쓰기 위해 그 좋은 국어 선생님을 버리시다니요. 나는 그런 선생님이 싫어요. 무슨 유명한 작가가 되겠다고 가장으로 집안에 충실한 남편으로, 아빠로 살아야지. 아직 성공하지 못했던 소설가가 된다는 겁니까. 이곳에 나와 보니 글 쓰는 남자들 별로더라고요. 유명해지려면 벌써 유명해졌지, 선생님 나이에 무슨 소설을 써요?"

선생님을 보고 평소에 글을 쓴다고 검은 가방을 하나씩 들고 다니며 허망한 이야기를 해 대는 남자들이 종종 우리 가게에 와서 이상적인 이 야기를 하는 것을 듣고 내심 그들에게 하고 싶었던 말이다. 글을 정말 잘 써서 글로 성공할 것이 아니면 그냥 보통 남자로 가정을 잘 지키는 남자로 살아 주었으면 좋겠다는 생각이 들었다. 국어 선생님은 이런 나를 물끄러미 바라봤다. 어렵게 광주에서 고등학교 다니던 시절에 선생님은 부임한 지 얼마 안 되는 총각 선생님이었다. 약간 이마 가르마를 타고 옆머리가 넘어가는 바람머리 스타일에 하늘색 와이셔츠에 청바지를 종종 입은 자유로운 복장에다 훈남이었다. 이사장님이 학교 매형이라서 옷차림이 난해해도 별말이 없다는 소문이 돌았다. 국어 선생님은 우리에게 하늘에 떠 있는 별 같은 존재였다. 그 선생님을 짝사랑하는 여고생들은 가을 코스모스처럼 살랑거리고 있었다.

국어 선생님은 키가 크고 얼굴이 까무잡잡해서 별 인기가 없었지만, 영어 수학은 잘못했지만, 작가가 되고 싶었던 꿈 많은 소녀는 늘 국어 선생님에게 잘 보이고 싶어서 애를 썼다. 머리를 양 갈래로 묶은 여고생들의 선망 대상이었던 총각 선생님은 가끔은 기타를 가지고 와서 기타를 치며 노래를 불러주곤 했다. 광주 광산구 지산동에 자리를 잡은 학교에 그 사람이 그곳에 존재한다는 것은 하늘에 별과 입맞춤하는 기분이라 할까.

(기억)

땅끝마을 해남 옆에 있는 강진이 고향인 나는 시골티를 벗지 못한 못생긴 여학생이었으므로 선생님은 나랑 친한 사이가 아니었지만, 국어 시간이면 예습과 복습을 잘해온 덕분으로 선생님과 눈을 마주치며 수업하게 되어 설유만 좋아한다며 시샘을 한 친구들이 있었다. 점심 후 졸리는 시간에 국어 시간만 되면 눈이 반짝거린다는 말을 친구 효성이가 말했다. 선생님은 시인 이야기가 나오면 시인 이름도 모른다며 다른 친구들을 답답해했고 그사이 시인의 이름을 줄줄이 외우며 시를 오십 편이나 외우는 나에게 기특해했다. 다음에 살아가면서 큰 재산이 될 거라는 말을 했다. 오로지 국어 선생님에게 잘 보이기 위해 시를 외웠다. 소월 시부터 휘트먼의 시까지 오십 편의 시를 외우며 그 시속에서 살았다. 소설은 이광수의 「사랑」부터 솔제니치의 「이반 데니소비치의 하루」까지 줄줄이 늘어놓으며 존 스타인백의 「불만의 겨울」을 선생님께 읽었느냐 물어보기도 했다. 국어 선생님과의 눈 맞춤이 다른 친구들과 다른 격조 높은 대화가 소통하고 있다고 생각했다.

강진 고향 집에 전화가 없어서 전화를 거는 것이 굉장히 두려웠는데 어느 날 교무실에서 선생님이 전화를 거는 일을 시켰다. 당황한 나머지 전화기를 거꾸로 들고 여보세요. 그러니 국어 선생님은 깜짝 놀라서 나를 쳐다봤다. 얼마나 떨리고 부끄럽던지 얼굴이 화끈거렸다. 국어 선생님이 내가 촌년이라는 것을 알아버린 느낌이어서 지금도 그때 그 일을 생각하며 가슴이 뛴다. 선생님과 나눈 문학 이야기는 끝이 없이 이어졌고 도내 청소년 백일장대회에서 최우수상을 타면서 서서히 나는 두각을 드러냈다. 친구들과 선생님들 모두 나를 시인이라 했다. 비가 오는 유리창 밖을 멍하니 쳐다보며 삶을 생각했다. 나에게 허락도 없이 주어진 생명이 참 신기하고 원망스러웠다. 앞으로 나의 미래가 막연하며 산다는 것이 허무하다고 생각하기 시작했다. 그런 나를 보면 친구들은 실연을 당했느냐 웃었으며 국어 선생님은 나의 등을 툭툭 쳐 주기도 했다. 시인인 것처럼 보이는 모습은 내 또래에게 맞은 글을 쓸 수 없게 했고 어른 흉내를 내서 나의 문학에 도움이 되지 못했다. 글을 써도 아주 근사한 말을 썼고 말을 해도 또래가 알아들을 수 없는 말을 해서 점점 왕따가 되어간 시절이었다.

국어 선생님께 잘 보이려고 무슨 심사로 그랬는지 모르지만, 감색 치마에 리본으로 묶은 블라우스가 교복이었는데 허리를 쫙 달라붙게 고쳐지고 긴 후 리아스 커트 옆선에 달린 지퍼를 억지로 내려 선생님이 있는 교무실에 기웃거리다가 국어 선생님이

"야! 너 자크 내려왔다."

이렇게 지적하면 모르는 척 교무실을 뛰쳐나오곤 했다. 무슨 속셈으로 지퍼를 열어 그 안에 붉은색 칠 부 팬티가 보이도록 했는지 아무리 생각해도 모를 일이다. 아마 그 시절에는 내가 여자라는 것을 보여 주기를 위한 것이었다. 사람이 커가는 시기에 이런 분위기를 연출할 수 있다는 것이 참 재미가 있다. 가난과 촌스러움에 여고 시절, 총각 선생님은 여고를 졸업할 즈음 나에게 전화하라고 전화번호를 은근히 써서 접어 준 적이 있었다. 밖에 음악다방에서 커피를 마시자는 말을 했다. 그때는 국어 선생님이 좀 싱거워 보이기도 하고 느끼하다는 생각이 들어 선생님의 전화번호는 교복 호주머니에서 나오지 못한 채 어디론가 사라져버리고 말았다. 문학의 열정이 강해서 언젠가는 자신은 소설을 쓰고 싶다고 말했던 선생님이 이렇게 우리 가락국수 가게에 나타났는데 멋쩍고 흥미가 없는지 모르겠다. 그래도 옛 스승님인데 잘해 드려야지 부끄럽지만 손수 가락국수를 한 그릇을 끓여 선생님 앞에 놓아 드리고 청주 한잔을 대접해 드렸는데 손님은 계속 들어와 선생님과 마주 앉아

이야기할 수 없었다. 내 얼굴에 반갑지 않은 손님으로 냉기가 흐르는 것이 분명했다. 속없이 소설가가 되겠다는 국어 선생님 사표까지 내고 이곳까지 온 선생님이 왜 이리 못마땅할까. 할 말이 별로 없는 분위기에 선생님은

"설유야 너랑 단짝이었던 효성은 지금 어디에 사니? 연락은 하고 사니."

"예, 부산에 살아요. 선생님."

"그래. 너랑 참 친했는데 네가 글씨를 못 써서 효성이 너 글을 대신 써주지 않았니."

웃음이 났다. 효성은 이다음에 의사에게 결혼해서 살림하면서 내가 글씨를 못 쓰니 내가 쓴 악필은 효성이 원고지에 대신 적어 주는 역할을 해 주는 것이 꿈이라 했다. 언니처럼 엄마처럼 먼 고향을 떠나와 산다는 이유로 나를 데리고 양동이 있던 집에 데려가 감칠맛이 나는 김치, 보글보글한 보리 된장국에 흰 쌀밥을 고봉으로 퍼주었던 친구다. 그 친구 어머니는 나를 친딸처럼 대해 주었고 오빠와 동생들까지 잘해 주어서 핏줄을 나눈 가족이 되어버렸다. 효성의 집은 독실한 천주교 신자였기에 천주교에서 받은 견진성사 대모를 효성 어머니가 서주어서 나중에는 정말 강진 가족이 아닌 친가족을 이루었다. 강진을 떠나서 외롭게 객지 생활하고 있는 나는 양동에 수양버들이 늘어진 길을 따라 임동 쪽으로 들어선 길모퉁이 집이 내 집처럼 든든하게 느껴졌다. 강진에 두고 온 엄니는 늘 일 바지와 늘어진 흰 젖 삼에 쪽 머리에 모습으로 객지 나가는 딸이 혹시 연애할까 봐 맨날 남자 조심하라며 여자는 익은 음식이니 조심해야 한다는 엄포를 놓곤 했다. 울 아버지는 내가 가끔 학교에 잘 가는지 학교에 근처까지 왔다 간 적이 있었고 기숙사에 생활한 나는 효성이 집이 참 마음에 들었다. 어머니는 파마머리를 했고 늘 단정한 옷차림에 성당에 다니는 모습만 기억이 된다. 그

집에 오빠는 회사에 다녔고 올케언니가 야쿠르트 배달을 한다고 노란 모자와 옷을 입고 조금 못마땅한 표정을 하고 다녔다. 엄하신 시어머니와 오남매의 시동생들 뒷바라지가 좀 힘이 들었을 거라는 생각이 들어 효성이 집에서 밥을 먹을 때 언니 눈치를 조금 보기도 했지만, 언니는 나를 효성이보다 더 좋아한다고 생각했다. 참 국어 선생님이 그때 나보다 효성이 더 좋아해서 효성이 집에까지 바래다주곤 했다. 언젠가 들은 말인데 효성이도 졸업 후 음악다방에서 만나자는 이야기를 했다는 소리를 듣고 효성과 나는 함께 바람둥이라는 딱지를 총각 선생님에게 붙여버렸다. 효성이 집이 갑자기 가고 싶어진다. 잊을 수 없는 광주 떠나와서 더 그리운 고향이다. 효성이 말에 마음이 옛날로 돌아가 선생님 앞에서 히죽히죽 웃으면서

"선생님! 알아요. 그때 변 검사 할 때요."

"맞아 구충제를 주기 위해 변 검사할 때 너희가 된장인가 팥인가 넣어서 난리가 난 적이 있지."

"참 그때 내가 효성에게 변을 넣지 말고 단팥빵에 들어 있는 팥을 넣자고 해서 우리 둘이 혼난 적이 있어요. 검사 기관에서 내용물을 적어 학교로 보낸 바람에 정말 우리 얼마나 선생님에게 맞았는지 알아요. 지금 생각해도 너무 했어요. 다 큰 처녀들을 그렇게 두들겨 패다니 지금이라도 반성하세요. 나는 그때 일을 생각하면 상처로 남아 있답니다."

선생님은 교감 선생님에게 혼이 나서 우리에 화풀이했는지 모르겠다. 강당으로 오라 해서 토끼뜀을 시키면서 큰 나뭇가지로 학교 망신시켰다는 이유로 두들겨 팼다.

"선생님! 무슨 그렇게 유명한 학교라 그렇게 때렸는지 지금 같으면 고소감이에요. 반성하셔요."

지산동에 자리 잡은 학교에 갑자기 가고 싶다. 유달산 올라간 것처럼

계단이 엄청 많아 산꼭대기를 올라간 느낌으로 숨이 찼던 학교. 그곳에 스님이 학교에 다녀서 가끔 케이크를 들고 와서 나에게 시인이라면서 먹으라 했다. 그리고 시를 한 편 써달라 했다. 밥을 먹지 않아도 시를 쓰지 않은 사람. 보통 사람이 시를 좋아하던 시절이었다. 국어 선생님은 가락국수를 다 먹고 청주 한잔을 더 달라고 해서 불타는 정종을 따뜻하게 데워주었더니 내 책 속에 나오는 느낌이 있는 술이라 만족해하며 옛 생각에 젖어 든 모습이다.

그리고 말을 풀어 놓기 시작했다. 지금 선생님이 써놓은 소설이 세 편이 있는데 출판사를 정하지 못하고 있다는 것이다. 본인의 작품은 작품성과 재미가 있는 문학 작품이라서 노벨 문학상을 꿈꾼다는 것이다. 기가 막혔다. 어쩐지 선생님의 모습에 믿음이 가지 않았다. 졸업 후 음악다방에서 효성과 나를 만나자 각각 전화번호를 적어 주던 모습으로 이어지면서 혹 학교에 근무하다가 이런저런 현실 맞지 않은 행동을 해서 쫓겨난 것이 아닐까.

(후회)

국어 선생님은 눈이 피로해 보였다. 공원에 나가 담배를 피우며 하늘을 쳐다봤다.

이연규 선생님을 반기지 않은 마음이 있어서 냉대해서 친구 효성 전화번호를 가르쳐 주지 않았는데 선생님은 고등학교 봄 소풍 때 찍은 흑백 사진을 지갑에 넣고 다녔다. 그 사진 안에 효성과 나는 그 선생님을 가운데 모시고 아니 팔짱을 끼고 웃고 있었다. 어딘지 모르게 웃음 뒤에 숨어 있는 아픔을 느껴서 그 선생님이 가지고 다닌 사진을 빼앗아서 찢어버리고 싶은 마음이 들었다. 그 시절을 그리워하며 지낼 것이지 이곳까지 찾아와 그

지긋지긋한 소설 이야기만 하는지 지루한 생각이 들어서 마음을 주지 않은 못된 제자가 되어 있어서 공원에 있는 느티나무를 보면 부끄러운 생각이 들었다. 인간성이 나쁜 파렴치한 제자가 된 기분이다. 선생님은 이곳을 세 번을 왔다 갔다. 가고 나면 후회가 되지만 선생님이 오면 화가 났다.

왜 이런 사춘기 소녀처럼 토라진 마음이 생기는지 모르겠다. 그 선생님은 원고를 가방에 가득 담아 나에게 보여 주겠다고 말했다. 보고 싶지 않았다. 선생님이 뭔가에 보이지 않는 안개 같은 세상에 젖어 있는 모습이 석연치가 않아서 소설 제목이 「태양을 삼킨 해바라기」, 「오전 9시」, 「불타는 오월」. 이런 제목들이 이상하게 느껴졌다. 뭔가 금방 폭발할 것 같은 느낌이다. 자극성 있는 소설일 것 같아 겁이 났다. 선생님은 나에게 좋은 출판사를 소개해 달라고 부탁했다. 하늘 연못이란 출판사가 마음에 드니 이학성 사장에게 선생님을 소개해 달라는 말을 했다. 이학성 사장에게 전화해서 이곳 전화번호를 알아서 전화해서 찾아왔는데 이학성 사장이 어떤 남자가 여고 시절 선생님이라 하면서 전화번호를 가르쳐 주었으니 혹 불미스러운 일이 일어나지 않게 조심하라는 말을 들었다. 이학성 사장에게 전화하는 느낌이 좋지 않았다는 것을 알았다. 배낭 가방에 들어 있는 노트북이며 원고가 무겁게 느껴졌다. 그리고 나를 그만 찾아 왔으면 좋겠다는 생각이 들어 퉁명스럽게 대했다.

선생님은 한동안 나타나지 않았고 가락국수를 끓이느라 선생님을 잊을 무렵 선생님이 전화했다. 사모님이 교통사고로 담양에서 죽었다는 것이다. 갑자기 불길한 생각이 들었다. 언젠가 이곳에 와서 사모님과 함께 이곳에 올 거라 했었는데 선생님이 안 되었지만, 선생님이 사모님 속을 썩일 것 같아서 미운 생각이 들었다. 따뜻한 위로를 못 하고 선생님이 혼자 사는 남자가 되었다는 사실 앞에 두려운 생각이 앞섰다.

좋은 출판사를 만나서 책을 내게 되었는데 나에게 발문을 써달라는 부탁을 해서 이렇게 실력이 없는 제자에게 글을 써달라는 것은 황당한 일이라 무시해 버렸다.

가끔 전화가 왔고. 바쁘다는 핑계로 선생님의 외로움을 져버렸는데. 갑자기 선생님이 자살했다는 전화가 와서 가슴이 먹먹해진다. 여고 시절에 그토록 빛이 났던 훈남 선생님이 소설을 쓰겠다 구름을 타는 남자로 살다가, 노벨 문학상을 탈 것이라 큰소리치더니 왜 이렇게 허망하게 죽음을 택했을까. 그 썩을 놈의 소설이 이 선생님을 죽게 한 것일까. 내가 그 선생님을 경계했던 것은 어쩜 여고 시절 그 선생님에게 교복치마 옆 지퍼가 열려 붉은 속바지를 슬그머니 보여 주었던 일이 부끄럽게 와닿았기 때문일까. 그 시절 그런 마음이 왜 들었으면 그런 행동을 옮긴 여고생의 불량한 태도는 어느 곳에서 손가락질받고 있기 때문이다. 그래서 그 선생님의 출연을 거부하고 있었다. 느티나무는 이런 내 속마음을 알아차린 후 이연규 선생님의 외로운 죽음을 애도하며 시원한 바람을 불어준다. 느티나무야 미안해. 아줌마가 잘못했어. 내 속사정을 너는 다 알고 있지 않아. 이연규 선생님이 이곳에 죽어서 혼으로 나타나면 어떻게 하지 처음으로 살짝 보여 준 붉은 속바지, 한 여자가 그 사실을 숨기려 모르는 체하다가 양심이 찔러서 이렇게 속죄하고 있다는 마음을 전하고 싶다. 그래서 가락국수 솥에서 펄펄 끓은 가락국수와 청주 한잔을 늘 대접하고 싶었다. 그 뜨거운 김으로 운감해서 마음을 풀어드리고 싶다. 느티나무는 이런 어리석은 나를 쳐다본다. 이연규 선생님이 하늘 바람을 타고 느티나무 위에 와 앉는다. 그리고 우리집을 보고 소설을 쓰고 있다. 세상에서 못다 이루지 못한 소설을 저승에서 이룰 거라며 소설을 꼭 연수동 시인의 공원 느티나무 위에서 쉴 거란다. 유는 속으로 생각한다. 어쩌다 느티나무가 국숫집을 들여다보다가 이 집에 드나드는 죽은 영혼까지 끌어안아야 하니 느티나무 가지가 얼마나 무거울까. 빤히 쳐다본 느티나무는 팔을 벌려 바람을 보낸다. 유가 별걱정 다 한다고 유에 오지랖을 따라 세상사에 끼어들어 사람들과 교감하는데 신바람이 난다고, 죽은 영혼들은 하늘길을 마음대로 달려와 전생에 좋아했던 국수 국물 그리고 막걸리를 마시고 유의 웃음소리와 울음소리를 듣는데 가슴이 아프지 않다. 죽은 영혼은 바람결에 나뭇잎이 스치는 소리에도 그냥 웃는다. 눈물 없는 세상에서 국숫집을 바라보고 있으니 나뭇잎에 대롱대롱 매달리기도 하고 느티나무숲 위를 맨발로 걸어 다닌다.오랜 시간 이곳에서 죽은 영혼도 날아다니고 구르고 걷다가 다리가 아프면 국수 집안에 인연이 있었다는 이유로 느티나무 위에 유가 가지고 온 청주 한잔을 마시며 휴식을 취한다.

바람 따라 떠도는 자유로운 영혼들이 느티나무 위에서 놀릴 때. 이곳 연수동 사람들은 술과 돼지, 머리를 놓고 두 손을 모으며 연수동 상가 잘되게 해달라고 절을 한다.

느티나무는 세상에 인연들을 끌어오기도 하고 보내기도 한다.

강순희

평화신문 평화문학상, 문예사조 등단, 충북여성문학상, 소설집 『행복한 우동가게 1, 2, 3, 4』, 『백합편지』, 『행복한 우동 다섯 번째 이야기』 장편소설 『단골』 외

진실의 감옥

—

김용훈

"김 형사."

"예, 팀장님."

"잠깐 와봐."

김 형사가 일어나 최 팀장 자리로 간다. 최 팀장이 사건으로 보이는 파일 들고 옆에 있는 회의용 테이블로 가서 앉자 김 형사도 따라 맞은 편에 앉았다.

"자네가 이것 좀 맡지."

"무슨 사건인데요?"

최 팀장이 파일을 앞으로 밀었다. 김 형사는 파일을 펼쳐 보며 대충 훑어보았다. 뭔지 짐작이 갔다.

"절에 다닌다고 했지?"

"집사람이 다닙니다."

"같이 안 다녀?"

"예."

"법문 스님 알지?"

"선은사 그 스님 말씀하시는 거죠?"

“맞아, 이틀 전에 만났어. 나랑 고등학교 동기잖아.”

“알고 있습니다.”

“며칠 전 또 시주함이 털렸다는 거야. IMF 때는 그런가 보다 했는데, 자기가 감원(監院)을 맡다 보니 신경 쓰인다는 거야. 처음엔 그냥 지나가려고 했는데 이번이 세 번째라는 거야.”

“팀장님, 감원이 뭐죠?”

“그게 절에서 재산 관리하는 스님을 그렇게 부르는가 봐.”

“아, 그나저나 얼마나 털렸는데요?”

“그야 모르지.”

“팀장님, 여기 USB는 뭐죠?”

“CCTV 동영상 파일이야. 어쨌든 내 체면을 봐서라도 빨리 해결해.”

“알겠습니다.”

“야, 김 형사. 어디 털 데가 없어 절을 터냐, 벼룩의 간을 빼먹지.”

“그러게나 말입니다.”

“김 형사, 그나저나 축하해.”

“예?”

“아빠 된다며.”

“아, 네 감사합니다.”

“집사람한테 잘해.”

“그래야죠.”

자리로 돌아온 김 형사는 꺼림칙했다. 내색하진 않았지만, ‘하필이면 선은사야.’라고 생각했다.

노란석 사건 파일 위에 붙어있는 투명 테이프를 떼어 USB를 컴퓨터에 꽂았다. 동영상이 뜨길 기다리며 잠시 생각했다. 오죽하면 그랬을까…. 시주함을 털었으면 뭔가 애틋한 사연이 있지 않을까. 굳이 산속에 절까지 가 시주함에 손을 댔을까. 마음만 먹으면 얼마든지 돈을 털 만한 곳이 많을 텐데, 하는 생각이 들었다.

화면은 생각보다 선명했다. 불상 앞으로 접근하는 그림자가 나타나더니 시주함을 열고 돈 봉투를 빠르게 주머니에 집어넣고 준비해 온 듯한 뭔가로 법당 바닥을 닦은 후 사라진다. 체구로 보아 어른은 아닌 듯하다. 화면이 바뀌면서 범인은 대웅전 옆문을 나와 사찰 담장을 넘어가는 것으로 동영상은 끝이다.

다른 곳도 아니고 절을 범행 대상으로 한 걸 보면 여기를 잘 아는 놈일 것이다. 절에서 시내로 나가는 길은 외길이다. 누구든 108번 종점에서 버스를 타야 한다. 범행 시간대에 운행한 시내버스 운전기사를 만나보면 용의자를 특정하는 데 문제가 없을 것으로 김 형사는 생각했다.

범행 시간을 시내버스 막차 시간에 맞춘 점과 범행 후 법당 안에서 자신의 발자국을 지운 행동으로 보아 범인은 나름 잔머리를 굴렸다. 그러나 어설프다. 얼굴을 가리지 않았고, 장갑도 끼지 않았기 때문이다. 이 정도 범행이면 동종 전과범 소행은 아닌 게 확실하다. 전과가 있는 놈이라면 당연히 지문을 남기지 않았을 것이다.

이튿날 오후 과학수사팀 영상분석실에서 의뢰한 용의자 사진을 전달받았다. 확대된 사진은 해상도가 좋았다. 사진만 보면 앳된 학생티가 난다. 기껏해야 중3이나 고1 정도로 보인다. 김 형사는 108번 버스 노선 인근에 있는 중고등학교를 중심으로 3~4일만 훑다 보면 용의자를 특정할 수 있으리라 생각했다.

수사 3일째, 김 형사는 오전 일찍 문수중학교로 향했다. 벌써 6번째

학교다. 교무과장 선생님을 통해 교장실에 들러 협조를 구했다. 교장은 교감과 학생과장을 불러 용의자 사진을 보여 주면서 알아보라 전달했다. 사진을 본 학생과장이 말했다.

"어, 승호잖아."

"아는 앱니까?"

"제가 1학년 때 담임했거든요. 아, 잠깐만요. 얘 담임선생님 좀 오라고 할게요."

"교장선생님, 조용한 데서 담임선생님과 얘기 좀 할 수 있었으면 하는데요."

"강 선생님, 교무실 옆 회의실로 안내 좀 해 주시죠.".

"예, 그렇게 하겠습니다."

"교장선생님, 협조해 주셔서 감사합니다."

김 형사는 학생과장을 따라 회의실로 갔다. 잠시 뒤, 학생과장이 한 여교사와 같이 들어 왔다. 그가 여교사를 김 형사에게 소개한 뒤 나갔다.

"몇 가지만 물어보겠습니다. 제가 왜 왔는지는 아시죠?"

"예, 형사님."

"승호가 학교에 나오나요?"

"아뇨. 휴학계를 냈어요. 2학년 담임했던 선생님에게 물어왔더니 아버지가 자동차 부품회사 노조 간부로 일하다 작년에 사내 임금 투쟁 중 분신했다더군요. 그 충격으로 승호 엄마가 두 달간이나 병원 신세를 졌나 봐요."

"학교생활은요?"

"평범했어요. 문제아는 아니었어요. 성적도 나쁘지 않았고요. 전 그래서 이해가 안 돼요. 걔가 정말 그랬는지 믿어지지 않아요."

“그래요.”

“형사님, 가정형편이 어렵긴 해도 절대 나쁜 애가 아니에요. 학기 초, 승호랑 얘길 해봤는데, 뭔가 고민이 있는 것 같긴 했어요. 근데 털어놓지 않더라고요. 그러더니 불쑥 휴학계를 내고 안 나오는 거예요.”

“혹시, 승호랑 친하게 지내는 친구가 있습니까?”

“딱 한 명 있어요.”

“그 학생 좀 볼 수 있을까요?”

잠시 기다리라 말하며 승호 담임선생님이 나갔다. 김 형사는 옛 생각이 났다. IMF 때, S은행 지점장이었던 아버지가 졸지에 실업자가 되었다. 술에 의지해 지내다시피 한 아버지가 갑자기 교통사고로 돌아가시자, 어머니마저 몸져누워 앞이 캄캄했다. 그때 김 형사도 방황하며 가출 소년들과 어울린 적이 있었다.

“안녕하세요.”

앳된 여자애 목소리가 들렸다. 잠시 딴생각하는 바람에 여학생이 문 열고 들어오는 걸 몰랐다. 자리에 앉자 김 형사가 말했다.

“이름 물어봐도 돼요?”

“손지혜라고 하는데요.”

“승호 잡아가서 벌주려고 온 게 아니니까, 도와줄 수 있니?”

“어떻게 도와주실 건데요?”

“제일 좋은 방법은 용서를 구하는 거야. 아저씨가 그걸 도와주고 싶어. 법에도 눈물이 있거든.”

“제가 어떻게 하면 되는데요?”

“승호랑 절친이라 그러던데.”

“그래서요?”

지혜가 못마땅한 표정으로 김 형사를 쳐다본다.

"미안, 미안, 그런 거 알려고 온 게 아니야. 마음 상했으면 아저씨가 사과할게."

"아저씨, 저 애 아니니까 요점만 말씀해 주세요. 저는 승호를 도와준다는 말이 진심인지, 아닌지가 궁금하거든요. 승호가 어디 있는지 알려고 저를 불렀다면 할 말 없어요."

김 형사는 당황스러웠다. 찬 바람이 휑 지나간 느낌이다. 어린 여자애가 나긋나긋한 게 없다. 하지만, 참아야 했다. 속으로 요즘 애들 다 이런가 싶었다.

"승호를 잡으려고 마음먹었다면 내가 지혜 학생을 만날 이유가 없지. 그러니까 아저씨를 오해하지 않았으면 좋겠어. 그리고 아저씨가 하는 말이 진심이 아니라고 생각되면 도와주지 않아도 돼. 무슨 말인지 알겠니?"

"예."

"그럼, 지금부터 아저씨가 말하는 거 잘 듣고 승호한테 전해줘. 승호를 위한 길이라 판단되면 행동에 옮기고, 아니면 안 해도 좋아. 알았다고 대답하면 얘기할게."

"알았어요."

김 형사는 자신의 의도를 자세하게 설명했다.

"할 수 있겠니?"

"예, 할게요."

김 형사는 승호와 관련해 몇 가지 더 물어보고 마무리했다.

늦은 오후 지혜가 알려준 식당으로 향했다. 김 형사는 시장 공용 주차장에 차를 대고 내렸다. 어시장 초입부터 북적인다. 생선 가게가 쭉 늘어선 시장길을 지날 땐 비린내가 진동했다. 몇몇 횟집이 눈에 들어왔다. 순댓집을 지나자, 고향식당이란 간판 아래 빨간색으로 곰탕, 해장국, 수육 전문이란 글씨가 출입문 유리에 붙어있었다.

"어서 오세요."

종업원으로 보이는 아주머니가 손님인 줄 알고 자리로 안내한다. 억양이 우리나라 사람 같지 않았다.

"아, 저기 식사하러 온 게 아니고요. 여기 승호 어머니를 좀 만나러 왔는데요."

"승호?"고개를 갸우뚱하더니 사장님을 부른다.

"이분이 승호 어머니를 찾는데요."

"실례지만 누구신데…."

김 형사는 신분증을 보여 주었다. 주인으로 보이는 중년의 여자가 잠시 앉으라며 자리를 권했다. 김 형사가 자리에 앉자, 여주인도 따라 앉았다.

"연변 아줌마, 여기 커피 두 잔만 뽑아 줘요."

그녀가 돌아서며 말했다.

"무슨 일로 승호 엄마를 찾으세요?"

"몇 가지 물어볼 게 있습니다."

연변 아줌마가 슬며시 커피 두 잔을 내려놓고 간다.

"형사님, 드세요."

"예, 감사합니다."

김 형사가 커피를 한 모금 마시고 내려놓았다.

"브레이크 타임이라 병원에 다녀온다고 나갔는데."

"몸이 안 좋은가 보죠?"

"얼마 전 맹장 수술 받았거든요. 그간 돈이 없어 못 했는데, 아들이 알바한 돈으로 수술을 받았다고 하더라고요."

"그래요."

김 형사는 직감적으로 '아, 그랬구나'생각했다.

"승호가 나쁜 짓이라도 했나요?"

"아, 아닙니다. 승호가 학교에 나오지도 않고, 연락이 안 된다고 담임 선생님이 실종된 것 같다며 신고해서…."

김 형사는 일단 둘러댔다. 혹시라도 승호 엄마가 알게 되면 충격을 받을 것 같아서다.

"그런 얘기 안 하던데…."

"그래요. 일단, 승호 어머니께 그렇게 전해주세요. 그럼, 이만 가 보겠습니다."

식당을 나왔다. 많은 청소년 범죄가 환경 때문에 생긴다. 보아하니 이번 사건도 예외는 아닌듯싶다. 승호가 왜 일을 저질렀는지 그림이 그려진다. 일단 아침에 출근하면 수사 상황을 보고하면서 자신의 의견을 팀장한테 말해 봐야겠다.

"선은사 건 있지 않습니까?"

"용의자는 특정했나?"

"예. 그런데 말입니다."

"그런데 뭐?"

"중학생입니다. 용의자가."

"뭐야?"

"…."

“그래서 말인데요. 제 생각엔 이렇게 하면 어떨까 싶습니다.”

“얘기해 봐.”

김 형사는 지혜에게 말한 내용 그대로 의견을 제시했다. 그런데 뜻밖에도 최 팀장이 선뜻 동의해 준다. 평소 피도 눈물도 없을 것 같은 팀장이었는데, 오늘따라 부처님처럼 보인다. 모든 범죄는 법과 원칙에서 예외가 없다고 강조했던 그가 아니었던가. 어쨌든 김 형사는 한결 마음이 가벼웠다.

선은사 경내로 단발머리 소녀와 어디서 일하다 온 옷차림의 소년이 들어섰다. 마지못해 들어오는 듯한 소년의 표정과 그 소년의 손을 잡은 소녀의 모습은 사뭇 다르다. 왜냐하면 소년이 소녀의 손에 끌려오는 모습이기 때문이다.

“야, 네 말대로 오긴 왔는데, 떨려서 나 못 할 것 같아.”

“현승호. 나랑 만나기 싫어?”

“그런 게 아니라….”

말끝을 흐리며, 억지로 끌려가는 승호 얼굴엔 긴장한 표정이 역력하다.

“걱정하지 마. 날 믿으라고.”

“….”

걸음을 멈춘 승호가 지혜를 빤히 바라본다. 이에 못마땅한 표정으로 지혜는 레이저 빛으로 승호를 쏘아보며 입을 열었다.

“여기까지 왔는데, 너 왜 이래, 정말 짜증 나게.”

“솔직히, 나 무서워.”

“너, 그게 말이 돼. 그렇게 무서운데 어떻게 돈을 훔쳤어? 그것도 절에 들어가서.”

"그건 엄마 병원비가 급해서 어쩔 수 없었어. 정말이야."

"야, 그렇다고 네 엄마가 다니는 절을 털어, 난 그게 더 기가 막혀."

"…."

"야, 됐고. 할 거야, 안 할 거야."

그때였다. 멀리서 옥신각신하는 두 사람을 지켜보던 한 스님이 다가왔다.

"절에 싸우러 온 건 아니지?"

"아, 싸우러 온 게 아니고요. 스님 좀 만나러 왔어요?"

"스님? 나도 스님인데."

"혹시 법문 스님 아세요?"

"내가 법문 스님인데, 무슨 일로 왔지?"

"야, 인사해. 법문 스님이래."

한 발짝 뒤로 떨어져 있던 승호가 스님 얼굴을 쳐다보지도 못하고 고개를 푹 숙인 채 인사하자, 법문 스님이 합장하며 인사를 받았다.

"스님, 드릴 말씀이 있어서 왔거든요."

지혜가 말했다.

"나한테."

"예."

법문 스님이 의아한 표정으로 두 사람을 번 갈아 본다.

"오라, 세상에 이런 일이 다 있나. 학생들이 날 찾다니. 자. 그럼, 여기서 이러지 말고 내 방으로 갈까."

두 사람이 법문 스님 뒤를 따른다. 종무실 옆 작은방으로 법문 스님이 먼저 들어가자, 지혜와 승호가 잠시 멈칫했다.

"어서들 들어와."

지혜가 먼저 운동화를 벗고 방으로 들어가자, 승호도 따라 들어갔다.

스님이 방석 두 개를 꺼내 자리를 권하며 앉았다. 그런데 갑자기 두 사람이 무릎을 꿇고 앉는다. 법문 스님이 이를 보자 편히 앉으라 말했다.

"아닙니다. 스님."

"편히 앉아요. 편히."

"스님, 있잖아요. 사실은…."

"사실이고 뭐고. 편히 앉아요. 괜찮으니까. 어서."

"스님, 잘못했습니다."

잔뜩 얼굴이 굳어 있던 승호가 갑자기 울먹이며 말했다. 그러자 옆에 있던 지혜가 준비해 온 봉투를 조그만 가방에서 꺼내 방바닥에 꺼내 법문 스님 앞으로 밀었다. 스님이 봉투를 집어 열어 본다. 꺼내 펼쳐 보니 승호 어머니의 사과 편지와 소년의 반성문이었다. 그 안에 오만 원권과 만 원권이 섞여 있다.

편지에 이 절에 다니는 신자라며 아들을 제대로 가르치지 못한 어머님의 애절한 사연이 담겨있었다. 잘 쓴 글씨는 아니지만 진심이 느껴지는 걸 알 수 있었다. 보아하니 훔친 돈으로 수술비에 보탠 모양이다. 편지는 모두 엄마의 잘못이라며 용서를 구하는 말로 끝을 맺었다.

이어 소년의 반성문도 읽어보았다. 제법 또박또박 애쓴 흔적이 엿보인다. 문장이 어설프긴 하지만 다시는 나쁜 짓을 하지 않겠다고 다짐을 담은 내용이었다. 어쨌거나 이렇게 스스로 찾아와 용서를 구하는 게 쉽지 않았을 텐데 스님은 승호가 기특하다 싶었다.

법문 스님은 고개를 끄덕이며 승호에게 다가가 어깨를 붙잡고 일으켰다.

"승호야, 괜찮아. 그만 울어. 스님이 다 용서할게."

"용서해 주세요. 다시 안 그럴게요."

울음을 그치지 않는 승호 어깨를 법문 스님은 토닥거려 주었다. 이를 지켜보던 지혜가 손수건을 꺼내 승호에게 건네준다.

"안녕하세요. 최 팀장님."

강서면옥 윤 사장이 밝은 미소로 강력반 형사들을 맞는다.

"3번 방으로 들어가시죠. 스님 기다리고 계시거든요."

"아, 이 친구 왜 이리 빨리 왔어."

최 팀장과 팀원들이 방으로 들어가니 법문 스님이 합장하며 인사를 한다. 다들 익숙한 듯 최 반장과 팀원들도 합장으로 인사했다. 이미 식탁 위엔 삼겹살과 밑반찬이 차려져 있었다. 법문 스님은 웃으며 입을 열었다.

"미안하지만. 물어보지도 않고 미리 주문해 놓았습니다."

"야, 스님이 고기를 시키면 어떡해?"

최 팀장이 법문 스님을 보면서 놀린다.

"네가 이해해라, 나만 특별히 돌솥비빔밥 시켰으니까."

"야, 시주함이 털렸는데 무슨 돈이 있다고 이렇게 과하게 쏘는 거냐."

"오늘 점심 사겠다고 하니까, 부처님이 이왕 살 거면, 거하게 쏘라고 하시더라.

"나도 그런 부처님이 뒤에 있었으면 좋겠다."

"너도 머리 깎고 우리 절로 와."

"뭐라고, 내가 졌다. 졌어."

두 사람이 주고받는 말에 팀원들이 웃었다. 법문 스님이 최 팀장을 들었다 놓았다 하는 게 재밌나 보다. 그러더니 멋지게 한마디 덧붙였다.

"삼겹살에 소주가 빠지면 섭섭할 것 같아 테이블당 소주 한 병씩만 시켰습니다. 부족한 알코올은 여기, 최 팀장님이 저녁때 해결해 주실 겁니다."

“야, 너는 어떻게 형사팀장을 협박하고 그래.”

“여기서 내가 아니면 누가 하냐.”

“하하하.”

두 사람 대화에 폭소가 터졌다.

“최 팀장, 식사 전에 한마디 해도 되냐?”

“자, 주목. 잠시 지방 방송은 중단하지.”

최 팀장이 팀원들을 보며 말했다.

“별것도 아닌 일을 사건이랍시고 수고를 끼쳐 죄송하게 생각합니다. 사실 사건이 해결되어 고맙다는 인사를 하기 위해 여러분을 모신 게 아닙니다. 엊그제 어린 학생 둘이 절에 찾아왔습니다. 반성문과 시주함에서 훔친 돈을 봉투에 넣어 갖고 왔더군요. 죄는 미워도 사람은 미워 말라 했잖아요. 어린 중생을 밝은 세상으로 인도해 주신 것에 대해 여기, 최 팀장님과 여러분에게 진심으로 고맙다는 말을 전하고 싶습니다.

몇 년 전 입적하신 주지 스님이 생각납니다. IMF 때 한 소년을 잊을 수 없다며 제게 한 말을 지금도 기억이 생생합니다. 그때도 시주함이 자주 털렸던 모양입니다. 그런데 시주함을 털던 한 소년과 현장에서 마주쳤던 모양입니다.

그때 왜 경찰에 신고하지 않았느냐고 스님께 물었더니 이렇게 대답하셨습니다. 오죽하면 불전함 돈을 훔쳐 가겠냐고. 차라리 다 훔쳐 갔으면 신고라도 했을 텐데 고작 시주 봉투 몇 개만 가져간 것 같더랍니다. 그러시더니 하늘만 보시더군요.

저는 더 이상 묻지 못했습니다. 그때 그 말이 생각나 최 팀장을 찾아간 겁니다. 그런데 고맙게도 어린 소년이 절에 찾아온 겁니다. 저는 오늘 기분이 아주 좋습니다. 그리고 진심으로 다시 한 번 고맙다는 말씀

드립니다. 주제넘게 말이 길었습니다. 아무튼 맛있게 드셨으면 감사하겠습니다."

법문 스님이 말이 끝나자, 박수 소리가 길게 이어졌다.

"야, 이거 소주 한잔하기 딱 좋은 날인데."

맞은편 박 형사가 비 내리는 창밖을 보며 말하고는 김 형사를 보고 어떠냐고 손짓한다.

"아, 난 약속이 있어."

낮에 법문 스님의 한 말 때문에 김 형사는 에둘러 대답했다. 마음은 굴뚝 같았지만, 유혹을 뿌리치고 사무실을 나왔다. 우산을 펴고 주차장으로 가면서 집으로 갈까 하다 발걸음을 돌렸다. 때마침 경찰서 앞에서 손님이 내리는 택시를 보고 뛰었다.

"아저씨, 어시장 먹자골목이요."

"예."

김 형사는 승호 어머니가 어떤지 궁금했다. 이번 사건은 다행이다. 김 형사의 의도대로 잘 처리되었다.

IMF 때 일이 떠올랐다. 자신도 비슷한 상황을 겪었다. 지난 세월이니다 잊고 살았는데 승호 녀석 때문에 옛날 일이 자꾸만 떠오른다. 개운치 않은 이 기분, 어딘지 모르게 마음을 무겁게 짓누른다.

"다 왔습니다."

먹자골목 가게마다 거의 빈자리가 없어 보일 정도로 손님이 꽉 찼다. 눈에 스치는 풍경을 보다 멈췄다. '고향식당' 앞이다. 빗방울이 작은 북을 두드리듯 검정 우산 지붕을 두드린다. 여기도 손님들로 붐비기는 마찬가지다. 우산을 접은 후 식당 문을 열고 파란색 통에 우산을 꽂았다.

둘러보니 자리가 없다. 때마침 창가 쪽에서 두 사람이 일어난다. 김 형사는 그쪽으로 가 앉았다.

얼마 전에 봤던 연변 아주머니가 쟁반을 들고 와 식탁을 정리하면서 "사장님, 뭐로 드릴까요?"하고 묻는다. 김 형사는 보쌈 한 접시와 소주를 시켰다. 그런데 연변 아주머니는 김 형사를 못 알아보는 눈치다.

서민들의 애환을 담은 소리가 여기저기서 들린다. 난장판 같은 정치권 얘기부터 갈수록 먹고사는 게 힘들다는 소시민의 평범한 삶의 이야기까지. 저마다 쌓인 스트레스 풀 고자 불만과 울분을 술 한잔의 힘을 빌려 토해낸다.

"사장님, 잠깐만요. 소주는 참이슬인데 괜찮아요?"

"예."

연변 아주머니였다. 김 형사는 먼저 소주를 따라 원샷으로 넘긴 후, 젓가락을 들어 수육 한 점에 익은 김치를 올려 입에 넣었다. 궁합이 잘 맞는 안주다. 이 집도 손맛이 괜찮은 것 같다. 이렇게 혼자 술 마시는 건 처음이다. 다른 때 같았으면 동료들과 어울렸을 텐데….

네 병쯤 비웠을 때였다. 중년의 여자가 김 형사 테이블로 와 앞에 앉았다.

"김 형사님 맞으시죠?"

식당 주인이었다.

"긴가민가했는데, 승호 엄마 보시러 오셨나요? 지금 주방에서 일하는데."

"아, 아닙니다. 그나저나 건강은 어떠세요?"

"전과 달리 얼굴이 환해졌어요. 형사님, 그나저나 저한테 왜 거짓말하셨어요."

"아~아, 미안합니다. 사장님, 그게 혹시 승호 엄마가 알면….'

"저도 그 정도는 알아요. 어쨌거나 고맙습니다. 승호 엄마한테 들었어요. 형사님 같은 분이 있으니, 아직은 살만한 세상인가 봐요."

"아, 아닙니다. 사장님."

"자, 잔 받으세요. 제가 한 잔 따라 드릴게요."

"아~ 예, 감사합니다."

여주인이 소주 한 잔을 따라 주고 자리에서 물러났다. 김 형사는 곧바로 그 잔을 비웠다. 빨리 취기가 도는 것 같다.

여전히 비가 창가로 날아와 부딪히며 눈물 흘리듯 흘러내린다. 그 사이로 형광등 불빛이 뿌옇게 졸고 있는 것처럼 보였다. 순간 입적하신 선은사 주지 스님이 나타나더니 김 형사를 보며 고개를 가로젓는다. 눈이 마주치자 김 형사는 얼굴을 얼른 돌렸다. 테이블 위 빈 술병만 눈앞에 보인다.

"무슨 술을 이렇게 많이 마셨어?"

아내 얼굴이 일그러진다.

"술 마시는 건 좋은데 집에서 마시라고."

"미안, 미안해. 미안, 미안해."

태진아 노래를 흉내내듯 하며 김 형사가 아내를 와락 껴안았다.

"당신, 이상해. 뱃속 아기한테 말했잖아 좋은 아빠 될 거라고. 좋은 아빠가 되기 위해서라도 술은 적게 마시겠다고. 김 형사님! 그랬어요. 안 그랬어요."

안았던 아내와 떨어지면서 김 형사가 너스레 떨 듯 대답을 한다.

"예. 맞습니다. 잘못했고요."

아내 마음은 익히 알고도 남는다. 집에서만 술을 마시겠다고 약속했었다. 한정식집 딸로 자란 아내는 장모님 솜씨를 빼닮았다. 아내는 농담 삼아 형사 생활이 힘들면 그만두라고 틈만 나면 얘기한다. 자신이 식당 차리면 돈은 얼마든지 벌 자신이 있다고 했다.

"그래도 취하지 않았네."

"쫓겨날까 봐. 더 마시지 않았지."

김 형사는 아내 표정을 뚫어져라 보며 웃었다.

"2% 부족하면 캔 맥주 하나 갖고 올까?"

"아니야, 됐어."

"당신 요즘 이상해."

"뭐가?"

"혹시, 나한테 감추는 거 있어. 말 못 할 사정이라도 있냐고?"

아내가 넘겨짚는다.

"당신, 형사 남편과 살더니, 이젠 형사 해도 되겠네."

"대답하기 싫으니까 또 둘러댄다. 어서, 말해. 뭔지?"

"그런 거 없어. 당신 알다시피, 내가 하는 일이 다 그렇잖아. 시시콜콜한 걸 다 말하기 시작하면 한도 끝도 없어. 당신만 피곤해."

"그래, 알았어. 그럼, 두 번 다시 말 안 할 테니까, 술은 집에 와서 마셔. 안 그러면 나 보따리 싼다."

그렇게 말하는 아내가 김 형사는 사랑스러웠다. 물끄러미 아내를 바라보자, 아내가 다시 입을 열었다.

"왜 말이 없어."

"…"

"그럼, 나 도망가도 붙잡지 않겠네?"

"그럴 리가. 천사 같은 당신을 왜 내가 안 붙잡아."

"얼른 씻고 나와. 시원한 매실 원액 한 잔 타 줄게. 속 쓰린 데는 그게 최고야."

법당 안에 불이 꺼지자, 말 그대로 절간은 적막감이 흘렀다. 칠흑 같은 밤이다. 그때 숲 속에서 뭔가 움직였다. 모습을 드러낸 불명의 정체가 달빛 때문에 긴 그림자로 모습을 드러냈다. 그가 주위를 살피더니 법당 쪽으로 소리 없이 다가가더니 문을 열고 들어간다. 힐긋 불상을 한 번 보고 나서 시주함을 열었다. 빠른 동작으로 시주 봉투를 주머니에 넣는다. 바로 그 순간 밖에서 인기척이 들렸다. 수상한 낌새를 누군가 눈치챈 모양이다. 겁을 먹은 소년이 서둘러 법당문을 열고 나와 막 도망치려 하는데 그만 뒷덜미를 잡히고 말았다. 뒤를 보았다. 스님은 아무 말 없이 소년을 보며 좌우로 고개를 저었다. 무서웠다. 소년은 힘껏 스님의 손을 뿌리치고 도망쳤다. 숲 쪽으로 뛰었다. 그런데 발을 헛디뎌 언덕 아래로 떨어졌다.

"아악, 아! 아!"
"여보, 왜 그래. 꿈꿨어?"

아내가 김 형사를 흔들어 깨운다. 식은땀에 젖은 걸 본 아내가 이어 말했다. "악몽이었나 보네."하면서 "꿈속에서 범인과 격투를 벌인 모양이지." 말했다. 그러더니 아내가 웃으며 "잡았어? 놓쳤어?" 묻는다.
"여보, 미안해. 나 시원한 물 좀 마시고 올게."
거실로 나온 김 형사는 소파에 앉았다. 법문 스님이 한 말이 생각났다. 주지 스님이 자신을 기억하고 있었다니, 놀랍다. 이승을 떠나는 마지막 순간에도 날 걱정했었다는 말에 죄스러웠다. 사실 김 형사도 그날 이후로 다시는 죄짓고 살지 않겠다고 다짐하고 다짐했다. 자신이 경찰이 된 것도 이와 무관하지 않다.

김 형사는 어머니를 따라 어릴 때 절을 자주 드나들었다. 그러던 어느 날 IMF가 닥쳤고, 예고 없이 불행의 그림자가 쓰나미처럼 밀려 들어와 집안을 쑥대밭으로 만들었다. 아버지가 돌아가시자, 엄마마저 그 충격으로 누웠다. 외아들로 자란 김 형사는 앞이 캄캄했다. 무슨 수를 쓰더라도 엄마부터 살려야 했다.

돈이 필요했다. 엄마를 빨리 낫게 하려면 무슨 짓이라도 해야 했었다. 그때 드나들던 절이 떠올랐다. 누구에게도 밝힐 수 없는 비밀. 여태껏 잊고 살았는데, 승호 녀석이 자신의 흑역사를 되살려냈다. 진실의 감옥 문을 두드린 것이다.

밤잠을 설치는 날이 잦아졌다. 어른들 말처럼 인간이란 죄짓고는 못 사는 존재인가 보다. 김 형사는 과거의 어둠에서 빠져나오고 싶은데 좀처럼 용기가 나질 않는다. 최 팀장은 늘 그랬다. 복잡한 사건일수록 단순하게 접근하면 해법을 찾을 수 있다고. 사실, 해법은 어렵지 않다. 반성하고 용서를 구하면 된다. 그런데 뭔가 가로막고 있다. 콕 집어 말하기가 어렵다. 그걸 알면 어떻게든 족쇄를 풀 수 있을 텐데.

머지않아 아기가 태어난다. 좋은 아빠가 되고 싶다. 다짐으로만 되는 건 아니다. 해결하고 넘어가야 할 텐데 자신이 없다. 무엇보다 주위의 시선이 두렵다. 명색이 경찰인데 어떻게 얼굴을 들고 다니겠는가. 그렇다고 무덤까지 갖고 갈 수 있겠는가. 아, 세상엔 영원한 비밀은 없는가 보다.

김 형사는 이번 사건을 맡자마자 지혜 학생을 통해 승호를 설득해 법문 스님을 찾아 용서를 구하도록 만들었다. 자신의 과거가 떠올라 승호가 더 나쁜 길로 빠지는 걸 막고 싶었다. 고심 끝에 최 팀장 허락을 받아 사건을 깨끗하게 종결했다. 그 결과 승호는 어둠에서 나와 다시 학교에 다닌다.

하지만, 자신은 뭔가. 가면을 쓴 것 같다. 죄인인데 형사로 거리를 활보한다. 그게 괴롭다. 사실 이번 사건 때문에 자신을 돌아보게 되었다. 어쩌면 이 기회에 속죄의 길을 찾으라는 메시지 같은 느낌도 든다. 입적한 선은사 주지 스님이 꿈에 나타나는 것도 그런 이유일지도 모른다.

그렇다면, 어떤 방식으로든 용서를 구해야 한다. 늦었지만 그래야 할 것 같다. 그리고 차츰차츰 속죄하는 마음으로 사는 거다. 그럼, 먼저 부처님께 용서를 빌자. 그래, 그게 좋겠다. 이번 사월 초파일에 아내랑 절에 가자. 그렇게 하는 게 자연스럽다. 시작이 반이지 않았는가.

부처님오신날 하루 전, 김 형사는 퇴근하면서 농협 ○○지점 자동화 코너에서 돈을 찾았다. 카메라를 사려고 꼬박꼬박 모아 두었던 비자금이다. 돈을 찾은 후 시동을 켜기 전에 아내에게 전화를 걸어 퇴근한다고 말했다.

집으로 가는 동안 그간 마음 고생한 게 생각났다. 이번 사건이 아니었으면 영원히 진실을 감옥에 가두고 살아갈 뻔했다. 이젠 홀가분하다. 왜 그동안 이런 생각조차 하지 않고 살았는지 모르겠다.

모처럼 아내와 같이하는 저녁 식사다. 아내가 젓가락으로 더덕무침 한 점을 입에 넣어 주멸 입을 열었다.

"여보, 내일 절에 가면 아기 이름을 스님께 부탁해 볼까 하는데, 당신 생각은 어때?"

아내가 준 반찬을 먹으면서 김 형사가 대답했다.

“나쁠 거야 없지. 그건 그렇고 내일 누구 차 타고 가?”

“성혜 엄마, 근데 왜 물어봐?”

김 형사는 아내 얼굴을 보지 않고 김치찌개가 맛있다며 딴짓하듯 다시 말했다.

“전화해. 내일은 나랑 같이 갈 거니까. 그냥 가라고.”

“웬일이야, 당신이.”

아내가 믿기지 않는 듯 김 형사를 뚫어지게 보며 다시 입을 열었다.

“정말이지?”

“나도 이제 아빠가 될 텐데, 좋은 아빠가 되려면 뭔가 달라져야지.”

“그럴 거면 애를 빨리 가질걸 그랬나.”

“여보. 오늘따라 반찬이 맛있지?”

“뻥 치지 마. 그 반찬이 그 반찬이야.”

김 형사가 수저를 놓으며 아내에게 말했다.

“아, 잘 먹었다. 여보, 서재에서 할 게 있어서 그러니까, 늦으면 먼저 자.”

“커피라도 한 잔 내려 줄까?”

“아니야, 괜찮아.”

김 형사는 손 글씨로 쓴 반성문을 몇 번을 썼다 찢기를 반복했다. 글 쓰는 게 생각보다 쉽지 않았다. 쓰면서 읽어보고 또 읽어봐도 뭔가 어색하다. 이러다간 밤새도록 써도 못 쓸 것 같다. 안 되겠다 싶어 마지막으로 쓴 건 읽어보지 않기로 하고 써내려갔다.

“죄송합니다. 정말 죄송합니다.

23년 전 철모르던 시절, 대웅전 시주함에서 돈 봉투를 몰래 훔쳐 도망가다 스님에게 들켰습니다. 쫓아 왔으면 잡혔을 겁니다. 그런데 뒤돌아보니 쫓아 오지 않았습니다. 도망가는 날 보며 스님은 고개만 가로저었습니다.

훔친 돈은 43만 원이었습니다. 어머니는 병원에서 치료받고 다 나았습니다. 무슨 돈이냐고 묻기에 아르바이트해 번 돈이라 거짓말했습니다. 돌아가신 어머니는 모르고 계십니다. 그저 착한 아들로 알고 계셨을 겁니다.

그 뒤로 단 한 번도 나쁜 짓을 하지 않았습니다. 조금 있으면 아빠가 됩니다. 부끄러운 아빠가 되지 않으려고 이 글을 씁니다. 직접 찾아뵙고 용서를 빌어야 마땅한데, 용기가 나지 않습니다. 너무 늦게 찾아와 정말 미안하고 죄송합니다.

많지 않지만 200만원을 부처님께 올립니다. 스님께 용서받고 싶고, 부처님께도 꼭 용서받고 싶습니다. 떳떳하지 못한 저를 부디 용서해 주셨으면 합니다."

다 쓴 다음 백만 원짜리 수표 2장을 놓고 접은 다음 편지봉투에 넣었다.

김용훈

청주시 1인 1책 펴내기 활동. 단편소설『살구』,『사랑하면 안 되니』,『빼빼로 데이』
중편소설『Hot dog』, 장편소설『별을 죽인 달』외

단편소설

다리 건너 그 집

—

한옥례

　　　　　　　다리 건너 그 집이 흉가라고 소문난 것을 그녀가 모르고 계약한 것이 아니다. 월세는 꼬박꼬박 주면서 주인 눈치 보며 남의집살기가 지겨웠다. 얼마나 집 없는 서러움이 힘들었으면 절반 가격도 되지 않는 가격에 매물로 나온 집을 귀신이 붙었다고 누구 하나 거들떠보지도 않는 그 집에서 살기로 작정했을까?

　남들이 말하는 귀신이 있다고 해도, 한판 붙어서 귀신이 이기던지, 그녀가 이기던지 드잡이라도 해 볼 요량이었다.

　그 집은 읍내에서 조금 떨어져 다리를 건너야 했다. 밥도 팔고, 술도 팔고, 돈만 준다면 몸도 파는 선술집이라고도 하고, 누구는 방석집이라고도 하는 술집이 제멋대로 줄지어있는 동네의 끝자락에 있다.

　다리 건너 그 집이 [급매]로 나온 것은 이웃집 때문이라는 소문이 동네에서 두 사람만 모이면 소곤거렸다. 그 집과 담 하나 사이에 있는 옆집은 이 동네에 그렇고 그런 술집이다. 담이 있다고는 하지만 어른 허리춤 정도 높이라 까치발을 하지 않아도 옆집 안마당과 나란히 일자 모양으로 칸칸이 있는 방에 사람이 들어오고 나가는 것까지 보였고 누구누구 신발이 여기에 얼마의 시간 동안 머물다 간 것까지 알 수 있다. 한

채에 들어앉은 집같이 말소리도 잘 들렸다.

처음에는 심심풀이로 지는 사람이 술을 사거나 밥을 사는 재미로 시작해서 도리 잡고 땡이나 나일롱 뽕을 하고 판이 커지면 집문서나 땅문서까지 오고 가는 화투판이 되면 어떤 날은 경찰이 와서 판을 뒤집어 놓고 사람들을 수갑 채워서 잡아갔다. 남편이 잡혀간 동네 아주머니가 애를 등에 업고 와서 내 남편 내놓으라고 주인 여자와 머리채를 잡고 쌍욕을 해댔다. 너 죽고 나 살자고 지구 종말이 온 것처럼 악을 쓰며 싸우기도 했다. 하루도 조용한 날이 없다. 조용하면 무슨 일이 있나 더 이상한 곳이 그곳이다. 그 술집에는 홀 이모, 주방 고모가 수시로 오갔다.

이번에 온 홀 이모는 얼굴은 반반하지만, 나사가 하나 빠졌거나 살짝 풀렸거나 행동이 부자연스럽고 말도 앞뒤가 맞지 않았다. 뭔가 부족하고 어수룩해 보였다. 미녀라고는 할 수 없지만 추녀는 아니었다. 키는 어지간한 남정네가 품에 안으면 폭 안길 정도로 보통 체격에 젖가슴은 적당히 부풀어 있고, 엉덩이엔 물이 올라서 보는 놈마다 침을 질질 흘리며 그녀를 안고 싶어 했다. 홀 이모는 몸을 줄 듯 말 듯하면서 사내들의 뼈마디를 말랑말랑하게 녹여냈다. 그 술집을 드나드는 건달 끼가 있는 남정네들은 누가 먼저 홀 이모를 품을까 경쟁이 붙었다.

담 하나 사이에 활동사진처럼 옆집이 보이는, 다리 건너 그 집 전주인도 부부와 딸 그리고 아들이 그 일이 있기 전까지는 남들과 똑같이 살았다. 옆집에 살짝 맛이 간 것 같기도 하고 무언가 부족한 것 같은 술집의 그녀를, 아들은 아들 대로 아버지는 아버지 대로 서로가 안고 싶어 했다.

어느 날 아들은 무심히 담 넘어 옆집을 보았다. 그 술집에 이번에 온 홀 이모의 신발과 아버지의 신발이 나란히 있는 것을 보았다. 몽둥이를 들고 그 방으로 쳐들어갈까 말까 안절부절못하다가 앞마당 창고에서 목을 매달아 버렸다.

　학교에서 돌아온 그 집 딸이 헛간에 목이 대롱대롱 매달려 혀를 쭉 빼고 눈은 부릅뜬 오빠의 모습을 보고 미쳐버렸다. 그 집 엄마는 아들 딸의 이런 모습을 보고 기절했다 깨어나 보니 차라리 죽은 것만도 못한 풍을 맞아 왼쪽 편마비가 와서 반신불수가 되었다.

　그녀가 필요한 것은 살림집은 물론이고 앞마당에 있는 창고였다. 읍 내에 있는 다방에는 재료를 배달하고 마을 공판장이나 구멍가게에는 판매에 필요한 물건을 도매하는 장사를 하기 때문이다. 읍내에서 보증 금 정도면 그 집을 계약하고 중도금 잔금은 돈 벌어 형편 되는대로 달 라고 했다. 이렇게 좋은 조건은 다시는 없을 것 같았다.

　'사람이 한 번 죽지 두 번 죽나.'

　무작정 계약을 한 것이다.

　주변 사람들은 하필이면 흉가를 샀다고 소곤거렸다. 어떻게 알았는지 그녀의 친정어머니가 왔다.

　"다리 건너 그 집을 네가 가서 살 거냐?

　"어머니도 참, 살라고 집을 사지 그걸 말이라고 하셔요."

　"웬만하면 지금이라도 그 집 포기하면 안 되겠니?"

　"그렇게 싼 집을 왜 포기해요."

　"네가 오죽했으면 그 집에 들어가서 살 작정을 했냐만은 그래도 다시 생각해 봐라. 옛말에도 어른의 말을 들으면 자다가도 떡을 얻어먹는다 고 했다. 아이들 교육상 안 좋은 동네이고 자살해 죽고 딸은 미치고 어 머니는 풍 맞고 그 집 가장인 아버지는 바람난, 그야말로 폭삭 망한 흉 가라고 근동에 소문난 집을 하필이면 왜 네가 들어가서 살라고 하는지

난 말리고 싶다.”

어머니와 딸이 애틋한 사이는 아니지만 이번만은 어머니가 딸에게 매달리며 애원했다. 주변에서 말리면 말릴수록 그녀는 꼭 그 집에 들어가서 살고 싶은 억지 같은 감정이 생겼다.

“어머니 걱정 마셔요. 세상에 사람 안 죽은 집이 어디 있어요. 그 집은 우연히 나쁜 일이 겹친 것뿐이지 집이 문제는 아니라고 생각해요. 이미 계약금 입금해서 잔금은 돈 벌어서 줘도 돼요. 그런 집 아니면 죽을 때까지 창고 딸린 그런 집 못 사요.”

“네 고집을 누가 이기겠니? 나도 더는 모르겠다. 그놈의 개도 안 물어가는 원수 같은 돈, 돈이 원수지.”

그녀의 어머니는 가슴을 치고, 허공을 향해서 삿대질하다가 물 한 모금 못 마시고 갔다.

그 집으로 이사를 하려니 그녀도 겁이 덜컹 났다. 이삿짐 들어가기 하루 전에 김이 모락모락 나는 시루떡을 안방에 놓고 막걸리도 한 대접 놓았다. 팥죽을 가마솥으로 한 솥 끓여 양푼에 담아 집 네 귀퉁이, 동서남북에 놓고 그러고도 마음이 불안하여 왕소금을 대문 앞, 변소 앞, 그 집 아들이 목매달아 죽었다는 헛간에도 한 바가지씩 듬뿍듬뿍 뿌렸다. 두 손 모아 여기저기 큰절하며,

“귀신님, 도깨비님, 하느님, 부처님, 성모 마리아님, 마음에 안 드시고 입맛에 안 맞아도 정성을 다해 차렸으니, 입맛대로 많이 드시고 이곳은 내일부터 우리 식구가 살아야 하니 오늘 밤만 주무시고 각자 귀하게 대접해 주는 편안한 곳으로 가십시오.”

생각나는 대로 기도인지 염불인지 주문인지 한참을 중언부언했다.

그녀의 간절한 기도가 통한 것인지 이사 와서 오륙 년은 언제 그런 일

이 있었나, 할 정도로 무탈했다. 아이들도 잘 자라고 하는 장사도 잘 돼서 돈도 제법 모았다.

그녀는 삼남삼녀 집안의 장남과 중매로 결혼했다. 그녀의 중매쟁이 말에 의하면 시골에는 농사짓는 땅도 있고 읍내에서 도매 장사도 제법 잘 돼서, 먹고 사는 걱정 없는 집안이다. 그런 혼사 놓치면 후회할 거라고 입에 침이 마르게 호들갑을 떨었다. 그녀는 시골 농사일에는 별 관심이 없지만 도매 장사에는 은근히 마음이 끌렸다.

그런데 막상 결혼해 살아보니 앞이 안 보였다. 시골 농사짓는 땅은 그 집 땅이 아니고 문중 땅으로 일 년에 얼마의 세를 줘야 하고 심지어 살고 있는 집도 문중 땅에 집을 짓고 사는 거라 시집 땅은 송곳 하나 꽂을 곳이 없었다. 그녀의 시아버지는 정식으로 돈을 주고 배운 공부가 아니고 오며 가며 얻어들은 문자라 두말만 하면 무식이 탄로 났고 뻥이 심해서 어디까지가 참인지 어디까지가 거짓인지 분간이 어려웠다.

그녀의 시어머니는 눈보라, 비바람, 천둥이 쳐도 묵묵히 제자리를 지키는 동네마다 마을 입구에 있는 정자나무처럼 밤잠을 설치며 산비탈이나 자갈밭의 문중 땅을 일구어 뽕나무를 심어 뽕잎은 누에를 쳤다. 누에고치는 팔아 아들딸 공부 가르치고 나무는 요긴한 땔감으로 사용하고 사계절 채소를 심고 가꾸어 여덟 식구가 먹어야 하는 양식을 충당했다. 뻥을 좋아하는 시아버지가 사고를 쳤다.

읍내 차부 근처 상가 건물을 판다고 매물로 나왔다. 월세로 장사하는 시아버지가 욕심나는 좋은 자리다. 이 소식을 들은 지인이 얼마의 돈을 융통해 주겠다고 옆구리를 찌른다. 지금 형편으로는 턱없이 부족했다. 도와주겠다는 지인도 있고 계약하면 어떻게 되겠지, 계약을 먼저 했다.

중도금을 납부해야 할 날이 돌아오니 여기저기 외상값 수금도 안 되고 급한 마음에 일가친척 친구에게 사정을 했지만, 융통이 안 된다. 돈을 꾸어준다고 계약하라고 거들던 지인은 막상 돈을 빌려달라고 하니 있는 줄 알았던 돈이 한 푼도 없다고 딱 잡아뗀다.

돈은 내 주머니 안에 있는 것이 내 돈이지 내 돈 준 것도 못 받고 결국은 계약금만 날렸다. 근근이 꾸려가던 장사는 계약금으로 날리고 물건 살 든이 없어서 쩔쩔매는 이유가 여기에 있었다. 그녀는 다리 건너 그 집으로 이사 하면서 교통정리를 시작했다.

있으면 있는 대로 없으면 없는 대로 비누 한 장, 쌀 한 주먹 외상이라곤 모르던 그녀가 장사를 한다고 외상값만 쌓여가고 빚을 내서 외상값을 주고 나면 또 물건 살 돈이 없다. 도매 장사는 해야 해서 거래처에 팔아서 주겠다고 사정해서 외상도 하고 시집올 때 조금 있던 지참금으로 하던 장사를 다시 시작했다.

그녀의 남편 덕재는 평소에는 새색시처럼 얌전하고 조용하지만, 술만 먹으면 생판 딴사람이 되어 버린다. 군 복무를 마치고 집에 와 보니 군대 가기 전에 손바닥에 물집이 생기고 허리가 휘어지게 삽질해서 만든 산비탈 천수답 다랑이 논을 덕재 동생 서울로 고등학교 보내고 누님 시집보내느라 의논 한마디 없이 팔아먹고 군대에 간 삼 년 동안 부모 형제가 면회 한 번 오지 않았다고 하면서 부모라도 야속하고 원망스럽다. 큰아들이라고 큰 자식 대우를 한 번이나 한 적이 있냐? 하면서 술주정했다. 사소한 일에도 화를 내고 아무에게나 시비를 건다. 그러던 어느 날 친구들과 술자리에서 사소한 일에 말다툼하다가 치고받고 육탄전이 벌어지고 친구의 앞니 네 개를 부러뜨리고 말았다.

집이라고 사서 왔지만, 워낙 헌 집이라 어쩔 수 없이 새로 지어야 했다.

그 돈도 아직 해결하지 못했는데 수백만 원 합의금이 없으면 구속되는 큰 사고를 치고 말았다 그 일로 부부싸움이 시작되고 그날 아침에도 둘이 같이 나가던 장사를 덕재 혼자 나갔다. 새벽안개는 한 치 앞이 안 보이는데 집에서 나가 오 분도 안 되어 중앙선을 침범한 덤프트럭에 차도 사람도 박살이 났다.

객사한 사람은 집으로 들이지 말고 장례식장으로 모시라는 집안 어른 말을 못 들은 척,

"고생고생해서 번 돈을 한 푼도 못 쓰고 새집 짓고 일 년도 살지 못하고 가는 사람, 내 집 두고 어찌 장례식장에서 보낼 수 있냐."

말하며 안방으로 모셨다. 그녀의 시아버지는 아들 죽어 차린 제사상 앞에서,

"여기는 배와 사과 놔야 할 자리가 아니다. 대추는 이 자리 놓고 조기는 저 자리다."

하면서 일하는 사람들을 붙잡고 일일이 참견했다. 집안 종산에 잘 정비해진 터에 순서대로 묘지를 써야 하는데, 중앙에 묘지를 쓰는 바람에 상여를 메고 가던 집안 청년들이 묘지 땅 다 버렸다고 순서대로 안 쓰고 다 버린 땅에 누가 쓰겠냐며, 당신들 형제나 모조리 그곳에 쓰라고 메고 가던 상여를 중간에서 길거리에 두고 가버리는 한바탕 소란이 났다. 장지에서 소동은 그것만이 아니다. 묘 앞에 석물을 세운다고 했다.

문중 어른들은 고개를 저으며 안 된다고 했다. 왜냐하면 아버지 앞에 간 아들의 석물은 안 된다고 하며 정하고 싶으면 아버지가 돌아가시면 그때도 아버지 묘소에 아들과 같은 석물을 세운다고 약조하라 했다.

그녀는 시아버지 돌아가시면 석물을 세우겠다고 큰소리치며 부득부득 석물을 세우며 고집을 꺾지 않았다.

다음 해 여름 고등학교 들어간 막내아들이 점심 먹고 있는데 친구가 와서 냇가에 물고기 잡으러 가자고 불러내서 같이 갔다가 물속에서 나오지 못했다. 신고를 받고 달려간 구급차가 물속에서 건져 올린 그녀의 아들은 이미 숨을 쉬지 않았다. 학교에서도 반 친구들도 문상 온 자리에서 그녀의 시어머니는,

"어떤 놈이 우리 손자 불러냈니? 당장 우리 손자 살려 내놔."

땅을 치며 통곡하고 그녀는,

"우리 아들 안 죽었어. 왜들 이러고 있어요. 어서 가시어요."

횡설수설한다.

아들 묘를 아버지 옆에 쓴다고 하다가 집안 어른들에게 야단을 맞고 그것은 포기했다. 그녀는 이상한 종교에 빠지고 덕재의 묘소 앞에 석물도 사라졌다.

다리 건너 그 집에는 [사정상 급매] 문패처럼 붙어있다.

✎ 한옥례

한국문학 소설 등단. 저서 『에델바이스 피는 언덕』, 『이웃집 할매는 아무도 못 말려』 외

단편소설

바람 속의 돌멩이

—

박아민

　"이제, 그만 팔자."

　태수가 말한 순간, 자영은 손으로 감싸고 있던 머그잔 온도를 느끼지 못했다. 커피는 아직 따뜻할 텐데, 그녀의 손에 닿는 감촉은 온기를 뺀 잔 표면의 거친 질감뿐이었다.

　"지금이라도 팔아야 해. 이대로 버티면 다 날아간다."

　'다.' 태수는 늘 그렇게 말했다. 그 말속에는 그녀가 쏟아부은 시간과 노력, 돌아가신 엄마의 보험금, 그리고 10년 동안 직장 다니며 모은 돈, 이 모든 것을 하나로 묶어버리는 무심함이 섞여 있었다. 자영은 텅 빈 카페를 둘러봤다. 팬데믹이라는 거대한 파도가 휩쓸고 간 자리. 괜찮아질 거라며 기약 없이 버텨왔지만, 이 도시는 이미 그녀를 밀어내고 있었다. 비어 있는 테이블들이 너무 선명해서, 그녀는 마치 자신이 이미 실패라는 판정을 받은 것만 같았다. 하지만 그런데도, 이 공간만큼은 포기할 수 없었다. 이 카페는 단순한 가게가 아니라, 돌아가신 엄마의 꿈이자 태수와 함께 꿈꿨던 미래의 시작점이었다. 그녀는 모든 것을 잃더라도 이 공간만은 지키고 싶었다.

"나는… 버티고 싶어."

자영은 작게 말했다. 태수가 웃었다. 짧고 건조한 웃음이었다.

"너는 늘 버티지. 버티다 무너지는 거, 그게 네 특기야."

그 말은 비수처럼 꽂혔다. 태수는 정확히 그녀의 약점을 알고 있었다. 엄마가 죽었을 때도, 직장에서 부당한 일을 겪을 때도, 자영은 그저 버 텼다. 울지도 않고, 움직이지도 않고. 무너져도 다시 쌓았다. 하지만 지 금은, 이 남자가 그녀가 쌓아 올린 모든 것을 파헤치는 중이었다.

"카페는 실패야. 인정해. 빨리 정리하고, 내가 말한 포차로 가자. 거기 서 다시 시작하면 돼."

'다시'라는 말에 자영은 순간적으로 숨이 막혔다. 지금껏 태수는 한 번도 처음부터 끝까지 무언가를 해낸 적이 없었다. 그는 늘 무언가를 시작했고, 실패했고, 또 시작했다. 그 과정에서 상처 입는 건 늘 자신이 었다.

"포차라니, 나는 술장사하고 싶지 않아."

"그럼 넌 뭘 하고 싶은데?"

태수가 고개를 들었다.

"넌 늘 남이 시키는 대로 살잖아. 사서로 일할 때도 그랬고. 이제는 내 말 좀 들어. 나를 믿어봐."

'나를 믿어봐.' 그 말이 가장 잔인했다. 자영은 그 말을 믿었고, 그래 서 여기까지 왔다. 엄마를 잃은 후 텅 비어버린 세상 속으로 태수가 걸 어 들어온 것을 운명처럼 여겼다. 그가 건넨 손은 혼자라는 외로움에 갇힌 그녀가 겨우 움켜쥔 구명조끼 같았다. 어느 날부터 둘의 연애는 카페 운영이라는 공동 작업에 빛이 바래기 시작했다. 자영의 꿈이었던 것인지, 태수의 말에 설득된 것인지, 그 경계는 흐릿했다. 태수가 템퍼를 든 채 원두를 다지는 모습은 우아한 유혹처럼 보였다. 딱, 딱, 딱. 세 번의 일정한 소리가 나면 매혹적인 향과 함께 잔은 곧 커피로 가득 찼다. 그는 능숙한 손길로 커피를 내리고, 향으로 공간을 채우는 사람이었지만, 그의 대화는 폭력의 다른 얼굴이었다. 그는 대화를 시작하는 사람이 아니라, 상대를 굴복시키는 사람이었고, 자영은 더 큰 폭풍을 막기 위해 양보를 배워야 했다. 가족 없는 세상에 홀로 남겨진 현실과 모든 것을 투자한 카페라는 닻이 그녀를 꽁꽁 묶었다. 태수의 곁을 떠나는 것은, 곧 텅 빈 바다 한가운데에 홀로 남겨지는 절망이었다. 모든 것을 잃지 않으려, 그녀는 그저 이 관계를 지키기 위해 필사적으로 버티고 있었다.

"태수야, 지금은 그럴 때가 아니야."
태수는 한숨을 내쉬며 자리에서 벌떡 일어났다.
"네가 이렇게 말릴 줄 알았다. 역시 너는 날 이해 못 해."
그가 카페 문을 거칠게 열어젖혔다. 벨 소리가 예민하게 울리고, 문이 닫히는 소리가 그녀의 등을 후려쳤다. 자영은 머그잔을 내려놓으며, 그것이 식어 있다는 걸 이제야 알아챘다.

＊

자영은 그가 앉아 있던 빈 의자를 한동안 바라보았다. 태수가 화가 나 문을 박차고 나간 것은 이번이 처음이 아니었다. 다툼이 있을 때마다 외박하며 그녀를 기다리게 했다. 그리고 그녀는 늘 그랬듯, 돌아오지 않는 그를 기다리며 밤을 새웠다. 그의 부재는 심장을 두근거리게 하고, 가슴을 무겁게 내려앉게 했다. 하지만 오늘은 달랐다. 태수가 돌아올 것 같지 않았고, 어쩌면 돌아오지 않는 편이 더 나을지도 모른다는 생각에 이르렀다. 그를 기다리는 이 소모적인 감정에 더는 시달리고 싶지 않았다.

자영은 텅 빈 카페를 뒤로하고 집으로 돌아왔다. 익숙한 침대에 누웠지만 잠은 오지 않았다. 밤이 깊어지고 새벽이 왔다. 창문 너머로 희미한 빛이 스며들자 어둠이 옅어지고 세상의 경계가 서서히 드러났다. 아침 햇살이 침대 위를 비추는 순간, 문득 깨달았다. 내가 왜 이렇게 살지? 이대로 괴로워하며 태수에게 휘말려서는 안 된다. 어떻게 해야 다르게 사는 건지 알 수 없었다. 대책도 없었다. 하지만 한 가지는 분명했다. 더는 버티는 일로 자신을 소모하고 싶지 않았다. 그저 온전히, 숨 쉬고 싶었다.

그녀는 자리에서 일어나 카페로 향했다. 문을 열자 3년간 켜켜이 쌓인 묵은 공기가 그녀를 맞았다. 이곳은 그녀가 지켜온 성이었지만, 동시에 그녀를 가두는 감옥이기도 했다. 이 공간에 갇힌 채로는 답을 찾을 수 없었다. 그녀는 자신에게 가장 중요한 한 가지를 허락하기로 했다. 모든 것을 멈추고, 새로운 바람이 불어올 틈을 만드는 일.

자영은 익숙하게 카페 입구로 걸어가 문에 종이 한 장을 붙였다.

— 일시 휴업. 잠시 멈춥니다. —

그 한 문장을 붙이고 손을 떼자, 차가운 유리창 너머로 묵은 공기가 빠져나가는 듯했다. 그녀의 텅 빈 마음 한구석에 작은 틈이 생겨났고, 그 틈으로 낯선 평온함이 스며들었다. 그 틈은 무너진 자리가 아니라, 새로운 바람이 불어올 첫 입구였다. 그녀의 멈춤은 도망이 아니었다.

짐은 간단했다. 배낭 하나, 여벌 옷 몇 벌, 손에 익은 작은 스피커, 그리고 언젠가 글을 쓰고 싶어 샀던 낡은 공책. 옷장 안엔 태수의 셔츠가 보였다. 그녀는 일부러 눈길을 주지 않았다. 차를 몰고 고속도로에 진입했을 때야 방향을 정했다. 양양. 정확히는 몇 해 전 엄마와의 짧은 여행 중, 산책하다 발견한 작은 북스테이였다. 돌담과 작은 정원, 정원 끝에 놓인 벤치, 그리고 북스테이 1층의 서점과 카페. 커피 향과 나무 냄새가 섞인 그곳은, 단 한 번의 방문으로 오래도록 기억에 남았다. 그곳에서 엄마는 차를 마시며 "자영아, 나도 언젠가 이런 작은 카페를 하고 싶다"하고 말했었다. 며칠 전, 인터넷을 뒤지다 우연히 그 건물을 다시 보게 되었을 때, 가슴이 잠깐 뭉클했다. 예약은 하지 않았다. 그곳이 아직 운영되고 있는지도 확신할 수 없었다. 그러나 지금은, 어떤 예약보다도 그 기억이 더 중요했다. 창밖으로 풍경이 빠르게 흘러갔다. 서울을 벗어나며 도로는 점점 한산해졌고, 자영의 마음도 그만큼 비워지는 듯했다. 하지만 어깨에 얹힌 감정의 무게는 여전히 그녀를 붙잡고 있었다. 3년 전, 엄마를 갑작스레 잃고도 제대로 울지 못했던 자신. 그 공허를 채우듯 태수가 들어왔고, 그녀는 그에게 모든 기대를 걸었다. 그것이 사랑이 아니라, 의존이었다는 걸 이제는 안다. 태수가 끌고 간 것이 아니라, 자기가 따라갔다는 것도. 이제는 도망치듯 떠나고 있었다. 그곳엔 아무도 기다리지 않겠지만, 아무도 쫓아오지 않을 것이다. 그것만으로도 충분했다. 온갖 걱정과 갈등으로 시끄럽던 머릿속이, 어느 순간부터 조용해지고 있었다. 아주 오래전부터 필요했던 침묵이, 마침내 찾아온 것처럼.

＊

도착했을 때는 이미 오후였다. 북스테이 주변은 고요했다. 차에서 내리는 자영의 발밑으로 낙엽 몇 장이 바람에 밀려 다가왔다. 산자락을 따라 낮게 깔린 안개는 마을의 숨을 고르고 있는 것처럼 느껴졌다.

건물은 예전보다 조금 낡아 있었다. 그래도 구조는 기억 속 그대로였다. 붉은 벽돌 외벽에 작은 창들이 나 있고, 정원 끝엔 돌담이 부서지지 않은 채 여전히 남아 있었다. 그 돌담을 처음 봤을 때, 자영은 '어디선가 본 적 있는 것 같은' 느낌을 받았었다. 지금은 그 감정이 더 깊고 조용했다.

현관 앞에 놓인 화분들 사이로 작은 종이 푯말이 있었다.

−책방&북스테이 '정오 서재'. 벨을 눌러주세요.−

자영은 천천히 벨을 눌렀다. 안에서는 조그맣게 "띠링" 소리가 났고, 곧 문이 열렸다. 중년 여성이 얼굴을 내밀었다. 셔츠 위에 앞치마를 두른, 부드러운 인상이었다.

"예약 안 하셨죠?"
여자가 말했다.
"며칠 머무실 건가요?"
"5일이요. 혹시 가능할까요?"
자영의 목소리는 조심스러웠다.

여자는 고개를 끄덕였다.

"요즘 한산해서요. 어차피 오래 머무시는 분 한 분 계시고, 방은 충분해요. 들어오세요."

로비와 서가가 이어진 1층 공간은 예전보다 정리가 잘 되어 있었다. 커다란 창을 통해 오후 빛이 책등 위로 부드럽게 흘러내렸다. 긴 테이블 위에는 커피 자국이 남은 머그잔과 노란색 메모지 몇 장이 널브러져 있었다. 갓 내린 커피의 고소한 향과 눅진한 나무 냄새가 섞여 코끝을 감돌았다. 엄마와 왔을 때 맡았던 향기와 똑같았다. 그 기억이 단번에 자영의 심장을 툭 건드렸다.

"아까 말씀드린 오래 머무는 분이 계시는데요. 연세 좀 있으신 분인데 조용히 지내세요. 돌담 쪽에 주로 계시고, 크게 얘기하진 않으세요. 불편하실 건 없을 거예요."

자영은 고개를 끄덕이며 짐을 들었다. 계단을 올라 방에 들어섰을 때, 침대 위의 베개 하나와 창문 밖 나무 그림자가 그녀를 맞이했다. 바람이 불자 커튼이 살짝 움직였다.

정말로, 이곳은 조용했다.

그 조용함이 처음에는 낯설었지만, 낯설어서 위안이 됐다.

자영은 배낭을 풀지 않고, 그대로 침대에 누웠다. 눈을 감자, 심장이 툭툭 박동하는 소리가 머릿속에서 울렸다. 그동안 들어본 적 없는 소리였다. 자신의 소리였다.

나무 벽 너머 바람 소리가 들렸다. 문득 이곳이 조용한 게 아니라, 자신이 시끄러웠다는 생각이 들었다.

＊

늦은 오후, 정원의 공기가 축축했다. 자영은 잠시 눈을 붙였다가 잠이 덜 깬 채로 슬리퍼를 신고 밖으로 나왔다. 북스테이 주변은 비에 젖어 있었고, 돌길 사이사이로 물이 고여 있었다.

정원 한쪽 돌담 끝에서 낡은 작업용 장갑 한 짝이 젖은 채 벤치에 걸쳐 있었다. 자영은 잠시 주춤하다가 장갑을 벤치 아래 갑판 쪽으로 옮겼다. 속으로 '더 젖기 전에 치우자'라고 생각했을 뿐이었다.

그때 돌담 너머, 보이지 않는 쪽에서 무언가 웅크린 기척이 느껴졌다. 돌담 사이로 거칠고 마른 손이 튀어나와 장갑을 더듬었다. 손이 허공을 더듬다가 멈췄고, 곧 안쪽에서 뭔가 무거운 것이 일어나는 소리가 들렸다.

"장갑이 어딨어, 이시방…"

낮고 탁한 제주 사투리가 땅속에서 올라오는 듯 들렸다. 이윽고, 회색 모자를 눌러쓴 할머니가 돌담 옆으로 천천히 모습을 드러냈다. 그녀는 자영을 보며 한 걸음 멈췄고, 자영은 흠칫 놀랐다.

"죄송해요, 아무도 없는 줄 알고… 장갑이 젖는 것 같아서…"

할머니는 대꾸 없이 자영을 가만히 바라보았다. 그러고는 그녀의 곁을 쌩하니 지나쳐 벤치 아래 놓인 장갑을 휙 집어 들었다. 다시는 말이 없었다. 자영은 그 시선에 가슴 한가운데가 쓰려졌다. 말보다 더 무거운 침묵이 그녀의 목덜미를 누르는 듯했다.

그날 자영은 온종일 할머니와 마주치지 않으려 애썼다. 눈을 피하고, 발소리를 죽이고, 정원도 일부러 멀리 돌아서 걸었다. 짧은 말 한마디와 눈빛이 남긴 감정의 파장이, 이제 막 고요해지던 마음을 다시 헝클어뜨린 듯했다.

다음 날 아침, 자영은 돌담 옆의 코스모스를 보았다. 바람에 살짝 젖은 연분홍 잎이 흔들리고 있었다. 조심스레 핸드폰을 들어 사진을 찍으려던 순간, 돌담 위로 솟아오른 낯선 시선에 손이 멈칫했다. 회색 모자를 눌러쓴 할머니가 다시 그녀를 뚫어지게 바라보고 있었다. 짧고 쏘는 듯한 눈빛이었다. 마치 '네가 여기서 뭘 하느냐'고 묻는 듯했다. 자영은 서둘러 핸드폰을 주머니에 넣고 정원 끝 벤치에 앉았다. 이틀 연속으로 마주한 그 시선과 말투가 마음 깊숙한 곳을 찔렀다.

그녀는 무언가를 잘못한 걸까. 아니면, 그저 이곳이 자신을 받아들이지 않는 것일까.

할머니와 마주친 후, 자영은 방 안에만 머물렀다. 그동안 겨우 진정되던 마음이 다시 헝클어지는 기분이었다. 그녀는 이곳에서만큼은 아무 일도 일어나지 않길 바랐는데, 자꾸 불편한 일이 생겼다. 말 한마디 없던 정적이, 오히려 날 선 대사처럼 들리는 것도 짜증스러웠다. 괜히 나선 것 같고, 괜히 민폐가 된 것 같은 자책. 마음이 다시 시끄러워졌다.

정원에서 들었던 말이 밤낮없이 머릿속에서 되뇌어졌다.

"도시 사람은, 늘 자기 눈으로만 본단 말이지."

　※

저녁 무렵, 북스테이 1층 식당에 따뜻한 불이 켜졌다. 자영은 조용히 식당으로 내려갔다. 한쪽 벽에는 작은 스피커에서 잔잔한 재즈가 흘렀고, 창가 자리에 낯선 청년이 앉아 있었다. 곱슬머리에 짙은 눈썹, 피부는 밝은 갈색이었고, 검은색 후드에 청바지를 입고 있었다.

"자영 씨, 이쪽은 오늘 도착한 투숙객이에요. 이름은 크리스. 서울에서 왔다네요.”

사장 부부 중 여성이 상을 차리며 말했다.

크리스가 먼저 웃으며 손을 내밀었다.

“안녕하세요. 크리스예요. 어릴 땐 이름 때문에 많이 놀림도 받았는데, 이제는 좀 마음에 들어요.”

자영은 자연스레 손을 맞잡았다.

“안녕하세요. 전 자영이에요.”

크리스는 또 웃었다. 그 웃음에는 사람을 편하게 하는 힘이 있었다.

할머니는 식탁 맞은편 구석에 조용히 앉아 있었다. 식사를 시작하자는 말도 없이 조용히 수저를 들었다. 자영은 몇 번이나 씹지 않고 음식을 삼켰다.

크리스가 말했다.

“저는 뮤지컬 배우 지망생이에요. 오디션보다 떨어진 게 많죠. 요즘은 조금 쉬고 싶어서 왔어요.”

그의 말투에는 자조가 섞여 있었지만, 무너지지 않은 기운도 있었다. 자영은 고개를 끄덕이며 물었다.

“서울에서 바로 왔어요?”

“아뇨. 춘천 들렀다가. 버스를 타고 양양까지 왔어요. 여긴 진짜 조용하네요. 덕분에 좀 쉬는 느낌이에요.”

식사가 끝나갈 무렵, 사장 부부는 내일 아침 식사 시간을 알리며 자리를 정리했다. 할머니는 먼저 일어나 조용히 방으로 들어갔다.

크리스는 마지막으로 물컵을 비우며 말했다.

“여기 오래 계셨어요?”

자영은 고개를 저었다.

“2일째예요. 저도 좀 쉬러 온 거라….”

크리스는 말없이 자영의 얼굴을 바라봤다. 그리고는 가볍게 고개를 끄덕이며, 작게 웃었다. 그 웃음은 말로 설명하기 어려운 공감을 담고 있었다. 그렇다. 굳이 말로 하지 않아도, 그가 어떤 마음으로 이곳에 왔는지 알 것 같았다.

*

자영은 아침 일찍 눈을 떴다. 북스테이 2층 창밖으로 아침 빛이 스며들고 있었고, 먼바다 쪽에서 부는 바람이 나무 사이를 지나쳐왔다. 어제저녁 식탁에서 만난 크리스의 밝은 눈빛이 자꾸 떠올랐다. 그와의 짧은 대화는 뜻밖에도 오랜만의 숨통 같은 것이었다.

정원으로 나가본 그녀는 돌담 옆에 조용히 쪼그려 앉아 있는 할머니를 다시 보았다. 여전히 말없이 돌을 들고, 무릎을 꿇고, 작은 균열을 메우고 있었다. 말하지 않아도 할머니의 몸짓에서 느껴지는 기운은, 어딘가 아득하게 애틋했다. 자영은 멀찍이 벤치에 앉았다.

그때, 휴대전화가 진동했다. 태수였다.

자영은 망설이다가 받았다.

“지금 뭐 하는 거야?”

태수의 목소리는 짜증으로 가득 차 있었다.

“카페는 어떡하고? 지금이라도 문 열어. 이렇게 버티면 진짜 끝이야.”

“5일만 쉬겠다고 했잖아.” 자영은 낮게 말했다.

“그래서? 지금 이 상황에 여유가 있어? 내가 얼마나 애써서 가게 지켰는지 알아?”

자영은 말없이 눈을 감았다. 태수의 말은 늘 자신이 주인공이었다. 자신이 피해자이고, 자신만 노력한 사람인 듯한 말투.

“가게 당근에 올려놨어. 빨리 팔아야 하니까 알아서 대응해.”

자영은 그 말에 더는 참지 못하고 소리를 높였다. 억눌렸던 감정이 터져 나왔다.

“그거, 내 명의야. 내 돈으로 한 거고!”

수화기 너머에서 잠시 정적이 흘렀다. 이윽고 태수의 목소리가 낮고 차갑게 이어졌다.

“그래. 네 돈이지. 그럼 빚도 네 거야. 나랑은 상관없어. 나중에 돈 얘기 꺼내지도 마. 팔리든 망하든 다 네 탓이야. 난 떠날 거야. 다시는 연락하지 마.”

뚝—.

짧은소리와 함께 통화는 끊겼다. 자영은 한동안 휴대전화기를 든 채 멍하니 앉아 있었다. 차가운 손이 등을 쓸고 내려간 듯 몸이 떨렸지만, 그보다 더 차가운 건 그의 말이었다. 그가 던진 건 협박도, 애원도 아니었다. 오직 무책임한 회피. 자영은 고개를 숙이고 깊게 숨을 들이쉬었다. 가슴 어딘가에서 뭔가 서서히 내려앉고 있었다.

그제야 알 수 있었다. 태수는 짓누르는 존재인 줄 알았지만, 사실은 이미 오래전부터 그녀의 삶과 아무 상관 없는 그림자였다는 걸. 바람 같은 그의 말이 지나간 자리에는, 자영의 숨소리만 남았다.

그 순간, 돌담 반대편에서 인기척이 났다. 무릎을 꿇고 작업하던 할머니가 갑작스레 몸을 일으켰다. 자영은 깜짝 놀라 뒤를 돌아보았고, 할머니도 순간 자영과 눈이 마주쳤다. 잠시 멈칫한 할머니는 자영이 난처할까 봐 다시 무릎을 꿇으려 했지만, 자영은 이미 전화를 끊고 눈물 어린 얼굴로 뒤를 돌고 있었다.

자영이 자리를 피하려는 순간, 할머니의 낮은 목소리가 들려왔다.

"저… 나 좀 도와줄 수 이시난."

자영은 놀라 멈췄다. 돌아보니 할머니가 돌담 끝에 서서 작업용 망 끈을 들고 있었다.

"이 끈 좀 깅 잡아줘야 망으레 팽팽이 걸지. 혼자 영 허켄 영 버거워정 허난."

할더니는 능청스럽게 말했다.

자영은 머뭇거린다.

"네?"

하고 되물었다. 할머니가 끈을 다시 들어 보이며 말했다.

"어시, 거기서 이 끝만 잡아주면 되쿠다. 어영."

자영은 망설이다가 결국 발걸음을 옮겼다. 할머니 옆에 선 그녀는 조심스럽게 끈을 잡았다.

"호꼼, 경 잡아주면 내가 영 수월호지예." 할머니는 제주도 특유의 억양으로 중얼거리며 나무 말뚝에 끈을 고정하기 시작했다.

두 사람 사이에 말은 거의 없었지만, 그 순간만큼은 묘한 평온함이 돌담 위에 감돌았다.

"도시 사람들은, 늘 제 눈으로만 봐불지예."

할머니가 작업을 마치며 낮게 중얼거렸고, 자영은 그 말을 되새기듯 조용히 고개를 끄덕였다.

이제 막 피어나는 봄 햇살이 정원 위로 내려앉았다. 자영은 다시 정원 끝 벤치로 돌아가며, 머릿속에 남아 있던 태수의 말들이 서서히 잦아드는 것을 느꼈다. 이곳의 고요가 처음으로, 자신에게 말을 걸기 시작한 것 같았다.

※

따스한 햇볕이 가장 길게 드리우는 시간, 자영은 정오 서재의 벤치에 앉아 노트를 펼쳐 들고 있었지만, 한 글자도 써지지 않았다. 머릿속은 태수의 목소리로 다시 시끄러워졌다. 감정의 파장은 오전보다 더디지만 깊게 남아 있었다.

잔디 끝자락에서 크리스가 다가왔다. 붉은 고무 슬리퍼를 끌며, 한 손엔 주전자를 들고 있었다.

"안녕, 언니. 같이 차 한잔 할래요?"

그는 싱긋 웃으며 말했다.

"여기 처음 왔을 때부터 누나랑 꼭 한번 얘기해보고 싶었거든요. 사람을 좀 편하게 해주는 힘이 있는 것 같아요."

"감사해요."

자영은 작게 웃으며 머그잔을 받았다. 레몬 밤 향이 부드럽게 퍼졌다.

잠시 둘은 아무 말 없이 나란히 앉았다. 잔디 너머 돌담 위로 바람이 지나갔다. 그 바람이 어딘가 어깨를 가볍게 밀었다.

"아까 전화 통화… 들렸어요."

크리스가 조심스럽게 말했다. 자영은 놀라지 않았다. 그럴 줄 알았다.

오히려 그에게 말하고 싶은 마음이 들었다.

"괜찮아요. 이젠."

크리스는 잔잔한 목소리로 말했다.

"사람이랑 엮이는 거, 생각보다 훨씬 어렵더라고요. 누구든, 처음엔 괜찮아 보여도, 결국엔 자기 생각만 말하게 되니까."

자영은 그 말에 고개를 들었다. 그의 눈은 가볍고 맑았다.

"근데, 그래도 가끔은… 그렇게 말 안 하는 사람이 고맙기도 해요."

자영이 말했다.

그때, 저편 돌담 앞에서 허리를 굽힌 채 작업하던 할머니가 잠깐 숨을 고르며 벽에 기대앉았다. 이마에 땀이 송골송골 맺혀 있었다. 크리스가 말했다.

"할머니, 계속 저렇게 일하시네요. 쉬시지도 않고."

그리고 자영을 보며 장난기 섞인 얼굴로 말했다.

"우리 도와드릴까요? 누나, 돌담 쌓기 해봤어요?"

자영이 웃으며 고개를 저었다.

"그럼, 오늘 첫 체험이다. 가자."

크리스가 먼저 일어서며 자영에게 손짓했다. 자영은 피식 웃으며 자리에서 일어나 그를 따라나섰다. 세 사람이 돌담 앞에 모이자, 할머니가 무뚝뚝하게 말했다.

"안 해도 두게."

"우리가 재미로 해보는 거예요. 멋지게 보수해드릴게요."

크리스가 웃으며 말했다. 할머니는 잠시 그들을 보더니 마지 못해 둘

하나를 내밀었다.

"이건 이 자리에 맞춰야 해. 안 맞는 돌은 버려. 돌의 넓은 면이 바깥쪽으로 가야 허물어지지 않아."

그녀는 짧고 간결하게 설명했고, 자영과 크리스는 조심스럽게 따라 했다. 틈새에 모래를 넣고, 돌을 맞물리게 끼우고, 자리를 잡기 위해 작은 망치로 살짝 다듬었다.

잠시 후 자영이 허리를 펴며 숨을 내쉬자, 크리스가 장난을 걸었다.

"누나, 왜 그렇게 인상 써요? 돌 던지는 줄 알았어요."

자영은 피식 웃으며 허리를 두드렸다. 그러고 보니 처음 이곳에 왔을 때, 할머니가 자신을 향해 인상을 쓰던 것도 혹시 피로 때문이었을까. 오해였을지도 모른다는 생각이 스쳤다.

그때 할머니가 조용히 말했다.

"잘하네. 돌 고르는 눈이 있수다."

크리스가 궁금해서 못 참겠다는 표정으로 할머니에게 질문했다.

"혹시 제주도 분이세요? 할머니 말씀하시는 게 제주도 사투리처럼 들려서요."

"고향."

잠시 할머니는 말을 멈추고 돌담 위를 손으로 툭툭 치다가 낮은 목소리로 말했다.

"오래전에, 아들 공부시키러 육지 나왔지. 표준말도 잘 써. 그게 살아내는 방법이었주."

말투는 여전히 무심했지만, 자영은 그 안에 담긴 어떤 외로움과 강인함을 읽어냈다. 그제야 그녀는 할머니가 다정한 사람일 수도 있다고 생각했다.

해가 기울며 정원은 길게 늘어선 그림자로 가득 찼다. 서툰 손끝, 어색한 호흡, 하지만 그 안에 조용히 스며드는 온기가 있었다. 자영은 다시 정원 벤치에 앉아 공책을 폈다. 그리고 처음으로 한 줄을 적었다.

"나는 이제, 새로운 돌담을 쌓기 시작했다. 오늘, 내가 뭘 좋아하는 사람인지 조금은 알게 된 것 같다. 무언가를 지키기 위해 버티는 게 아니라, 함께 무언가를 만들어가는 것. 그게 나 자신을 온전히 채우는 일이었다."

＊

서늘한 바람이 불었다. 자영은 조용히 1층 서가를 둘러보다가 우연히 벽 쪽 선반에 놓인 액자 하나에 눈이 멈췄다. 바랜 유리 뒤에는 정원에서 찍은 듯한 흑백사진. 웃고 있는 젊은 남자와 그 옆의 중년 여인—익숙한 얼굴이었다. 할머니였다.

자영은 사진 속 남자를 오래 바라보았다. 그리고 액자를 조심스레 들어 올리자, 뒷면에 무언가 붙어 있었다. 낡은 마스킹 테이프로 붙인 작은 메모지.

"이 담은 어머니의 기억을 지탱할 수 있을까."

자영은 숨을 들이켰다. 순간, 그들의 관계가 어렴풋이 머릿속에 그려졌다. 그 담은 단지 정원 장식이 아니었다. 곁에 있던 사람이 남긴 마지막 작업일지도 모른다는 생각이 들었다.

다른 책장으로 시선을 옮기자, 아코디언 폴더에 끼워진 도면과 메모들이 보였다. 건축 스케치와 자필로 쓴 노트. 날짜와 짧은 메모들이 붙어 있었다. '1층 북쪽 창, 바람길 조정', '엄마가 좋아하는 라벤더 옆자리' 같은 문장이 자영의 가슴을 조용히 울렸다.

그 순간, 옆을 지나던 여사장이 무심히 말했다.

"그거… 이 집 지은 건축가가 쓴 거예요. 저 사진 속 남자. 그 어머니가 지금 저기 계신 분이고요."

자영은 살짝 고개를 끄덕이며 물었다.

"아드님은 이번엔 같이 안 오셨어요?"

여사장은 고개를 한 번 저었다.

"못 와요. 할머니 혼자 매년 오시는데, 올해는 유난히 정원에 오래 계시네요."

더는 묻지 않았다. 자영은 천천히 사진을 내려놓았다. 말해지지 않은 사연은 더 깊은 여운을 남겼다.

저녁, 서늘한 바람이 불었다. 자영은 정원 구석을 천천히 거닐다가 벤치 아래 돌멩이들 사이에서 조심스레 정리된 작은 상자 하나를 발견했다. 오래된 소품들—금이 간 찻잔 하나, 낡은 고무줄로 묶인 엽서 뭉치, 그리고 다 쓴 향초. 그녀는 가만히 그것들을 바라보다가, 불쑥 솟아오르는 감정에 무릎을 꿇었다.

그녀 역시 떠나보낸 이가 있었다. 말 한마디 없이 사라졌고, 다시는 돌아오지 않았다. 상실은 그렇게 조용히 삶 속에 스며들었다. 자영은 그대로 정원 한쪽에 앉아 어깨를 떨며 울었다. 억지로 누르던 감정이 비처럼 쏟아졌다.

한참을 앉아 있다 방으로 돌아온 자영은 책상 등을 켜고 공책을 폈다. 그리고 그녀 자신에게 편지를 쓰듯이 글을 적었다.

"나는 왜, 나를 위해 살지 않았을까."

"나는 왜, 늘 누군가의 빈자리를 채우려 했을까."

그 시각, 크리스는 서가 한쪽에서 기타를 들고 조용히 코드를 튕기고 있었다. 멜로디는 서툴렀지만, 어딘가 정직했다. 할머니는 서가 옆 부엌 테라스에 앉아 있었다. 어둠 속 돌담을 바라보며, 말없이 의자에 등을 기대고 있었다. 셋은 각기 다른 장소에 있었지만, 같은 마음으로 자신을 다독이고 있었다. 밤은 고요했지만, 그 속에서 무언가가 천천히 깨어나고 있었다.

*

나흘째 되는 아침, 창문을 열자 갓 씻은 풀잎 냄새가 훅 끼쳐왔다. 어제 흘린 눈물 때문인지 눈꺼풀이 무거웠지만, 마음은 한결 말끔했다. 창밖으로 비친 정원에 할머니의 모습이 보였다. 묵묵히 돌을 들어 쌓고, 뒤로 물러서서 다시 바라보고, 다시 쌓는 동작이 이어졌다.

자영은 말없이 그 모습을 보다가 결국 슬리퍼를 신고 나섰다.

"안녕하세요,"

할머니는 고개를 돌리지 않고 말했다.

"아침부터 뭐 하는 지 궁금했지?"

"네, 잠이 일찍 깨서요. 도와드릴게요."

할머니는 손에 들고 있던 돌을 내려놓고 고개를 들었다. 햇살이 얼굴에 부딪혔다.

"이쪽 잡아주게. 무겁진 않아. 걱정하지 말아 주게."

잠시 후, 크리스가 두 손에 바나나와 요구르트를 들고 나타났다.

"아이고, 둘이 뭐 해요? 돌담도 DIY 시대?"

자영이 웃으며 대꾸했다.

"일손 보탠 거예요."

"그럼 나도 끼워줘요. 나름 돌 잘 다뤄요. 태풍처럼 흩트리는 쪽이지만."

크리스는 장난을 섞으며 할머니 옆에 앉았고, 셋은 그렇게 돌담을 쌓기 시작했다. 할머니는 간단한 요령을 알려줬다.

"돌과 돌 사이 틈을 보면서 올리고, 흔들리지 않게 작은 돌로 받쳐줘. 마치 사람 사이 같아."

해가 기울며 정원은 길게 늘어선 그림자로 가득 찼다. 서툰 손끝, 어색한 호흡, 하지만 그 안에 조용히 스며드는 온기가 있었다.

할머니가 돌담 안쪽에서 나와 말했다.

"그나저나 너희들, 손은 참 야무지구나."

자영이 눈을 깜빡이며 할머니를 바라보았다.

"우리요?"

"응. 돌이 제자리로 돌아가려면, 억지로 얹지 말고 자리를 찾아줘야 해. 딱 맞는 돌이 있어. 그걸 찾는 게 일이야."

자영은 자신도 모르게 고개를 끄덕였다. 마음의 무게가 돌담 위에 얹힌 듯했다.

할머니는 바람을 가르며 정원 중심으로 걸어왔다.

"선물 하나 해주고 싶구나. 너희들, 소원 하나씩 말해봐."

"진짜요?" 크리스가 눈을 반짝였다.

"소원은, 늘 마음속에만 있던 건데."

"그럼 입 밖으로 꺼내 봐라. 바람은 흘러야 들려."

크리스가 고민 없이 말했다.

"바다 가고 싶어요."

자영이 크리스를 돌아봤다.

"갑자기?"

"물 보고 싶어요. 물은 속이 훤하잖아요. 나도 좀 훤해졌으면 해서."

잠시 침묵이 흘렀다. 할머니가 멀리 바깥 돌담 쪽을 바라보며 말했다.

"죽도암 아래 바다. 거기로 가면 돼."

크리스가 물었다.

"거기, 특별한 곳이에요?"

할머니는 고개를 살짝 떨구었다.

"그기, 내 아가가 마지막으로 본 바다야."

자영은 입술을 다물었다. 그 말에 담긴 무게가 가슴에 닿았다.

"'아가'가 누구예요?"

크리스가 조심스럽게 물었다.

할머니는 고개를 돌리지 않고 대답했다.

"엄마한텐 말이야…. 아무리 커도, 사라져도, 아가는 아가지. 그러니, 너도 네 엄마한테 잘해라."

크리스는 기타를 다시 메고 짧은 멜로디를 치며 대답 대신 "당연하죠."라고 노래를 불렀다.

"그럼, 우리 진짜 바다에 가요?"

자영은 대답하지 않았지만, 마음 한쪽이 고요히 끌려갔다.

크리스가 벤치 위를 아슬아슬 걷다가 몸을 빙그르르 돌리며 외쳤다.

"바다로 간다! 예스!"

자영은 피식 웃었다. 할머니도 조용히 입꼬리를 올렸다. 그 순간, 바람이 정원을 스쳤다. 돌담 너머로 빛이 흘렀고, 그들은 바다 쪽으로 천천히 걸음을 옮겼다. 각자의 마음속에 간직한 그리움을 끌어안은 채.

※

바닷가에 도착했을 때, 태양은 이미 수평선에 걸려 있었다. 바다는 붉게 타오르며, 바람이 불 때마다 물빛이 파도 결에 따라 흔들렸다. 하늘은 잦아드는 불길처럼 주황빛과 어둠 사이에서 갈라지고 있었다.

할머니는 모래사장 끝에 서서, 모래에 빨려들어 갈 듯 모래에 발을 박고 있었다. 눈길은 바다 위에 오래 머물렀지만, 그 시선은 더 멀리, 수평선 너머 어딘가에 닿아 있는 듯했다.

크리스는 신발을 벗고 파도에 발을 담갔다. 바닷물이 튀어 오르자, 그는 마치 마음속으로 박자가 터져 나오듯, 두 팔을 무대 위의 주역처럼 하늘로 활짝 펼쳤다. 발을 경쾌하게 움직여 가벼운 춤사위를 만들었고, 온몸으로 희열을 담아 노래를 불렀다.

"지금 이 순간, 지금여기!"

"누나! 이거 봐요. 물이 진짜 뜨겁게 차가워요!"

자영은 모래 위에 선 채로 그를 바라보다가, 신발을 벗어 던졌다. 물이 발목을 휘감자, 비명 같은 숨소리가 터져 나왔다. 모래와 조약돌이 발가락 사이로 스며들었다.

"차갑죠?"

크리스가 웃으며 발끝으로 돌멩이를 툭 튕겼다. 파도가 그 돌을 데려가듯 끌고 갔다.

"쓸모없어 보이던 것도 이렇게 바다에서 빛을 내네요."

그의 장난을 보며 자영은 처음으로 물 위에 몸을 기울였다. 파도가 밀려올 때마다 중심을 잃었지만, 곧 발바닥이 모래 속에 단단히 닿는 순간이 찾아왔다. 그때야 알았다. 오래 버틴 것들이 무너지는 게 아니라, 이렇게 새로운 자리를 만들어왔다는 걸.

바람이 세차게 불어 머리칼이 흩날렸다. 할머니가 작게 중얼거렸다.

"바람이… 참 많이 부네."

그 말은 듣지 못할 누군가에게 하는 말 같았다. 자영은 그 뒷모습을 오래 바라보았다. 그리고 물 위에서 웃고 있는 크리스를 보았다. 마음이 무겁게 잠겨 있던 자리에, 아주 작은 틈이 생겼다.

자영은 물속에서 한 발을 더 내디뎠다. 파도가 무릎까지 차올랐다. 차가움에 몸이 떨렸지만, 이상하게도 웃음이 터져 나왔다.

"와—!" 크리스가 환호하듯 외쳤다. 자영은 소리 내 웃었고, 그 웃음은 바람에 휩쓸려 바다로 퍼져갔다. 할머니가 그 모습을 물끄러미 바라보다가, 잠시 고개를 끄덕였다. 마치 자신에게도 위로가 된다는 듯이.

셋은 그렇게 서로 다른 마음을 안은 채, 붉은 바다가 어둠 속으로 잠겨 드는 걸 지켜보았다.

＊

그날 밤, 방으로 돌아온 자영은 책상 등을 켜고 다시 공책을 펼쳤다. 이렇게 먼 길을 돌아온 후에야 이 공책에 글을 쓰다니. 펜을 드는 손끝이 잠시 떨렸다. 낮에 적어 두었던 문장을 다시 조심스레 이어 썼다.

－나는 이제, 무너지지 않는 나를 위한 첫 돌을 놓기 시작했다.－

잉크가 번져가며 한 줄의 문장이 생겨났다. 그 순간, 오래 묻어두었던 마음이 조금씩 흘러나왔다. 그녀는 한동안 멈추었다가 다시 펜을 움직였다.

–무너지지 않기 위해 버틴 것이 아니라, 나를 위해 살아가고 싶다.–

자영은 펜을 내려놓았다. 그 한 문장만으로도 지금의 자신에게는 충분했다. 방 안은 고요했고, 바깥 창문 너머 바람이 얇은 커튼을 흔들었다. 그 부드러운 떨림이 마치 새로 쌓인 담의 첫 틈처럼 보였다.

자영은 노트를 덮고 불을 껐다. 어둠 속에서 눈을 감자, 오늘 낮의 바다가 다시 떠올랐다. 붉게 타오르던 수평선, 차가운 물결에 스며들던 발끝의 감각. 그 안에서 처음으로, 자신이 무너지지 않고 서 있다는 사실을 느낄 수 있었다.

그녀는 그저 조용히 숨을 고르며 잠자리에 들었다. 설명하지 않아도 알 수 있는 것처럼, 앞으로의 시간은 이미 조금 달라져 있었다.

＊

정오 서재의 하늘은 맑았다. 밤새 비라도 내린 듯 공기는 맑고 차분했다. 자영은 작은 배낭을 메고 현관 앞에 섰다. 떠날 때가 되자, 마음은 의외로 가벼웠다. 처음 이곳에 들어설 때의 무거움이 희미해진 지 오래였다.

크리스가 기타를 메고 마당으로 나왔다.

"누나, 서울 오면 제 공연 꼭 보러 오세요."

자영은 잠시 그를 바라보다가, 작게 웃으며 대답했다.

"응. 그땐 내가 축하해줄게."

크리스는 기타 줄을 한 번 퉁기더니 장난스럽게 손가락으로 하트를 그려 보였다.

"약속이에요!"

그의 환한 웃음소리가 맑은 공기 속에 길게 울렸다.

자영은 마지막으로 할머니를 찾았다. 돌담 앞, 아침 햇살을 온몸으로 받으며 할머니가 앉아 있었다.

"할머니, 저 이제 갈게요."

돌을 만지던 할머니가 고개를 들었다.

"벌써 가니? 좀 더 놀당 가지게."

"네…. 이제는 돌아갈 곳이 있어서요."

할머니는 잠시 그녀를 바라보다가 천천히 자리에서 일어섰다. 손바닥을 펴 보이자, 매끄럽고 둥근 조약돌 하나가 놓여 있었다.

"이거 가져가라. 우리 아가가 좋아했던 바당에서 주운 돌멩이다. 파도가 아무리 세도 굴렁굴렁 굴리다 보믄 둥글어져. 사람 사는 것도 이사 마찬가지여. 모가 나도 살다 보믄 둥글둥글해져서 결국은 빛이 나는 거라."

자영은 두 손으로 돌을 받았다. 차갑지만 오래 쥐고 있으면 은근히 따뜻해지는, 이상한 감촉이 손바닥에 번졌다.

"고맙습니다, 할머니."

그녀가 고개를 숙이자, 할머니의 입술이 부드럽게 말려 올라갔다. 처음 이곳에서 마주쳤던 굳은 얼굴과는 전혀 다른, 온기가 담긴 미소였다.

자영은 돌을 조심스럽게 주머니에 넣고, 돌담을 등지고 걸음을 옮겼다. 발밑 자갈이 바스락거렸다. 걸음은 스스로 속도를 고르고 있었다. 며칠 전과는 다른 발걸음이었다. 더는 누군가에게 쫓기지도, 버티려 애

쓰지도 않았다.

등 뒤로 들려오는 크리스의 노랫소리가 바람을 타고 따라왔다.

"예스—!"

그 환한 목소리에 자영은 저도 모르게 웃었다.

돌담 넘어 햇빛이 등을 밀어주었다. 그녀는 이제, 자신을 위해 걷고 있었다.

✎ 박아민

2021 문학예술협회 소설부문 신인상 『그러지 갈 걸 그랬어』, 포스트잇 에세이 『180도 다이어리』, 『글로모인사이』 전자책 에세이 『사랑은 사람을 눈부시게 한다』 외

단편소설

아빠와 함께 바둑을

—

이상훈

지겹던 여름 무더위가 지나가고,

이제는 제법 시원한 바람이 불어와 가슴 속은 물론 기분까지도 상쾌하게 만들어주는 초가을 날씨.

즐거운 점심시간이 막 시작되는 순간, 친구 K가 우리 회사를 불쑥 찾아왔다.

그는 나와 고교 동창생.

아주 친한 친구는 아니었지만, 그래도 시간이 나면 바둑 좋아하는 친구들과 함께 내가 그의 하숙방을 찾아가 간단한 내기 바둑을 두곤 하던 사이였다.

"야! 참 오랜만이다. 그나저나 너 어찌 된 일이야? 동창회건 모임이건 간에 요즘 통 너를 볼 수가 없으니…."

나는 그의 손을 두 손으로 꼭 잡아 가볍게 흔들며 오랜만의 반가움을 표시했다. 그러나 그는 마치 뭐에 쫓기고 있는 사람처럼 불안한 눈빛으로 회사 내 여기저기를 두리번거리며 쳐다보더니, 내 귀에 가까이 대고 조심스럽게 말했다.

"너 오늘 나하고 맞바둑 내기 한 판 둘 수 있겠냐?"

"뭐, 뭐야?"

나는 전혀 예상치 못한 그의 말에 잠시 어안이 벙벙해졌다.

오랜만에 나를 만나서 기껏 한다는 소리가 내기 바둑이라니.

그런데…. 어? 참 이상한 일이다.

이 친구의 기력(바둑 실력)으로 말하자면 나에게 여덟 점 칫수로도 안 되는 전형적인 바둑 하수가 아닌가?

그에 반하여 나는 비록 족보 있는 아마추어 강자 행세는 못 할지라도 우리 회사 내에서는 최고수로 통하고 있고, 내가 어디를 가더라도 최소한 바둑 고수로서의 대접 정도는 받고 지내는 몸이다.

그런데 어떻게 감히 그런 하수가 나 같은 고수 앞에서 맞바둑이며 내기 바둑 따위를 함부로 운운할 수 있을까!

"말해 봐! 오늘 내가 너랑 내기 바둑 한 판 둘 수 있겠어?"

K는 자기가 마치 갑의 입장이 되어 내게 갑질이라도 하는 것처럼 아주 당당한 목소리로 내게 다시 말한다.

나는 거듭되는 그의 싸가지(?) 없는 물음에 기분이 몹시 착잡해지고 또 불쾌해졌다.

그러나 그와의 옛정을 곰곰 생각해 보고 또 내가 알고 있는 '유붕자원방래 불역낙호(有朋自遠方來 不亦樂乎− 벗이 먼 곳에서 찾아오면 어찌 기쁘지 않겠는가)'라는 공자님의 말씀을 되도록 성의 있게 실천해 본다는 의미에서 상관에게 양해를 구한 후 그를 우리 회사 근처에 있는 기원으로 정중히 모시고 갔다.

그런데 기원에서 자리를 차지하고 앉자마자 K는 또 뭐가 그리 급한지 서둘러 흑백 바둑 뚜껑을 열어놓고는 나더러 빨리 와서 자기랑 한 판 두잔다.

그런데 그의 앞에 있는 바둑판 위에 치석(置石)이 한 개도 올라와 있지 않다.

아! 그렇다면 이 친구가 접바둑이 아니라 나와 맞상대하여 호선(互先) 바둑을 두겠다는 건가?

나는 그의 이런 무례한 행동에 더 이상 참고 견딜 수가 없었다.

"야! 너 정말로 나하고 맞바둑을 붙어보겠다는 거야 뭐야?"

내가 짐짓 화를 내며 이렇게 따져 묻자, 그는 마치 겁이 질린 개가 꼬리를 감추듯 두 어깨를 바짝 움츠렸다. 그리고는 거의 기어들어 가는 듯 가느다란 모기 목소리로 그는 이렇게 대답했다.

"그, 그럼…. 맞바둑이 아닌 선바둑으로는 괜찮겠지?"

나는 솔직히 지금 그의 멱살을 쥐어 잡고 시원하게 뺨이라도 철썩 갈겨주고 싶은 심정이었다. 은근히 내가 그로부터 모욕을 당하고 있다는 기분이 들어서다.

그러나 나는 일단 꾹 참고서 그의 제안을 받아들이겠다는 의사표시로 고개를 살짝 끄덕거렸다.

이윽고 우리 두 사람의 대국이 시작되었다.

그는 심호흡을 길게 몇 번 하고 나더니, 흑 한 점 첫수를 우상귀 화점 위에 딱 올려놓았다.

'후후…. 두고 봐라! 너같이 바둑 예의도 모르고, 고수 알기를 뭐 같이 여기는 놈들에게 고수인 내가 매서운 맛을 톡톡히 보여주고 말 것이니….'

나는 속으로 이런 생각을 하며 백 첫 점을 좌하귀 화점 위에 올려놓았다.

이제부터 그와 나의 포석 진행은 무척 빠르게 진행되었다.

그런데 어럽쇼?

이게 웬일?

우리 친구들 간에 거의 물바둑급 기력의 소유자로 알려져 있는 K가 포석 한 수 한 수 놓을 적마다 거의 짜임새 있는 모양을 만들어가고 있으니….

그에 반해 내 포석은 엉성하니 내가 봐도 몹시 허술하게 보였다.

'아이쿠! 그리고 보니 이 친구가 포석을 상당히 많이 공부하고 나서 지금 나한테 덤비는구나. 요즘 유행하는 인공지능 AI 수법을 많이 공부했나?

아! 그나저나 이걸 어쩐다지?

상대를 깔보고 내가 너무 쉽게 쉽게 포석을 시작했으니….

일말의 후회감이 갑자기 내 가슴 속을 강하게 때려왔다.

그러나 포석이 한참 진행된 지금에 와서는 어쩔 도리가 없다.

이렇게 된 이상 중반전부터 내가 온 힘을 다 발휘하여 포석에서 밀린 판세를 점차 만회해 나가는 수밖에….

그러나 초반 포석의 열세를 극복하지 못한 나는 수순이 점점 진행될수록 더욱 불리한 상황으로 내몰려갈 뿐이었다.

'아! 큰일이다! 이거 정말 큰일이다! 만약 이런 식으로 계속 나간다면 나중엔 내가 이 친구한테 맞바둑으로 졌다는 소리가 나오겠는 걸….'

나는 속으로 이렇게 몇 번씩 중얼거리다가 지금 우하귀에서 하변 쪽으로 넓게 펼쳐있는 흑의 모양을 쳐다보고는 갑자기 내 입이 딱 벌어지고 말았다.

'아! 저런! 큰일이다. 큰일!'

지금 저 흑의 대마(大馬)는 얼핏 보기에 위태로워 보이긴 하지만 가일수를 하지 않아도 충분히 살 수가 있는 모양이다.

그러니까 백을 쥔 내가 최선을 다해 공격을 해봤자, 최소한 빅이 될 것이니 사는 데에는 전혀 문제될 것이 없다.

그런데 흑 차례인 지금,

만약 흑이 저곳에 가일수하지 않고 과감하게 손을 빼서 좌변 대세점 자리로 달려가 선수 행사를 한다면?

만약 그렇게 된다면 백인 나는 이제까지 완전히 헛수를 두었던 꼴이 되고, 이제부터 돌의 흐름과 주도권은 완전히 흑에게 넘어가고야 만다.

아! 정말. 큰일인데?

도대체 이걸 어쩐다지?

나는 가슴이 너무 떨린 나머지 다만 얼마라도 마음을 진정시켜 보고자 탁자 위에 놓여 있는 생수병을 집어 들고 단숨에 쭉 비워버렸다.

K 역시 지금 좌하귀 부근이 반면 최대의 승부처임을 직감했는지 방금 손에 집었던 흑돌을 바둑통 속에 다시 집어넣고 두 팔짱을 낀 채 장고(長考)에 들어갔다.

나는 곧이어 벌어질지도 모르는 무서운 사태에 지레 겁을 집어먹고는 두 눈을 지그시 감아버렸다.

잠시 후,

딱! 하고 바둑판 위에 흑돌을 내려놓는 소리가 들려오자 나는 거의 반사적으로 두 눈을 번쩍 떴다.

어, 어라? 아 아니 이건…….

나는 내 두 눈을 순간 크게 의심하지 않을 수 없었다.

지금 K가 긴 장고 끝에 내려놓은 흑 한 점은 아무짝에도 쓸모가 없는 수! 오히려 상대를 도와주는 수에 다름이 없었다.

갑자기 내 눈앞이 환하게 밝아졌다.

나는 신바람을 크게 내며 반상 최대의 대세점인 좌변 쪽으로 얼른 달려가서 선수 행사를 한 다음, 계속해서 큰 자리를 차지해 나갔다.

K는 이제야 비로소 자기가 큰 실수를 했다는 걸 알아차렸다. 그래서 허둥지둥 급하게 달려오긴 했지만, 후회란 제아무리 빨라도 역시 후회일 뿐….

단 한 번의 실수로 말미암아 K는 초반 포석의 유리함에도 불구하고 중반전에 들어서면서부터 무력하게 끌려만 다니다가 볼일도 제대로 못 본 채 결국 항서를 쓰고 말았다.

"으음. 아무래도 난 안 되겠어! 나한텐 바둑이 너무 어려워. 그나저나 자네 참 대단허이."

한 판의 바둑을 마치고 난 후, 근처 호프집으로 나와 함께 들어간 K는 생맥주잔을 어루만지며 크게 한탄하듯 이렇게 다시 중얼거렸다.

"어허! 아니야. 진짜 대단한 건 바로 자네야. 어떻게 그렇게 빨리 바둑 실력이 늘 수 있었나?"

시원한 맥주 한 모금을 기분 좋게 쭉 들이마시던 내가 그에게 얼른 물어보았다. 그러자 그는 대답 대신 씁쓰레한 미소를 한입 가득 머금으면서 가볍게 고개를 옆으로 흔들어댔다. 그러다가 그는 무슨 생각이 났는지 자기 아랫입술을 윗니로 꼬옥 한 번 깨물어 보고는 천천히 고개를 돌려 내게 다시 물었다.

"저, 혹시 자네 말이야. 인방(引枋)이라는 말 들어보았나?"

"인방?"

"응. 인방이야."

"보아하니 그거 사람 이름은 아닐 테고…"

"물론이지."

"인방, 인방! 도대체 그게 뭐야? 어디에 쓰이는 거지?"

"그렇게 신경 쓸 필요 없어. 이건 자네가 알아도 되고 또 몰라도 되는 거니까.

이렇게 말하는 그의 얼굴 표정은 웬일인지 잔뜩 굳어져 있었다.

"가. 가만있자. 인방, 인방이라고 하면…"

나는 재빨리 스마트폰을 이용하여 '인방'이란 단어를 검색해 보았다.

인방(引枋)— 건축 용어로서 기둥과 기둥 사이 또는 출입문이나 창 따위의 아래위에 가로 놓여 양쪽 벽을 지탱해 주는 나무나 돌. 출입문 틀 위아래를 받쳐주는 나무나 돌을 말한다.

나는 검색창에서 찾아낸 인방을 자세히 설명해 놓은 스마트폰 화면을 액면 그대로 그에게 바짝 들이밀어 보이며 다시 물었다.

"자네가 방금 말한 인방이라는 게 이걸 뜻하는 거야?"

그러나 K는 내가 바짝 들이민 스마트폰을 아예 볼 생각도 없는지 한 손으로 가볍게 밀쳐내고는 이제 반쯤 남아 있는 맥주잔을 집어 들어 거의 단숨에 쭈욱 들이켜 버렸다. 그리고 오징어 다리 하나를 떼어내 가지고 질겅질겅 씹으면서 천천히 내게 또 말했다.

"자네, 혹시 나에 대해서 뭐라도 알고 싶은 게 있는가? 내 지금 이런 기회에 자네한테 속 시원히 모두 털어놓고 싶어. 내가 속앓이를 해가며 마음속 깊은 곳에 꽁꽁 뭉쳐놓고 있자니 도저히 사람이 참고 견딜 만한 일이 아니야.”

“하하. 지금 내가 자네에게 물어보고 싶은 게 한두 가지가 아니지. 무엇보다 먼저 자네의 바둑 실력이 비약적으로 늘어났다는 사실이 너무너무 신기하고. 아, 그나저나 자네는 왜 최근 몇 년간 동창회에 나오지를 않았나?”

내가 재빨리 물었다.

“으응? 자네, 정말로 그걸 몰라서 내게 묻고 있는 건가?”

그가 전혀 의외라는 듯 두 눈을 크게 뜨며 다시 물었다.

“자네가 곤란하다고 느끼면 굳이 대답을 안 해줘도 돼. 아 참! 바둑을 엄청 잘 둔다고 소문났던 자네 아들은 지금 어찌 되었나?”

“하하. 자네 지금 환이에 대해서 묻는 거로구만. 그래! 맞았어! 환이 그 녀석은 바둑을 엄청나게 잘 두었지. 바둑을 배운 지 채 5개월도 안 되어 형, 아저씨 같은 동네 바둑 고수들을 여지없이 모두 이겨버렸으니까 말이야. 이런 얘기는 그때 지방 신문에도 나왔었지. 근래에 보기 드문 천재, 바둑 신동이 나타났다고 대서특필 해가지고 말이야.”

“아, 그래! 맞았어! 자네 아들이 조훈현, 이창호의 뒤를 확실하게 받쳐줄 만한 바둑 신동이라고 우리 동창들 사이에서도 파다하게 소문이 났었지. 그때 자네 아들 환이가 클 수 있었던 것은 아주 좋은 바둑 스승을 만났기 때문이라고도 하던데.”

“맞아! 그때 우리 동네 바둑학원에 젊은 프로기사가 지도 사범으로 들어왔었어. 군 입대를 목전에 두고 있었기에 잠시 바둑학원 사범을 맡고 있었다지. 그때 그 프로기사는 마침 원생으로 들어온 우리 환이의 천재성을 알아보고는 온갖 열과 정성을 다하여 우리 환이에게 개인적으로 바둑 지도를 해주었어. 그 바람에 우리 환이가 바둑에 대해 눈을 확 뜰 수가 있었지. 그래서 환이가 막강한 실력을 갖추게 되었고. 이게 다 그 젊은 프로기사 덕택이 아니겠어?”

“이 사람아! 프로기사가 지도를 해준다고 아무나 바둑고수가 되겠는가? 어느 정도 싹수가 있고 기본적인 머리가 뒤따라줘야만 그런 성과가 나오는 것이지. 내가 또 알기로, 자네 아들 환이는 바둑대회에 나가서 꽤나 많은 상을 탔다고 하던데?”

“그랬지! 우리 환이는 바둑 대회에 나가기만 하면 우승을 독차지하곤 했었어. 언젠가 딱 한 번, 프로기사 지망생이라는 어느 학교 6학년 학생에게 딱 한 번 패해가지고 우승을 빼앗긴 것 이외엔 환이는 거의 모든 바둑 대회를 휩쓸다시피 했었지.”

K는 이제야 비로소 입가에 환한 미소를 지으며 신이 난 듯 말했다.

“환이는 몇 학년 때부터 바둑 대회에 나가 상을 받기 시작했나?”

“2학년 때부터였어. 1학년 말에 바둑을 처음 배우기 시작했고. 그래서 2학년 초부터 환이는 바둑 대회에 나가 상을 타내기 시작하더니 3학년 초에 들어와서는 거의 모든 대회 상을 싹쓸이하다시피 해버렸어. 하하하.”

“그때 환이의 장래 희망은?”

“물론 프로기사였지. 자기 딴엔 조훈현이나 이창호같이 세계적인 프로기사가 꼭 되고 말겠다는 크고 야무진 포부를 갖고 있었어. 그, 그런데…”

K는 갑자기 말꼬리를 흐리면서 잠시 말을 멈췄다. 그러나 뭔가를 단단히 결심한 듯 얼굴 표정을 얼른 바꾸며 다음 말을 조금 빠르게 이어나갔다.

"그런데 어느 날 저녁, 동네 기원에서 우리집에 사람을 보내왔어. 환이를 기원으로 당장 데려가야겠다는 거야. 근래 보기 드문 바둑 고수가 기원을 찾아왔는데, 그 고수는 바둑 천재라고 소문이 난 우리 환이를 만나 지도 대국을 꼭 해주고 싶다는 거야."

"그래서?"

"날이 너무 어두워졌으니, 오늘은 그만두고 나중에 여유로운 시간이나 기회가 생겼을 때 보자며 처음엔 내가 정중히 거절했지. 그러나 그 기원에서는 우리집에 계속해서 전화를 걸어오는 거야. 기원을 찾아온 그 바둑 고수는 간발의 차이로 인하여 프로기사가 못 되었을 뿐이지 실력은 거의 프로와 거의 마찬가지라고. 그리고 그 고수는 기원 원장을 비롯하여 내로라하는 바둑 고수들을 두 점 석 점씩 접어주고 모조리 이겨버렸다는 말도 전했어. 옆에서 실제로 본 것처럼 말이야. 바로 그 말을 듣고 우리 환이의 귀가 솔깃해졌지. 환이는 어서 빨리 기원으로 가서 그 바둑 고수를 만나 지도 대국을 받고 싶다고 했어. 나 역시 이런 기회가 우리 환이에게 큰 도움이자 좋은 경험이 될 거라고 믿었지. 그래서 나와 우리 환이는 그 기원에 달려갔어."

"그, 그래서?"

"우리가 기원에 들어가 보니 그 바둑고수는 헝클어진 머리에 세수도 제때 안 한 듯 꽤나 지저분하게 보였어. 나이는 한 사십 대 중반 쯤 되었을까? 그런데 그 바둑고수는 첫인상은 물론 해대는 말투 하나하나가 모두 안 좋게 느껴졌어. 글쎄 우리 환희를 보자마자 일단 자기가 지도 대국을 해보고 나서 자기 제자로 받아들일 건지 말 건지를 결정짓겠다나? 이건 마치 떡 줄 사람은 생각지도 않는 데 저 혼자 김칫국부터 마셔대는 꼴이나 다름없었어. 그때 나는 기분이 너무 나빠 환이를 데리고 집으로 그냥 돌아갈까도 생각해 봤지만, 그러나 주위에 보는 눈들이 많이 있기에 그러지는 못하고, 기왕에 여기까지 왔으니, 환이에게 저 바둑고수와 대국이나 한번 해보라고 했지. 드디어 기원 안에서는 여러 사람들이 지켜보고 있는 가운데 우리 환이와 그 건방진 바둑고수가 빅매치 같은 대국을 한판 벌이게 되었지. 아, 그런데 초반엔 바둑고수가 힘바둑으로 쭉쭉 밀어붙여 판을 압도해 나갔는데, 중반전에 들어오면서부터 분위기가 완전히 달라져 버렸어. 그 바둑고수는 우리 환이와 수상전 수싸움을 벌이게 되자 우리 환이한테 형편없이 밀리기 시작하는 거야. 결국에는 치고받고 싸워야 되는 초대형 대마 싸움이 벌어지고 말았어. 치열한 공방전 끝에 마침내 그의 백대마는 환이에게 통째로 잡혔고 그로 인해 바둑은 완전히 끝나 버리고 말았어.”

“그 그럼…. 환이가 그 바둑고수의 백대마를 잡아 이겼다는 거야?”

내가 놀랍다는 표정으로 물었다.

“응! 도무지 믿을 수 없거나 이해할 수 없는 일들이 가끔 현실로 나타나는 수도 있거든. 하변에서부터 시작하여 중앙, 그리고 우상귀에 이르기까지 어마어마하게 커다란 초대형 백대마가 잡히고 보니 바둑판의 거의 절반 이상이 흑집으로 되더구만. 옆에서 구경하던 사람의 말에 의하면 잡힌 돌의 개수와 집수로만 따져봐도 거의 이 만방 수준은 될 거라고 하더구만. 하도 커다란 대마이고 보니 옆에서 쭉 지켜보며 구경하던 나 자신도 처음엔 도무지 믿어지지가 않더라고.”

“그, 그래서?”

“그때 기원 안은 한마디로 난리가 났었지. 거의 프로나 다름없다는 바둑고수를 어린아이가 그것도 맞바둑으로 이겨버렸으니 오죽이나 놀라운 일인가! 많은 사람들이 지켜보고 있는 자리에서 공개적으로 불계패를 당하고 나자 바둑고수는 씩씩거리며 우리 환이에게 딱 한 수만 더 두자며 대국 신청을 했어. 사실 그 바둑고수의 입장으로 본다면 오죽이나 답답하고 창피스러웠겠나. 공개된 자리에서 공개적으로 망신을 당한 꼴이나 마찬가지이니. 환이는 내일까지 제출해야 할 학교 숙제가 있다며 그만두고 집에 가려고 했지만, 그러나 주위 사람들이 자꾸만 부추기는 바람에 어쩔 수 없이 한 번 더 그 바둑고수와 대국을 치르게 되었지. 그때 주위에 모여 구경하던 사람들은 이런 훌륭한 걸 공짜로 볼 수 없다고 하여 십시일반 돈을 모아서 이번 대국 승자에게 격려금 명목으로 건네주기로 했지. 그때 즉석에서 모은 돈이 자그마치 이십여 만원이야.”

“그, 그래서?”

“두 번째 대국부터는 그 바둑고수의 태도가 전혀 달라졌지. 단 한 수를 두더라도 매번 신중에 신중을 기해서 최선을 다해 두어 나갔으니까 말이야. 그런데, 흑백 간에 서로 물리고 물리는 혼전 양상이 벌어졌을 때 이 바둑고수는 순간 큰 착각을 범하고 말았어. 중요한 순간 패싸움에서 그만 헛팻감을 쓰고 만 거야. 중요한 순간에 크나큰 실수가 나왔으니 그 결과야 너무 뻔하잖아? 또다시 바둑고수의 알토란 같은 50여 개의 바둑돌들이 떼죽음을 당하고 말았으니… 사석 50여 개에 집수까지 합친다면 자그마치 1백 집이 넘는데 대체 무슨 수로 역전을 노리겠나? 그 바둑고수는 처음엔 큰소리를 탕탕 쳐댔다가 조그만 우리 환이에게 연달아 패하고 나더니 화장실에 가는 척하며 나갔다가 슬그머니 자리를 떠버렸어. 나와 환이는 주위에서 퍼붓는 박수 세례와 환호성을 받아 가며 원장이 억지로 쥐여 주는 격려금을 못 이기는 체 받아 들고는 기원을 급히 빠져나왔어. 아! 정말이지 그때는 이 세상천지 모든 만물이 나와 우리 아들 환이만을 위해서 존재하는 것만 같더라고. 우리 부자(父子)은 아주

신이 나서 어두운 밤거리를 힘차게 뛰어 달렸지. "아빠! 나 잘했지? 엄청 잘했지?"하고 아들 환이가 내게 물어올 때 나는 무한한 행복을 느끼며 이렇게 대답해 줬지. "그래 그래 환이야! 내 아들 환이야! 참 잘했다. 너 무너무 잘했어! 우리 환이 최고!" 그때 우리 부자(父子)는 어느 제과점에 들러 조금 전 기원에서 받은 격려금으로 커다란 케이크를 하나 샀지. 그리고 어두운 밤거리를 신나게 또 뛰어 달렸어. 아마 바로 이때가 내 인생에 있어 가장 행복했던 순간이 아닐까 싶어. 우리집이 가까워지자 나는 환이를 내 두 어깨 위에 앉혀서 목말을 태우고 내 양손으로 커다란 케이크 상자를 받쳐든 채 신나게 달렸어. 조금이라도 빨리 아내에게 이 기쁜 사실을 알려주려고 말이야. 그런데…. 마치 개선장군이라도 된 듯한 기분으로 내가 막 집안에 뛰어들어가는 순간, 갑자기 쿵! 하는 소리가 내 머리 위에서 들렸어. 아뿔싸! 이걸 어째!"

K는 여기서 잠깐 말을 멈추고는 거친 숨을 연신 내뱉었다. 그러다가 또박또박 소리를 내어 다음 말을 이어나갔다.

"내가 뭔가를 알아차렸을 때는 모든 상황이 끝나있었어. 내 어깨 위 목말을 타고 있었던 환이의 머리가 문틀 위 인방(引枋) 벽면에 그대로 부딪히고 만 거야."

"저 저런…. 아이는 괜찮았나?"

나는 깜짝 놀라 손에 쥐고 있던 맥주잔을 덜컥 내려놓으며 다급하게 물었다.

"괜찮을 리 있겠나? 내가 있는 힘껏 방 안으로 뛰어들어오다가 순간적으로 벌어진 일인데…."

"그럼. 혹 혹시…."

"다행히도 그때 환이는 죽지 않았어. 머리를 크게 다쳐 정신을 잃었을 뿐이지.”

“그러니까 결국 괜찮았단 말인가?”

K는 내 물음에 대답 대신 머리를 세차게 흔들어댔다. 이미 그의 얼굴은 정상이 아닌 거의 실성한 사람의 얼굴 표정을 닮아있었다.

“허어! 그거 참…. 병원에서는 뭐래?”

내가 조심스럽게 그의 눈치를 살피며 궁금한 듯 다시 물었다.

“의사 말로는, 두개골이 크게 함몰되어 그나마 죽지 않고 살아 숨을 쉬고 있는 것이 기적이랬어. 그런데 바로 그날부터 우리 환이는 깊은 잠에 빠져들어 영영 깨어나지 못하는 거야. 소위 말하는 식물인간이 되고만 것이지.”

“그, 그래서….”

“나와 집사람은 무한정 깊은 잠에 푹 빠져있는 우리 환이를 어떻게든 깨워 보고자 무던히도 애를 써봤어. 국내 유수한 대학병원이며 대형 병원에도 데려가 보고, 용하다는 한의사들을 다 찾아다니며 치료를 받아 보았지. 그러나 한마디로 말해 아무 소용이 없었어. 심지어 환이를 외국으로 데려가 볼까도 심각하게 생각해 봤어. 하지만 환이의 다친 머리 부위를 찍은 CT 사진을 받아본 외국 의사들도 와봤자 아무 소용이 없고 치료도 불가능하니 단념하라는 회신을 보내왔지. 우리 부부는 거의 미칠 지경이 되었어. 특히 나는 순간의 내 실수로 내 아들 환이를 영영 저 지경으로 만들었다는 죄책감과 분노감 때문에 심적으로 너무너무 괴로웠지. 계속 깊은 잠에 빠져있는 환이를 보고 우리 집사람은 너무나 답답해한 나머지 무당을 몰래 찾아가 굿풀이, 살풀이까지도 다 해봤다지. 그러나 별별 수단 온갖 수단을 다 써봐도 잠을 자는 우리 환이를 도저히 깨울 수가 없었어. 그로부터 몇 년이 지나간 후, 환이 나이 또래의 친구들이 중학교에 입학할 무렵 환이는 마침내 저 멀리 떠나고 말았어. 아! 아! 이건 내 탓이야! 내 잘못이야! 순전히 내 탓이고 내 잘못이란 말이야!"

K는 또다시 두 주먹으로 자기 머리털을 쥐어뜯으며 몹시 괴로워했다. 나는 그런 그에게 뭐라고 위로해 줄 말이 없어 그냥 가만히 지켜보기로 했다.

잠시 후 무척 괴로워하던 그는 마음의 안정이 이제 조금 되었는지 긴 한숨을 연거푸 몰아내 쉬며 천천히 다음 말을 이어나갔다.

"환이가 방 안 침대 위에 잠자듯 누워 있을 때는 우리 부부에게 그나마 작은 위안이라도 되었지만, 막상 환이를 멀리 보내고 나니 울적하고 허전한 마음에 우리 부부는 한동안 어찌할 바를 모르겠더라고. 아내는 어느 날 갑자기 히스테리 발작을 일으키며 그동안 고이 간직하고 있었던 환이의 바둑판이며 각종 바둑 대회에 나가서 받아온 상장, 상패 우승컵들을 닥치는 대로 마구 내동댕이쳐가며 불태워 버렸지. 나는 바로 그날 아내와 대판 싸웠어. 그나마 환이 생각을 떠오르게 하는 것들을 왜 나와 한마디 상의도 하지 않고 함부로 내버리고 불태웠느냐고 말이야. 그때 아내는 나에게 바락바락 대들며 소리쳤어, "멀쩡한 아들을 죽여 놓은 주제에 무슨 말을 하느냐?"고. 난 아내의 온갖 악다구니를 다 들어도 할 말이 없었어. 어쨌든 나 때문에, 내 부주의함 때문에 우리 아들 환이가 죽은 것은 사실이잖아? 이렇게 아들을 죽였다는 죄책감에 너무 시달리다 보니 나는 심신이 너무 피로해졌고, 그때부터 내게는 불면증이 찾아오고 눈앞이 어질어질해서 허깨비 같은 것들이 보이기 시작했어. 내가 술을 아무리 퍼마셔도 잠이 오지를 않았고 사방 천지에 보이는 거라곤 아파서 울부짖는 우리 환이의 얼굴뿐이었거든. 난 의사의 처방을 받아 수면제를 복용해야만 겨우 잠자리에 들 수 있는 신세가 되고 말았어. 그러던 어느 날, 나는 문득 이런 생각이 떠올랐지. 만약 내가 수면제를 한꺼번에 듬뿍 먹어서 아주 깊은 잠에 빠진다면, 혹시 꿈속에서 내 아들 환이를 만나지는 않을까? 아! 제발 꿈속에서라도 우리 환이를 꼭 한 번 만났으면…. 그래야 내가 환이 앞에 무릎을 꿇고 사과를 하든 용서를 받든 할 게 아니야? 그래! 깊은 잠 속에 한 번 푹 빠져보자! 이런 생각을 한 나는 며칠간 복용해야 할 수면제를 한 입 한꺼번에 몽땅 털어 넣었어. 그리고 나는 곧장 깊은 잠 속에 푹 빠져들었지. 아, 그때 내가 얼마나 오랫동안 잠을 잤던가! 이상한 소리에 놀라 내가 눈을 살짝 떠보니 난 환자복이 입혀진 채 병원 침대에 뉘어 있었어. 수면제를 과다하게 먹은 나를 다행히 빨리 발견하였기에 성공적으로 위세척을 할 수 있었고 그 바람에 간신히 내 목숨을 건지게 되었다고 간호사가 내게 살짝 말해주더군. 내가 의식을 되찾았다는 소리를 듣자, 아내는 급히 내게 달려왔어. 아내는 나를 보고 울부짖으며 이렇게 말하더군. "여보! 제발 바보 같은 짓은 하지 말아요. 살아있는 사람이라도 살아야 하지 않겠어요? 우리 어린 딸 정아가 웨딩드레스를 입고 아빠 손에 이끌려 신랑 손에 넘겨지기 전까지는 우리 두 사람 악착같이 살아야만 해요. 아셨죠?" 아내의 절규 섞인 애절한 목소리에 나는 누운 채로 힘없이 고개만 끄덕거려 주었어. 그때 아내는 내 손안에 뭔가를 살짝 쥐여 주었지. 나중에 펴보니 그것은 뜻밖에도 환이가 예전에 썼던 일기장이었어. 아내가 그때 환이의 모든 것들을 죄다 불태워 버린 줄 알았는데, 환이의 분신과도 같은 유품들을 차마 모두 다 없애지 못했던 거야. 나는 병원에 입원해 있는 동안 우리 아들 환이가 생전에 썼던 일기장들을 첫 장부터 끝장까지 모두 읽게 되었어. 그런데… 환이의 일기장을 뒤적거리다가 나는 어느 한 곳에 이런 글이 적혀 있는 걸 발견해 냈어. 그게 무슨 내용인 줄 아나?”

K는 잠시 하던 말을 멈추고는 무슨 동의라도 내게서 얻으려는 듯 나를 빤히 쳐다보았다.

“으응? 대체 뭐라고 쓰여 있었는데?”

나는 되도록 지금 이 분위기를 깨뜨리지 않고자 내 목소리의 톤을 최대한 낮춰가며 조심스럽게 물었다.

“거기에는 진한 검정색 볼펜 글씨로 또박또박 이렇게 쓰여 있었어. ‘우리 아빠가 빨리 바둑고수가 되셔서 나랑 맞바둑을 두게 되었으면 참 좋겠어요! 하나님! 도와주세요! 제가 아빠와 함께 바둑을 둘 수 있게요.’ 라고 갈이야”

여기까지 말을 마치고 난 K는 격해진 감정을 추스르고자 숨 고르기를 하려는 듯 심호흡을 몇 번 길게 해댔다. 그리고는 좀 더 마음의 안정을 취하고 난 뒤 천천히 입을 열어 다음 말을 이어나갔다.

“난 환이가 쓴 그 글을 보고 정수리를 된통 얻어맞은 양 정신이 아찔했었어. 한마디로 정신이 멍해진 거지. 바둑 고수였던 우리 환이가 바둑 하수인 아빠와 얼마나 바둑을 두고 싶었을까…. 천국에 있을 우리 환이는 어쩌면 바둑판 앞에 앉아 이 못난 아빠가 바둑 고수 되어서 나타나기를 애타게 기다리고 있는지도 몰라. 아, 그래그래 환이야! 우리 예쁜 환이야! 아빠와 함께 바둑을 두고 싶다고 그랬지? 그래, 기다려다오! 하수 실력인 이 아빠가 부지런히 바둑 실력을 쌓아 엄청난 고수가 되어서 너를 만날게. 그래서 그때. 네 소원대로 우리 맘껏 바둑을 즐겨

보자꾸나…."

　길고 긴 얘기를 마침내 모두 끝내고 난 K는 나름 홀가분함을 느끼면서도 감정이 계속 북받쳐 오르는지 두 손으로 자기 얼굴을 감싸 쥔 채 탁자 위에 엎드려서 한없이 울어댔다.

　"이보게 친구! 걱정을 말게나. 내가 보건대 자네는 이미 하수 바둑이 아니야. 나도 쩔쩔맬 정도로 자네 바둑 실력이 아주 강해졌다고. 그러니 자네는 앞으로 나보다 훨씬 더 센 고수가 되어서 아들 환이를 만나게 될 걸세. 그러니 그때까지 부디 희망과 용기를 잃지 말게나!"

　이렇게 그를 위로해 주는 내 목소리에도 어느새 그에 못지않은 진한 울음이 배어 있었다.

바둑학 박사 이상훈

1978 MBC 드라마 공모 경찰 수사 드라마로 방송작가 데뷔, 학생 유머소설『내 사랑 짱구』,『얼간이 대학생』, 학생 명랑소설『코끼리 함대』,『올챙이 대작전』,『돼지 클럽』,『까치 작전』외 바둑학 박사,　바둑 저서『바둑의 말』『생활바둑』『바둑왕비』외

단편소설

소년의 선물

—

이근형

　　　고모네 집을 향해 달리는 택시 안에서 소년이 건네준 선물이 무엇을 말하는 것인지 소녀는 이내 짐작할 수 있었다.

"알았어, 오빠, 내가 크면, 어쩌면 다른 사람에게 시집가서 애도 낳고 아줌마가 되어 있을 거야. 그래도 그때까지 이거 갖고 있다가 오빠가 당선됐다는 신문 보게 되는 날, 이걸로 축하한다고 꼭 편지 써서 보내줄게."

소녀는 입버릇처럼 말해온 소년의 말이 또 떠올라 그렇게 다짐하고 있었다.

교회 중등부에서 소년의 글재주를 알아주는 친구는 아무도 없었다. 하루에도 수십 번씩 트럭이 질주하는 자갈길 옆 먼지로 뒤덮인 서울 변두리의 교회에서 소년이 글솜씨를 보일 기회라고는 일 년에 한 번 정도로 펴내는 교회 학생회지에 무슨 시 나부랭이나 독후감을 낸들 눈여겨보아 줄 사람은 없었다. 그러거나 말거나 소년의 꿈은 정해져 있었다. 그날 작문 시간 이후로였다.

"다 썼나?"

깡마른 작문 선생의 안경 너머로 들려오는 신경질 섞인 소리가 고개를 숙이고 훌쩍거리며 그 시간을 버티고 있는 아이들의 어깨 위에 내려앉았다.

"……."

대답하는 아이들이 없었다. 작문 선생은 보던 신문을 계속 훑다가 일어서서 다시 말했다.

"다 썼나?"

아이들이 이리저리 눈치를 살피고 있었다. 이쯤이면 누군가 다 쓴 아이가 있을 법한 시간이 흐른 후였기 때문이었다. 성질 사나운 작문 선생의 심기를 건드리면 안 되겠다 싶었던 아이들 중에 누군가가 말했다.

"이문기, 아까 다 썼어요."

그러자 또 누군가가 말했다.

"이문기 쟤 다 써서 지금 원고지를 덮어 두고 있어요."

"그래? 이문기, 지금 작문한 거 가지고 나와."

소년은 자신의 글쓰기가 끝난 지 한 오 분쯤은 된 것 같다는 생각도 들긴 했지만 그걸 가지고 나가서 읽을 용기는 차마 나지 않았다.

"아직… 못 썼는데요…."

작문 선생의 성격을 잘 아는 누군가가 또 불안해져서 이번에는 제법 큰 소리로 외쳤다.

"쟤, 버얼써 다 썼어요."

"그래? 이문기 나와, 그 원고지 가지고."

"아직…."

"뭐라고? 이 녀석이 선생한테 거짓말이야? 알았어. 너 그냥 이리 나와!"

그날의 작문 시간은 가을을 주제로 생각나는 대로 쓰기였다. 작문 선생은 아이들에게 원고지를 꺼내라고 하여 누구든지 가장 먼저 쓴 아이가 나와서 방금 쓴 작문을 읽으며 그 시간의 수업을 진행하겠다고 말해 둔 터였다. 어느 정도 시간이 흐르는 동안 신문을 읽으며 아이들의 작문 작성을 기다리다가 정해진 시간에 수업을 마쳐야 하는 선생은 아이들의 그런 굼뜬 반응들이 여간 짜증 나는 노릇이 아니었다. 그렇게 소년을 불러낸 선생은 울상이 되어 있는 소년의 한쪽 볼을 잡았다. 그리고 자신이 어금니를 문 상태로 소년에게 말했다.

"어금니 물어."

소년이 불안한 눈빛을 보이는가 싶었는데 순간,

"찰싹"

아이들은 모두 눈만 껌벅이고 있었다. 소년은 눈물만 뚝뚝 떨구었지만, 선생은 분이 풀리지 않은 목소리로 말했다.

"야, 반장, 네가 대신 읽어, 어디 얼마나 잘 썼는지 좀 들어나 보자"

모범생 반장이 소년의 책상 위에 놓인 원고지를 들고나와 목소리를 가다듬고 서서히 읽기 시작했다. 조용해진 교실에 마치 음악이 흐르듯이 소년의 눈물이 흐르듯이 반장이 읽어 내려가는 소년 가을 소나타가 아이들의 가슴 사이로 흐르고 있었다. 그 음악에 취한 걸까, 반장이 읽어 내려가는 가을바람에 취한 걸까 흥분했던 선생의 얼굴에 옅은 미소가 돌았다. 이윽고 반장의 대독이 끝나고 소년의 흐느낌도 잦아들었다. 선생이 냉정해진 얼굴로 아이들에게 말했다.

"이문기, 아주 잘 썼어. 이렇게 잘 쓰는 놈이 나와서 읽으면 될 일이지 뭐가 그리 부끄러웠던 게야, 불알을 떼어버릴 일이지."

선생은 소년의 작문에 대한 이런저런 칭찬의 말과 함께 소년을 따로 교무실로 오라는 말로 수업을 마무리했다.

거기가 작문 선생과 밀월의 시작점이었다. 소년은 자주 작문 선생이 시키는 심부름에 불려 나갔다. 그리곤 그때마다 옅은 미소를 보이곤 했다. 작문 선생이 소년에게 매달 개최하는 소년일보 문예상에 작품을 보내라는 권고를 듣고 작품을 낸 지 겨우 삼 주 만의 일이었다. 소년은 서무실에서 자신을 부른다는 말을 듣고는 무거운 발걸음을 옮기면서 생각에 잠겼다.

'이번에 또 등교 정지를 받으면 졸업을 할 수 있을까, 학년말 고사도 보기 어려울 텐데…'

긴 생머리의 깔끔한 서무과 직원은 창구 앞에서 불안하게 서 있는 소년을 향해 좁은 유리문을 빼꼼히 열고 물었다.

"이문기?"

"네, 삼학년 오반 이십이번요."

"여기 왜 불려왔는지 알지?"

"네, 사분기 수업료 때문에요."

"그래, 도대체 니네 아버진 뭐 하시길래 아들 수업료를 제때에 들려 보낼 때가 없으시다냐?"

"…죄송합니다."

"이게 죄송해 가지고 될 일이냐, 낼까지 못 내면 등교 정지가 내려지니까 내일 어김없이 가지고 와야 해. 그런데 너…"

"네?"

"너 소년일보에 무슨 문예 작품 냈어?"

소년은 놀랐다. 그게 어찌 되었다는 건지 불안하면서도 좋은 느낌이 들었다.

"이번 달에 입선되었다고 상장이랑 상품이 왔더라. 서무과로 와서 널

불렀던 거야.”

서두과 누나가 자기에게 처음으로 보이는 미소를 뒤로하고 받아 든 상장과 상품을 만지작거리며 돌아온 교실에는 어디서 누가 가져왔는지 그날의 석유 냄새가 나는 신문을 펼쳐 들고 아이들이 여기저기서 떠들어댔다.

“야, 이문기, 니 이름 오늘 신문에 났네, 입선인데, 입선이야.”

집으로 돌아가는 소년이 올려다보는 하늘에는 가을이 높이 올려져 파아랗게 춤을 추고 있었다. 그리고 다음 날 소년은 또 빈손으로 등교했고 조회 시간에 교무실로 불려 가 등교 정지 처분을 받았다. 집으로 오는 길에 소년은 상으로 받은 만년필을 만지작거리며 자기가 만든 새로운 주문을 외우고 있었다.

“일본에서 가와바타 야스나리라고? 알았어, 나도 탈 거야, 노벨상은 내 거야.”

이제 학교는 갈 수 없었지만, 교회에는 그런 게 없었다. 오히려, 그런 애일수록 환영받는 곳인지도 몰랐다. 교회는 겨울이 되면서 분주해진다. 언제나 아이들로 시끌벅적했다. 크리스마스가 다가오고 있을 때는 더욱 그랬다. 여자애들이 재잘거리며 오뎅 국을 끓이는 냄새며 성탄 트리며 교회 장식을 하러 온 학생들이 불러대는 캐럴 소리가 여기저기서 들리고 있었다. 날이 저물어도 아이들이 집에 갈 줄을 모르고 성탄 극이며 노래 연습을 하며 밤 깊은 줄 모르고 있었다.

“오빠, 나는 저렇게 자동차가 지나갈 때면 저 불빛 속으로 뛰어들어가고 싶어.”

소녀가 소년에게 말할 때는 마침 저만치에서 군용 트럭 한 대가 어둠 속에서 달려왔다가 사라지고 난 후였다. 집에 바래다준다는 핑계로 한참이나 어두운 신작로를 함께 걸어가고 있던 소년이 물었다.

"왜? 넌 안 무서워?"

"몰라, 무섭지. 근데 이상해. 까만 어둠 속에 저렇게 환한 빛을 비추며 차가 달려올 땐 그냥 뛰어들고 싶다니깐."

소년은 자기네 집보다 훨씬 잘 사는 소녀가 늘 불쌍했다. 소녀는 소년에게 자주 훌쩍이며 말해왔기 때문이었다.

"오빠, 우리 큰언니 자세히 봐. 나랑 안 닮았을 거야. 우리 진짜 엄마는 어디 있는지 몰라. 작은 언니도 나랑 안 닮았지?"

소년은 속으로 생각했다.

'닮았는데…'

소년에게 그건 중요한 일이 아니었다.

'그나저나 나는 얘한테 무얼 선물하지?'

오로지 소년의 머릿속은 그 생각들로만 어지러이 맴을 돌고 있을 뿐이었다. 다른 애들이 입시다, 연말 고사다, 하는 걸로 어지러운 판에 등교 정지를 당한 소년이고 보면 교회의 성탄 전야에 하는 선물 교환시간에 자신이 내어야 할 선물을 하나 사서 접수 시킨다는 것 자체가 이만저만한 고민이 아니었다.

'그런데 나에게는 어떤 선물이 올까? 얘가 낸 선물 번호를 내가 뽑게 될까?'

소녀가 자신의 엄마가 진짜 엄마가 아니라거나, 언니들과 닮았거나 안 닮았거나 하는 말들은 부잣집 애들이 하는 배부른 걱정이라고 생각하며 어둠 속을 소녀와 걷던 소년은 깊은 어둠 속에서 이제 마을 입구에 와 있음을 알았다. 사람들의 눈에 띄지 않을 거리에서 소년은 소녀에게 짧은 인사를 건네었다.

"잘 들어가."

"오빠두…"

소녀가 당돌히 소년에게 악수하듯 손을 내밀었다. 어둠 속에서 누가 보는 이도 없건만 좌우를 살피며 소년은 소녀의 손을 잡고 바르르 떨었다.

성탄전야. 선물 교환 시간이 아이들의 시끌벅적한 소음 가운데 시작되었다. 사회를 보는 창석이에게 당부를 해 놓았기 때문에 자기가 내어놓은 선물이 다른 애에게 뽑힐 것은 걱정이 되지 않았다. 또한 소녀가 내어놓을 선물도 자신에게 오도록 의리의 사나이 창석이에게 부탁도 해 놓은 터여서 그것이 무엇일지 생각만 해도 입가에 미소가 지어졌다. 성탄절 이브의 작전은 성공이었다. 창석이는 약속을 잘 지켰다. 소년이 고심 끝에 준비했던 선물은 누구도 눈치채지 못하게 번호표를 소녀가 뽑아 들었고 소년도 창석이의 기술대로 소녀의 것을 뽑아 들었다. 성탄절이 지난 후 어른들은 어수선한 발걸음 소리를 만들고 있었지만, 소년은 별로 즐겁지 않았다.

소녀가 선물 박스에 담아 접수해서 소년이 받게 한 건 이상하게 생긴 옛날 인형이었다. 뭔가 새것 같지도 않고 그렇다고 별나게 멋스럽지도 않은 것을 왜 성탄 선물로 내놓았을까. 그동안 가슴 설레며 기다려왔던 소년의 기대감이 허전해져 왔다. 그러면서도 소년은 자기가 내어서 지금 소녀가 가지고 있을 선물도 몹시 마음에 걸렸다.

'요즘 꽃 편지는 흔하디 흔한 것인데, 더구나 여자애들은 안 가지고 있는 애가 없을 텐데…'

그러나 그런 생각도 더 필요 없는 순간이 다가오고 있었다.

음력 설날이 다가오고 있던 어느 일요일, 창석이가 교회 중등부 예배를 마치고 나오는 소녀와 두 언니를 가리키며 말했다.

"쟤네 집이 망했대. 아버지가 감옥에 들락거리고 엄마는 충격으로 바깥출입을 못 한대. 애들만 고모가 데리고 어디로 간다더라."

"……."

창석이와 대화를 하는 둥 마는 둥 마치고 집으로 온 소년은 창석이가 말해준 소문을 확인하기 위해 교회 중등부 교사로 있는 누나에게 물어보았다.

"너 걔가 말 안 하데? 하기사 고 기집애 지가 뭐 주워 온 애라고 쓸데없는 소문을 내고 괜시리 집구석에서 찔찔거리기 잘한다더라. 아마 다음 주일 예배가 마지막 일 게다. 우리 교회에서 그 기집애를 볼 날은."

"아…."

소년은 풀이 죽어 일없이 자기 비밀 서랍을 뒤적거렸다. 부시럭 소리를 내며 뭔가를 열심히 포장하는가 싶더니 누나에게 말했다.

"그럼. 걔네들 학교는?"

"지금 애들 학교가 문제가 아닌가 보더라. 어디 가서 잠잘 구석이라도 있어야 할 텐데…. 안 되긴 했지."

그날 밤 소년은 공연히 개를 데리고 소녀의 집 부근을 어슬렁거렸다. 데리고 나온 개가 갑자기 꼬리를 흔들며 누군가를 반기고 있었다. 소녀의 큰 언니였다. 유난히도 그 개를 좋아하여 집에 있는 개가 좋아할 것 같은 비린내 나는 것들을 자주 던져주었던 큰 언니이기에 주인만큼이나 반가워한 것이다.

"문기구나."

“응, 누나…. 누나네 무슨 일 있다며? 어디….”

“아아, 아무 일도 아니야, 뜬소문이야.”

“그렇지? 아무 일 없는 거 맞지?”

“으응, 근데, 아무 일 없는 것도 아니야, 좀 이따 보면 알게 돼. 근데 문기야, 너 혹시 저번 성탄절 때 선물 교환에서 무슨 선물 받았어?”

소년은 누나가 다 알고 묻는 것만 같아서 둘러댈 수가 없었다.

“으응, 누나네 막내가 낸 거였어. 못생긴 나무 인형. 왜?”

소녀의 큰 언니는 순간 한숨을 내쉬며 중얼거렸다.

“저런 계집애, 엄마가 얼마나 애끼는 인형인데, 아빠가 엄마랑 연애할 때 독일 광부로 나갔다가 오면서 사온 거라구 한 건데.”

소년도 따라 한숨을 쉬었다. 그러나 속으로는 웃고 말았다.

소녀의 고모는 정월 대보름이 지나고 왔다. 택시를 대절하여 도착하자마자 보퉁이들을 황급히 챙겨 나오더니 소녀의 세 자매를 차례로 불러냈다. 소년이 어디서부터 달려왔는지, 벌겋게 단 얼굴로 택시를 타려 서성거리고 있는 소녀 앞에 멈추어 섰다.

“자, 이거.”

“오빠. 이게 뭐야?”

“이따가 펴 봐.”

이마에 땀이 맺힌 채로 숨을 헐떡이는 소년의 눈가에 물기가 어려 있었다. 소녀의 눈에도 마찬가지였다. 택시는 마악 출발을 하려는 시동 소리를 내기 시작했다.

“언니, 오빠가 나무 인형을 돌려주러 왔었어. 내가 엄마 화장대 위에 있던 거 선물 교환에 내놨다고 막 뭐라고 했던 것.”

　나무 인형이 큰 언니의 손에 건네졌고 또 하나의 선물을 소녀는 말하지 않았다. 그것은 소년이 소년일보사에서 상품으로 받았던 만년필이었다. 소녀는 달리기 시작한 택시 뒷좌석에서 몸이 흔들리면서 소년이 입버릇처럼 하던 말을 떠올리고 있었다.

　"노벨상을 타고 말 거야, 노벨상이 아니면 저 신문사에서 주는 큰 상을 탈 거야."

　소녀를 태운 택시가 동네를 빠져나가고 있는 마을 어귀 라디오 수리상에서 틀어 놓은 확성기에서는 여자 가수의 노래가 계속 흘러나오고 있었다. 그 노래는 택시의 뒷모습을 멀찍이 바라보는 소년의 귓전에 계속 울리고 있었다.

　　이사 가던 날, 뒷집 아이, 돌이는 각시 되어 놀던 나와

　　헤어지기 싫어서, 장독 뒤에 숨어서

　　하루를 울었고, 탱자나무 꽃잎만 흔들었다네.

　　지나버린 어린 시절, 그 어릴 적 추억은

　　탱자나무 울타리에, 피어오른다.

　　이사 가던 날, 뒷집 아이, 돌이는

　　각시 되어 놀던 나와, 헤어지기 싫어서

　　<1970년대 대중가요, 이사 가던 날>

백일몽

　새까만 갱도(坑道) 속이었다. 석철(石鐵)은 우물 같은 지하 갱도를 힘

도 들이지 않고 파고 들어가고 있었다. 곡괭이로 땅을 파는 게 아니라 허공을 내리치는 것 같이 수월했다. 곡괭이를 들었는지 말았는지 느낌도 없었다. 땀도 한 방울 흘리지 않은 채였다. 그러다가 깜깜한 공간 바닥에서 밝은 빛이 얼굴에 섬광처럼 비쳐오는 순간이었다. 황금 노다지를 발견했다는 생각과 동시에 곡괭이를 팽개치고 금 조각들을 주워 담으려 할 때였다.

"여보, 일어나 봐. 나 아무래도 병원엘 좀 가야겠어. 뒷머리가 너어무 아파."

현실(現實)이 얼굴을 찡그리며 흔들어 깨우는 바람에 석철이 일어났다.

"제에길, 꿈이었잖아…."

석철은 병원으로 차를 몰고 가면서도 자기를 깨운 현실이 아쉽기만 했다. 거리에는 강렬한 한여름 오후의 열기가 아스팔트를 이글거리게 하고 있었다.

"한 오분만이라도 좀 자게 내버려두지. 꿈에서라도 한번 그 싯누런 노다지를 손에 만져보기라도 했을 텐데."

조수석 시트를 반쯤 제끼고 누워서 흐트러진 머리칼을 상관하지 않은 채 계속 끙끙대는 현실은 그저께 저녁에 먹은 비빔밥에 급체한 후 지금이 세 번째 병원행이었다. 석철은 현실이 그러거나 말거나였다.

그의 생각 속에는 온통 윤정이뿐이었다. 며칠 후 그녀가 인천 공항 입국장에 나타날 순간 자신이 "윤정아, 사랑해. WELLCOME!!"이라고 쓴 피켓을 들고 있을 은밀한 설렘뿐이었다. 아프리카의 분쟁국가이며, 많은 사람들이 해적질로 먹고산다는 소말리아에서 여자 혼자의 몸으로 그 내전의 어지러운 상황을 어찌 견디어냈을까 싶었다. 생각할수록 그녀가 측은하기 그지없었다. 부모가 누군지도 모르는 천애 고아로 미국

사회에서 한국어도 제대로 모르는 채로 자랐다가 한국 사람과 결혼을 하긴 했으나 남편은 일찌감치 핏덩이 하나만 남기고 세상을 떴다니 얼마나 외로웠을까. 일곱 살배기 딸을 홀로 키우다가 국제학콘지 어딘지에 맡겨 놓고 어찌어찌 가게 되었다는 그 머나먼 타국에서 장하게도 대한민국의 국민이요 여성 정형외과 군의관의 위엄을 띠고 파병된 후 이제 귀국할 날짜가 일주일도 채 안 남은 상황이라고 했다. 석철에겐 지금 윤정이 귀국하는 인천 공항 대합실로 마중 나가기로 한 약속만이 중요할 뿐이었다.

석철이 윤정을 코로나 대유행 비대면 시대에 만나게 된 건 필연이라고 생각했다. 사람이 사람을 새로 만난다는 게 꼭 얼굴과 얼굴을 보지 않아도 되는 편리한 시대에 하늘이 연결 지어준 인생 최대의 선물이라고 굳게 믿었다. 페이스북이라는 도구를 통해 불쑥 석철의 프로필 페이지 안으로 해맑은 미소를 띠고 친구 초청에 응해달라고 얼굴을 내민 그녀였기 때문이었다.

"그래. 사람이 사는 동안 이런 일도 있을 수 있는 거야. 지금도 세상 어디에선가 일주일에 한 번씩은 어김없이 누군가 로또에 당첨되어 수십억이니 수억이니 하는 거금을 손에 쥐는 사람이 있잖아."

석철은 핸들을 손에 굳게 잡고 이런 생각에 잠겨있었다. 현실이 옆에서 머리를 손으로 계속 감싼 채 신음을 하건 말건.

생각해 보면, 나라는 인간, 육십 넘게 살면서 한 번도 편할 날이 없었잖아. 하늘은 이제서 나에게 그동안의 인고를 위로하고 보상해 주는 건지도 몰라. 아, 나라고 이런 대박 한 번쯤 맞지 말라는 법이 어디 있어? 맞아, 신은 있어. 분명 존재해. 예수든, 부처든, 아니면 무슨 천지신명이든 시퍼렇게 살아있는 거야. 나같이 착하게만 살아온 인생에 대박을 한 번쯤은 안겨 주는 신이 있긴 한 거지.

석철은 운전하는 동안 그렇게 히죽거리고 있었다.

응급실은 조용했다. 병원이 별로 인기가 없었는지 한가한 응급실에서 간호사는 현실을 눕힌 채 이것저것 검사를 한다고 청진기며 혈압기를 들고 왔다 갔다 하더니만 심전도 검사를 한다며 고무호스 줄이 너덜대는 검사 도구를 들고 왔다.

석철은 간호사가 현실을 검사하는 모양을 멀거니 바라보았다. 간호사가 현실의 옷을 가슴까지 올리고 유방 언저리에 심전도 검사기 끝에 매달려 달랑거리는 압착기 서너 개를 익숙한 솜씨로 부착했다. 현실의 몸을 이리저리 만지는 간호사의 몸짓 사이로 얼핏 현실의 젖무덤이 눈에 들어왔다. 신혼 시절부터 삼십여 년 넘게 석철을 위로해 왔던 현실의 젖꼭지는 몇 년 전부터 큰 의미가 없었다.

수년간 심드렁해진 현실과의 밤이 이제 윤정을 통해 새로이 꿈틀거리는 걸 상상하며 석철은 무표정하게 심전도 검사를 하는 현실의 일그러진 얼굴을 내려다보았다.

"Honey, 뭐해?"

윤정이 보낸 카카오톡 메시지가 떴다. 피식 웃고는 답하지 않았다. 시침 떼고 현실을 내려다보는 석철의 머릿속에는 그저께 윤정과 나누었던 카카오톡 메시지가 또 떠올랐다. 가슴까지 내려오는 긴 생머리에 흰색 의사 가운. 그리고 오목조목한 얼굴 한복판에 섹시한 입술. 마흔네 살이라고는 했지만 서른 댓의 나이로 보이는 야리야리하고도 청순가련형의 얼굴이었다. 그런 여인이 늙수그레한 석철의 사진을 보며 멋지다느니, 정겹다느니 하는 언사에 혼이 녹아버려 진정하기 어려웠다.

현실이 체한 것 같다며 제대로 먹을 것을 먹지 못하며 힘겨워하던 그날 저녁에도 윤정의 살짝 웃는 사진이 전송되어 왔었다.

"윤정 씨 사진 보고는 입술이 넘나 이뻐서 뽀뽀하고 싶었어요"

실은 키스라고 쓰고 싶었지만, 차마 그러지 못했을 뿐이었다. 그렇게 보냈더니 그녀에게 온 답은 예상 밖이었다.

"나는 너에게 내 입술을 주고 싶어. 왜 키스하면 안 되니?"

한국말이 서툴러서 존댓말과 반말을 오락가락 섞어 쓰는 것도 귀엽다 싶었지만, 그 젊디젊은 여인의 섹시한 입술과 키스를 할 수 있다는 말에 황홀감을 참기 어렵지 않았던가. 모르긴 해도 키스보다 더 깊은 육체의 교감이 둘 사이에 오갈 게 여실히 짐작되기도 했다. 석철은 일주일 전, 그녀가 보내준 가슴골이 깊이 패인 사진을 떠올리며 다시 몽롱해져 왔다.

그때 현실이 눈을 게슴츠레 뜨고 말했다.

"여보, 나, 이거 영양제는 빼라고 해. 이거 어쩌면 실비보험 적용 안 될지도 몰라."

"괜찮아 여보. 돈이란 게 그렇잖아. 있다가도 없고, 없다가도 빈집에 황소 들어오듯 하기도 하는 거라고."

현실이 한심하다는 표정으로 석철을 쏘아보며 말했다.

"당신 왜 그렇게 철이 없어? 지금 우리 큰애 원룸비 삼개월 치가 밀렸어. 이거 내 응급실 병원비 못해도 십이만원은 넘을 거야. 빨리 가서 간호사한테 말해, 영양제는 놓지 말라고."

"알았어."

석철이 그렇게 대답은 했지만, 속으로는 웃었다. 믿는 구석이 있기 때문이었다. 삼억이 누구 애 이름인가? 지금 윤정이가 그걸 해결해 준다고 한 것을 현실이 모르고 있을 뿐이었다. 윤정이가 유엔에서 파견한 소말리아 의료지원군의 일을 마치고 은퇴하여 한국에 돌아오는 순간 그녀가 유엔에서 받은 포상금 삼십억 가운데 삼억을 떼어 준다고 하지 않았나. 윤정을 아낌없이 돌보아주며, 귀국하는 즉시 숙박할 호텔을 안내해 주고 한국 생활 적응에 필요한 아파트 구입 문제, 자동차 구매 절차, 그리고 딸의 학교 입학 절차들을 그녀와 동행하며 힘써주기로 한 약속이 석철의 뇌리에 박혀있는 터였다.

현실의 링거 주사 맞는 시간은 꽤 걸렸다. 현실이 잠이 들었다 싶었을 때 석철도 졸음이 왔다. 꼬박꼬박 졸음이 오고 있을 무렵 또 카톡이 울렸다.

"Hcney, 뭐해?"

"오, 윤정, 마이 달링. 당신 생각하고 있었지."

인사는 달콤했지만, 대화 내용은 석철의 가슴을 철렁하게 했다. 급히 천오백만 원을 자신이 지정하는 택배 회사 계좌에 이체해 달라는 내용이었다. 이유인즉, 소말리아는 뱅킹 시스템이 믿을 수 없는 데다가 치안이 매우 불안해서 유엔 사무국 측에서 돈을 직접 택배 회사에 의뢰하여 수령인이 안전히 받을 수 있는 곳으로 배송해 준다는 소리였다. 윤정은 자신이 고아이고 이혼녀 싱글이기에 누구에게 부탁할 사람이 석철밖에는 없으니까 그 현금을 받아서 잘 보관해 달라는 내용이었다. 윤정은 석철을 굳게 믿고 안심하고 한국에 가서 그 돈을 담은 금고를 찾으면 석철에게 삼억을 확실하게 떼어 주겠다는 말이었다. 그러니 지금 당장 쾩배 회사에 택배비용 천오백만 원을 다급하게 송금하라는 것이었다. 택배 회사에 자신이 직접 현금 운송비를 지급할 방법이 지금으로써는 그것밖에 없다는 내용이었다. 허망한 웃음이 나왔다.

"속았구나."

아무리 이름이 돌 석(石)자에 쇠 철(鐵)자를 쓰는 그의 머리로도 그 정도는 짐작이 갔다.

"아, 이게 바로 보이스피싱이란 거였어…."

혼자 중얼거리며 석철은 윤정에게 이틀만 돈 구할 시간을 달라고 둘러대어 보았지만, 윤정은 눈물의 표시(ㅠㅠㅠ)를 여러 개 보내며 애원하는가 싶더니 '사랑해'라느니, 'Kiss Me' 라느니, 하다가 마지못한 듯 기다리겠노라고 카톡을 마쳤다.

현실이 잠에서 깨어나 일어나서 화장실에 다녀오겠다고 일어섰다. 링거 줄을 한 손으로 든 채 화장실로 어기적거리며 나간 사이 석철은 이리저리 핸드폰의 뉴스 검색창에 관련 단어들을 입력하여 뒤져보았다.

연인처럼 지내던 유엔 의사, 알고 보니 '로맨스', '사기꾼들'이라는 기사에는 석철과 비슷한 경우로 수억을 뜯긴 남자들이 있다는 내용이었다. 그런 '로맨스캠'(Romans와 사기라는 뜻의 Scam의 합성어)'이라는 신종 사기 수법에 마음을 빼앗긴 피해자들 가운데는 골 빈 여자들도 꽤나 있었다. 그 내용을 보도한 기자는 전문가의 말을 인용하여 "남자들은 자신의 감정을 팔아서 육체의 욕망을 채우고 여자들은 육체를 이용하여 감정을 위로받으려 한다"며 '로맨스캠'에 주의할 것을 강조했다. 그런 기사에 실린 범인들은 하나같이 배가 불쑥 나온 작달막한 키의 중국인 남자들이었다.

윤정을 차단하는 방법은 간단했다. 카톡 프로필 창에 들어가서 손가락 몇 번만 움직이면 상상했던 윤정과의 로맨스도, 윤정이 약속한 삼억도 모두 백일몽이 되어 그의 뇌리와 가슴에서도 차단되었다.

치료를 마친 현실을 태우고 집으로 향하는 차에서는 석철이 좋아하는 세시봉 노래가 계속 흘러나왔다. 석철의 핸드폰에 있는 유튜브 음악을 재생한 것이었다.

계속 노래가 반복되어 나오자, 현실이 얼굴을 찡그리며 말했다.

"여보, 그 노래 지겹지도 않아? 다시 골머리 아파지려 해. 좀 꺼 줄래?"

현실의 말을 들었는지 못 들었는지 노래는 멈추지 않았다. 차가 신호등 앞에 멈추었을 때 현실이 참지 못하고 음악을 껐다. 갑작스런 고요가 흘렀다. 석철과 현실을 태운 자동차는 그렇게 집을 향하고 있었지만, 석철의 머릿속에는 환청으로 계속 들리고 있었다.

이근형

『시가 흐르는 서울』 시인 등단, 『수필 미학』 수필 등단, 『수필로 만나는 성경』 출간, 『기독문인회』, 『무심수필문학회』, 『수필미학』, 『광나루 문인』 외

아무 사이도 아닌

—

김 애 중

미순의 입가엔 슬며시 미소가 돌았다. 갱년기 증상이 아직 남아 있는 탓인지 몸이 후끈 달아올랐다. 기분이 나쁘지 않았다. 더워졌다가 괜찮아졌다가 반복되면서 베란다 밖 햇볕을 바라보는 버릇이 생겨났다. 그럴 땐 핸드폰을 쥐고 있었으며, 곧 전화가 걸려 올 것처럼 핸드폰 액정을 바라봤다. 누군가로부터의 통화를 생각하면 이마로 신열이 올랐고 선풍기 스위치를 켰다. 창밖에서 나무가 볕을 고스란히 받아내듯 선풍기 바람과 마주 앉았다. 요즘 자신도 모르게 입가에 번지는 웃음, 미순은 이런 순간이 싫지 않았다.

오늘 아침도 동식과 통화가 있었다.

"미순아, 내가 다음 주에 청주 내려가는데 한번 보자."

한번 보자니. 청주에 왔다 가면서 연락도 없던 동식의 말에 미순은 의아했다.

"뭘 일부러 보냐. 다음에 동창회에서나 보면 되지."

미순이 거절했지만, 사실 진심이 아녔다. 동식과는 동창이라서 정기 모임으로 만나곤 했지만, 둘이 만난다는 생각은 해보지 않았다. 동창 모임 장소가 아니라 따로 만나자는 동식의 뜻밖의 통화에 가슴이 뛰거나 설렐 나이가 아니었다. 더구나 동식은 어릴 때 눈 뜨면 보이는 이웃에 살았으니, 이 나이까지 가슴이 두근거리는 사이가 아니었다.

미순의 거절에도 동식이 만나자는 통화를 반복했다. 미순은 그러는 동식이, 나이를 먹더니 싱거워졌나? 중얼거렸을 뿐 확답을 주지 않았다. 그러자 오늘 햇빛 좋은 한낮에 또 전화가 걸려왔다.

"뭘 그러냐. 나이도 먹을 만큼 먹었으니 얼굴이나 자주 보고 살자."

거절도 한두 번이지, 목을 매듯 매달리는 동식을 더는 거절할 수 없었다. 통화가 끝난 후 갑자기 베란다 밖을 바라보는 자신을 발견했다. 만나자는 동식의 요청을 받아들인 게 설레는 일일까? 그런 생각이 들었을 때, 50년 전 사건이 선명하게 떠올랐다.

이 나이에 어렸을 적 기억나는 사건이 한둘일까만, 동식의 통화가 반복되면서 떠오르는 옛 시절은, 여전히 생생했다. 모두가 아버지에 대한 기억들 때문이었지만.

애벌레에 갉아 먹히는 배춧잎을 머리에 뒤집어쓴 듯이 사각사각 생각나는 초등학교 시절이 필름의 먼지를 털어내듯 생경하게 재생되었다.

미순이 초등학교로 가는 길목은 동식의 집 앞이었고, 동식의 초등학교 등굣길도 미순의 집 앞이었다. 그만큼 둘은 어려서부터 가까이 살았다.

미순이 책가방을 메고 집 앞을 나서면 기다렸던 동식이 톡 튀어나왔다.

"야. 미순! 같이 가자."

동식이 다가오면 미순의 엄마, 애자가 나타났다.

"미순이는 왜 불러? 우리 미순이랑 놀지 마, 임마!"

애자는 동식이 미순에게 다가오는 것을 목격하고는 종주먹을 흔들었다. 미순은 그러는 애자가 못마땅했다. 이웃에 살면서 학교에 같이 가자는 동식에게 눈을 부릅뜨고 소리를 질러야 할까. 어린 마음에도 이해할 수 없다는 표정으로 애자를 바라보고 있으면,

"미순아. 얼른 학교에 가."

미순의 등을 떠밀었다. 동식은 침울해져서 미순의 뒤를 따라오다가 교문으로 들어오면 옆으로 와서 싱글싱글 웃었다.

이튿날도 미순이 학교에 갈 때 애자가 따라 나왔다. 미순을 기다리고 있던 동식에게 또 눈을 부릅뜨고는,

"기다리지 말고 너 혼자 학교로 가."

동식을 나무랐다. 미순은 이해할 수 없어서 눈을 동그랗게 뜨고 애자를 쳐다봤다.

"너 이년, 저놈이랑 놀면 가만 안 둔다."

미순을 야단쳤다.

"엄마는, 내가 언제 쟤랑 놀았다고 그래. 쟤가 괜히 내 이름을 부르는 거지."

미순은 영문도 모르고 퍽이나 잘못한 것처럼 기어가는 목소리로 말했다.

"어쨌든 저놈이랑 놀지 마!"

애자가 얼굴까지 붉혀가며 미순의 등 뒤로 소리소리 질러댔다. 미순은 고개를 푹 숙이고 땅바닥만 쳐다보고 걸었다. 동식은 미순을 힐끗 쳐다보곤 멋쩍은 표정을 지으며 길가로 미끄러지듯 사라졌다. 둘은 학교 교실에서 만났지만, 어린 나이에도 쑥스러워져 모르는 사람처럼 데면데면 지냈다. 미순이 초등학교 5학년 때 일어난 이 사건은 세월이 흐르면서 잊혔다.

미순이 기억하는 애자는 부지런하고 악착같았다. 가냘픈 몸매에 말을

많이 하는 성격이며 자식 교육열이 높은 엄마였다. 작은 산골 마을 오일장이 열리는 시장통에서 문구와 잡화를 파는 장사를 했다. 가게 안쪽으로 방이 세 칸 딸려 있었다. 작은 뒷마당에는 두레박으로 물을 길어 올리는 우물과 펌프도 있었다.

애자는 이 집에서 육 남매를 키우며 아등바등 장사를 했다. 위로 아들을 셋이나 낳고 첫딸로 낳은 게 미순이다. 애자는 미순을 낳고 무척이나 좋아했을 법도 한데 미순 생일 날마다 멀건 미역국을 차려주면서 괜스레 짜증을 내곤 했다.

"너 낳을 때 이틀이나 굶었어, 이년아. 늬 애비가 안 들어와서 옆집 아줌마가 끓여준 미역국을 간신히 먹었지. 넌 어째 갈수록 늬 애비를 닮냐. 으이그…."

아버지가 이틀이나 외박한 걸 탓하는 건지, 미순이 아버지를 닮은 게 싫다는 건지 알 수 없었다. 미순은 애비를 닮았다는 말에 아무 말도 못 하고 애자 앞에서 괜히 죄인처럼 굴었다. 아버지는 가족 누구에게도 따뜻하게 대하지 않는 사람이라고, 엄마가 미워하는 사람이라고 미순은 생각했기 때문에 그런 아버지를 닮았다는 말 자체가 너무너무 싫었다. 그 말을 들은 날엔 몇 시간씩 이불을 뒤집어쓰고 골방에서 농성을 벌이기 일쑤였다. 언젠가는 거울을 뚫어지게 쳐다보며 도대체 어디가 아버지랑 닮았나 살펴보기도 했다. 입 구조와 말수 없는 게 닮은 것을 알아챘지만 자신의 노력으로 바꿀 수 없다는 것을 알고 절망했다.

미순 아래로는 동생이 둘 있다. 여덟 살이나 적은 막내 남동생은 누나라는 말을 못 배우고 미순을 언니라고 불렀다. 막내가 두세 살 되었을 때는 거의 미순이 돌봐야 했다. 오일장이 열리는 날엔 애자가 미순

담임선생님에게 미리 전화해 둔다.

미순이 학교에 가자마자 얼른 조퇴하라는 선생님의 말씀을 듣고 집으로 돌아오면 얄팍한 포대기와 막냇동생을 떠맡는다. 애자는 막내를 미순 등에 업히고 퍼대기로 단단히 묶어주며 미순에게 윽박지르듯 주의 사항을 일러준다.

"너 어기 잘 봐야 한다. 떨어뜨리지 말고 애기 울면 얼른 엄마한테 달려와. 알았지?"

애자는 혼자서 물건 파느라 바쁜 틈에도 미순이 애기를 잘 보고 있는지 수시로 살펴보았다. 애기 고개가 한쪽으로 기울었다든지 퍼대기가 느슨해진 것을 발견하면 어김없이 큰소리로 미순을 닦달했다. 미순은 업은 아기를 출썩거리며 시장통을 여기저기 기웃거렸다. 시장을 한 바퀴 돌고도 친구들이 학교를 파하고 오려면 아직 멀었다.

가게 앞 큰길을 건너면 큰오빠 친구 집 담장이 있고 담장 아래 조그만 공터가 있다. 미순이 친구들과 날마다 놀다시피 하는 놀이터다. 정남향이라 종일 볕이 들었다. 겨울에는 담벼락에 달라붙은 햇볕이 따뜻해 가만히 기대고 있기도 했다. 고무줄놀이나 딱지치기, 사방치기, 구슬치기, 말타기 같은 놀이를 하기에 안성맞춤이었다.

미순의 유년 시절 추억은 대부분 그 담벼락에 스며있다. 미순은 여러 놀이 중에서도 일명 '오징어가이상'을 좋아했다. 땅바닥에 오징어 모양으로 큰 그림을 그려놓고, 그 안에다 여러 칸을 만들고 이 칸에서 저 칸으로 폴짝폴짝 뛰면서 일정한 규칙대로 게임을 하는 것이다. 짧은 단발머리가 찰랑찰랑해서 기분 좋았고 다리를 오므렸다가 벌렸다 하는 것도 재미있었다. 바로 앞길이 신작로여서 버스가 한번 지나가면 뿌연 흙먼지가 한바탕 놀이터를 휩쓸고 가지만 모두 아랑곳하지 않았다.

미순은 친구들이 놀이터로 올 때까지 막내를 업은 채 담장 아래를 맴돌았다. 미순은 그런 막내에게 알 수 없는 애틋함이 조금씩 자라났다. 나중에는 애자의 잔소리가 아니더라도 막내를 잘 보살피게 되었다. 애자는 애자 대로 마흔에 낳은 늦둥이가 늘 마음에 걸려 잘 키울 수 있을지 근심거리였다.

"괜히 들어서 가지고…. 에휴, 잘 크려나 모르겠네."

힘에 부칠 때마다 애자는 혼자 구시렁댔는데 미순은 그 말을 다 들었다. 미순은 괜히 막내가 불쌍하다는 생각이 들면서 좀 더 잘 업어줘야겠다는 생각을 하기도 했다.

미순네 가게 주변에는 전파사, 고깃집, 신발가게, 실비식당, 약국 등 고만고만한 가겟방들이 줄지어 있었다. 실비식당은 동식 엄마가 장사하는 가게다. 밥도 팔고 술도 판다. 미순은 언젠가 아버지를 따라 실비식당을 간 적이 있다.

음력 정월 어느 날 저녁 무렵이었는데 아버지랑 떡만둣국을 먹었다. 미순은 엄마가 해주는 만두를 좋아했는데 이날 실비식당에서 얻어먹은 만두 맛은 특별했다. 두부와 고기가 잔뜩 들어있어 좀 느끼하긴 했지만, 떡국 국물과 함께 구수한 맛이 진했다. 김치와 다진 고추를 듬뿍 넣어 칼칼한 맛을 내는 애자의 만두와는 확실히 달랐다.

맛있게 먹는 미순에게 실비식당 아줌마는 만두를 두어 개 더 얹어주었다. 아버지는 식사하면서 나긋나긋한 목소리로 아줌마와 이런저런 이야기를 하며 화기애애했다. 가끔은 미순이 알아들을 수 없게 두 사람이 속삭이듯 말하기도 했다.

미순과 눈이 마주치면 아버지는 많이 먹으라며 미소를 보였다. 아버지의 표정은 온화하기 이를 데 없었다. 미순은 그런 아버지가 생경했으나 싫지 않았다. 다만 아버지가 집에서는 왜 웃지 않을까, 만둣국을 다 먹을 때까지 궁금했다.

집에 돌아오니 애자는 막냇동생을 둘러업고 가게 일하랴, 부엌 일하랴, 혼자서 동동거리고 있었다. 고소한 만두를 얻어먹고 온 게 괜히 미안해서 미순은 아무 말도 하지 않고 작은 방으로 들어갔다. 미순의 마음을 알 턱이 없는 애자는 미순을 불러세운다.

"미순아! 어디 갔다 오는 게야? 얼른 나와서 애기 업어라!"

미순은 대답도 없이 몸이 먼저 움직였다. 포대기를 받아 들고 막내를 업고 집안을 왔다 갔다 했다. 아버지는 별다른 말 없이 안방으로 들어갔다.

미순 아버지는 동네에 있는 작은 회사에 사무원으로 근무했다. 차분하다 못해 좀 느리기까지 한 성품에 꼼꼼하게 일을 처리해서 직장에서는 인정을 받았다. 남에게 싫은 소리 못하고 부탁을 거절하지 못하는 성격이다.

"미순이 아버지는 참말로 호인이여."

가게에서 장사하는 애자에게 손님들이 가끔 이런 말을 해주면 애자는 삐쭉빼쭉한다.

"호인이면 뭐햐, 집에 오면 호랑인데…."

애들 키우면서 가게 일하느라 분주한 사정을 아는지 모르는지 미순 아버지는 집에만 돌아오면 늘 애자와 부딪쳤다. 바빠서 집 정리를 말끔하게 할 수 없는 애자의 사정을 알아주기는커녕 가게가 지저분하다는 둥, 물건 진열이 비뚤어졌다는 둥 엉뚱한 트집을 잡아서 애자의 심사를 뒤틀리게 했다. 성격 급하고 말 잘하는 애자가 가만히 있을 리 없다.

"종일 애들 보면서 장사하느라 정신없는데 도와주지는 못할망정 뭔 잔소리만 하는 거유?"

따쥐 드는 애자의 말이 틀리지 않아선지, 돈 잘 버는 애자가 아니꼽다는 건지, 미순 아버지는 우물우물 몇 마디 하다가는 손이 먼저 올라갔다.

가냘픈 애자의 조그만 뺨에 번쩍 불이 나고 앙칼진 애자 목소리는 집 밖 시장통으로 울려 퍼졌다. 급박한 상황을 옆에서 지켜보던 미순은 둘러업은 애기를 방바닥에 내려놓고 아버지 소매에 매달린다.

"아버지, 잉잉잉, 엄마 때리지 마…. 아버지 잉잉잉…."

애자는 욕인지 울음인지 알 수 없는 목소리로 한바탕 미순 아버지에게 퍼붓고 어느 틈에 가겟방을 나가버렸다. 울며 하소연하는 미순에게도 두꺼비 같은 아버지의 손바닥이 머리 위에서 어른거렸다. 겁에 질린 미순도 그냥 줄행랑을 쳤다.

시장통에서 고무신 가게를 하는 경자네 집으로 숨었다. 방바닥에서 울고 있을 막내 모습이 떠올랐지만, 눈을 부라리는 듯한 아버지의 얼굴이 더 크게 다가왔다.

해가 넘어가고 경자네 집 골방으로 다른 친구들이 하나둘 마실을 왔다. 경자는 미순이 오늘 자기네 집에서 잘 거라고 묻지도 않는 말을 했다.

"얘네 엄마 오늘 얘네 아빠랑 싸우고 도망갔대. 그래서 우리 집으로 피난 왔어."

미순은 금방 엄마 없는 불쌍한 아이가 돼버렸다. 미순은 이를 악물고 슬픔을 이겨냈다. 자꾸만 눈물이 차오르는 눈에 힘을 주고 아무렇지 않은 듯 친구들과 '미리미리미리뿅'을 하고 '이거리저거리각거리'를 해냈다.

엄마가 진짜로 도망갔을까?

나는 이제 엄마를 볼 수 없는 걸까?

막내는 어떻게 키워야 하지?

미순은 오만가지 생각으로 밤을 뒤척이며 골방에서 아침을 맞았다.

"미순아, 느이 집에 가 봐라."

경자 엄마가 나지막이 말했다. 미순이 집에 들어서니 부엌에서 달그락거리는 소리가 났다. 조마조마했던 마음이 한순간에 누그러졌다. 말없이 엄마에게 얼굴을 보여주고 방에 들어가니 어제의 험악한 아버지는 온데간데없고 호인의 모습으로 바뀐 아버지가 딸이 들어온 걸 아는지, 모르는 척하는지 방바닥에 펼쳐진 신문만 뚫어지게 쳐다보고 있다.

어제저녁 한바탕 싸움은 꿈이었나? 아무 일도 없었던 것처럼 평온했다. 이런 일은 주기적으로 또는 불규칙적으로 재발했다. 그러면서 담배 피우는 엄마, 술 마시고 아버지에게 주정 아닌 주정을 하는 엄마를 자주 봐야 했다. 미순과 눈이 마주치면 '즈이 애비 닮은 년'이라는 말을 노래 후렴처럼 해댔다. 미순은 점점 엄마가 낯설게 느껴졌다.

미순 아버지는 어릴 때 한학을 배워서 글깨나 아는 학자라고 소문났다. 촌에서 올라오는 사람들이 출생신고나 사망신고 같은 것을 부탁하면 일부러 시간을 내 대필해 주기도 했다. 그럴 땐 꼭 막걸리 한 사발이 뒤따랐다. 유독 애자에게만은 친절하지 않았다.

미순 아버지는 어릴 때 부모를 여의고 형과 형수의 보살핌을 받고 컸다. 중매로 이웃 마을 부잣집 과부 외동딸인 애자를 만나 결혼했다. 애자는 외동딸이었음에도 생활력이 강해 시집 동서들의 시집살이를 견디며 농사일을 거들었다.

미순이 네 살 때 시장통에 가게를 얻고 장사를 시작했다. 미순은 방학 때마다 오빠들과 외갓집에 놀러 갔는데 외할머니의 특별한 사랑을 받았다. 외할머니는 기다란 담뱃대를 입에 물고 대청마루에 앉아서 외숙모에게 이런저런 지시를 내렸다. 그 덕으로 삶은 감자와 옥수수 등을 맛있게 먹을 수 있었다.

미순에게는 큰아버지가 셋이나 있었지만, 큰집에 가서 뭘 얻어먹은 기억은 없다. 아버지의 월급봉투를 본 적이 없다는 엄마의 말을 들은 적도 있다. 애자는 장사 수완이 좋아 시장통에 가게를 두 개나 더 늘렸다. 미순이 볼 때 아버지가 엄마에게 큰소리칠 이유가 하나도 없었지만, 미순 아버지는 오래도록 애자를 힘들게 했다. 결국 미순이 고등학교 들어가는 해에 애자는 독립을 선언하고 갈라섰다.

미순은 살면서 가끔 동식이 저를 부르던 옛 모습이 생각났다. 목소리는 친절했으며 고개가 한쪽으로 약간 기울어져서 늘 삐딱하게 서 있는 듯했다. 약간 먼 산 바라보듯 한 그날 모습이 한 장의 사진처럼 각인되어 있었다. 직업군인이 되어 경기도와 강원도를 왔다 갔다 하면서 근무했고, 최근에 정년퇴직했다는 소식을 몇 년 전 처음 참석한 동창회에서 들었다.

"어머니는 아직 건강히 살아 계셔?"

미순은 몇십 년 만에 만난 동식에게 그의 어머니 안부를 물었다.

"몇 년 전에 돌아가셨어. 하나밖에 없는 누나도 먼저 갔어."

"그렇구나. 우리 엄마, 아버지도 다 돌아가셨어. 그럼. 형제는 누가 있어?"

"응. 남동생이 하나 있는데. 왜 그리 나랑 하나도 안 맞는지, 닮은 데가 없어."

동식은 뭣이 답답한지 불쑥 그런 말을 했다. 그때 미순은 잊고 있었던 엄마의 말이 생각났다.

"그해에 나는 너를 낳았고, 그년은 그놈을 낳았어."

언젠가 내 생일 날에 아버지 욕을 하던 와중에 나온 말이었다.

'동식과 내가 같은 해에 태어났으니까. 학교를 같이 다닌 건데 그게 무슨 상관이지?'

미순은 애자에게 언젠가 그 이유를 물어보려 했으나 그러지 못했다. 애자는 건강이 일찍 망가져 큰아들에게 보살핌을 받다가 하늘나라로 가버렸다. 미순 아버지는 애자보다도 몇 년 먼저 세상을 떠났다.

두 사람은 끝내 화해하지 못했고 미순에게도 따뜻한 정을 남기지 못했다.

얼마 후 동식은 1톤 화물차를 타고 미순을 찾아왔다. 퇴직 후 몇 개월 놀다가 놀기도 지겹다며 선택한 직업이 화물 싣는 용달차 운전이다.

"반은 대출받아서 차를 샀는데 이제 거의 갚았어. 욕심내지 않고 슬슬 하는 겨. 연금 나오는 건 마누라 주고 나는 그냥 용돈이나 벌면서 지내는 겨."

원래 동식은 어릴 때부터 욕심 없던 애라고 미순은 생각했다. 늘 웃음을 잃지 않았고 친구들과도 재미나게 지내는 개구쟁이였다. 세월이 많이 흘렀는데도 왠지 동식과는 친밀감이 두텁게 남아 있다.

"맛있는 걸 사주려고 했는데 짬뽕이 뭐냐?"

동식은 하얀 미소를 보이며 투덜댔다.

"여기가 우리 동네에서 제일 맛집이야."

미순과 동식은 마치 날마다 만나는 사이처럼 일상사를 이야기했다. 찻집으로 자리를 옮겼다. 동식이 구석진 자리에 앉았다. 커피잔을 동식

앞으로 밀어주는데 창밖에서 들어오는 햇빛이 동식 얼굴을 살짝 비추었다. 순간 미순이 멈칫했다.

'아, 이 얼굴은….'

미순은 동식이 눈치채지 않도록 조심하면서 계속 그의 얼굴을 살폈다.

'닮았어. 눈매와 입 언저리가 아버지와 닮은 것 같아.'

미순은 화장실로 가서 이번엔 자신의 얼굴을 꼼꼼히 들여다보았다. 아까처럼 확신이 들지는 않지만, 닮은 듯 아닌 듯 헷갈렸다. 왜 이런 생각이 드는 걸까.

동식을 돌려보내고 미순은 조금 흥분했다. 퍼즐이 맞춰지는 느낌이 들다가 다시 수수께끼가 생기는 것도 같았다. 심증은 있으나 물증이 없는 사건의 수사반장처럼 어떤 상황을 가설로 세우고 하나씩 맞추고 있는 자신을 보며, 이 상황을 어이없어했다.

'에이, 아니겠지.'

며칠 동안 생각을 거듭하다가 내린 결론이다. 아니겠지. 동식과는 그만 만나야겠다고 결심했다. 어릴 적 친구를 인제 와서 만난들 무슨 의미가 있을까. 나이 들면 친구 사이에 남자, 여자 구분할 필요가 있느냐고들 하지만, 그래도 남자는 남자고 여자는 여자다. 불편함이 없다고 하면 거짓말이다.

1년쯤 지났을 때 동식이 다시 전화했다. 미순은 받지 않았다. 며칠 후 다시 또 전화가 왔다. 이번엔 받았다.

"용달차 일로 청주 내려갈 일이 생겼어. 점심 먹자."

미순은 망설이던 마음과 달리 얼른 대답했다.

"알았어."

미순은 이번에야말로 사건을 해결해야겠다는 결심을 했다. 더 이상 미루면 안 된다는 자신만의 사명감을 마음속에 새겼다. 그날 저녁 식사 후 일찍 잠자리에 들었으나 쉽게 잠들지 못했다. 의심하는 마음이 쌓이고 쌓여서 어떤 식으로든 문제 해결 방법을 찾아야 했다. 어둠 속에서 핸드폰 속을 파고들며 검색한 끝에 결론을 내렸다.

'그래, 머리카락이야! 머리카락 다섯 올이면 돼.'

미순은 동식이 오기를 아침부터 기다렸다. 지난번처럼 변함없는 하얀 미소가 얼굴을 가득 채웠지만, 미순의 눈에는 동식의 머리카락만 눈에 들어왔다.

다섯 올을 뽑아내기에는 충분한 숱을 가졌다. 미순이 짬뽕을 먹었는지, 짬뽕이 미순을 먹었는지 알 수 없다. 오로지 동식의 머리카락이 짬뽕 그릇 속에서 계속 어른거렸다.

김애중

월간 『수필과비평』 등단, 무심수필문학회, 충북수필문학회, 수필과비평작가회

언리미티드 파워(Unlimitied Power)

—

이강홍

　　　　　히틀러, 클레오파트라, 헤밍웨이, 최진실, 장국영….
이들의 공통점은 모두 자살한 사람들이라는 것이다. 자살은 인간이 할
수 있는 최고의 반항이다. 죽음을 스스로 선택해서 신에게, 운명에게,
그리고 세상에게 대항하는 것이다.

　내가 그들을 따라 죽는 이유도 유서를 쓸 때마다 달랐다. 사랑하는
모든 사람들에게 잊혀서 죽고, 어떤 날은 지루해서 죽었고, 그리고 대
부분은 나를 받아주지 않는 사회에 대한 분노를 표시하기 위해 죽었다.
마지막 이유는 언제나 마음에 들었다. 죽음에 대한 상상은, 권태와 나
른함 따위를 잠시 소멸시키는 힘을 가지고 있었다.

　죽는다고 생각하면 세상은 별것 아닌 게 돼버리기 때문이다. 그렇게
유서를 쓰고 나서 반듯하게 누워 죽은 사람인 양 굴어보기도 했다. 40
분마다 한 명씩 스스로 목숨을 끊는다고 하니 그사이에 또 한 명이 목
숨을 끊는 데 성공했을 것이다. 그러나 자살을 실행하지는 않았다. 내
가 자살하면 남은 사람들이 그 이유를 시시콜콜 파헤칠 것 같아 싫었
다. 죽음은 사자의 비리와 치부 따위를 변호권 없는 그의 수중에서 탈
취하니까. 그래서 자살한 인간만큼 남들 앞에 어이없고 적나라하게 까

발려지는 일은 없다.

죽고 싶다는 것은 살고 싶다는 욕망의 역설이 아니던가. 이렇게 패배자로 죽을 수 없다, 그렇게 다짐해 놓고 거울 속의 나를 냉소적인 시선으로 응시하곤 했다. 그러다가 혼곤히 졸음이 찾아오기도 했다. 하지만 지금 이 순간에도 법무부 시계는 착실하게 돌아가고 있을 것이다.

높은 담장과 날카로운 철조망, 열성 유전자들의 집합소, 범죄의 학교, 이곳에서 하는 대화를 듣고 있자니 수화를 나누고 있는 벙어리들 틈에 끼어 있는 기분이다. 진부한 음담패설과 시시껄렁한 삼류 소설과 분리 수거도 하지 않은 쓰레기 같은 얘기가 전부다. 그런 얘기들을 나누고 있는 게 참을 수 없는 지루함을 견디기 위해서겠지만, 이곳에선 무엇에든 집착해서 시간을 때워야만 했다.

10월 1일은 국군의 날, 2일은 노인의 날, 3일은 개천절이고 5일은 이름도 생소한 세계 한인의 날, 8일은 재향군인의 날이고, 9일은 한글날, 10일은 임산부의 날(이런 날도 있었나?), 15일은 체육의 날, 17일은 국제 신협의 날, 19일은 문화의 날, 21일은 경찰의 날, 24일은 국제 연합일이요 25일은 독도의 날(언제 생겼지?) 27일은 적십자의 날과 저축의 날이고 28일은 가석방이 제일 많은 교정의 날이다.

어제는 교도관 직급을 외웠고 오늘은 경찰 차례였다. 순경, 경장, 경사, 경위, 경감, 경정, 총경, 경무관, 치안감, 치안정감, 치안총감. 그러나 이런 걸 외운다고 빨리 석방시켜주지도 않을 텐데, 모두가 헛된 일일 뿐이다.

동료들은 자나 깨나 부모님 건강 걱정으로 시작해서 결국은 돈을 보내 달라는 이야기로 끝내는 편지를 쓰거나, 복덕방 영감들처럼 토닥토닥 말싸움을 하고 있다.

　오늘의 논쟁은 고향이다. 고향에서 서로를 안다는 것은 약점을 낱낱이 파악하고 있다는 뜻이다. 막노동부터 다시 시작할 수 있는 타향보다도 훨씬 냉혹한 곳, 비단옷을 입지 않으면 돌아갈 수 없는 곳, 나에게 고향이란 바로 그런 곳이다.

　내내 말수가 없던 홍이 한마디 거들고 나선다.

　"나는 고향이 없어, 추억 속에 있을 뿐이야, 하지만 고향은 뻐꾸기 둥지 같은 거야. 뻐꾸기가 둥지 트는 것 봤어? 뻐꾸기는 다른 새 둥지에 탁란을 한단 말이야. 부화된 뻐꾸기 새끼는 저보다 훨씬 작은 딱새 알이나 새끼들을 잔인하게도 모두 둥지 아래로 떨어뜨려 죽인 후에 혼자만 먹이를 독차지하지. 그렇게 딱새가 뻐꾸기를 제 새끼인 줄 알고 키워 놓으면 어느 날 훌쩍 날아가 버리고 마는 게 뻐꾸기의 생리야."

　갸름한 윤곽과 두꺼운 입술, 오만하게 들어 올려진 각진 턱과 중간에서 흐려지는 코의 선들, 도수 높은 안경에 늘 냉정하고 침착한 그였다. 그에게 감정이나 추억을 숫자로 표현하라고 한다면 어떤 복잡한 공식을 통해서라도 소수점 이하까지 표시된 명쾌한 정답을 제시할 것만 같은 사람이다.

　"아프리카 초원은 아름다운 적 같지. 그러나 초원엔 얼룩말 같은 초식동물도 있고 그것들을 잡아먹고 사는 하이에나나 사자 같은 육식동물도 있어. 강한 게 약한 것을 잡아먹고 사는 게 자연의 법칙인 거야. 인간 세상이라고 해서 다를 것 하나도 없어. 똑똑한 놈이 저보다 약한 놈을 이용하는 것이 세상 이치야. 여기도 돈 있는 놈, 빽 있는 놈은 이리저리 다 빠져나가고, 남의 새끼나 키우는 딱새 같은 돌대가리나 처박혀 썩고 있게 마련이지. 몇십억을 꿀꺽한 주범인 회장이라는 놈은, 십 년은 받을 줄 알았더니 뒷돈 몇억 썼다는데 집행유예로 버젓이 나가더

라. 억지로 떠맡긴 콘도 하나 얻은 지점장은 징역 3년이고 나는 2년 6월이라니 좋이 법이지. 부장검사까지 했다는 내 변호사가 그러더라. 삶에 회의를 느껴 법조계를 아예 떠나고 싶다고, 세상에서 제일 정직한 게 뇌물이야. 뇌물만큼 정직한 게 없어. 소금 먹은 놈이 물켜는 법이거든. 소금 먹는 걸 보고 가는 길에 물 떠놓고 있으면 어김없이 그 물 먹고 가게 되어 있어. 그러니까 세상에선 돈이 최고야. 돈을 이길 수는 없어. 어차피 인간은 돈의 노예이고 돈만이 인간을 자유롭게 하지. 가난뱅이가 가난 좋아하는 거 봤어? 부자들이 한때 가난했던 걸 부풀려서 자랑거리로 삼지. 말로야 희망을 잃지 말라고 하지만 그거야 원, 굶주림에 죽어가는 어린 이에게 마음의 양식을 먹으며 이상을 폰이 품으라는 얘기와 같은 거지. 흔히들 돈은 있다가도 없고 없다가도 있다고들 하지? 웃기고 있네. 있는 놈은 계속 있고 없는 놈은 계속 없는 거야. 여기서 나가면 말이야, 나는 분명히 돈으로 원수를 갚을 거야. 그리고 무슨 일이 있어도 교도소 따위에는 다시 들어오지 않을 거야.”

나는 지금 어디에 있는가? 쫓기는 누우 떼 속에 내 모습이 보인다. 헐떡이며, 비틀거리며 어디로 달려가고 있는가? 나는 왜 육식동물이 되지 못하고 쫓기는 초식동물로 태어났을까?

신보다 위에 존재하는 것이 자본이다. 산다는 것은 자본의 욕망에 순응하는 행위이다. 자본의 욕망에서 해방된 공간이란 어디에도 없다. 이윤 추구의 무한정한 목적을 향해 질주하는 자본은 한번 트랙을 벗어난 자는 아예 내쳐버린다. 나는 게임에서 탈락하였어. 내 앞엔 온통 빨간색 정지 신호들뿐이라고.

나는 이제 해지되었어. 내 삶의 계좌번호와 비밀번호, 그 모든 것들에서.

뜰엔 정오의 햇살이 가득했다. 여름 꽃밭에 수국과 달리아가 어우러져 있었고 꽃의 색은 더 요요해졌다. 활짝 벌어진 꽃잎은 한껏 피어나는 열망으로 뜨겁고, 벌과 나비는 꽃술 깊이 대롱을 박고 꿀을 찾는 중이었다.

꽃잎은 한껏 벌어져 짙은 빛의 속살을 보이고 있었고, 피어나고자 하는 열망으로 조심스럽게 몸을 떠는 듯했다.

나는 아버지의 눈길이 머물던 곳을 편안하게 보았다. 나이 먹은 이들은 삶에 생기를 불어넣을 추억의 조각을 찾기 위해 기억을 뒤적인다. 고요하고 따뜻하고 부드러운 시간 속으로.

낡은 자전거가 보였다. 아버지의 자전거였다. 레저라는 말이 수입되기 전 자전거는 유복한 유년의 상징이었다. 자전거를 가진 아이와 자전거를 갖지 못한 아이, 내 눈에 세상의 아이들은 두 부류로 나뉘었다. 자전거를 갖지 못한 아이들은 자전거가 있는 아이들의 환심을 사기 위해 몸을 꽈배기처럼 배배 꼬았다. 자발적 아첨은 자전거를 한번 얻어 탈 수 있는 기회와 교환되었다.

아버지의 자전거를 자유자재로 탈 수 있게 되었을 때, 소년은 더는 소년이 아니었다. 서점과 극장을 다니게 하고, 또 다른 세상을 꿈꾸게 했던 아버지의 자전거.

장갑을 끼고 자전거를 닦기 시작했다. 마당에서 자전거를 끌고 다니자 백미러에 반사되는 빛은 마룻바닥을 지나 재빠르게 천정으로 벽으로 탁구공처럼 옮겨 다녔다. 아버지가 눈을 찡그리시며 너털웃음을 지으셨다.

나는 안동김씨 좌찬성공파의 종손임을 한시도 잊지 않고 살아왔으며, 결심을 굳힌 게 확실함을 피력했다.

사나이로 태어나 평생을 이렇게 분필 가루나 마시며 숨 한번 크게 못 쉬고, 조상님들 뵐 면목 없이 살 수는 없다는 다짐이었다. 한 살이라도 젊은 나이에 창업해야겠다는 생각으로 아버지를 설득하기 시작했다.

어머니는 대뜸 반대부터 했다. 안정된 직업을 놔두고 웬 뚱딴지같은 소리냐고, 사업은 아무나 하는 게 아니라고 목청을 높이셨다.

하지만 난 아버지를 정면으로 바라보며 조목조목 설명했다. 이 기막힌 창업을 하기 위해 한 학기도 놓치지 않고 장학금을 받으며 대학을 나왔고, 친구도 사귀고, 사회 물정을 배웠다고,

새로운 인생을 열어갈 지혜와 의지가 갖추어져 있음을 여러 각도에서 과시했다. 결혼도 사업이 성공한 뒤에 하겠다고 약속했다.

나의 의도는 적중했다. 세상에 자식 이기는 부모가 어디 있으리오, 아버지가 목숨보다 소중히 여기는 선산과 전답이 담보되어 있긴 했다.

'언리미티드 파워(Unlimitied Power) 주식회사'

명함을 꺼내 회사명을 되뇌어 보았다. 대표이사 직함과 썩 잘 어울렸다. 은은하게 인테리어를 한 격조 높은 사무실과 몸에 걸친 휴고보스 양복, 8기통 아우디 스포츠카, 완벽한 수치의 사업계획서는 찾아오는 은행원이나 투자자들을 주눅들이기에 손색이 없었다.

신용보증기금에선 일회용 부탄가스를 재충전해서 사용한다는 획기적인 아이템에 거액의 보증서 발급을 약속했고, 은행에선 이미 대출 심사에 들어간 상태였다. 연간 절약할 수 있는 엄청난 외화는 나를 애국자이자 벤처사업가로 변신시키기에 충분했다. 모두가 존경스러운 눈빛으로 나를 바라보기 시작했다. 역시 난 타고난 사업가 체질이라니까.

중국에 특허 출원하고 대리점을 전국적으로 모집하기 시작했다. 출근

하면 용케 연줄을 타고 와 사업에 투자하겠다는 사람들이 몇 명씩 기다리고 있었고, 친구들이 아양을 떨며 취업을 부탁하기도 했다. 이제 신이라도 될 수 있을 것만 같았다. 역시 사업은 이렇게 해야 하는 거야. 진작 창업을 못한 것이 후회스러웠다.

돈으로 살 수 없는 것은 세상 어디에도 없었다. 우정이나 사랑까지도.

그런데도 무언가 허전하기만 했다. 열두 가지 값비싼 코스 요리를 먹고 나서 물을 마시지 않은 것 같은 기분이었다. 그렇게 가끔 견딜 수 없는 허기를 느끼고는 했다. 무궁화 다섯 개짜리 호텔 특실로 들어가 세상의 온갖 고급요리들을 게걸스럽게 먹어치웠다. 제비집과 청상어 지느러미와 거위의 간과 캐비어와 랍스터와 곰 발바닥을 먹었다.

단골 요리사는 곰 발바닥 요리 중에도 오른쪽 발이 맛있는 이유에 대해서 친절하게 설명해 주었다. 곰이 벌집을 딸 때 오른발을 쓰는데 벌떼들이 그쪽 발에 집중적으로 몰려 침을 박기 때문에 왼발보다 육질이 훌륭하다고 했다.

가장 원초적으로 작용하는 식욕. 거짓말도 배반도 할 줄 모르는 그것. 또 다른 흥분과 감각의 세계. 나는 음식들을 입에 넣고 혀로 굴리고 타액과 골고루 섞어 향료와 육질의 부드러움과 식도로 넘어가는 감촉을 충분히 즐겼다. 그 황홀한 혀의 감촉, 입속에서 머물던 질감, 음식물이 식도를 타고 내려갈 때 느껴지던 생의 기운! 힘차고 씩씩하게 밀려드는 포만감, 역시 약자는 말이 많고 강자는 먹을 게 많았다.

자본주의 사회에서 낭비란 얼마나 근사한 것인가! 돈으로 품위와 인격을 살 수 있다는 건 축복처럼 보였다. 기상청도 신도 나를 물 먹이지는 못한다. 잡다한 일들을 대신 처리해주는 사람이 존재하는 삶. 세금은 세무사가, 고소사건은 자문변호사가 맡아 처리한다. 합리적이고 능률적이다.

회장으로 명함을 바꾸고 기사와 여비서를 채용했다. 이제부터 내 인생은 8차선 아우토반을 달리기만 하면 될 일이다.

새벽의 미명이나 지는 노을을 혼자 바라보며, 행복에 저절로 눈 감기는 이 순간이 정말 좋았다. 이대로 시간이 그냥 멈추어도 좋을 성싶었다.

고향에서는 이번 지방선거에 출마하라고 종용했다. 동창들은 당선이 확실하다고 떠들어 댔지만 사업상의 핑계로 정중히 거절했다. 뜰 안의 수국과 달리아가 떠올랐다.

그 아이템은 전문대 교수인 고향 친구의 작품이었다. 대대로 소작농으로 살아온 집안에 교수가 났다고 현수막이 붙었던 걸 나도 기억한다.

와인병을 들고 숙직실로 찾아온 그의 특허와 사업설명에 나는 군침을 흘렸고 그는 금싸라기 땅이 된 나의 선산에 군침을 흘렸다. 투자한 것도 없이, 개설한 어음을 지분이라며 첫 장부터 내리 끊어가는 친구가 야속하긴 했지만, 어차피 모든 건 사업을 위해서였다.

우리 사업계획서에는 어떤 상황에서도 실패란 있을 수 없었고 수익을 보장하는 모든 수치는 완벽하게 일치했다. 어디에도 빈틈은 없었다. 마치 계산기로 치밀하게 짜 맞춘 회계장부처럼.

그러나 사업이라곤 구멍가게도 한 번 안 해본 작자의 사업계획이니 그의 엉터리 논문과 다를 바가 없었다.

미처 예측하지 못한 것은 제품 가격이었다. 연 몇백 억의 엄청난 시장 규모만 파악했지 점유 가능성은 어디에도 없었다. 대형할인점에서 천원도 안 하는 일회용 부탄가스를 재충전하여 사용하는 애국적인 소비자는 거의 없었다. 식당에서도 수거와 충전의 번거로움을 이유로 사용을 거부했다. 그런 판에 대리점 영업이 될 리가 만무했다.

함께 추진했던 김포와 용인의 아파트 시행사업은 주택시장의 침체로 허가비용과 계약금만 떼인 채 포기상태에 이르렀다. 게다가 유망하다던 해외펀드에 투자한 돈은 반의반 토막으로 부러져 이미 깡통계좌가 되어 있었다. 그것은 도미노 현상이었다. 들을수록 찬란하기만 했던 '언리미티드 파워'의 성패는 너무나 간단히 결정되었다.

문득 막아야 할 어음과 채무를 계산해 보니 어이가 없었다. 내가 어리석음의 늪에서 허우적거리고 있는 동안 빚은 감당할 수 없을 만큼 불어나 있었다. 정신을 바짝 차렸지만 숨을 돌리고 생각할 틈조차 없었다.

추락하는 일은 날아오르는 일보다 훨씬 빠르고 아주 간단했다.

잘 닦인 교양과 완강한 윤리 의식이 투철했던 투자자들은 한순간에 빚쟁이가 되어 개미떼처럼 몰려들었다. 전화벨은 시도 때도 없이 전화선을 타고 나선형으로 튀어나와 내 가슴을 뚫는 듯했다

응당 내야 할 세금이나 대출이자, 사흘이 멀다 하고 끊임없이 덤벼드는 어음이 제일 큰 문제였다.

지점장 소개로 어음을 할인했던 영감을 찾아갔다. 그가 가진 크고 아름다운 집, 시키면 죽는시늉도 하는 아랫사람들, 국경일도 공휴일도 없이 그가 잠든 사이에도 새끼를 치는 돈, 장롱 속에 모피코트 일곱 벌을 걸어두고 지구 온난화에 대해 심히 짜증을 낸다는 그의 아내, 그리고 부동산 중개 수수료를 단 한 푼도 내지 않고 17억의 토지보상금을 받았다는 것이 떠올랐다.

영감의 돈은 권력이었다. 치사하게 눈치 봐야 하는 유권자도 없고 투명하게 살라고 맞서는 시민단체도 없는 절대 권력 말이다.

손에 큼지막한 반지를 낀 대머리 영감은 코털을 뽑아 후후 불어대고 못마땅한 표정을 했다.

"회장님, 이번 어음을 연장해주시지 않는다면 부도가 날 겁니다. 연장해주십시오. 제가 이자 쳐서 목숨 걸고 변제하겠습니다. 이렇게 부탁드립니다. 회장님!"

"앞길이 구만리 같은 사람이 어음 할인해 갈 때는 은제구, 인제 와서 이상 없을 거라던 지난 말을 개똥 덮듯이 하능 겨!"쥐구멍에서 나오는 쥐를 긴 막대기로 몰아넣듯 소리를 꽥 질렀다.

영감은 나와의 일을 모조리 개똥 덮듯이 묻어 버리겠다는 확고한 의지를 나타냈다.

준비했던 많은 말들은 입속에 갇혔다가 날아가 버렸다. 수증기처럼 흔적도 없이.

속에서는 울화가 끓는 기름처럼 지글거리고 있었다. 내 손에 총이 쥐어져 있었더라면 아마 영감의 관자놀이에 대고 주저 없이 방아쇠를 당겼을 것이다.

어제는 차를 잡혀서 어음을 막았고 오늘은 납세증명을 위조해 사채를 썼다. 평생을 모범생이요, 정직하라고, 죽어도 진실하라고 가르치던 내가 이 무슨 구차한 짓이란 말인가?

친척들이나 동창생들의 근황을 수소문해서 찾아다녀 보기도 했고, 단골 술집이나 친구들에게 부탁도 해 보았지만 세상은 참 비정하기만 했다. 우정이라는 것은 애정의 정도와는 아무 관계가 없으며 자신에게 헌신적이거나 유익할 때에만 유효한 감정이라는 것을 이제야 깨달았다.

모스 부호로 구조 타전을 치는 난파선 선원의 심정이 이럴까? 피를 토하고 죽고 싶은 심정뿐이었다. 이 애타는 심정을 누가 안단 말인가?

시골 중학교에서 방정식이나 가르치며 있을 걸, 왜 사업은 시작해서 모든 걸 날리고 집안에 먹칠하고 있단 말인가? 인생은 수학문제처럼 풀리는 게 아니었다. 세상에는 다른 법칙이 존재했고 내가 학생들에게 가르치던 수학은 아무짝에도 쓸모가 없었다.

숨이 채 끊어지기도 전에 버둥거리는 먹잇감을 찢어발기는 하이에나 같은 사채업자들의 폭력과 투자자들의 욕지거리에 하루종일 시달려야만 했다.

야비한 들짐승에게 내장만 파먹힌 맹수의 사체가 떠올랐다. 한때는 한 번의 포효만으로 밀림을 지배했을 맹수의 울부짖음도, 날카로운 이빨도, 날쌘 질주도 없는 흉물스런 모습.

로또복권을 사보기도 했다. 그날 밤만은 행복했었다. 시도 때도 없이 괴롭히는 사채업자나, 어음 연장을 걸 때마다 날 술집 뽀이 취급하던 우라질 은행 당좌계 직원이 떠올랐다. 그들 코앞에 돈다발을 확 집어던지는 상상만으로도 엔돌핀이 막 샘솟았다. 소문을 들었는지 돈 부탁을 하기도 전에 꽁무니 빠지게 도망치던 친구들에게 나의 건재함을 보여주고 싶었다. 그리고 너희들이 얼마나 큰 실수를 했고 어리석었나를 조목조목 똑똑히 깨우쳐 주고 싶었다.

하지만 기적은 일어나지 않았다. 내일은 또 어음을 어떻게 막아야 할까? 차라리 내일이 오지 않았으면 좋겠다는 생각을 했다. 퇴근하며 산 담배 한 보루를 밤새 다 피워 본 적도 있었다.

꽃이 화르르 피었다가 후르르 져버린 뒤 울 안의 수국도 뚝뚝 떨어져 내리고 있었다. 아버지의 축 처진 어깨가 떠올랐다.

아버지는 시시하게도 면사무소에 앉아 평생 다른 사람들의 호적을 정리했다. 태어난 자들의 이름을 새로 기입하고 죽은 자들의 이름 위에 붉은 줄을 그었다. 늘 온화한 미소로 손을 흔들어 주시던 아버지, 매월 이십일, 봉급날이면 어김없이 동화책이나 크레파스를 사오시던 아버지. 자전거 뒷자리에서 본 아버지의 뒷모습, 그것은 세상에서 가장 든든한 모습이었다.

자식에게 사랑한다고 말하는 법을 배우지 못했던 세대의 아버지들은 그렇게 뒷모습으로 마음을 표현하고 있었는지도 모른다.

내 빚잔치에 재물과 긍지를 다 바친 아버지가 무딘 발걸음으로 찾을 곳은 어디일까? 아버지를 생각하면 가슴에서는 찬바람이 일었다. 아버지는 틀림없이 떨리는 손으로 내 이름 위에 붉은 줄을 그었을 것이다.

3차 최종 부도 처리를 하고 나니 오히려 마음이 편안했다. 욕조에 몸을 담그자 숨어 있던 피로가 빚쟁이들처럼 꾸역꾸역 몰려왔다. 그날 처음으로 깊은 잠에 빠질 수 있었다.

은행과 금고와 사채업자에게 이중 삼중으로 포박되어 있었지만, 막상 경매가 개시되자 마을에 소문이 번지기 시작했다. 그것은 황폐한 들녘을 한차례 훑은 바람처럼 불쾌한 먼지를 사방에 지분지분 떨구고 있었다. 무언가 수군거리다가도 아버지가 나타나면 모두가 동작 그만이었다.

문전옥답이 넘어가고 선산마저 경매로 낙찰되자 큰 동물의 가슴에 꽂힌 화살처럼 부르르 온몸이 떨려왔고 격렬한 심장의 고통을 느꼈다.

저금통에서 동전으로, 그것도 500원짜리는 이미 다 꺼내서 없고 100원짜리로만 담배를 사면서 편의점 알바생에게 창피하기도 했지만, 세상은 돈 없이 하루도 살 수 없는 곳이란 걸 새삼 깨달았다. 자존심 같은 것은 이미 소멸한 지 오래였다.

돈이 없어지니 왜 이렇게 먹고 싶은 것이 많은지, 스테이크는 고사하고 비계가 많이 붙은 머릿고기나 족발을 먹는 것도 이제 호사스런 음식일 뿐이었다.

알량한 자존심은 라면 몇 봉지도 해결하지 못했다. 이제 굶지 않으려면 막노동판이라도 전전해야 할 지경이었다. 세상에는 일을 안 하고도 풍족하고 여유롭게 사는 사람들이 얼마든지 많은데.

누구든 삶의 몫에 꼭 필요한 만큼의 불행이 존재하는 것이라고 쳐도, 내게 존재하는 이 불행은 아무래도 부당했다. 길을 잘못 들은 것 같았다. 급기야 꾸불꾸불한 내리막길을 브레이크도 없이 과속으로 내달리고 있는 것만 같았다.

줄을 그어 놓고 '출발'이란 구호 소리에 맞춰 삶을 다시 시작할 수는 없는가?

왜 어떤 일들은 우연인 양 다가와 가슴에 지워지지 않는 자국을 남긴 채 달아나 버리고는, 이토록 시간이 흐른 다음에야 걷잡을 수 없는 후회를 불러일으키는 것일까?

"1325번 김승회! 면회!"

들판을 헤매다 온 것처럼 급작스레 늙어버린 어머니를 보자 복받치는 감정을 억누를 수 없었다.

내가 벌인 사업도 인간관계도 다 거덜 나고 구속된 뒤, 아버지는 크엉크엉, 짐승처럼 울었다고 어머니는 말했다. 면회시간이 끝났다는 교도관의 고함에 휘청거리며 면회실을 나서는 어머니는 혼이 빠진 사람 같아 보였다.

그 뒤, 아버지는 쓰러지셨고 거짓말같이 저 세상으로 홀연히 떠나가셨다. 어차피 삶의 터전을 모두 박탈당한 아버지는 살아계셔도 살 수 없었을 것이다.

오후의 수척해진 햇살이 쇠창살 안으로 기어오르고 있었다. 손등을 기어오르던 햇살이 팔목을 타고 기어오르고 기어코 뺨까지 다가왔을 때 나는 햇살이 가득한 세상에 있다는 것에 행복했다. 좁았지만 따뜻했다. 세상은 내가 존재할 수 있을 만큼 작게 빛을 분해해 놓은 것 같았다.

교도소를 나오던 새벽, 인덕원 사거리에서 혼자만 불을 켜고 있는 편의점은 되레 음흉스러워 보였다.

전화번호 수첩 속에는 여러 번 번호를 고쳐 적게 만든 사람, 이름만으로 얼굴이 떠오르지 않는 사람, 이미 오래전에 연락이 끊긴 사람들의 이름이 빽빽이 들어 앉아 있었다.

첫 칸부터 찬찬히 이름들을 짚어나가기 시작했다. ㄱ에 들어있는 사람은 자리가 모자라서 ㄴ의 빈자리를 반이나 더 차지하고 있었다. ㄱ에서 ㅎ까지 열네 개의 자음 속을 내 눈은 전파탐지기나 되는 듯이 샅샅이 탐지했지만 전화를 걸 만한 사람은 포착되지 않았다.

삶은 형상기억 합금이 아니라서 아무리 해도 그전의 상태로 돌려놓을 수는 없었다. 때로는 뭔가에 집착하고 매달려도 보았다. 하지만 오직 나의 이름을 부르며 다가왔던 것들조차 한결같이 나를 외면하고 멀어져 갔다.

내게 일어나는 아주 사소한 일들을 추스르기에도 급급했기에 스스로를 적자생존사회에서 도태된 열등한 종자라고 느꼈다.

　나를 가장 외롭게 하는 것은, 복병처럼 불거져 나오는 과거의 일들로 인해 삶의 빛깔이 달라지고 있다는 점이었다. 일단 들어가 박힌 다음에는 자치적으로 활동을 계속하는, 다루기 힘든 기억이라는 바이러스. 나는 어둠 속에서 기억의 파일을 삭제하는 기능을 찾느라 밤새도록 몸살을 앓았다. 머리를 쥐어뜯으며 삭제할 파일을 찾아내고 엔터키를 두들겨댔다. 그럴수록 뇌리에서 지우고 싶은 영상은 자꾸 복사되어 불어났다.

　기억에도 공소시효가 있었으면 좋겠다고 생각했다.

　꿈을 갈망하면서도 그것을 증오하고, 어둠에 젖어 살면서도 그것을 혐오하고, 눈 부신 빛의 세계를 그리워하면서도 두려워하는 이율배반적인 어제와 다른 날 빛이 팽팽히 부풀어 오르고 있었다.

　직업을 가지기 위해서는 내가 원하는 조건을 찾을 것이 아니었다.

　그들이 원하는 조건에 나를 맞추어야 한다는 사실을 깨닫고 나자 그나마 직장도 구할 수 있었다. 이제 나를 포장하는 포장지의 무늬 정도는 고를 줄 알게 된 것이다.

　삶은 적당한 타협만으로도 안락할 수 있다는 걸 새롭게 깨달았다. 그리고 세상이라는 곳이, 세상을 움직이는 게 크게 대수로울 게 없다는 것도 알았다. 인제 보니 목표로 하는 것은 돈이었다. 돈 이상의 정의, 돈 이상의 힘, 그것을 뛰어넘는 이상, 그것을 추월하는 속도나 권력은 없었다. 그것이 다였다. 다행이었다. 나는 세상에는 그보다 훨씬 더 의미심장한 것, 중대한 것이 있으리라 생각했으나 세상은 심사다 싶을 만큼 단순했다. 인생에서도 존경은 명함에 박힌 지위나 은행 잔액으로 결정되는 듯했다.

　내 인생은 변두리로만 흘러가고 있었다. 남은 생애를 압류당한 사람처럼 이 세상 모든 게 하릴없이 느껴졌다. 이대로 변두리 학원에서 이름 없는 시간강사 노릇이나 하면서 아무런 야심도 열정도 없이 늙어가고 그러다 빨리 죽고 싶었다.

 꽉 찬 가을이 유리문 저쪽에서 일렁이고 있었다. 굵은 은행나무가 갑자기 낙엽을 퍼부어대기 시작했다. 내게 어떤 좋은 선물이라도 있다는 것처럼 돌연한 일이었다. 노란빛의 축포를 멍한 시선으로 바라볼 때 홍의 전화를 받았다.

 문득문득 접촉해 오는 감방 동기생들 모두가 오일장 물건들처럼 진부했다. 유사휘발유 제조나 실현 가능성 없는 다단계 사기를 계획하고 있었다. 어느 사찰에서 빼내 왔다는 국보급 문화재라는 불상을, 승용차 트링크 안에 솜이불로 둘둘 말아가지고 찾아와 놀라게 한 사람도 있었다.

 국책은행 직원이었던 그는 나와 동갑이었고, 몇 개 국어를 자유자재로 구사하는 엘리트였다. 부정대출에 연루되어 실형을 받았다지만 챙겨놓은 것도 꽤 있는 듯했다. 좁은 공간에서 숨길 것도 감출 것도 없이 나와는 트고 지내던 사이였다. 감방 동기의 말대로라면 똥구멍에 털이 몇 개인지까지 서로 아는 사이였다. 면회나 영치금도 탁월했던 교도소 내 범털이었다.

 누구의 인생에나 지워버리고 싶은 시간의 토막이 있을 것이다. 가장 초라한 시절의 나를 기억하는 사람이니 물론 반갑지 않았다.

 수입차를 몰고 온 그는 잘생기고 세련된 모습이었다. 커피숍 맨 끝자리에 그가 앉았다. 짙은 향수 냄새가 났다. 어차피 국민교육헌장처럼 살지 못한 우리 사이에 겉치레나 탐색전은 필요 없었다.

 홍은 전산 용지(비지니스폼) 제조 동업을 제안했다. 전산화가 이루어지면서 모든 양식이나 주민등록표까지 수요는 무궁무진했다. 내겐 이미 신용도 담보도 없었지만 그는 걱정하지 말라고 했다.

기술력과 정밀도가 높은 첨단 기계 시설이 문제였다. 은행 대출로 변두리 공장을 인수했고 리스 자금으로 일본에서 미야꼬시 최첨단 인쇄기계를 들여올 수 있었다. 그의 말은 마치 모든 금융기관을 감독하는 법률처럼 들렸다. 유망기업 몇 군데도 협력 업체로 등록할 수 있었다.

보상이라고 생각했다. 이런 사람을 만난 것은. 그와의 만남을 더 일찍 주선해주지 않은 신이 그저 야속할 따름이었다.

그는 몇 달째 원색 분해와 고도의 정밀 인쇄 기술을 익혔다. 그리고 밤늦게 문을 걸어 잠근 뒤 혼자 인쇄기를 돌려 새벽까지 무언가를 열정적으로 찍어댔다. 하지만 아침에 둘러보면 잉크나 특수용지만 줄어들었을 뿐 신기하게도 세팅할 때 의례적으로 나오는 파지는 그의 성격처럼 한 장도 없이 깨끗이 정리되어 있었다.

끼니를 거를 만큼 바빴고 그는 분주하게 외국을 드나들었다. 알라딘의 요술 램프라도 갖고 있는 것처럼 우리는 돈 긁어모으는 재미에 홀딱 빠져 있었다. 경험에 의하면 아무리 좋은 술도, 빼어난 미인도, 시간이 지나면 모두 식상해지기 마련이다. 하지만 아무리 반복해도 싫증 나지 않는 일이 있다면 그건 분명 돈 버는 일일 것이다.

통장의 잔고는 겁 없이 쌓여만 갔다. 우리는 바람난 처녀애 마냥 감정의 선율이 고르지 못했다. 툭하면 사소한 일로 웃으라는 포고령이라도 내린 것처럼 낄낄대며 웃었고, 웃다 보면 어느새 눈물이 마중 나왔다.

홍은 근사한 연애에 빠져 있었다. 나조차도 그의 얼굴 보기가 점점 힘들어지자 궁금해졌다. 도대체 어떤 여자가 그렇게 혼을 쏙 빼놓았을까?

해맑은 피부의 미인은 어디선가 본 듯한 얼굴이었다. 셋이 쇼핑을 하고 영화도 보고 식사를 했다. 내게도 늘 다정한 미소를 잃지 않던 그녀는 미인대회 출신의 방송인이었다. 진심으로 축하해주었지만, 질투하지 않았다면 그건 틀림없이 거짓말일 것이다.

떠들썩한 결혼식을 마치고 두바이로 신혼여행을 떠나는 아름다운 신부를 유심히 살펴보았다. 마냥 행복한 웃음을 지으며 내게 손을 흔드는 신데렐라의 반짝이는 구두는 유리 구두처럼 보였다.

어쩌면 우리가 자정을 울리는 종소리를 들으며 만들어낸 것은 외국채권이나 상품권이 아니라 동화를 현실로 만들어주는 유리 구두였을지도 모른다.

신혼여행에서 돌아온 그는 이민을 가겠다고 했다. 이미 결심을 굳혔고 모든 준비가 끝난 것 같았다. 무척 아쉽고 서운하기는 했지만 어쩌면 낯설고 이국적인 게 사교적인 그에게는 더 잘 어울릴지도 모르겠다.

고향이 없다고 했으니 이제 그 먼 나라가 그의 뿌리가 될 것이다. 나는 그곳에 대해서 떠올려 보았다. 삼각형 두 개를 붙여 놓은 것 같은 아메리카 대륙지도. 국제전화 국가번호 54번. 2010년 남아공월드컵에서 한국과 1대5, 메시, 마라도나, 돈 크라이 포 미 아르헨티나….

어릴 적들은 기억에 의하면 땅을 똑바로 계속 파고 들어가면 언젠가 나온다는 지구 반대편의 정말 너무 먼 곳.

아쉬워하는 직원들과 함께 단골 바에 송별 칵테일 자리를 마련했다. 모두가 섭섭해 했고 자연히 우울해졌다.

술이 거나해진 내가 분위기를 바꿔보려고 물었다.

"야! 홍기혁! 너, 진짜 고향이 어디야?"

“대청댐, 물 밑.”

“그럼 용궁이겠네? 그래서 네가 토끼 간을 찾아 헤맸구나.”

모두가 웃었다. 나와 눈이 마주치자 그는 얼굴을 붉히더니 신인 배우처럼 말했다.

“청원군 문의면이야. 대청댐으로 인해 전부 수몰된 지역⋯.”

“⋯.”

내가 윙크를 하며 나직이 속삭였다.

“뻐꾸기 둥지!

그렇게 세세한 것을 잊지 않고 있는 것에 대한 놀라움인지, 아니면 감방 동기생이란 걸 환기시켜서인지 주변을 한 번 둘러본 뒤에 그 역시 나직이 속삭인다.

“뻐꾸기 둥지를 위하여 건배!”

마치 둘만의 암호라도 되는 양 우리는 의미심장한 웃음과 칵테일 샷을 교환했다.

“바로 뒤따라와. 근사한 해변에 별장과 요트까지 준비해뒀어.”

“생각해볼게.”

홍은 그렇게 떠나갔다. 건강하라는 그 흔하디흔한 말만 남긴 채.

어쩌면 우리는 그럴 것이다. 건강할 수도, 더러 행복할 수도.

그의 말처럼 세계가 날로 가까워져서 철마다 여행하듯 그렇게 자주 만나게 될지도 모른다. 분명한 것은 우리가 어디에 있든, 우리는 여전히 살아갈 것이라는 점이다. 그는 저쪽에서 나는 이쪽에서.

내 일상이 한없이 복잡하게 얽혀있을 때, 불현듯 나도 훌쩍 떠날지 모른다. 새로운 사물의 의미들을 건져 올리며 놀라운 기쁨에 몸을 떨던 기억을 찾아.

홍이 떠난 뒤, 낙찰됐던 선산과 전답을 사들여 등기촉탁을 마치고 나서야 비로소 아버지 산소에 성묘했다. 어느새 잡풀이 무성해진 묘지는 아버지의 구부러진 등처럼 보였다.

집에 오자 어머니는 날 위해 칼국수를 준비하고 계셨다. 국수를 썰기 위한 도마며 밀대, 국수 위에 얹을 색색의 고명이 담긴 채반 따위가 널려 있었다. 지나치게 많은 반죽을 넓은 함지를 넘칠 듯 부풀어 오르고 있다. 애호박 송당송당 썰어 넣은 구수한 칼국수를 떠올리니 입가에는 벌써부터 침이 고이기 시작했다.

마루에는 골동품이 다 된 낡은 뻐꾸기시계가 걸려 있었다. 나는 혹시나 하는 생각에 죽어있는 그 시계에 태엽을 감아 보았다. 그러자 시계는 놀랍게도 째깍째깍 움직이기 시작했다. 그리고 떠날 시간을 알리기라도 하는 듯 이내 '뻐꾹 뻐꾹' 울어댔다. 정말 오랜만에 들어보는 뻐꾸기 소리였다. 뻐꾸기는 문을 닫고 들어갔고, 잣 열매 모양의 시계추는 계속 흔들거리고 있었다.

이때 승합차에서 내린 사람들은 무례했고 그들의 낯빛은 현상금 걸린 범인들의 흑백 몽타주처럼 꺼림칙했다.

"김승회! 체포해!"

그 목소리는 도끼처럼 허공을 가르며 떨어졌다.

"당신을 유가증권 위조 사범으로 체포합니다. 변호사를 선임할 권리가 있으며 불리한 증언은 묵비권을 행사할 수 있습니다."

머릿속에서 뚝, 하고 필라멘트 끊어지는 듯한 소리가 들렸다. 의식이 현실과 접촉 불량이 되면서 아득해졌다.

"아니, 우리 아들이 무신 잘못을 했다고 이런대요. 뭘 잘못 아신거쥬? 안돼유. 안돼. 저리들 비켜유!"

어머니는 그들에게 대롱대롱 매달리고 있었다.

"수갑 채우고 포승줄로 묶어! 홍기혁이처럼 만들지 말고!"

"뭐. 홍기혁이 어떻게 됐는데? 홍기혁이 어떻게 됐냐고?"

"……."

"흥! 놓쳤나 보군. 내, 그럴 줄 알았지. 교도소에 다시는 안 간다고 했으니 잡기는 아마 글렀을걸? 푸, 하하하."

"압송 도중 탈출하려 열차를 뛰어내려…. 아주 순식간의 일이라서 우리도 어쩔 수 없었어. 결국… 죽고 말았어."

순간, 어떤 생각이 번개처럼 뇌리를 스쳤다.

모든 죄는 공범에게 떠넘기면 된다는 교도소의 교훈이 새삼 떠올랐다.

우리만 아는 명의 신탁한 부동산과 내가 비밀리에 관리해온 차명계좌, 그리고 빼어난 미인의 아내는 이제 그에게는 필요하지 않을 것이다.

혈관 속으로 아드레날린이 미친 듯이 질주하고 있었다.

나는 자신에게 절대로 웃어서는 안된다고 계속 엄명했지만 실실 비어져 나오는 웃음을 참기 위해 안간힘을 써야만 했다.

이강홍

동양일보 신인문학상. 직지소설문학상. 소설집 『빛에 대한 예의』 장편소설 『직지견문록』, 『레옹을 만나는 시간』, 『무이가 나가신다』 외

단편소설

인형 놀이

김미정

　　　　새들은 너른 들녘을 누비며 부지런히 모이를 쪼아댔
다. 해가 기울기 시작했다. 새들이 거대한 무리를 이루며 서해를 향해
일제히 날아갔다. 도시에서는 보기 드문 낯선 풍경이다. 기류를 타고 자
유로이 날아가는 새 떼들, 그들만의 규칙이 보여 신기했다.

　새들이 놀던 들녘 건너편에 낙원빌라 두 채가 눈에 띄었다.

　빌라 정문을 중심으로 오른쪽 500m쯤 가면 파인스톤CC가 있다.

　송산면 가곡리 사람들은 시골에 웬 대형 골프장이 생기나 처음엔 의
아했다. 어마하게 큰 골프장에 어떤 사람들이 가서 공을 칠까. 거의 고
령에 가까운 가곡리 마을 사람들은 못내 궁금해했다.

　서해대교가 개통된 이후 파인스톤CC는 골퍼들로 초만원을 이루었다.
그곳은 서울, 경기권에서 서해대교를 통해 오면 1시간이면 올 수 있다.
교통의 접근성도 좋지만, 자연과 어우러진 품격 있는 공간이며 곳곳에
바위와 한시도 방심할 수 없는 역동적인 코스가 매력적이다. 미지의 숲
을 탐험하듯 드라마틱한 코스가 돋보여서인지 골퍼들에게 입소문이 나
기 시작했다.

　공을 친 후 차로 20여 분쯤 달리면 한진포구, 안섬포구, 장고항에 닿

을 수 있다. 즐비한 횟집으로 들어가 바다에서 금세 잡아 올린 물고기로 싱싱한 회를 즐기며 회포를 풀기 좋은 곳이다.

낙원빌라 왼쪽 400m쯤 가서 큰 도로 건너편은 현대제철과 국가산업단지가 있다.

가곡리 마을 사람들은 주로 논농사와 밭농사로 살아간다. 논과 밭을 끼고 드문드문 떨어져 있는 농가는 다 새로 지은 주택들이다. 다만 오 여사네 집만 거의 100년이 다 되어가는 집인 데다, 요즘 보기 드문 빨간 기와집이다.

그때 남들처럼 그저 소박하게 농가주택으로 지었으면 될 일이었다.

빌라 건물을 지으려고 건축 설계사가 토지 등본을 떼어 보여주었다. 빌라 건물을 지으려는 꿈에 뜬금없는 소금이 뺨을 후려쳤다. 한 모퉁이 땅의 소유가 시숙의 이름으로 되어 있었다. 서울서 급히 내려온 시숙은 집을 지으려면 모퉁이 땅을 사야 한다고 말했다.

분명히 시아버지가 그 땅은 둘째 준다는 말을 부부는 또렷이 기억하고 있었다.

"저기 모퉁이 땅도 둘째 거여. 자식 7남매 중 어떤 놈 하나 고향에 내려와 농군 된다는 놈이 없더니…. 다행히 둘째가 귀촌해서 고향집을 지키며 농사를 짓는다니 고맙다. 이제 눈 감아도 원이 없구나."

그 말을 들은 다음 날 오 여사는 남편에게 다그쳤다.

"사람 마음은 변하기 쉽고 아버님도 연로하시니, 속히 당신 앞으로 등기를 내요. 살아계실 때. 당신 형님이나 형수 욕심은 하늘을 뚫고도 남을 사람들이잖아요."

남편은 버럭 화를 냈었다.

"우리가 그 땅에 농사짓는데 그 땅이 어디 사라지나! 우리 집안은 그런 형제들이 아니여."

오 여사의 가슴 밑바닥에서 불덩이가 치밀어 올라왔다.

"그런 형제들이 아녀? 그러니까 당신은 우매해서 나까지 생고생시키는 거야."

오 여사 남편의 미간이 바짝 좁혀지더니 들릴 듯 말 듯 욕설을 씨불이며 밖으로 나갔다.

오 여사의 시어머니 장례를 다 치른 후 친척들이 장손인 큰형님네에 모여 앉았다.

시아버지를 중심으로 7남매와 손주들까지 둘러앉으니 50평 거실 안이 꽉 찼다.

형님네 사위와 둘째 아들이 부의금 접수를 맡았었다. 발인 전날 밤 부의금 통을 통째로 큰 쇼핑백에 쏟아 담아 가져갔다고 했다. 형님네 집으로 가져가서 자기네들끼리 조용히 계산했다고 설명했다. 장례비용 다 빼고 남은 돈이라며 몇백만 원을 내놓았다. 모두 의아한 눈빛이었다. 잠시 침묵이 흘렀다. 먼저 말을 꺼낸 건 오 여사였다.

"큰집 식구들이 엄청나게 들어온 봉투를 계산하시느라 고생 많으셨네요. 그런데 공개적으로 계산하는 게 상식이고, 부의금 합계며 장례비용 등 명세서를 7장으로 프린트해서 7남매가 다 볼 수 있어야지요? 겨우 프린트 한 장 달랑 가져와서 공개하는 건, 이건 아니지요."

시누들이 먼저 볼멘소리가 튀어나왔다. 뒤이어 다른 형제들이 한두 마디씩 불만이 터져 나왔다. 잘못하면 7남매가 부의금 때문에 싸움이 날 판이었다. 바로 벼락같은 불호령이 떨어졌다. 왜소한 체격인 시아버지 몸에서 나오는 처음 듣는 소리였다.

"다들 아무 소리 말아! 장손이 선산도 관리하고 제사도 여러 차례 모셔야 하고…. 이제 나도 병원 들락거릴 고령이여. 맨날 돈 걷어서 병원비 해결할 겨? 앞으로 돈 쓸 일만 많어. 묻지도 말고 따지지도 말고 이걸로 다 끝내."

그 한마디에 거실 안은 찬물을 끼얹은 듯 금세 조용해졌다. 다들 입만 댓 발 나와 있었다.

12년 전, 당진 땅값이 치솟을 때였다. 오 여사네도 기와집을 부수고 새로 빌라를 지으려 했다.

건축 설계사가 등기부 등본을 떼어 가져왔다. 어떻게 된 일인지 모퉁이 땅의 주인은 형님 이름으로 되어있었다. 쥐도 새도 모르는 일이었다.

설계대로 집을 지으려면 그 땅이 필요했다. 건축비가 예상보다 더 나와 자금도 부족했다. 오 여사네 남편은 형님한테 당장 땅값을 못 주니 빌라를 먼저 지은 후 월세, 전세를 받아 후지급으로 땅값을 주겠다고양해를 구했다. 하지만 형님은 단박에 거절했다. 아마 돈밖에 모르는 형수의 농간일 게 뻔했다.

"아니, 형님네 논과 과수원도 우리가 관리해 주는데 그런 사정도 못 봐준대요? 참 대단하신 분들이네. 어째 형님은 그리 야박하대요? 그냥 동생한테 줘도 되는 땅을, 아무래도 형수한테 무슨 큰 책을 잡히지 않고서야 남도 그렇게 안 하겠네, 정말."

빚을 더 지더라도 그때 밀어붙여 빌라를 지었어야 했다. 아쉽게도 그만 기회를 잃고 말았다.

다른 집들이 먼저 빌라를 짓기 시작했고 낙원빌라도 그때 생겼다.

파인스톤CC에 골퍼들이 몰려들자, 캐디들을 많이 뽑았다. 국가산업단지에 기업들의 입주가 많아졌다. 시골에 유입 인구들이 몰려들었다.

가곡리에 빌라촌이 우후죽순 생겨났다.

빌라는 주로 원룸이 많다. 유일하게 낙원빌라만 2개 동 36개 룸 중 25평은 6개 룸만 있다. 25평은 앞 베란다와 뒤 베란다가 넓어 아파트 못지않게 쾌적하다.

멀리서 보면 드문드문 떨어져 있는 농가주택에 낙원빌라는 별장처럼 보였다. 테라스 쪽에 진초록색으로 포인트를 주어 멋스러웠다.

오 여사네 집은 시증조 때부터 살아온 100년이 다 되어가는 집이다. 이 마을에서 이 집만 옛 그대로 형태를 이루고 있다. 기본 틀에 가끔 보수만 해오며 내년에는 새집을 짓겠다는 말을 12년째 해오고 있다.

코로나 시대를 넘기자, 우크라이나·러시아 전쟁이 터지며 건축비와 인건비가 고공행진으로 올랐다.

오 여사네 부부는 점점 노인이 되어 농사일이 힘겹기만 하다. 하지만 늘 해오던 일이고 농사꾼이 땅을 판다는 일은 나라를 파는 거와 다름없다고 남편은 생각하는 사람이다.

오 여사는 낙원빌라 관리소장으로 월급을 받고, 남편은 농사를 지어가며 새벽 2시에 파인스톤CC에 나가 서너 시간 잔디를 깎고 정리하며 월급을 받는다. 오 여사는 이제 나이 들어 농사일에 지친다고 남편에게 하소연도 해봤다. 밭과 논을 팔아 아파트에 살면서 둘이 버는 월급에다가 노령연금을 합하면 그런대로 생활할 수 있다. 오 여사가 남편에게 몇 번이나 설득하기도 하고 싸워도 봤지만 허사였다. 나이 들수록 더 굳어진 고집이 서로 변하지 않았다. 이래서 요즘 황혼이혼 하는 부부가 부쩍 느는 걸까.

모처럼 한가한 날이면 오 여사는 가끔 지나온 삶을 생각했다.

그 많은 시간들은 언제 다 사라졌을까.

아직 미혼인 아들 앞길 문제도 있지만 오 여사의 심성은 이혼해서 결코 행복해질 수 없는 사람이다. 아예 따로국밥으로 각자 번 돈은 서로 알아서 쓰니 오히려 마음 편했다.

오 여사 남편은 농사꾼이 먹을 게 천지인데 생활비가 왜 필요하냐며 지청구다. 오 여사는 벼 수맷값과 월급을 받으면서 어쩜 마누라한테 생활비를 한 푼도 안 주냐며 불만을 가끔 터트렸다.

어느 날, 오 여사는 여권을 찾다가 서랍 한 귀퉁이 속에 숨겨놓은 남편 통장을 발견했다. 이리 꼭꼭 숨기다니, 돈깨나 모아놨나…. 심장이 두근거렸다. 통장을 펼쳐보았다. 한숨이 터져 나왔다.

큰돈이 들어 온 건 가을 수매 때이고, 수입은 농업직불금과 농민소득에다 월급이었다. 그것만 해도 적지 않은 수입이다. 그런데 지출 지면이 상당했다. 일 년 내내 줄줄이 빠져나가는 돈이 더 많았다. 인건비, 농기계값에 모종, 씨 값, 비료, 그물망 등 농사에 쓰는 잡다한 지출이 지면에 가득했다. 더구나 강아지 7마리 사룟값과 다치거나 병날 때 사용한 카드값도 수월찮았다. 결혼한 딸년의 차 환경부담금과 가끔 범칙금까지 남편의 통장에서 빠져나가고 있었다.

오 여사네 여동생이 가끔 당진에 오면 잔소리가 심했다. 생각해 보니 헛말이 아니었다.

"언니, 결혼한 딸이나 군 제대 후 10년이 넘게 여태 공시만 하는 아들, 계속 이렇게 생활해서는 안 되잖아. 이제 언니나 형부 다 고령인데, 부모 공양은커녕 노인네들 살살 등골 빼먹는 것도 모르셔? 몇 시간이라도 아르바이트라도 해 생활비라도 내며 공부해야지. 어쩜 30대 중반이 넘도록, 아예 직업이 공부가 됐네. 애들이 농사일도 빌라 관리일도 남일 보듯 하니 참말로 어이가 없네."

농사짓는 언니와 형부를 보면 해마다 점점 등이 굽고 힘겹게 보였다. 속상하고 안쓰럽다는 생각에 동생은 심한 말을 퍼부었다.

낙원빌라의 주인은 서울 사람이다. 오 여사네 집 가까운 곳에 땅을 사서 두 개 동의 빌라를 지었다. 당진이 무연고였다. 빌라 앞 대나무 숲 왼쪽으로 돌면 가장 가까운 집이 오 여사네였다. 빌라 주인은 오 여사네를 찾아가 관리 소장할 사람을 소개해 달라고 부탁했다. 부동산 여러 곳에 부탁해서 소개한 사람을 만나보면 왠지 믿음이 가는 사람이 없었다. 그때만 해도 오 여사는 50대 후반이었다.

빌라 주인은 오 여사네 부부랑 몇 번 식사하면서 깨달았다. 대화를 주고받다 보니 농촌 사람치곤 오 여사가 매우 야무졌고 신뢰가 가는 사람이었다.

서울서 오랫동안 큰 사업을 하는 사장 부부는 다른 관리소장을 구할 것도 없다며 아예 오 여사에게 관리를 맡기기로 했다.

인상이 밝고 진솔해 보이는 오 여사에게 임대 대리인으로 맡기는 서명을 끝냈다. 청소는 용역을 쓰면 사장이 지출할 테니, 임대 매매와 관리나 잘해주면 된다고 했다.

"오 여사님은 시골 사람 같지 않아요."

그러자 오 여사는 당차게 웃으며 말했다.

"저, 원래 대전광역시 출신이에요."

"아이고! 어째 시골 사람 같지 않고 세련되고 똑 부러져서 서울특별시 출신인가 했지요."

꽃길만 걸어왔을 듯, 품위가 흐르는 사장의 부인 말에 모두 한바탕 웃고 말았다.

문자가 왔다. 205호였다.

소파 뒤쪽이 습기로 눅눅해졌다는 내용이다. 40대 중반인 205호 부부는 산업단지를 다니는 맞벌이 부부다.

205호 부부는 서로 지나치다 마주치면 늘 웃으며 상냥스럽게 인사했다. 가끔 회사에서 간식으로 나누어 준 빵을 한 아름 안고 오기도 했다.

빵을 가져온 날, 마침 강아지들이 마당에 나와 햇볕을 쐬며 산책하고 있었다. 205호 여자가 강아지들의 머리를 쓰다듬자 빠른 와이퍼처럼 꼬리를 요란스럽게 흔들었다.

"소장님! 주인이 미인이라 그런지 강아지들이 다들 예뻐요!"

"얘들이 예쁜 얼굴이기도 한데, 사랑을 듬뿍 받아 표정이 밝아 보여서 그래요."

꼬리 치는 강아지들을 바라보며 둘은 까르르 웃었다.

205호 부부는 인상도 좋은 데다 말씨도 솜사탕처럼 부드러웠다.

오 여사는 마스터키로 현관문을 열고 205호실에 들어섰다.

세상에! 25평 거실 안은 물건으로 가득 차 있었다.

한쪽 벽면에 수십 벌쯤 보이는 현란한 색깔의 한복이 나란히 걸려있다. 흰색 거실장과 회색빛 패브릭 소파에는 다양한 표정의 크고 작은 인형들이 오 여사를 빤히 쳐다보았다. 등골이 서늘했다.

부부만 사는 집에 웬 인형이 이리 많을까. 혹시 무당? 사이비 광신자? 여러 생각이 스쳤다.

오 여사는 205호에서 서둘러 나와 헐떡이며 집으로 돌아왔다. 빌라의 여러 문제를 전문으로 맡아 수리해 주는 김 기사를 불렀다.

김 기사가 빌라에 도착하자 오 여사는 205호에 함께 들어갔다. 김 기사도 인형들을 보고 놀랐다.

“이리 인형이 많은 집은 처음 보네요. 요즘 사람들 별의별 이상한 취미들도 많아서. 하하하.”

김 기사는 누수 탐지 기계로 곳곳을 살피고 다녔다.

몇 해 전 겨울이었다. 오 여사는 낙원빌라 전용 쓰레기 분리수거대에서 흩어진 종량제 봉투를 정리할 때였다. 검은 비닐에서 삐져나온 어른 인형의 일부를 보고 괴성을 지르며 나자빠진 일을 겪었었다. 시신인 줄만 알았다.

누군가 쓰고 버린 아이돌이라고 빌라 입주민이 설명해 주어 그런 어른 인형이 있다는 걸 오 여사는 처음 보았다.

남편의 시신을 토막 내어 여러 개 종량제 봉투에 나눠 담아 찾을 수 없는 곳곳에 버렸던 고유정 사건. 시신조차 찾을 수 없어 고인의 모자에서 겨우 찾아낸 머리카락 몇 가닥을 놓고 장례를 치른 사건이 일어나던 무렵이었다. 그런 흉흉한 사건이 일어나던 무렵이라 오 여사는 더 질겁했었다.

오 여사는 그런 일을 겪은 후 인형만 보면 귀엽다는 생각보다 심장이 서늘해졌다.

저녁을 먹은 후 마당으로 나왔다.

보랏빛 하늘에 별들이 총총히 빛나고 있었다. 오 여사의 단아한 눈썹을 닮은 초승달이 선명해 보이는 밤이다. 해가 기울면 시골은 사방이 캄캄하고 그야말로 적막강산이 되고 만다.

아들이 웬일로 커피 두 잔을 야외 테이블 위에 조심스럽게 올려놓았다.

이 시간에 커피 마시면 잠 안 올 텐데, 녀석이 너스레를 떨었다. 제 녀석이 커피를 타 왔으면서⋯. 할 말이 있나, 오 여사는 생각했다.

"이 시간에 커피 마셔도 엄마는 베개만 베면 금방 곯아떨어진다. 자연 속에서, 땅과 함께 씨름하며 사니, 후후⋯. 땀 흘리는 게 엄마의 건강 비결인가 봐. 주위의 엄마 연령대 사람들 보면 약 안 먹는 사람들이 거의 없더라. 엄마는 온종일 일해도 금방 밭에서 따 온 신선한 채소, 과일로 잘 먹고 잠도 푹 잘 자니 이게 행복이지."

오랜만에 아들이 타 준 커피를 마시며 하늘을 보니 별 무리가 쏟아지고 있었다. 환상적인 나만의 야외 카페, 어떤 화려한 카페와 견줄 수 있으랴.

오 여사는 평안을 느끼면서 여동생의 걱정 어린 말들이 떠올랐다. 금세 씁쓰레한 기분이 들었다.

"언니, 낙천적이고 긍정적인 사고는 참 좋은데, 어쩌면 그건 정신 승리법이라 할 수도 있어. 중국 루쉰이 쓴 『아큐정전』이란 소설에 나오는 얘기인데, 지금 상황을 도저히 바꿀 수 없으니 그냥 긍정적으로 받아들이는 거지. 포기가 깃든 자기 위로, 도저히 현실을 바꿀 힘이 없으니."

동생은 깊은 한숨을 쉬었다.

유명한 작가가 말하는 게 다 맞는 건 아니라고 오 여사는 생각했다. 고생도 안 해보고 책으로만 경험한 동생은 모를 것이다. 흙투성이가 되어 땀 흘리며 육신은 고단해도 걱정거리가 없었다. 내가 가진 것에 감사한 마음이 들고 평화로웠다.

오 여사네 가족도 서로 바빠서인지 소소한 일상을 나누는 시간이 점점 줄었다.

오 여사는 아들에게 오늘 있었던 일을 말했다.

"오늘 205호에서 소파 벽면 쪽으로 축축하다고 해서 들어갔잖아. 근데 그 집에 인형이 무척 많더라. 요즘 어른들도 인형 모으기가 대세인가? 가끔 당진 시내에 나가 보잖아. 학생들이 거의 가방에 인형을 몇 개씩이나 주렁주렁 매달고 다니더라. 호기심이 많은 엄마가 마침 버스 옆자리에 앉아있던 여학생에게 물어보았지. 인형을 4개씩이나 달고 다니는 이유를 물어도 실례가 안 될까?

단박에 여학생은 말하더라. 아무런 표정도 없이 예뻐서요, 그러더라.”

오 여사는 아들의 표정을 살펴보았다. 너는 어떻게 생각하니? 물어보려는 마음을 금세 접었다.

“다른 애들이 죄다 인형을 달고 다니니까 덩달아 달고 다니는 애들도 있겠지. 요즘 아이들 풍요 속에 외롭기도 하지. 인형에게 위로받고 치유받으려는 마음인가. 그런 생각이 들더라. 요즘 부모들이 맞벌이로 분주해서 아이들의 마음 상태가 어떤지 보살필 시간이나 마음이 참 부족하지. 그저 새 아파트, 신도시, 주식이니 비트코인이니 물질만 쫓고 있으니 말이다. 다들 돈 버느라 애들을 학원으로만 돌리니…. 요즘 젊은 부모들은 가장 중요한 걸 잃고 사는 것 같아.”

그러자 오 여사의 아들은 오호! 하며 감탄한다.

“엄마는 농사짓는 사람 같지 않아. 엄마가 대학 나왔으면 분명 한자리 할 분인데….”

아들은 오늘따라 기분이 좋은지 오 여사의 마음을 한껏 띄웠다.

아들은 10년이 넘도록 공시에만 전념했다. 그러다 보니 친구들도 선후배 간에도 점점 소원해졌다. 대화를 오래 나눌 상대가 이제 엄마뿐인가, 오 여사는 염려스러웠다.

“참, 엄마 인형 이야기하니까 생각나네. 우연히 유튜브에서 봤는데, 멕시코 소치밀코 운하에 있는 어떤 인형의 섬이 유명한 관광지가 되었대.”

인형을 보러 멕시코로 관광을 간단 말이냐며 오 여사는 어이없어했다.

“산타나라는 사람이 섬에 살면서 익사한 소녀를 발견해 묻어주었대요.

바다에서 떠내려온 인형을 소녀를 위해 나무에 매달아 주었대. 그는 26년 동안 인형을 나무에 매달았다네. 섬에 오는 관광객도 인형을 매달자, 개수가 7천여 개 정도가 되었대요. 다 아기나 어린아이 인형이래요.

세월이 흐르자, 인형은 바람에 찢기고 낡아지며 손과 발이 떨어지기도 하고 목까지 떨어져 나간 인형도 생겼대. 밤에는 더 무섭지. 산타나 후손들이 섬을 관리하고 있다는데 지금은 공포의 섬으로 유명한 관광지가 되었다네요.”

오 여사는 오늘 밤은 왠지 쉽게 잠들지 못할 것 같았다. 손과 발, 목이 떨어져 나간 인형들이 오 여사 앞에서 흔들거리며 다가왔다.

다음 날, 빌라 우편물 수거함을 정리하고 있는데 마침 205호가 내려오고 있었다.

“아이도 없는데 인형이 엄청 많던데요? 인형 모으기 취미인가?”

205호는 코스모스꽃처럼 하늘거리며 웃었다.

“우리 부부는 아기를 안 낳고 살기로 했어요. 이제 40대 중반이니 낳을 수도 없고요. 퇴근 후 남편과 함께 요리해서 저녁 식사하고 설거지까지 끝내면 둘이 인형 놀이를 해요. 우리는 TV나 유튜브도 잘 안 봐요. 날마다 일어나는 사건 사고, 혼란스러운 정치 논쟁. 솔직히 우리 사는 거랑 별 상관없잖아요.”

오 여사는 깜짝 놀라며 물었다.

“어른들이 인형 놀이를 해요? 어머, 신기해라.”

“다행히 남편도 취미가 같아 인형 놀이하니 너무 행복해요. 어느 날은 왕자와 공주로, 성춘향과 이도령으로… 호호, 재미있어요.”

그러자 오 여사는 팔짱을 낀 채 큰 눈을 더 크게 떴다.

"어머나, 세상에…. 두 분이 참 예쁘게도 사시네 후후. 요즘 이혼하는 부부도 많고 갈등이 심한 부부도 많은 세상인데. 서로 궁합이 잘 맞는 부부네요."

"저번 주말에는 서울 가서 「어쩌면 해피엔딩」이란 뮤지컬을 보고 왔어요."

오 여사는 뮤지컬? 하며 신기한 눈빛이 되었다.

"'헬퍼봇'이란 올리버와 클레어의 이야기인데 로봇이 보여주는 인간보다 더 따뜻한 사랑 이야기예요."

오 여사는 결혼 전 영화관 가는 걸 좋아했다. 결혼 후 뮤지컬은커녕 남편과 문화예술 체험을 전혀 하지 못했다는 걸 생각해 냈다.

"맞벌이해서 번 돈이 꽤 되어 이젠 아파트를 사려고요. 호호호. 우리 부부는 자식이 없어도 행복하게 살 것 같아요."

추적추적 내리는 가을 빗소리, 황금 들판을 휩쓰는 바람의 길. 풍요로운 가을임에도 가슴이 허허롭게 느껴졌다. 한 계절이 또 가고 있었다.

늦은 저녁 무렵 전화가 왔다. 낯선 번호였다.

낙원빌라 양쪽 벽면에 대형 플래카드를 달았다. 멀리서 보일 정도로 전세, 월세 놓음. 임대 문의, 전화번호까지 크고 선명해 보였다.

낯선 번호는 이미 빌라 A동 현관 앞에 와 있었다.

검정 모자를 쓰고 검정 마스크까지 한 청년이었다. 오 여사는 긴장이 되었다.

"원룸, 구하려고요?"

"처음 뵙겠습니다. 방을 구하는 게 아니라…. 혹시, 여기 빌라에 박효신 씨 살고 계시지요?"

아니 흰 마스크 쓰면 좀 좋아. 왜 요즘 젊은이들은 검정 옷에 검정 모자, 마스크까지 온통 검정인가 몰라. 학생들 체육복조차 다들 검정으로 바뀌고 있으니…세상이 살벌해서인가, 생각하며 오 여사는 경계하는 마음을 늦추지 않았다.

"글쎄요. 요즘 개인정보를 함부로 알려줄 수 없는 세상이잖아요?"

그러자 청년의 유난히 까만 눈동자에 물기가 차올랐다. 착해 보이는 눈망울에서 금방 눈물이 쏟아질 듯했다.

"박효신이란 이름을 백방으로 수소문해 알아냈어요. 사장님, 제발 도와주세요."

오 여사는 물었다. 무슨 사정으로 박효신을 찾는지 모르겠지만 함부로 개인정보를 알려주기는 곤란하다고 거듭 말했다.

"5살 때 엄마가 집을 나갔어요. 아침에 일어나보니 엄마가 갑자기 사라졌어요. 아빠와 싸우고 나갔다고 엄마는 곧 돌아올 거라고 할머니가 말했어요. 아빠는 2년 전 간경화로 돌아가셨어요. 지금 할머니랑 살고 있는데…. 엄마가 아직 호적에 남아있어 아무 혜택을 못 받고 있어요. 제가 군대에 가면 할머니를 돌봐줄 사람이 아무도 없어요. 공익근무라도 하려면…. 엄마를 만나 도장을 꼭 받아야 해요."

청년의 얘기를 듣고 보니 오 여사의 마음이 애잔해졌다.

"사정은 참 딱하네…. 근데 나는 사장님이 아니고, 임대 대리인인 그냥 관리소장이에요. 멀리서 왔으니 참… 어떡하나. 일단 내가 전화해서 바꿔 줄게요."

오 여사는 청년의 말에 가슴이 먹먹했다. 애절한 호소가 가슴을 후벼 팠다.

205호의 베란다를 올려다보았다. 평일과 다름없이 노란 불이 환하게 켜져 있다. 두 부부가 인형 놀이하는 시간인가.

오 여사는 205호 박효신에게 전화를 걸었다.

"저…기, 이제 벽에 습기는 안 차지요? 얼룩진 벽면은 다시 도배해 줄 게요."

그러자 205호의 밝은 톤의 목소리가 귀에 쟁쟁했다.

"어머! 소장님 이제 습기는 안 차요. 도배는 알아서 천천히 해 주셔도 돼요. 호호홋…소장님 늘 감사드려요."

평소처럼 밝은 박효신은 상냥하게 말했다.

"근데 어떤 청년이 박효신 씨와 통화하고 싶다고 해서, 잠깐 바꿔 줄 게요."

오 여사는 상대의 반응과는 상관없이 청년에게 냉큼 휴대전화기를 넘겼다. 입 모양으로 어서 통화해 보라며 시늉했다.

"박효신 씨…맞지요? 저 순천 사는 현수예요, 엄…마."

휴대전화기 너머로 잠시 침묵이 흘렀다.

"……."

"이름은 같은데…. 나랑 아무 상관 없습니다. 이만 끊어요."

205호 박효신은 전화를 단박에 툭 끊어버렸다.

통화하는 모습을 보던 오 여사는 동명인가 보네. 설마 엄마라면 16년 만에 아들이 찾아왔는데 아니라고 하겠어, 하며 청년 옆에서 중얼거렸다.

고개를 돌려 푹 숙인 채 어깨를 들먹이는 청년은 소리조차 내지 못하고 우욱, 우욱 숨죽여 울었다.

"아니, 엄마…, 엄마예요, 울 엄마. 5살 때까지 들었던 엄마 목소리. 그 목소리… 그 목소리를 제가 어찌 잊겠어요."

청년의 말에 오 여사의 가슴은 송곳으로 후비는 듯했다. 엄마이면 진 짜 엄마이면 그리 딱 잘라 말할 수 없을 거다. 천륜인데, 지금 다른 남자랑 살고 있더라도, 그럴 수 없다고 생각했다.

인형 놀이하며 행복하게 산다지만, 16년 만에 만난 아들에게 그리 박절하게 대하다니…. 오 여사는 분노마저 일었다.

청년은 울음을 삼키려 참다가 끝내 끄억끄억 토해내고 말았다.

"밤이 늦었으니, 오늘은 순천으로 내려가기 힘들어. 고속도로 밤 운전은 위험하기도 하고. 마침 공실이 있으니 하룻밤 자고 가요. 내가 이불과 베개는 갖다 줄게."

청년은 들먹이던 어깨를 돌리며 말했다.

"감사합니다만 그냥 가겠습니다. 혼자 계신 할머니가 걱정돼요. 소장님 감사했습니다."

청년은 소형차를 몰고 어두운 들판 속으로 사라졌다. 오 여사는 21살 앳된 청년의 차가 사라진 캄캄한 들판을 무연히 바라보았다.

오 여사는 집으로 돌아와 침대에 누웠다. 애잔한 마음이 가라앉지 않았다.

냉장고를 열어보니 막걸리병이 보였다. 남편이 먹다 남긴 술이 반 정도 남아있었다. 몇 컵을 부어 들이키니 정신이 금세 알딸딸해졌다. 맨정신으로는 날을 홀딱 세울 것 같은 밤이다.

오 여사는 침대에 누워 이제껏 살아온 자신의 삶을 반추해 보았다.

60대 후반의 삶이 파노라마처럼 스쳐 갔다.

일복이 참말로 많은 팔자다. 70세가 코 앞인데 누구에게 의지하거나 도움을 받아보지 못했다.

평소 기가 넘치는 활달한 성품이라 어릴 때부터 어려움도 헤쳐 나가며 살았다.

오 여사는 10대 때는 공장에 다니며 부모님께 생활비를 드렸다. 20대에 일했던 식당을 인수하여 운영하며 돈을 꽤 벌었다. 오빠를 먼저 결혼시켰다. 여동생 대학 뒷바라지를 한 후 결혼하기까지 모든 비용을 다 대었다. 그리고 남은 돈으로 뒤늦게 결혼했다.

동네에서나 친척들이 오자경은 효녀 심청이라며 칭찬이 자자했었다.

오 여사는 후회는 없는 삶이라고 생각했다. 주어진 삶을 나름대로 긍정적으로 받아들이고 부지런하고 성실하게 산 자신이 부끄럽지 않았다.

오 여사의 여동생은 당진에 올 때나 안부 전화할 때마다 노심초사다.

"언니는 농사일도 벅찰 나이에 빌라 2개 동 36개나 되는 룸을 관리하느라 얼마나 힘들어. 30대 힘이 넘치는 놈이 빌라 관리 좀 해 주면 좀 좋아. 농촌 일손 바쁠 때는 손이 빠르기로 소문나서 남의 농사일도 거들어주고 고임금을 받는다면서? 아이고! 언니는 슈퍼 할머니야? 건강 생각도 제발 하시라고…."

동생이 통화할 때나 만날 때마다 하는 말이 잔소리로만 들렸었다. 하지만 어쩌면, 낙타처럼 일만 하는 노예의 삶으로 내 인생이 끝날지도 모른다는 생각이 문득문득 들었다.

붉은 햇덩이가 서해로 꼬리를 감추었다. 빌라 옆 제법 울창한 대나무 숲에서 참새떼들이 재잘거림이 시작되었다. 오늘따라 굉장한 소음이 되어 시끄럽게만 느껴진다. 하루 동안 밥벌이를 마친 수백 마리 참새떼들의 쫙쫙 잭, 째애 째액쨈. 새소리들이 그야말로 난리법석이다. 대나무 숲 어린 가지로만 이리저리 옮겨가며 그네 타는 참새들. 하루의 일과를 서로 주고받는 수다쟁이들의 떼창이 오늘은 폭력으로 느껴졌다.

오 여사는 입으로 빵! 하며 우렁차고 공명 있는 총소리를 내었다. 그런데 떼창은 아랑곳없이 계속되었다. 새 머리라는 말은 틀렸다. 새들은 기억하고 있었다.

처음 시끄러운 떼창 소리에 빵, 하고 총소리를 내었을 때 새들은 금방 쥐 죽은 듯 조용해졌었다. 그들은 그야말로 새 가슴이었다. 그런데 새 머리들조차 공갈 총소리인 걸 얼마 안 가 알아챘다. 이젠 공갈 총소리는 약발이 안 먹힌다.

박효신을 찾아왔던 청년이 다녀간 지 일주일이 지났다.

205호가 두유 박스를 들고 오 여사네로 찾아왔다.

오 여사는 집에서 좀 떨어진 고추밭에 있었다. 아직도 낮엔 불볕더위지만 오후 5시가 지나면 열기가 조금 수그러들었다. 열기를 쉽게 빨아들이는 흙 덕분이었다.

고춧대가 높아 앉은뱅이 의자에 앉아 일하면 모습이 잘 보이지 않았다. 빨갛게 익은 고추를 골라 따는 홀로 있는 시공간에서 오 여사는 평화롭고 행복하다.

빨간 고추가 꽃보다 더 예쁘고 사랑스럽다. 여린 초록빛 모종이 자라 햇볕과 바람과 늦은 비에 흔들리며 이런 탐스러운 빨간 열매를 맺다니. 반지르르하게 빛나는 빨갛게 여문 고추를 딸 때, 해마다 감격스러웠다. 더 큰 기쁨은 고추 매매한 목돈은 오로지 오 여사의 통장으로 오롯이 들어왔다.

차양 모자를 쓰고 긴 바지와 소매인 옷을 입은 오 여사는 목에 두른 수건으로 연신 땀을 닦아낸다. 남들은 농사가 엄청난 고생인 줄로만 알고 있다. 땀 흘리며 흙투성이로 살아도 수확의 희열을 맛보지 않은 사람은 모를 것이다.

205호가 전화하는 바람에 오 여사는 앉은뱅이 의자에서 일어났다.

허리를 펴며 두 팔을 하늘로 쭉 뻗으며 가볍게 스트레칭을 했다. 그리고 전화를 받으며 고추밭에서 나왔다.

마당에서 기다리고 있는 205호를 거실로 들어가라고 했다.

너무 일만 하시는 것 같다며 이제 좀 쉬실 연세예요, 라며 말한다. 난 일하는 게 그리 힘들지 않아요. 즐기며 일하는데 보는 사람들이 다들 더 힘들어하네, 하며 오 여사는 후후 웃었다. 모자와 장갑을 벗고 대충 온몸의 흙을 턴 후 집 안으로 들어갔다.

205호는 두유 박스를 내민다.

"이런 거 안 사와도 돼요. 왜 자꾸 뭘 가져와, 암튼 가져왔으니 잘 마실게요."

오 여사는 싱크대에서 손만 씻고 얼음을 동동 띄운 매실차 두 잔을 내왔다. 분명 205호는 어떤 해명이나 하소연할 거라 가늠되었다.

말없이 매실차 한 모금을 마신 후 205호는 입을 연다.

"소장님, 사실 그~애 울 아들이에요."

박효신의 울음이 터지기 시작하더니 마침내 짐승 같은 울음을 토해낸다. 얼굴을 아예 무릎에 파묻고 으허헝, 소리내어 운다.

"다시는 지금 누리는 행복을 잃고 싶지 않았어요. 오죽하면 5살 된 아이를 두고 집을 뛰쳐나왔겠어요. 그때는 내 나이 스물아홉이라 너무 철이 없었고, 정말 폭력이 무서웠어요. 술에 취한 남편이 집으로 오는 시간이 되면 심장이 바짝 오그라들고 온몸이 덜덜 떨렸어요."

오 여사가 건넨 휴지로 205호는 연신 눈물을 닦고 코를 풀어낸다. 두루마리 화장지를 반이나 풀어 쓴 후 다시 말을 이어간다.

"집을 나간 후 공장에 취직해 2년 동안 돈을 벌었어요. 방을 얻은 후 아기를 데리러 갔었어요. 하지만 가난에 찌든 그 집에 홀시어머니와 여전히 술에 절어있는 그 인간을 보니, 아기 때문에 내 인생을 다시 그 인간과 엮이고 싶지 않았어요. 다시 도망쳐 나왔지요. 그 후 다시는 순천을 향해 눈길도 주지 않고 살아왔어요. 멀쩡한 정신일 때는 착하고 순한 사람이 어쩜 술만 먹으면 짐승이 되는 거예요. 그 인간 생각만 하면 지금도 숨이 막혀, 죽을 것 같아요."

박효신은 작은 주먹으로 자기 가슴을 퍽퍽 치며 운다.

"청년이 하는 말이 2년 전에 아빠는 죽었다고 하던데."

오 여사의 말에 박효신의 눈물 젖은 눈빛이 반짝 빛난다.

"오죽하면, 오죽하면 내 이쁜 아기를 놔두고…"

통곡하는 그녀의 등을 오 여사는 감싸 안는다.

낙원빌라 뜨락 한 모퉁이에 장롱과 소파, 거실 장 등이 나와 있다. 가구마다 노란 스티커가 붙어있다.

순천 청년이 다녀간 지 두어 달쯤 지났다. 205호 부부가 미국 LA로 떠난다고 전세금을 빼달라고 한 건 한 달 전이다.

박효신 언니네 부부가 오래전부터 LA에서 한인 마트를 운영했다는 얘길 들은 적이 있다. 요즘 번창해서 마트 한 코너를 205호 부부가 맡게 되었다고 했다. 언니네랑 의지하며 살 것이라고 했다.

혹시, 박효신 아들이 찾아올까 봐 피하는 건 아닐까. 오 여사의 우려를 아는 듯 박효신이 다가와 당당해진 표정으로 말한다.

"소장님, 걱정하시는 거 알아요. LA 초청 이민 절차 밟으며 아들과 만났어요. 아들이 필요하다는 서류에 도장을 찍어 주었어요. 그리고 공익근무 건강하게 잘 끝내고 할머니랑 미국으로 오라고 했어요. 16년간 엄마가 못 키웠으니 이제 엄마 노릇 좀 제대로 하려고요."

오 여사의 얼굴이 환해지며 박효신의 손을 잡는다.

"어머! 잘됐네, 잘했어요. 나중에 나이 들어 인생을 알게 되면… 누구나 엄마가 된다는 건 다 처음 겪는 일이잖아. 철없던 젊은 시절, 자식에게 왜 좀 더 잘해주지 못했을까. 아이의 마음을 그때 왜 헤아리지 못했을까, 그게 가장 뼈아픈 회한이 돼. 정말 잘했어."

오 여사는 한 손으로는 박효신의 가냘픈 흰 손을 잡고 다른 손으로는 등을 토닥인다. 두 여자는 환하고 뿌듯한 마음으로 서로의 눈빛을 바라보며 웃는다.

그 많던 인형들을 보육원으로 미리 보냈다며 205호는 말한다.

"이제 우리의 인형 놀이는 끝났어요. 이제 진짜 인생, 삶의 현장에서 땀 흘리며 진짜로 살아가려고요."

서해 바람과 삽교천의 바람이 부딪혀 돌개바람을 일으킨다.

돌개바람은 울창한 대나무 숲을 심하게 때리고 도망친다. 거친 돌개바람의 방향에 따라 대나무 가지들이 거친 춤을 추고 있다.

대나무 숲 속 안은 언제나 그늘져 어둡다.

그늘진 대나뭇잎 사이로 볕뉘가 비쳤다.

김미정

크리스천 문학 단편소설 부문 신인상, 소설집 『오래된 비밀』, 『자카란다』, 수필집 『스무고개』

충북소설가협회

1. 충북소설가협회 주소록

2. 편집 후기

박희팔 010-5324-3780, palwu@hanmail.net

27734 충북 음성군 맹동면 덕금로 2-65

안수길 010-8344-3135, kwonsw77@hanmail.net

28701 충북 청주시 서원구 청남로 2005번길 45 우성2차A 201-306

지용옥 010-5463-0463, jiok99@hanmail.net

28009 충북 괴산군 장연면 미선로 추점5길 44-58

전영학 010-5468-0191, ayou704@hanmail.net

28604 충북 청주시 흥덕구 신율로 86번길 20

문상오 010-5460-6678, munsango36@gmail.com

27000 충북 단양군 적성면 적성로 174-54

김창식 010-4812-7793, dmr818@naver.com

30124 세종시 다정중앙로77 가온마을6단지 602동 1003호

김홍숙 010-6343-3763, sanjigi1004@hanmail.net

28471 충북 청주시 흥덕구 흥덕로 88번길 5-12

강순희 010-2319-1052, kang5704@hanmail.net

27347 충북 충주시 연수상가1길 13 행복한 우동가게

이귀란 010-5511-4179, dlrnlfks77@naver.com

28193 충북 청주시 상당구 낭성면 호정전하울길 143~6

김미정   010-5492-3722, mj4571@naver.com

28791 청주시 서원구 1순환로 1137번길 130(분평주공A) 322동 105호

오계자   010-8992-4567, okj0609@hanmail.net

28939 충북 보은군 보은읍 어암길 19-5

정순택   010-2465-0376, jungstaek@hanmail.net

28129 충북 청주시 청원구 오창읍 복현3길 16 재원아파트 101동 402동

이종태   010-5232-6894, mist558755@hanmail.net

27348 충북 충주시 국원대로 166 임광A 106-1004

이영희   010-3498-4925, nandasin1206@hanmail.net

28692 충북 청주시 서원구 매봉로26-1 계룡리슈빌A 102동 704호

박아민   010-9132-5789, esder0416@naver.com

28413 충북 청주시 흥덕구 서경로16번길 3 203호 이룸영어

이강홍   010-4461-6263, lkhongkr@hanmail.net

28150 충북 청주시 청원구 내수읍 도원세교로 63 203동 302호

한옥례   010-4409-2002, okhan0703@hanmail.net

27830 충북 진천군 진천읍 문화6안길 7

김용훈   010-3757-9912, james9911@hanmail.net

28582 충북 청주시 흥덕구 대신로74번길 21 금호어울림A 210-1301

김애중   010-5462-3271, kajstar@naver.com

28114 충북 청주시 흥덕구 옥산면 신촌길 71-7

김도환   010-4828-0015, malaynjoy@naver.com

28208 충북 청주시 상당구 문의면 문의시내1길 24-9

최한식   010-7113-3576, chsjys5@hanmail.net

28606 충북 청주시 흥덕구 장구봉로 101번길 54. 1층 유리문

김경재   010-5156-0338, kimgyungzae54@gmail.com

28206 충북 청주시 상당구 문의면 문의도원 2길 44-3

이근형   010-9620-1125, leekh7272@hanamil.net

28754 충북 청주시 상당구 용암2동 무농정로 301번지

삼일무지개A 104동 207호

이상훈   010-8396-8611, leekana@naver.com

28509 충북 청주시 상당구 상당로 174-5

❋ 1995년 1월 15일 창립된 충북소설가협회가 30돌이 지났다. 1998년 10월 17일 첫 창간호를 내고서 한 해도 빠짐없이 동인지를 엮어서 2025년에 28집 『꿈꾸는 비어』를 세상에 내놓는다. 지방문학에서 소설 장르가 삼십 년의 동인 활동의 이력이 드물다. 초대 집행부(회장 안수길, 주간 전영학)가 충북의 소설가를 찾아다니며 창립의 초석을 놓던 장면이 아직도 생생하다.

❋ 올곧고 강직한 성정의 소설가 故 강준희 회원이 8월 5일 작고하였다.

고인 삶의 궤적을 더듬어보면 아리고 안쓰럽다. 언젠가 그의 학력 없음을 안타까이 여긴 정치가가 대학 졸업장을 공짜로 얻어주겠다고 했다. 그러자 그는 일언어 거절하고 그와 분연하게 의절했다. 또 어느 대학의 실력자가 명예 문학박사 학위를 준다고 했을 때도 호통을 치며 거절했다. 그뿐 아니라, 상금이 상당한 문학상도 떳떳하지 못하다 하여 사양했다. 당시 그는 땟거리가 없어 라면으로 끼니를 때울 때였다. 그의 대쪽 같은 성정을 알 수 있는 일화다.

회원 모두의 마음으로 고인의 명복을 빈다.

❋ 바둑 박사로도 알려진 이상훈 신입 회원을 환영한다. 오계자 소설가는 충북문학상 창작상을 수상하였으며, 중편 소설집 『연모 그리고 흠모』를 출간하였다. 박희팔 소설가는 장편 대하소설의 첫 권인 出系 응분이(진아의 양자)를 출간하며 대장정의 첫발을 내디뎠다. 문상오 소설가는 소설집 『알몸』을, 이영희 소설가는 수필집 『빈방의 모놀로그』를, 이근형 소설가는 수필집 『수필로 만나는 성경』을, 강순희 소설가는 『행복한 우동가게』 개정판을 출간하였다.

회원 모두의 마음으로 축하와 정진의 박수를 보낸다.